LES PÊCHES DE VIGNE

DU MÊME AUTEUR

Chez le même éditeur

JEANNE LA POLONAISE
IL NEIGE ENCORE À VARSOVIE
LA FORCE DES LARMES
PAR UN SI LONG DÉTOUR

Aux éditions Le Cercle d'Or

UN TRISTAN POUR ISEUT
LISE
LES NOCES DE CLAUDINE

Aux éditions Jean-Pierre Delarge

RETOUR À MALVOISINE
LA MARIENNÉE

Aux Éditions universitaires

LA CABANE À SATAN

Aux éditions Flammarion

LA CHASSE AUX LOUPS
LE GRAND CORTÈGE

YVES VIOLLIER

Les pêches de vigne

ROMAN

ROBERT LAFFONT

Couverture : photo S. Jalain/Explorer

ISBN 2-221-07814-4

À Marie-Claire, bien sûr

La Charente n'est pas un fleuve civilisé,
ni un fleuve sauvage.
La Charente est un fleuve heureux.
Ceux qui s'y baignent le savent bien.

PIERRE BOUJUT

PREMIÈRE PARTIE

LA LUMIÈRE PERDUE

1

Lettre d'Edmée Gendreau au soldat Antoine Gendreau, 294e d'infanterie, 20e compagnie, 4e section, 14e escouade, secteur postal 133.

Le 23 juin 1915

Mon petit homme aimé,

Je viens te dire bonjour, te caresser, t'aimer, couvrir ta chère tête de baisers ardents, te souhaiter bon courage, bonne chance. Nous allons très bien. Je voudrais bien de tes nouvelles. J'en aurai peut-être demain. Je voudrais trop te voir !... Chevalier, de Saint-Pierre, écrit qu'il va venir le 4 juillet.

Au revoir, mon bien cher petit aimé. Je t'embrasse de toutes mes forces, bien tendrement. Je voudrais bien te voir. Je voudrais te causer. Ça me ferait du bien.

Ton Edmée.

Lettre du soldat Antoine Gendreau à sa femme Edmée, Malidor-le-Vieux, Saint-Pierre-des-Moutiers, Vendée.

Mercredi, le 12 juillet 1916

Mon Edmée chérie, à moi,

J'ai reçu avant-hier soir petits pois et massepain. Qu'est-ce que tu me disais ? Que ton gâteau n'était pas réussi ? Je t'assure l'avoir trouvé bien bon, pourtant. Mais voyons, cher trésor, des petits pois, un franc soixante, c'est cher, ma petite ! Tiens, tu vois, j'en connais pas un qui reçoive autant de colis que moi. Quand je te dis que tu me gâtes, chère petite femme ! Ta lettre d'hier soir est là, dans mon portefeuille, dans un coin spécial. Je veux toujours la savoir là. C'est toi, tout toi, petite, bien dépeinte, telle que tu es, comme je te sais, l'âme droite, honnête, une vraie femme comme j'en voulais une, et en plus jolie, reine, merci, merci. Vite, chérie, que je puisse te faire oublier ces mauvais jours. Courage et espoir, cher trésor. Tu verras comme je t'aime et suis heureux de t'aimer.

Edmée, ma femme, de longs baisers ardents. Toi, tout toi, petite, et puis notre petit trésor. Je t'embrasse bien.

A. Gendreau.

Lettre d'Edmée Gendreau à son mari Antoine.

Lundi, le 10 octobre 1916

Mon joli petit,

Tu es sans doute encore dans les tranchées, je crois. Tu ne m'en parles pas, mais tu parles de ton souterrain. J'envoie, ce soir, une boîte de cochon. J'espère que tu la recevras, mais elle est si petite, et on ne sait pas si c'est bon. Je ferai bien de t'en préparer moi-même, de temps en temps. Quoi te dire ? Nous allons bien. Il fait doux, mais pas soleil. Qu'il me tarde de te savoir sorti de ce dangereux métier. Les permissions, oh ! je n'y crois plus. Elles seront encore supprimées avant que nous puissions nous goûter. Espoir, quand même, et bons baisers de ton Edmée, et Aline.

Edmée.

Lettre du soldat Antoine Gendreau à sa femme Edmée.

Dimanche, le 4 avril 1917

Mon Edmée chérie

J'ai reçu hier ton colis, bougies et sucre. Merci bien ma petite, mes lettres ne sont pas longues bien sûr, mais je ne puis dire ni où je suis, ni ce que je fais. Nos lettres sont souvent décachetées et, sûrement, supprimées si on nous juge trop bavards. Je t'écris bien tous les deux jours, ma petite, mais reçois-tu bien toutes mes lettres ?... Et moi-même, je ne reçois peut-être pas toutes les tiennes. On n'a rien pour nous faire plaisir dans ce damné métier. Voici qu'on veut nous donner un franc de plus et par jour, chaque fois que nous serons en ligne. Ceci nous laisse froids et ne nous remonte guère. C'est la paix qu'il nous faudrait Ce n'est pas en nous donnant un franc de plus qu'on nous fera voir la fin de nos maux. Pour l'instant, ici, il faut nous estimer bien, malgré une vie de chien. Mais puisqu'il n'y a pas de casse, pouvons-nous demander autre chose ? Que sera ce mois d'avril ? Nous l'ignorons !... Et je ne puis même pas dire ce qui se dit entre nous. Du reste, il s'est dit tant de choses qui ne sont jamais arrivées !

Je reviens à mon colis. Les bougies sont les bienvenues, mais j'en trouve ici. Le sucre, je ne puis malheureusement pas l'employer, et depuis quelque temps notre café est mieux sucré. Il n'est pas dit qu'il en sera toujours ainsi ! Mais je crains surtout, ma pauvre petite, que ce sucre vous fasse faute, vu la difficulté de s'en procurer. Tiens ! mais c'est dimanche, et Rameaux aujourd'hui, c'est drôle, tout de même ! Pendant ce temps, en Russie, c'est le méli-mélo. Cette impératrice assez boche me surprend et m'écœure, autant que son faible mari. Jamais rien n'est venu nous éclairer à leur sujet. On nous le dit maintenant qu'on ne peut plus nous le cacher. Ces gens-là ont mérité leur Robespierre. Du reste, ce sont les mêmes maux qui donnent les mêmes résultats chez eux comme chez nous il y a plus d'un siècle. De notre côté l'avance continue : les Anglais, qu'on a longtemps chinés, semblent maintenant de taille à faire du bon travail, si toutefois on peut appeler ça du travail !...

Plus que jamais, ma petite, courage et espoir. Oui, j'espère aussi, ma chérie, autrement la vie ne serait pas supportable. Mille bons baisers, et de tout cœur, mes deux chers trésors.

A. Gendreau.
J'embrasse bien toute la famille.

Lettre d'Edmée Gendreau à son mari Antoine.

Mardi, 13 avril 1917

J'ai eu ta lettre du 6, hier matin seulement. Oui, je te promets de bien me soigner. Je veux que tu n'aies pas de déception en me voyant à ton retour. Je m'ennuie beaucoup, mais je mange bien. Et il n'y a pas trop de travail en ce moment. Je ne suis pas surmenée. Oui, je voudrais coucher avec toi dans les prés justement, même si les nuits ne sont pas très belles et si le rossignol ne chante pas au bord de l'eau. Mais couvre-toi, de tout ce que tu as, méfie-toi, et au prix, quand il pleut. Continue à prendre du lait, ça vaut mieux. Soigne-toi bien, et conserve-toi, si c'est possible, frais et mignon comme quand je t'ai vu, ami, petit ami. Hier, en te disant bonsoir, j'ai coulé ton image à ta place dans notre lit. Tu paraissais content, très content, cher petit. Je me penchais sur toi, sur ton joli visage, et tu me regardais, bien tranquille et bien sage. Ta fille s'endormait, dans le lit à côté, suçant son petit doigt. J'ai longtemps sangloté, mais toi, mon cher amour, insensible et muet, tu souriais toujours... Je t'aime, je t'aime, et languis sans toi.

Ton Edmée.

(Ce bout de papier-là, tu ne le comprends pas, c'est ta lettre que j'avais glissée dans ma chemise, sur ma poitrine. J'ai sué tellement qu'il s'est déchiré. Ce matin, cher amour, j'ai pensé que ça te ferait peut-être plaisir de l'avoir, parce qu'il s'est roulé sur mon tété.

Ta pauvre Edmée.)

Lettre d'Antoine Gendreau à sa femme Edmée.

Le 15 avril 1917, dimanche, je crois.

Ma femme, ma fille, mes deux trésors,

Je suis en plein air, il fait beau temps, heureusement. Nous avons changé de patelin, hier soir ; et ce soir, nous approchons plus près. Demain, très probablement, la danse ! *Nous sommes en deuxième vague, si toutefois la première réussit. Encore une fois, ne vous en faites pas, mes chéries, ayons confiance. Je ne connais pas bien mon secteur, c'est dans les parages où j'étais en ligne ces derniers jours. Je viens de voir le fils Frémont qui est passé sergent. Nous avons pu causer un moment. Demain, je n'écrirai pas, et sans doute pendant* plusieurs jours, *à moins d'un changement, on ne sait jamais.*

Mes deux chers trésors, Edmée, Aline, je vous aime et vous embrasse bien fort, de tout cœur, de toute mon âme.

Courage, confiance et au revoir. Je pars sans crainte, j'en sortirai. *Mille baisers ardents, mes deux jolis trésors.*

J'embrasse bien toute la famille.

Antoine Gendreau.

Lettre d'Antoine Gendreau à sa femme Edmée

Le 17 avril 1917

Mon Edmée aimée,

Je ne suis pas encore de la partie. Est-ce pour aujourd'hui ou demain ? Il fait froid, il pleut. Pour l'instant, je suis à l'abri.

Il doit y avoir de bons communiqués ?

Les prisonniers boches ont vraiment mauvaise mine, déchirés, maigres, pas costauds ceux d'hier.

Je suis en bonne santé.

Mille baisers mes deux trésors.

A. Gendreau.

2

Le bonnet à cornes du soldat Antoine Gendreau dansait dans le filet porte-bagages du train. Son front avait laissé sur la vitre de larges taches graisseuses. Il dormait, bouche ouverte. Son souffle faisait frissonner les poils de sa lourde moustache noire. Par le col de sa chemise, on voyait sa plaque matricule bouger sur sa poitrine.

Il pleuvait. Les gouttes donnaient de violents coups de griffes aux carreaux du train.

Antoine Gendreau ne dormait pas d'un sommeil profond. Il somnolait. La fatigue, le bercement du train l'emportaient par instants, et puis il émergeait soudain, et la même question douloureuse revenait lancinante, comme une rage de dents : « Pourquoi n'a-t-elle pas écrit ? » À mesure que le train avançait l'interrogation devenait de plus en plus angoissante.

Une forte odeur de saucisson à l'ail s'était répandue dans le compartiment lorsque la grosse femme assise entre ses deux fillettes avait soulevé le couvercle de son panier. Elle en avait tiré des serviettes blanches, larges comme des torchons, en avait tendu au petit homme rond, en face, encadré de deux jeunes garçons aux mains sagement serrées entre leurs genoux. L'homme avait sorti un couteau de sa poche quand sa femme lui avait tendu une tourte de pain à la croûte bleue de cendre. Antoine s'était rencogné contre la vitre. Il en voulait à ce planqué qui avait manifestement passé la guerre à l'arrière.

Sa bonne santé, sa face vermeille d'heureux rondouillard l'exaspéraient. Il ferma les yeux. Les enfants examinaient curieusement l'os de sa pomme d'Adam sur sa gorge amaigrie.

Le train freina en entrant dans la gare de Montaigu. Antoine redressa la tête. Il jeta de nouveau un regard égaré sur ses compagnons de voyage, ses paupières mangées de conjonctivite, sa peau grise sur les tempes. Il paraissait à bout. L'homme interrogea sa femme qui mangeait, lèvres ouvertes, montrant les aliments dans le moulin rose de sa bouche. Elle haussa les épaules. Il remonta son béret et, s'inclinant sur le panier, en tira une bouteille. Il en essuya soigneusement le goulot du plat de la main, et la tendit au soldat. Antoine Gendreau sembla ne pas comprendre, et puis articula :

— Elle est en bonnes mains

— J'ai déjà bu tout à l'heure, lui répondit l'homme.

Antoine enfouit le goulot sous sa moustache. Sa pomme d'Adam descendit et monta comme un yoyo.

— Alors, on rentre au pays ? interrogea le rondouillard d'un ton satisfait.

— Oui, grogna Antoine.

Des perles de vin blanc restaient accrochées à l'extrémité de sa moustache. Il remercia d'un signe de tête. Le train était reparti. L'homme insista, visiblement désireux d'engager la conversation :

— Est-ce que c'est la grande permission ?

— Oui, comme vous dites.

Antoine se retourna vers la fenêtre.

« Mais pourquoi ne m'a-t-elle pas écrit depuis plusieurs semaines ? »

Jusque-là, il avait attribué son silence à ses nombreux déplacements. Le courrier avait pu ne pas suivre d'un camp de transit à l'autre, ou se perdre à courir derrière lui. Mais, maintenant qu'il approchait, Antoine avait le pressentiment que toutes les bonnes raisons évoquées ne tenaient pas.

Les nuées couraient à ras de train, s'éventrant parfois à la cime des arbres et déversant une pluie lourde et charbonneuse.

Vu du train, et avec l'accumulation de la vitesse, le bocage vendéen semblait une immense forêt de chênes et de châtaigniers noirs. Quand le rideau de la pluie s'entrouvrait, on apercevait un village aux toits sales dans une clairière.

L'un des garçons toucha le genou de son frère, lui montra la musette que le soldat Gendreau tenait par la bretelle entre ses jambes. Le rabat de toile relevé dégageait une douille d'obus en cuivre. Le petit se contorsionna pour lire le nom martelé sur la douille :

Edm...

Antoine Gendreau descendit du train en gare de la Roche. Il resta un moment à se reboutonner sous la marquise du quai, tournant sur lui-même, l'air ahuri. Il regarda disparaître, dans la salle des pas perdus, la famille qui avait partagé son compartiment. L'un des petits garçons eut l'audace de se retourner et de lui adresser un signe de la main. Antoine saisit son sac sur le quai et les suivit.

Il remonta l'avenue de la gare d'un pas lourd, rasant les murs pour se garder de la pluie. Il poussa la porte du coiffeur, pour montrer bonne figure à son arrivée chez lui. Depuis plusieurs jours déjà, il avait prévu cette halte sur le chemin de sa maison. La fraîcheur du salon de coiffure, le parfum de l'eau de Cologne l'avaient réjoui par avance. Mais maintenant... Il suspendit sa vareuse au perroquet. Ses épaules robustes d'homme formé par la force ne laissaient aucun doute sur ses origines. Et les deux coiffeurs cessèrent un instant de jouer des ciseaux pour examiner ce soldat-paysan qui n'était pas de leurs pratiques. Il commanda la barbe, la moustache et les cheveux. La lame du rasoir gratta la peau déjà dure de cet homme jeune. Elle entama le cuir sur la mâchoire.

Le coiffeur était un godelureau à la chevelure brillantinée qui essaya d'interroger son client sur sa guerre, mais n'obtint pas plus de réponse que les passagers du train. On n'entendit plus que le cliquettement des ciseaux. Antoine sortit de la boutique du barbier, le godelureau écarta le rideau de perles de la porte dans son dos et le regarda s'éloigner.

La pluie avait rendu la ville quasiment déserte, ce qui n'était pas pour déplaire à Antoine. Il ralentit le pas en franchissant le pont sur l'Yon. La bruine y courait dans l'eau jaune. Il n'y avait personne sous le toit de planches du lavoir.

En approchant de la Comète, il prit par-derrière pour éviter de rencontrer du monde, enjamba un échalier. Les fonds des prés étaient remplis de mares qui luisaient dans la lumière morne de cette fin de jour comme des miroirs sales. Des branches s'égouttaient sur ses épaules. Il évita encore Sainte-Anne-aux-Grenouilles, et rejoignit la route au mur des Rochettes où un chien roux, hirsute comme un diable, lui aboya après. Il le chassa d'une pierre, s'épongea la moustache, les sourcils, les joues avec les doigts, descendit dans la vallée, s'arrêta à une barrière et considéra avec attention le champ de choux devant lui. Le cœur battant, il aperçut là-bas au bout du chemin de terre l'embranchure vert bronze d'un grand pin parasol sur la campagne noire. Ses croquenots étaient crottés de terre jaune. Son cœur bondit dans sa poitrine lorsqu'il découvrit la fumée rabattue sur le toit par le mauvais temps. Il eut envie de courir, mais se retint. Il lança ses épaules dans le chemin doucement en pente, où l'eau ruisselait.

Un chien noir, en furie, jaillit devant lui quand il entra sous l'ombre du pinier et lui barra le passage. C'était un berger de troupeau, de belle taille, à la gorge éclairée d'une étoile blanche. Antoine lui parla dans l'ombre. Le chien recula, la gueule féroce.

— Tu ne me reconnais pas, Loulou ?

Au bruit de son nom, le chien coucha les oreilles. Il poussa une longue plainte et s'approcha, l'échine ployée. Antoine s'accroupit et promena sa main dans le poil humide, pressa l'étoile de la gorge.

— Oui, oui, tu ne m'as pas oublié.

Loulou dansa autour d'Antoine avec des cris de joie et s'élança soudain pour aboyer la nouvelle. Antoine le suivait lentement, longeant le tas de fumier de Malidor-le-Vieux. Rien n'avait changé. Il ne pouvait pas s'être passé quelque chose de mal. Le bonheur hésitait encore à couler en lui, mais il le sentait tout chaud, tout prêt à courir dans les rivières de son corps. La petite maison au toit de tuile barrait le fond de la cour. Le chien s'était introduit par la porte entrebâillée de la grange. Une main la poussa. Un petit homme râblé, rougeaud, la tête chenue, se montra, la main en visière sur les yeux. Antoine s'approcha et, quand ils furent à un mètre l'un de l'autre :

— Je me demandais quel était ce chemineau qui provoquait un tel raffut ! lui dit son père, les tempes étoilées de rire.

— Heureusement qu'il y a des chiens dans cette maison pour recevoir le monde ! lui répondit Antoine, la voix tremblante d'émotion.

— Les chiens y sont braves et accueillants, à l'image de leurs maîtres !

Son père lui tendit les bras.

— Antoine, mon garçon, c'est toi, enfin !

Ils se serrèrent à grandes brassées au milieu de la cour, sans se soucier de la pluie.

— Plus de deux ans ! soupira le père, en lui donnant des tapes de reconnaissance dans le dos.

Sa bouche était jaune de tabac à chiquer. Il se tourna vers la maison.

— Prudence ! Oh ! Prudence ! Prudence !

La porte s'ouvrit lentement sur une grande femme au visage pâle serrée dans un sarrau noir. Elle porta la main à sa bouche en retenant un cri et se précipita, dénouant son tablier comme lorsqu'il venait du monde.

— Mon Dieu ! dit-elle examinant son fils, les mains jointes.

Antoine se découvrit de son bonnet. Sa mère appuya de lourds baisers bruyants sur ses joues. Tous deux étaient de la même espèce, longiligne et osseuse. Elle avait le front lisse, les cheveux soigneusement tirés d'une femme qui ne néglige pas sa toilette, même dans son fond de campagne, des traits réguliers qui manifestaient la fermeté de son caractère. Elle prit sans pudeur le visage de son Antoine dans ses mains en coupe.

— Je n'ai pas prié le Bon Dieu pour rien ! J'étais sûre que tu finirais bien par venir.

La bruine se mit à tomber avec plus de vigueur. Prudence Gendreau laissa glisser ses mains crevassées, palpa les épaules, les bras, les côtes de son fils immobile, à travers la vareuse bleue.

— Tu n'es pas trop mal en point ? demanda-t-elle, ses larmes mêlées à la pluie.

Elle se retourna, enfonçant une épingle dans son chignon.

— Allez, dites bonjour à votre frère ! indiqua-t-elle aux deux garçons qui s'avançaient, Philbert et Louis-Marie.

— On faisait du bois..., précisa le plus costaud, en montrant sa serpe, comme s'il s'excusait.

C'était Philbert. Il avait dix-sept ans. Grand déjà comme un homme, impressionnant de puissance, le cou trapu, les cuisses solides. Ses cheveux filasse bouclant sur son front et ses joues grainées de taches de son lui donnaient encore un air d'enfance.

— Ma parole, il me dépasse maintenant ! murmura Antoine.

C'était vrai. Philbert était plus grand que lui de quatre ou cinq centimètres. Antoine l'accueillit d'une bourrade dans les épaules. Louis-Marie s'approcha à son tour.

— Pelin !... murmura-t-il en tendant ses joues de fille, l'air grave, la bouche ouverte sur ses dents fraîches.

Plus jeune que Philbert de seize mois seulement, on lui donnait trois ou quatre ans de moins. Le teint pâle, les cheveux en baguettes. il était de la petite espèce. Le coup de pied de vache reçu dans le genou à l'âge de six ans y était pour quelque chose. L'accident avait retardé sa croissance et sa jambe était demeurée raide. À l'école, les gamins méchants l'appelaient « Rabat-l'aigail » en le poursuivant. Souvent Antoine, son parrain, avait dû jouer les consolateurs avec lui. Mais les yeux malades d'Antoine attendaient quelqu'un d'autre, et, plus le temps passait, plus son regard devenait ardent. Il s'adoucit en découvrant la petite dans l'embrasure de la porte. Elle suçait son pouce, une guenille dans le creux de la main. Il s'avança. La petite recula.

— Aline ? interrogea-t-il tendrement.

Sa mère le poussa dans le dos.

— Entre. Tu es enfondu, et tu vas nous faire enfondre aussi.

Aline ne reconnaissait pas son papa. Elle était habituée au beau soldat souriant de la photographie qu'on lui avait montrée si souvent. Elle tourna la tête en pleurnichant lorsqu'il la souleva dans ses bras.

— Embrasse ton papa, ma mignonne..., la pria sa grand-mère.

Et lui, les dévisageant tous dans la salle éclairée par le feu de cheminée :

— Où est Edmée ?

Prudence lui enleva Aline des bras.

— Edmée, mon pauvre petit...

Antoine sentit la terre trembler sous ses pieds.

— ... Le Bon Dieu l'a rappelée à lui !

— Le Bon Dieu ? gronda-t-il, la voix vibrante.

Il marcha à grandes enjambées vers la porte, l'ouvrit, sortit dans la cour boueuse. Il revint, se laissa lourdement tomber sur le banc.

— Je le savais !

Sa mère lui déboutonna doucement sa vareuse, la lui retira, l'étendit sur le dossier d'une chaise et l'approcha du feu. Le drap se mit à fumer.

— Qu'est-ce qui est arrivé ? demanda-t-il, la voix brisée.

— Ton Edmée est tombée dans le jardin, la veille du 11 novembre. Nous étions à cueillir des poires...

Elle avait apporté une serviette, et elle lui essuyait le visage, les cheveux.

— ... Quand les cloches ont sonné pour annoncer que la guerre était finie, elle était au lit, rouge comme un tison. Elle a dit en souriant : « Pourvu que je sois guérie quand Antoine reviendra. » Le médecin est venu. Mais on savait déjà qu'elle était prise par cette grippe espagnole qui a couru au secours de la guerre.

Prudence posa sa serviette et ouvrit l'armoire. Elle revint avec une chemise, commença à enlever celle d'Antoine. Il se laissait faire comme un enfant Il en avait trop vu, trop fait. Il était passé cent fois, mille fois à côté de la mort. Il avait cru pouvoir se moquer d'elle, et voilà qu'elle l'attendait, là, chez lui. Sa mère avait dégagé son torse blanc et efflanqué de sa chemise. Les côtes saillaient sur sa poitrine, entre ses épaules creusées de profondes salières. Aline s'était assise sur le banc, non loin de son père, et le considérait d'un œil rond, énigmatique.

— Et puis ? demanda Antoine sourdement.

Elle interrogea les autres du regard. Leur silence l'encouragea à poursuivre.

— Un soir, elle m'a saisi la main : « Vous lui direz que j'ai eu une belle vie, une très belle vie, avec lui. Elle a seulement été trop courte. » Elle s'est mise à pleurer... « Priez-le de me pardonner de ne pas l'avoir attendu. » Elle me l'a demandé deux fois. Je lui ai dit de ne pas se faire de souci pour ça. Le lendemain, elle était morte.

Les gouttières lançaient dehors de pesantes giclées. L'une chantait sur de la tôle. Les flammes du foyer s'étaient peu à peu rétrécies. Les larmes emplissaient les yeux de Prudence qui achevait d'habiller son fils. Il ouvrit la bouche, ses lèvres bougèrent sous sa moustache. Il regarda le tableau ovale fixé au mur, représentant le Christ au Jardin des oliviers. Sa voix trembla.

— Ce n'était pas à elle de mourir ! S'il y en avait un qui devait y passer, c'était moi !

— Oh ! Antoine..., supplia Prudence.

Il ne parla plus du reste de la soirée. Il refusa de goûter à la soupe. Sa mère lui délaça ses croquenots, lui trempa les pieds dans une cuvette. Il se coucha. Et lorsqu'il fut allongé dans la douceur de ses draps, tous les chagrins retenus, toutes les espérances déçues emportèrent ses dernières résistances. Il se mit à pleurer comme un enfant. Il venait de supporter cinq années de guerre, presque deux ans comme prisonnier. Il ne comprenait pas ce marchandage absurde de la mort qui l'avait épargné, et venait frapper sa femme dans sa maison. Il se répétait les mots tendres de ses lettres, tant lues et relues : *Mon Antoine, mon petit, mon petit roi... quand tu seras de retour, je ferai tout ce que tu voudras, je serai la plus heureuse des femmes...* Il y avait lu la promesse de tant de félicités. Ils n'avaient jamais imaginé dans leurs échanges que l'absent, ce pourrait être elle. Il pleura longtemps en silence et, à travers ses larmes, c'étaient ses rêves contenus pendant toutes ces années terribles qui s'échappaient de lui. C'était sa jeunesse.

À un moment, au milieu de la nuit, sa mère leva la tête dans son lit, à l'autre coin de la salle commune.

— Antoine, tu dors ?

Il ne répondit pas. Il pensait avec désespoir qu'ils n'avaient vécu ensemble que quelques jours. Il se rappelait leur retour pendant leur unique voyage dans le train de plaisir des Sables-d'Olonne. Edmée lui avait montré les deux vieilles dames installées dans la voiture, en lui murmurant à l'oreille, les yeux enflammés par l'air de la mer, le pique-nique sur le sable, la pêche sur les rochers :

— C'est dommage qu'elles soient là !

Elles étaient descendues à La Mothe, et Edmée s'était rapprochée. Elle lui avait posé quelques petits bécots salés sur la moustache. Les baisers étaient devenus plus longs. Et ils n'avaient pas eu assez de mains, de lèvres, dans ce wagon qui les emportait, pour se toucher, se prendre, se goûter. Antoine n'avait jamais pris le train pour le front sans se rappeler ces bons moments, et il s'était juré, s'il revenait, de recommencer ce voyage !

Il lui restait Aline, le portrait de sa mère. Elle avait les mêmes yeux couleur châtaigne, la même petite bouche en cœur. Il eut envie de se lever pour aller la chercher dans son lit et la prendre avec lui. Il sombra au matin dans un sommeil profond, lorsque les ruissellements de la pluie cessèrent.

À son réveil, il vit sa mère devant le feu. Elle peignait sa chevelure opulente aux longues mèches d'un noir d'ébène traversé de larges coulées blanches. Il la considéra entre ses paupières à demi collées par la conjonctivite. Sa mère était en chemise de peau. Les flammes du foyer dansaient sur la nacre de ses épaules rondes et de ses bras. Le père et les garçons étaient partis dans l'étable. Elle sentit le poids de son regard et se retourna, rougissante.

— Tu me regardais !

Il remarqua alors les cheveux blancs qu'elle n'avait pas avant guerre, les os qui soulevaient la peau sur ses épaules maigres, sa chemise renforcée d'une large pièce dans le dos. Il vit le sol de terre battue à trous et à bosses, les pieds de la table posés sur des cales. Les quelques meubles de la maison, le buffet, l'armoire, les lits, brillants de cire, avaient un air dérisoirement émouvant au milieu de cette misère. Tout devenait clair maintenant. Edmée lui avait envoyé des lettres débordant de lumière. Tout allait bien, affirmait-elle. On ne souffrait que de son absence. Il l'avait naïvement crue. Il s'était égoïstement imaginé qu'il était le seul à pâtir dans l'Allemagne froide. Il n'avait pas compris qu'elle remplissait chaque colis pour lui au prix de la souffrance et des privations. Edmée s'était saignée aux quatre veines. Elle était morte de travail et de misère.

3

Les Gendreau arrivaient de la Grande Roulière. Depuis quatre générations, un Gendreau conduisait cette métairie de cinquante-quatre hectares, considérée comme la plus belle de Saint-Pierre-des-Moutiers. L'arrière-arrière-grand-père l'avait obtenue, disait-on, parce qu'il savait lire, M. de Tardy avait offert ses meilleures terres à ce domestique à l'esprit vif, désireux d'apprendre, parmi une population de serfs qui signaient d'une croix les registres paroissiaux. On gardait de lui des livres de comptes à la belle écriture ferme et régulière, sans une faute d'orthographe. La légende familiale racontait qu'il était grand, bien fait, que c'était à lui qu'on devait le front large et dégarni des Gendreau, signe d'intelligence. Il s'appelait Pierre. Il eut huit enfants. Il appela son aîné Pierre, qui prit sa succession à la Grande Roulière.

Ainsi Antoine Gendreau, que tout le monde appelait Toine, père de l'Antoine soldat de la guerre de 14, était le second fils du troisième Pierre régnant sur la Grande Roulière. Il y passa toute son enfance et sa jeunesse. Il apprit à lire et à écrire à l'école paroissiale des Moutiers, financée par M. de Tardy. Il s'assujettit normalement aux ordres de son frère aîné, Pierre, passablement autoritaire et têtu. Toine avait hérité de la placidité de sa mère, une petite femme d'un mètre cinquante-quatre, au doux prénom de Rose. Il aimait les bêtes. La seule autorité qu'il revendiquait à la Grande Roulière était sur les étables. Il appariait les jeunes bœufs sous le joug sans les artifices utilisés par d'autres : sacs sur la tête pour les rendre aveugles, aiguillon avec pointe. Il approchait de ses trente ans, et on le voyait rester vieux garçon lorsqu'il se décida à demander Prudence en mariage.

Elle avait une belle figure rose aux traits fermes, les cheveux très noirs, si noirs qu'on leur voyait des reflets bleus dans les boucles formées au fer sur le front. Elle était pupille de la nation. Son père et sa mère étaient morts en un an, d'une maladie de poitrine, alors qu'elle était toute petite. Elle était arrivée servante à la Grande Roulière après trois ans d'apprentissage de couturière auprès d'une patronne qui la terrorisait. Elle s'y trouva une famille. Mémé Rose, veuve de quelques mois, l'appelait « ma petite chambrère ». Le travail était dur, pourtant. À seize ans, Prudence avait la charge du linge, pour la couture, mais aussi la lessive. Douze heures durant, elle restait agenouillée dans le « garde-genoux » en bois au bord du lavoir, les mains dans l'eau toujours froide, tordant le linge et en chassant la crasse avec le battoir. La gentillesse de Toine qui mangeait en silence à côté de son frère ne lui avait pas échappé. Les femmes, alors, ne s'asseyaient pas à table. Elles servaient les hommes, et mangeaient dans leurs mains autour du feu. Toine lui adressait parfois un regard doux, un discret sourire. Il avait dix ans de plus qu'elle. Il attendit deux ans avant de lui faire sa demande.

— Il y a longtemps que j'en avais envie, lui avoua-t-il, mais je n'étais pas assez hardi.

Ils se marièrent au mois de septembre 1891. Leur situation demeura inchangée. Ils dormirent seulement dans le même lit, au coin de la grande chambre où couchait déjà mémé Rose. Quand Prudence se trouva « embarrassée », elle entraîna Toine devant l'autel de la Sainte Vierge pour lui demander une délivrance facile. Elle ne fut pas exaucée. Les douleurs la déchirèrent pendant un jour et une nuit. La sage-femme envoya quérir le médecin qui tira brutalement Antoine du ventre de sa mère avec les fers. L'un et l'autre survécurent miraculeusement. Mais Prudence resta plusieurs semaines dans son lit, sans forces, et ne reprit que lentement sa place à la Grande Roulière. Elle ne redevint plus la belle fille souple aux hanches rondes d'avant sa maternité. Elle n'eut pas d'enfant pendant dix ans. L'abbé Calleau, curé de la paroisse, ardent apôtre de la Parole : « Croissez et multipliez », interrogea plusieurs fois Prudence sur les vraies raisons de sa stérilité. Elle se sentait infirme. Pendant ce temps, sa belle-sœur, la femme de Pierre, mettait au monde six enfants solides, braillards et bien membrés.

Philbert et Louis-Marie naquirent enfin coup sur coup en 1902 et 1903. La mémé Rose mourut en 1906. Pierre devint patron. Les Toine durent déménager. Deux familles Gendreau de la même génération n'avaient jamais cohabité à la Grande Roulière. Malidor-le-Vieux était libre. C'était une petite borderie de moins de dix hectares sur des terres mouillées et des coteaux difficiles. Elle n'avait pas bonne réputation. Les deux précédents métayers s'y étaient tués à l'ouvrage. La maison se réduisait à deux pièces sombres et humides donnant sur une cour boueuse agrémentée d'un pinier. Les bâtiments, mal entretenus, avaient les toitures bosselées. Le curé Calleau, à la dent dure, lança à Toine :

— Alors, vous vous installez dans les écuries d'Augias ?

Toine opina, la mine contrite, et secrètement vexé. Il ne connaissait pas cet Augias, mais il devinait qu'il ne s'agissait pas d'un compliment. Toine et Prudence y transportèrent leur ménage à la saint Michel de 1908. Ils n'étaient pas aussi pauvres que leurs prédécesseurs. L'héritage Gendreau leur donnait quelques meubles, quatre vaches et deux petits bœufs formés par Toine en vue de son départ. Antoine avait seize ans.

À dix-neuf ans, il rencontra Edmée à la fête du vin nouveau de Saint-Pierre-des-Moutiers. Elle passait près de la tonnelle du café Pogu où les garçons jouaient aux boules. Elle était la seule étrangère au milieu d'un groupe de filles du village. Autour de sa coiffe voltigeaient de courtes mèches brunes qui suffirent pour lier le cœur d'Antoine. Elle ne le voyait pas, attentive à remettre dans le dos les plis fripés du corsage blan(d'une amie.

— Qui est-elle ? demanda-t-il à ses amis.

— C'est Edmée Bulteau, la cousine d'Eugénie. Elle habite la Roche. Son père transporte le vin, le bois et le charbon.

Antoine avait belle allure avec sa moustache noire de brigand. Moins lourd que ses camarades, il semblait d'espèce plus nerveuse. Il abandonna bien vite les boules et chercha la jolie Edmée à travers les Moutiers en fête. Il la trouva dans la grange du café Boudaud aménagée en salle de bal. La porte était ornée de guirlandes en papier et de pampres déjà fanés. Il y faisait noir comme dans l'antre du diable, la terre tremblait sous le martèlement des danseurs de quadrilles. Les dents blanches d'Edmée qui riait au milieu d'une grappe d'amies brillaient dans la pénombre. Le musicien attaquait une polka. Antoine se précipita. Il n'avait jamais eu pareille audace. Elle lui laissa prendre sa main. Il s'aperçut bien vite qu'elle suivait la cadence beaucoup mieux que lui. Elle éclata d'un beau rire frais et gentiment moqueur. Elle le guida. Ils ne se quittèrent plus.

Edmée avait été élevée selon les bons principes par une mère qui souffrait de la tête. Élève de l'école des sœurs, elle n'avait jamais imaginé épouser un paysan. Ses parents auraient aimé la donner à un jeune sous-officier plein d'avenir. Ils l'accompagnaient au bal du 14 Juillet sur la place d'Armes. Elle passait beaucoup de temps à la lecture et à la broderie. Elle avait dix-huit ans. Son unique frère, Germain, d'un an plus âgé qu'elle, travaillait au transport avec son père. Elle ne crut pas d'abord qu'Antoine était paysan. Sa moustache lui plut, et son costume bien coupé. Prudence avait assez cousu chez les autres pour habiller proprement ses enfants. Ses yeux du même noir de jais que sa moustache la ravirent. Sans doute, il avait les mains dures. Lorsqu'elle apprit qu'Antoine était un Gendreau de Malidor-le-Vieux, il était trop tard. La mère d'Edmée eut beau lui dire, une compresse d'eau froide sur son front douloureux :

— Tu auras été prévenue, ma petite fille. Tu dégringoles. Tu ne sais pas ce que c'est, un paysan. Ce sera fini de ta petite vie tranquille. Tu devras travailler tous les jours, et aussi dur que ton père !

Dès qu'Antoine paraissait, elle éprouvait une douleur délicieuse au creux de la poitrine, et elle courait comme un cabri. Les Bulteau habitaient une maison sur le boulevard, avec de grands bâtiments pour rentrer leurs voitures de transport et leurs chevaux. Chaque dimanche, les amoureux descendaient se promener au bord de l'Yon, où ils s'embrassaient dans les cabanes des laveuses, au lavoir militaire. C'est là, dans la fraîche odeur du savon, qu'ils connurent leur premier éblouissement, dans un bonheur partagé. Antoine emporta cette odeur heureuse des lavoirs à la guerre, même dans l'horreur des tranchées. Quand le souvenir de l'amour était insensé, il lui suffisait de s'approcher d'un trou d'eau qui ressemblait à un lavoir, ses jambes se mettaient à trembler et il éprouvait au milieu des morts les frissonnements de la vie du monde. C'est là qu'ils engendrèrent Aline. Leur mariage précipité provoqua chez la mère Bulteau une de ses migraines les plus éprouvantes. Edmée vint s'installer à Malidor-le-Vieux et y apporta sa joie de vivre. L'humidité de la maison ne l'empêchait pas d'avoir toujours chaud. En plein mois de décembre, elle se contentait de son cache-corset de toile plein de ses seins nacrés qui prenaient de l'ampleur avec la grossesse. Elle ne se plaignit jamais des désagréments de son fardeau, ni du mal de dos, ni de lourdeurs dans les jambes.

— C'est naturel..., disait-elle avec des pétillements joyeux dans ses yeux châtaigne, et elle travaillait comme une fille élevée à la terre.

Prudence hochait la tête, soucieuse, sachant bien quant à elle que la graine d'enfant a besoin de soins attentifs. Elle évitait à sa bru les travaux pénibles, aimant comme sa fille cette petite au menton pointu, aux lèvres bien ourlées, si évidemment amoureuse de son Antoine.

Le mariage avec Edmée avait apporté aux Gendreau la clientèle de la caserne. Le père Bulteau y livrait déjà le vin. Il s'arrangea pour obtenir un contrat de lait à la ferme de sa fille et vint chercher les bidons chaque matin à Malidor. Toine ajouta une cinquième vache à son cheptel. Il pouvait se montrer raisonnablement optimiste.

On était en 1913. Antoine partit faire son service dans la cavalerie, à Saumur, en mars. Quinze jours plus tard naissait Aline. Son père arriva en permission après ses classes, accompagné de son cadeau de baptême : un mulet à la retraite, habitué aux ordres et contrordres de l'armée. Sauvé de l'abattoir, ce vieux serviteur de la patrie manifesta sa reconnaissance par un braiment vigoureux lorsque la famille sortit l'admirer. Un chapelet de verrues lui enlaidissait les oreilles, mais il avait encore fière allure pourvu qu'on lui coupe quelques longs poils de vieux sur les joues et les épaules. D'ailleurs, il s'appelait Auguste. Tout de suite, il parut content des caresses d'Edmée sortie le saluer avec Aline dans ses bras. Il lui était destiné. Avec Auguste, elle allait pouvoir entreprendre, elle-même, les livraisons de lait à la caserne.

Quand la guerre éclata, Antoine avait en poche sa permission et son billet de train pour les moissons de Malidor-le-Vieux. Il prit la direction du nord avec ses chevaux dans des wagons couverts. Il se trouva bien placé pour profiter des premières fusées du feu d'artifice, du côté de Belfort. Il eut le temps de voir ses pauvres chevaux éventrés, pateaugeant dans leurs tripes, et fut muté dans l'infanterie.

À sa première permission, en avril 1915, il transmit la gale à Edmée. Elle lui écrivit : *Ça me gratte surtout sur la poitrine et derrière les épaules. C'est comme toi, des petits boutons imperceptibles entre chair et peau. Je croyais que ce n'était rien et que ça ne se prenait pas. C'est vrai que... on était très près. Fais-toi soigner pour ne pas revenir comme ça. Tu me diras comment on te soigne pour que je me fasse même traitement. Oh ! ça ne m'inquiète pas, je m'en moque au contraire. Mais ça tracasse, la nuit. Je me suis réveillée la nuit dernière pour me gratter. J'ai été longue à m'endormir. J'avais fait un vilain rêve. Je pleurais parce que tu m'avais trompé en partant d'ici. Tu me le racontais, moitié riant, moitié contrit, et moi j'étais choquée, vexée, je souffrais d'avoir été si vite oubliée. Ami, comment ne pas être inquiète de tout ? Je veux venir t'embrasser, t'aimer. Ah ! nous sommes bien malheureux d'être privés l'un de l'autre !*

La vie était désormais difficile à Malidor-le-Vieux. La caserne, vidée de ses soldats, n'avait plus besoin de livraisons de lait. Tout le monde se privait dans les maisons sans hommes. *Il faudra bien manger du pain...*, écrivit Antoine de son gourbi, et il conseilla d'emblaver le plus possible à l'automne. Edmée était de son avis. Plus solide qu'elle ne le paraissait, elle avait de l'énergie à revendre. Elle décréta qu'elle occuperait la place d'Antoine. C'était une femme de passion, aussi entière au travail qu'en amour. Elle laissa la maison à Prudence et revêtit fièrement, comme un soldat, le grand tablier de terre. Les terres de Malidor étaient pourtant infernales, mangées de joncs dans les fonds, ardille sur les coteaux. Edmée accompagna son beau-père et la charrue au champ en octobre 1914. Il mettait les bœufs en ligne au bord de la haie, en leur parlant avec des mots doux comme à l'habitude, lorsqu'elle saisit les mancherons et, avec de la provocation dans la prunelle :

— Allez-y !

Toine hésita. Il était convenu qu'elle conduirait les bœufs. Elle serrait les mancherons, décidée à enfoncer le coutre. Il toucha les bœufs. La secousse du départ la fit chanceler, mais elle ne lâcha pas. Quand ils arrivèrent au bout du champ, il lui demanda :

— Tu avais cela en tête ?

Elle sourit. Une fine rosée mouillait le bord de sa lèvre. Elle y passa la langue. Toine arracha la charrue et la remit en place pour le second sillon. Elle reprit les mancherons. Ils rejoignirent leur point de départ, et elle l'écarta.

— Laissez-moi faire !

Elle tourna la charrue toute seule. Son foulard de tête lui

était descendu sur le cou. Elle retira son caraco, s'en essuya le front, ne gardant que sa chemise. Toine s'étonnait de la vigueur de ses frêles poignets de brodeuse. Elle sourit encore en s'inclinant vers l'araire.

— Vous avez plus de deux fois mon âge. Les bœufs marcheront bien tout seuls !

Et elle les commanda :

— Gentil-Garçon, allez !

Les bœufs, dociles, prirent leur pas de labour. Toine contempla sa courageuse petite bru ployée sur la charrue au milieu du champ, dans le soleil d'automne. La terre fumait comme si Edmée en dégageait le feu. La vapeur lui enveloppait les jupes. Il secoua la tête.

— Tu n'aurais pas dû la laisser faire, lui reprocha Prudence.

— Elle se serait fâchée sinon, lui répondit-il.

— Quand je travaille comme ça, leur expliqua-t-elle, les reins piqués comme par des couteaux, mais le visage rayonnant, j'oublie. J'ai l'impression que le temps passe plus vite qu'à me morfondre.

— Doucement, n'en fais pas trop, lui fit remarquer Prudence. Il ne faudrait pas que tu sois vieille lorsque Antoine reviendra !

Les prunelles d'Edmée flamboyèrent.

— Je ne suis pas vieille, ne vous en faites pas !

Et, en se frottant les reins, elle dressa une poitrine provocante.

La guerre dura. La situation matérielle des Gendreau s'arrangea un peu lorsque le cours du blé monta. Antoine fut fait prisonnier le 18 avril 1917 à 15 heures, au nord d'Aizy, dans l'Aisne, et expédié au camp de Hallein en Prusse-Orientale. Edmée lui envoya des colis. Elle apprit au Bureau d'aide aux prisonniers une recette de galettes nutritives bourrées de sucre et de beurre, lui tricota des gants et des bonnets parce que la Prusse connaissait des froids polaires. Elle lui écrivit jusqu'au bout ses lettres empreintes de l'impatience de son retour. Le jour du 11 novembre, lorsqu'elle entendit les cloches, de son lit de malade, elle tendit l'oreille.

— Qu'est-ce que c'est ?

— L'armistice, Edmée ! lui répondit Prudence. Il paraît que la guerre est finie !

Edmée repoussa fiévreusement les couvertures, et sortit les jambes de son lit. Elle avait le visage bouffi de fièvre, les cheveux défaits collés sur les joues. Une quinte de toux la fit chanceler. Prudence l'obligea à se rallonger.

— Donne-lui le temps de revenir. Repose-toi !

Prudence enveloppa sa belle poitrine marbrée de plaques violacées dans des cataplasmes à l'huile camphrée. Le père Bulteau apporta une bouteille de rhum, qu'on disait efficace contre la grippe. Edmée serrait la main de Prudence à lui faire mal en reprenant ses esprits. Des larmes emplissaient ses yeux exaltés. Des plaques violacées, presque noires, lui étaient apparues sur la figure.

— Demandez-lui de me pardonner de ne pas l'avoir attendu !

Le curé Calleau vint avec son huile sainte, jeta l'eau et la mie de pain dans le feu. La grippe espagnole emporta Edmée au huitième jour de sa maladie.

Aline donna l'impression de ne pas comprendre ce qui se passait. Elle ne pleura pas en découvrant l'immobilité de statue de sa mère aux mains ficelées par son chapelet. Elle toucha ses mains, ses joues froides, avec un étrange petit sourire au bord des lèvres.

Mais, pendant plusieurs soirs après la mort de sa mère, elle se leva, sitôt couchée par sa grand-mère. Elle se glissa en chemise sous le bois de lit, et s'allongea par terre, bien à l'abri, sous la paillasse.

Sa culotte de velours et sa veste de laine enfilées, Antoine partit à vélo au cimetière. Il hésita à s'avancer en apercevant les parents d'Edmée devant la tombe. Il avait l'impression qu'ils allaient lui reprocher la mort de leur fille. La malheureuse Mme Bulteau avait la tête emmitouflée dans un immense châle de laine noire qui lui couvrait le front et la bouche. Il vit bien qu'elle avait pleuré. Le père lui serra la main, mais se contenta de lui dire à voix basse, en faisant tourner son chapeau :

— Ah, tu es là...

Et Antoine, blessé, crut l'entendre poursuivre : « Tu es vivant, toi... » Il baissa la tête, récitant machinalement les mots de la prière. Quand ils partirent, ils lui adressèrent seulement un signe de tête. Et il resta là longtemps, piqué devant ce tertre de terre grise, immobile, gelé.

Sur le soir, Toine lui proposa de faire le tour de la borderie. Il avait encore plu dans la journée, par violentes giboulées froides. Peu à peu, le vent s'était apaisé. La terre, saoule d'eau, exhalait de lourdes fumées grises sur la campagne immobile.

— Il pourrait bien geler demain, remarqua le père, pour dire quelque chose, les mains dans le dos, le nez levé sur les profondes trouées bleues du ciel.

Louis-Marie et Philbert avaient suivi. Et Prudence avait dit :

— Emmenez donc la petite. Je vais préparer la soupe.

Philbert lui avait enfilé ses mitaines et l'avait prise à son cou. Au couchant frissonnait une large écharpe couleur orange. Ils marchèrent d'abord jusqu'au chantier de bois des garçons, qui lui montrèrent les stères de rondins et le tas de fagots sur le chemin où ils élaguaient des têtards. Antoine paraissait indifférent, s'efforçant de ne penser à rien pour garder cadenassée la douleur. Sa maladie des paupières avait été aggravée par ses pleurs. Prudence lui avait préparé des œillères d'eau tiède pour baigner ses chairs gonflées.

Ils arrivèrent au champ Pajot, ensemencé de blé, sûrement la meilleure parcelle de Malidor. La terre y était profonde, entre des haies de cerisiers sauvages.

— C'est Edmée qui l'a labourée, laissa tomber le père.

— Edmée ?... La douleur cisailla Antoine. Elle labourait encore ?

— Elle l'a voulu, précisa Toine. Elle était sûre que la guerre serait finie avant l'hiver. Elle m'a dit : « Je veux labourer, une dernière fois. Quand Antoine sera venu, il ne me laissera pas faire ! »

Antoine s'accroupit au ras des emblavures avec un gémissement aigu, comme un pleur de bête. Il laissa errer son regard sur les lignes d'eau qui dormaient dans les creux des sillons. Il tendit la main comme s'il voulait caresser l'herbe de blé jaunie. Il éprouvait à nouveau une profonde rancœur contre cette terre de misère responsable de son malheur. Les troncs des chênes de la haie étaient gonflés par des grosseurs d'infirmes, leur tête hérissée de broussailles atrophiées. Il était coupable d'avoir conduit Edmée à Malidor-le-Vieux et de l'avoir abandonnée aussitôt. Sans lui et son pitoyable amour, elle aurait sûrement échappé à l'épidémie. Elle ne se serait pas tuée à des travaux trop durs pour elle.

Comme si elle avait tout compris des idées noires qui tournaient dans la tête de son père humilié, la petite Aline lâcha la main de son oncle et s'approcha, emmitouflée dans sa capeline de laine.

— Papa ! murmura-t-elle d'une voix qui suppliait la tendresse.

C'était la première fois qu'elle l'appelait ainsi. Il la pressa nerveusement dans ses bras.

4

Le malheur avait été généreux aussi chez les autres. La commune de Saint-Pierre comptait quatre-vingt-douze morts au Champ d'Honneur. La République avait envoyé les régiments vendéens aux points les plus exposés, délivrant des brevets républicains aux descendants des brigands de 93 contre le prix du sang. Pierre Gendreau et son cadet Damien, les cousins d'Antoine, avaient été tués à quinze jours d'intervalle au Chemin des Dames. On disait que depuis, Pierre, leur père, buvait. D'autres avaient été miraculeusement épargnés. Les cinq frères Vilain, partis en 14, étaient rentrés tous les cinq chez eux sans une égratignure.

Les premiers soleils d'avril laissèrent espérer une belle récolte. Les blés semés par Edmée étaient déjà hauts sur leurs sillons. Les hirondelles entreprirent de rafistoler leurs nids sous le toit de la grange. À Paris, Georges Clemenceau finissait d'élaborer les clauses d'un traité qui mettrait définitivement la guerre hors la loi. Et puis la pluie recommença de tomber. Les basses terres de Malidor devinrent inabordables, les blés malades. Le curé Calleau conduisit les processions des rogations à travers la campagne sous une pluie battante. Ses prières furent entendues : le jour de l'Ascension le soleil descendit de longues jambes sur la terre. Il ne les retira plus. Dès les premières lueurs, il se levait tout rouge et cognait comme en plein mois d'août. « C'est trop ! dirent les paysans, jamais satisfaits. Il va échauder maintenant ce qui n'a pas été malade ! » Il fit pire. La chaleur alluma un premier foyer de fièvre aphteuse à la ferme des Coux. La maladie se répandit ensuite à la Brelandière, au Récrédy, à l'Angelmière.

Et puis, un matin du mois de juin, Toine revint des vaches l'air soucieux. Il avait gardé cette habitude de la Grande Roulière de filer à l'étable sitôt levé. Ses premières paroles étaient pour les bêtes. Il se soulageait sur la paille des litières et revenait manger la soupe. Les garçons avaient eu le temps de s'habiller en grognant d'être tirés de leur profond sommeil de jeunes. Toine demanda à Prudence de lui préparer de l'eau chaude.

— Qu'est-ce qui se passe ? Il y a quelque chose ?

— Je ne sais pas. La Charmante ne me paraît pas bien.

Il se tourna vers Antoine et les garçons, et sur un ton plus vif qu'à l'accoutumée :

— Venez donc voir avec moi, vous autres !

Prudence tendit la casserole d'eau chaude et, finalement, emboîta le pas aux hommes, suivie par Loulou qui bondit de dessous la table. À l'évidence, la Charmante était souffrante. Elle n'avait pas touché à la poignée de luzerne que Toine lui avait donnée. Elle contemplait sa crèche d'un œil morne, en bavant.

— N'aie pas peur, dit le père en approchant avec la casserole.

Il commença de la laver doucement à la main.

— On dirait qu'elle a la gorge enflée.

— Tu crois qu'elle aurait pu se faire piquer par une vipère ? interrogea Prudence.

Il haussa les épaules, pressa le pis rose délicatement. Le lait gicla. Les bénéfices de la vente du blé avaient permis à Toine de monter son cheptel à six parthenaises au pelage blanc-roux, larges de garrot, qui auraient eu assez de force pour tirer la charrue. Prudence et Edmée brassaient leur lait pour en faire du beurre. Le petit-lait permettait l'élevage des veaux et du cochon. Et, depuis la fin de la guerre, le vieux mulet toujours valide, maigre et cagneux comme un vieillard, avait repris ses livraisons à la caserne. Aucun Gendreau n'osa prononcer le nom de la maladie, tous l'avaient pourtant dans la tête tandis que Toine soignait Charmante. Mais quand la malheureuse se mit à grelotter, le soir, Philbert prit le vélo et alla chercher le vétérinaire.

— Pauvres ! dit celui-ci après avoir examiné le mufle enflé de Charmante.

Ses brodequins à œillets écrasaient lourdement la paille. Son père était un hongreur empirique. Lui avait ses diplômes. On ne le considérait pas meilleur que son père.

— C'est la cocote qu'elle a, la fièvre aphteuse.

— La cocote ? murmura le père d'une voix éteinte.

— Je suis obligé de mettre votre étable sous arrêté d'infection. Vous porterez la déclaration à la mairie. Vous garderez vos bêtes à l'étable...

— Les bœufs aussi ?

— Les bœufs aussi. Vous garderez votre chien attaché.

Le vétérinaire paraissait lui aussi affecté par ce nouveau foyer d'infection.

— Comment est-ce qu'on a attrapé cela ? lui demanda Prudence.

Il haussa les épaules.

— Cela peut être venu par un chien justement, par des oiseaux sur le fumier, par les mouches, par le facteur dans ses souliers, ou par vos souliers à vous...

Il alla chercher un bidon sous le banc de son cabriolet.

— Vous badigeonnerez votre vache avec ce sulfate de cuivre, mélangé avec de l'eau. Passez votre étable au Crésyl, dès demain, pour chasser les mouches.

Il se déchaussa de ses brodequins et les lava avec précaution.

Le lendemain matin, Antoine refusa d'accompagner son père qui allait planter des pancartes autour de Malidor.

— On n'est pas des pestiférés ! Vous croyez qu'on n'en a pas assez, déjà, à supporter ?

— Mon pauvre gars, c'est la loi. Si nous n'obéissons pas, nous aurons un procès.

Antoine ajouta pour ses frères, tandis que le père s'en allait avec sa masse et ses piquets :

— Je ne supporte plus cette ferme. Personne n'y a jamais réussi. Il faut partir d'ici, le plus vite.

Et puis il ajouta, en passant le nez sur le bidon de Crésyl :

— Il y a d'autres façons de cultiver la terre. J'ai vu les boches, là-bas. Ils ont vingt ans d'avance sur nous. Ils labourent avec des tracteurs. On ne voit pas une bouse de vache dans leurs cours.

Charmante mourut, et deux petits cochons. Les bœufs, Gentil et Garçon, furent malades à leur tour. Ils piétinèrent comme s'ils avaient marché sur des épines, jusqu'à la chute de l'onglon.

Le métayer des Coux parla à Toine d'une certaine Nina Buton du Bois-au-Bouin qui avait, disait-il, guéri son écurie de la cocote. Toine coupa une touffe de poils sur le front de Gentil et la lui apporta. La bonne femme déclara d'une voix qui ne supportait pas la contradiction qu'elle ne tenait pas la corde à virer le vent. Elle s'assit devant l'image d'un Sacré-Cœur dissimulé derrière une vitre crasseuse et murmura des prières, traçant des croix sur le paquet de poils de Gentil. Elle recommanda à Toine de mettre un bouquet d'herbe Saint-Jean, coupée le matin de la Saint-Jean avant le lever du soleil, au-dessus de la porte de l'étable.

Une désagréable odeur de putréfaction traîna autour de la ferme, battant le rappel d'essaims de mouches.

— L'odeur était parfois la même autour des tranchées, reconnut Antoine, l'air las, un soir, en rentrant de faucher avec le cheval des voisins Chaigneau de Malidor-d'en-haut.

Il avait ruminé tout l'après-midi, assis sur le siège de la faucheuse dans la chaleur abrutissante, poursuivant avec Edmée une longue conversation silencieuse. La nuit était tombée. Le vent tiède exaltait les odeurs. Le couvercle du briquet d'Antoine claqua, et la flamme jaillit, montrant son mégot, sa moustache, son visage pointu : « Nom de d'la ! pensa-t-il, on ne peut pas accepter la catastrophe sans rien faire ! Il faut partir. » Il était persuadé qu'avec son dynamisme Edmée l'encourageait à agir. Le tison de la cigarette scintilla dans la nuit. Le parfum âcre du tabac couvrit un moment les odeurs de la ferme.

Le placier pour la Charente occupait une table à la buvette de la Cloche d'or, près du champ de foire. C'était un gros homme rouge et transpirant, serré comme un notaire dans un costume rayé, la chaîne de montre en or sur le gilet. Disparu pendant la guerre, il était reparu le matin de la foire de mars, soufflant à déplacer son quintal de chair grasse, et avait retrouvé sa table au fond de la salle, sous le panneau de la publicité Claquescin.

Il offrait des métairies toutes prêtes dans les plaines de Charente ravagées par le phylloxéra aux bras vendéens encore trop nombreux, malgré la guerre, pour travailler et se nourrir chez eux. On disait que des émigrants courageux y avaient fait fortune. Et le journal *Ici Paris* avait publié dans un article : *Parce que leurs femmes sont trop fécondes, les Vendéens vont chercher des terres vierges.*

Les Gendreau en étaient au seizième jour de leur quarantaine, à la foire de juillet, Toine avait refusé de s'y rendre, contrairement à l'habitude :

— Je n'ai envie de voir personne ! Je voudrais rester enfermé toute la journée.

— Pourquoi ? l'interrogea Antoine, vous ne trouvez pas suffisant que nos bêtes soient séquestrées ?

— Je sais, répondit le père, mais les gens ont peur de la maladie. C'est naturel. Qu'est-ce que tu veux y faire ?

Il en avait fait la triste expérience le dimanche précédent, à la sortie de la messe. Certains de ses amis étaient passés au large, feignant de ne pas le voir.

— Eh bien moi, je veux y aller à cette foire ! s'entêta Antoine. Viendrez-vous avec moi, les gars ?

— Allez-y, vous êtes jeunes. Ce n'est pas la même chose.

La foire de juillet n'était pas une grande foire. Elle était plutôt l'occasion d'une pause entre les foins et les moissons. On s'accordait une journée pour parler des travaux passés et envisager ceux à venir. La chaleur encourageait à boire, manière de laver la poussière des foins.

Les frères Gendreau portaient la blouse noire et le chapeau de paille à galon, les deux cadets flanquaient l'aîné. Le soleil écrasait la ville d'une lumière de plâtre. Ils s'approchèrent d'une certaine Clémentine qui appâtait les acheteurs en badigeonnant ses cochons de dix semaines avec du blanc d'Espagne, longèrent la marquise des halles, le cœur serré. D'habitude Prudence y avait sa place parmi les femmes à bonnet blanc, vendant ses œufs, son beurre et ses poulets. Marie Compain, sa voisine de banc, les aperçut et leur adressa un signe d'amitié en soupirant :

— Que voulez-vous, les enfants, puisque nous existons, il faut bien vivre !

Ils hésitèrent à entrer dans la poussière du foirail, stationnant au bord de la place à côté d'un marchand d'écrémeuses, regardant les gens pérorer de loin. Ils souffraient au spectacle de ces bêtes saines, soignées, brossées, au mufle humide, qui révélaient la dimension de leur disgrâce. Louis-Marie montra un paysan de Saint-Pierre en affaire autour d'un bœuf blanc charolais. Son bâton de foire contre le sabot d'une patte arrière, il mesurait la hauteur de la hanche pour apparier ce bœuf avec un autre. Ils éprouvaient tous les trois la même jalousie envers ce voisin qui envisageait l'achat d'une bête si belle. Antoine montra la Cloche d'or à ses frères.

— On y va ?

Ils crurent d'abord, étonnés, qu'il leur indiquait la salle de bal. Les jours de foire, on dansait au son du piano mécanique à la Cloche d'or. De la place, on entendait sa musique. Quelques gamins serrés devant les fenêtres y regardaient avec une curiosité d'entomologistes les gesticulations de leurs aînés. Antoine dirigea ses frères vers la buvette. Un couple de danseurs sortait de la fournaise du bal. De larges auréoles de transpiration mouillaient le chemisier blanc de la jeune fille. Leurs yeux brillaient. Ils précédèrent les Gendreau dans la buvette et le garçon réclama bruyamment à boire.

La salle était pleine, et le vacarme des voix paysannes énorme. Les paysans se sentaient l'humeur conquérante, les jours de foire. La ville leur appartenait. Ils y conduisaient leurs vaches et lui froissaient les oreilles de leurs cris vengeurs.

Les frères attendirent qu'on leur libère trois tabourets à un bout de table, près de joueurs de cartes. Antoine commanda une bouteille et servit ses frères. Ils burent lentement. Le jeune Louis-Marie, peu habitué à tenir sa place dans un débit de boissons, imitait le comportement de ses aînés. Ses voisins jouaient leurs bouteilles de vin aux cartes et étaient déjà très rouges. Deux mains puissantes se posèrent sur ses épaules :

— Alors, la jeunesse, vous ne m'avez pas l'air bien gais !

C'était l'oncle Pierre, de la Grande Roulière. Lui aussi était rouge, les yeux injectés de sang.

— Votre père n'est pas là ?

Il prit un air attristé.

— Je lui avais dit, à Toine, qu'il faisait une bêtise. Cette ferme ne vaut rien. Maintenant vous avez la cocote...

Ses doigts chauds exerçaient des pressions nerveuses sur l'épaule de Louis-Marie. Au mot de cocote, les joueurs de cartes tournèrent la tête. Antoine fit signe à son oncle de baisser la voix.

— Oncle Pierre, s'il vous plaît.

L'oncle continua :

— La cocote, on sait ce que c'est, la ruine pour une exploitation. Si vous vous en remettez, vous aurez de la chance...

Antoine se leva. À la guerre, il devait avoir cette allure ramassée, la tête dans les épaules, l'air résolu. Il avait pâli. Il saisit fermement l'oncle Pierre par le bras et le tira vers la sortie.

— Oncle Pierre, vous dites des bêtises !

L'oncle ne résista pas, il eut le geste de chasser les mouches de sa main libre, manière de dire : « Si tu le prends ainsi, mon garçon ! » Et il se dirigea tout seul vers la sortie, avec un air de dignité offensée. Antoine se rassit. Ses couleurs revinrent lentement. Il commanda une autre bouteille et montra le panneau Claquescin au fond de la salle.

— Le placier des Charentes est là-bas. Venez-vous le voir avec moi ?

Antoine les avait conduits là dans cette intention. L'altercation avec l'oncle l'avait renforcé dans sa détermination. Les yeux de Philbert luirent.

— Je suis d'accord avec toi.

Louis-Marie sourit et hocha la tête. Antoine s'assura que personne de Saint-Pierre ne se trouvait dans la buvette, et ils s'approchèrent du placier qui leur tendit sa main moite et leur désigna de la tête les tabourets devant sa table. Un long papier collant noir de mouches pendait au-dessus d'eux. Le placier s'épongea le front, le cou, la nuque avec son mouchoir, l'air préoccupé d'autres affaires.

Et soudain :

— Combien êtes-vous d'hommes ?

— Quatre. Nous trois, plus le père.

— Combien de femmes ?

— Une. Notre mère.

Il joignit les doigts sur la table.

— Vous ne pouvez pas vous débrouiller pour en trouver quelques-unes, de beaux gars comme vous ?

— J'en avais une, répondit Antoine sombrement. La vie n'a plus voulu d'elle.

— Ah bon ! dit le placier, en rejetant le buste vers l'arrière. Excusez-moi ! Qu'est-ce que vous souhaitez au juste ?

Les trois frères se regardèrent. Et puis Philbert, en rougissant, les pieds sous son tabouret, les bras croisés. C'était la première fois qu'il parlait comme un homme :

— On est sur une ferme qui ne vaut rien. On a eu la

cocote. On serait prêts à partir s'il y avait du travail en Charente.

— Vous seriez prêts à partir quand ? demanda le placier, observant ce nouvel interlocuteur.

— Tout... tout de suite ! répondit Philbert.

— Prêts à partir tout de suite..., répéta le placier en quêtant un sourire sur le visage d'Antoine, impassible.

Il chercha dans son cartable en carton bouilli et en tira des papiers, mouillant son majeur de salive pour tourner ses feuillets.

— Oui... J'aurais quelque chose à Martignac, vingt-deux hectares dans la vallée de la Charente. (En même temps qu'il observait ses papiers, il vérifiait les réactions de ses clients avec de rapides coups d'œil.) C'était une belle exploitation. Elle n'est plus travaillée depuis vingt ans, sauf quelques terres, données à faire ici et là...

Il tourna la page de son dossier. Comme les trois frères étaient toujours attentifs, il continua :

— Il y a de grands bâtiments. Le propriétaire ne serait pas difficile au début, je crois qu'il laisserait sa moitié.

Les deux jeunes lancèrent à Antoine un regard intéressé. Le placier les encouragea.

— Oui, ce serait tout à fait réalisable pour quatre hommes, et... (il hésita) arrangez-vous pour emmener au moins une autre femme !

Il saisit au vol la main du gamin qui remontait de la cave avec un chapelet de bouteilles serrées sur son tablier.

— Laisse-nous-en une. Et apporte trois verres, ordonna-t-il de sa voix éraillée, pour ces messieurs !

Il sortit de nouveau son mouchoir, essuya son crâne nu, soupira, se tamponna les sourcils. Il servit à boire avec une vivacité surprenante, et eut vidé son verre avant qu'ils eussent commencé à boire.

— Bon ! dit-il en prenant un gros crayon bleu. Quel est votre nom ?

Antoine demanda :

— Comment s'appelle la métairie ?

— Je vais vous le dire. De toute façon, ne vous inquiétez pas, nous ne ferons rien aujourd'hui. Il ne peut pas être question de déménager avant la Saint-Michel. Et puis... je voudrais voir votre père. Vous ne pourriez pas l'amener à la foire d'août ?

Tout en parlant, il se mit à écrire avec la même vigueur qu'il avait manifestée à boire.

— La ferme s'appelle Sarreboute. Elle est sur la commune de Martignac, en Charente.

Il coupa sa feuille de papier en deux et tendit l'adresse à Antoine.

— Vous connaissez peut-être du monde par là-bas. Renseignez-vous. Pouvez-vous me donner votre nom et votre adresse ?

Antoine hocha la tête.

Lorsqu'ils sortirent sur le seuil de la buvette, l'éclat du soleil les aveugla. La lumière vibrait, écrasant la ville. Ils firent en même temps le même geste de mettre leurs chapeaux. Les verres de vin avaient rendu Louis-Marie doucement gris. Il se retint de rire, son nez trompetta, le rire fusa. Il se plia en deux. Ses frères rirent à leur tour, et Antoine, la main sur son épaule :

— Tu as le vin gai ! Tu as trop bu !

Ils ne dirent rien à leurs parents avant d'avoir obtenu des informations plus détaillées. Antoine s'était rappelé qu'avant guerre des Ligonnière avaient émigré de Saint-Pierre pour une commune de Charente qui ne devait pas être très éloignée de Martignac. Il se procura leur adresse auprès de cousins qui survivaient dans un trou de maison à la sortie du village de la Poissonnière, et Louis-Marie profita d'un dimanche après-midi pour leur écrire. Le porte-plume fuyait ses doigts endurcis par la fourche et la faucille. Il commença lentement, avec maladresse : *Chers voisins*... Peu à peu, la facilité et le plaisir revinrent. *Vous allez être surpris de notre lettre. Nous sommes en pleines métives et, chez nous, le blé n'est pas bien beau. Mais c'est pour vous demander des renseignements que vous seriez complaisants de nous donner...*

Les batteries suivirent les moissons. C'était le temps des travaux épuisants, des reins moulus au point de dormir debout comme un cheval, en accompagnant la machine à battre.

Malidor-le-Vieux sortit enfin de quarantaine. Les bêtes amaigries ne donnaient guère de lait. La réponse des Ligonnière n'arrivait pas. Sans nouvelles à la foire d'août, les frères Gendreau restèrent chez eux.

La lettre arriva le lendemain de la fête de l'Assomption. Loulou accompagna le facteur jusqu'à la porte de la maison. Toine offrit au facteur une assiettée de soupe, car ils étaient à table. La lettre était adressée à Antoine, qui la posa à côté de son couteau.

— Elle vient de Charente..., dit-il en s'essuyant la moustache avec une bouchée de pain, après le départ du facteur.

— De Charente ? interrogea Prudence, surprise, quittant le coin de son feu.

Il décacheta avec la pointe de son couteau. C'était une page de cahier d'écolier, remplie des deux côtés d'une écriture violette. Il la lut en silence et la tendit à Louis-Marie :

— Tiens, lis-la donc à tout le monde !

Louis-Marie rougit, voulut refuser, regarda sa mère, les mains aux hanches, un pan de son tablier de devant remonté dans sa ceinture. Un rai de soleil, entré par la fenêtre, le nimbait d'une mousse de lumière blanche. Il posa les coudes sur la table :

Le Maine-Brun, Bouteville (Charente),
dimanche 12 août 1919

Chers voisins,

Ce n'est pas moi qui écris, vous le savez, je ne suis pas allé assez à l'école. J'ai demandé à Claudie, notre petite dernière, de prendre la plume pour moi. Comme vous le dites, votre lettre nous a surpris, mais elle nous a bien fait plaisir. Nous ne savions pas que vous étiez installés à Malidor-le-Vieux. La roue tourne. Quand nous sommes partis de Saint-Pierre, Noémie disait qu'elle ne s'habituerait jamais à la Charente. Maintenant, elle ne voudrait pas retourner dans un pays où nous avons été si misérables. Le Maine-Brun, où nous demeurons, est une grande maison au milieu des vignes avec deux cèdres bleus devant la grille. Nous y sommes domestiques, mais il fait souvent meilleur être domestique en Charente que maître en Vendée.

Je suis allé voir la métairie de Sarreboute à Martignac au sujet de laquelle vous m'interrogez. Elle n'est guère qu'à six ou sept kilomètres de chez nous. Je n'y avais jamais mis les pieds. Pour sûr qu'il y a de quoi y mener une bonne vie. On ne peut pas voir toutes ces terres abandonnées aux mauvaises herbes, aux ronces et aux épines, sans un serrement de cœur. Vous ne seriez pas dérangés par les voisins. La ferme est toute seule dans la prairie au bord de la Charente. C'est un ensemble de bâtiments en pierre blanche habituel ici, serré autour d'une cour carrée. On entre par un grand porche comme un portail d'église. Les étables sont à droite, les granges à gauche, la maison en face, avec des chambres hautes comme en ont les logis de maîtres en Vendée. Elle donne par-derrière sur un jardin frais qui descend jusqu'à la rivière. Bien sûr, il y a du travail à faire pour remettre tout en état. Mais avec des gens courageux, et surtout méticuleux comme vous, je suis certain que ça peut devenir un endroit bien humain.

Les gens d'ici ne sont pas comme on le raconte en Vendée. Ce n'est pas parce qu'ils n'ont pas de religion qu'ils ne sont pas complaisants. Noémie trouve qu'ils font plus le « monsieur ». Pour sûr, ils en ont les moyens. C'est pourquoi ils ne sont pas bien allants. Ils prennent leur temps. Un de chez nous n'a pas de mal à tenir son rang. Tout cela pour vous dire qu'on peut y arriver ici sans trop de peine. Tout y est plus facile, la terre est moins lourde, le blé donne moins de paille mais davantage de grain. Les vignes sont deux fois hautes comme chez nous. On boit du vin rouge à tous les repas. On se demande quelquefois avec Noémie si ce n'est pas parce que la vie est facile qu'on trouve personne dans les églises. En tout cas, nous ne sommes pas les seuls Vendéens. Douze familles d'émigrés sont installées dans le secteur. On les retrouve le dimanche. On va chez les uns, chez les autres. On forme une petite Vendée.

Si vous vous décidez à venir, on sera heureux de vous accueillir parmi nous. On a parlé de vous, dimanche dernier après messe. Ce n'est pas pour vous influencer; bien sûr, ici comme ailleurs il faut travailler, mais à la différence de la Vendée où en travaillant on n'arrive souvent à rien, ici on a de bonnes chances d'arriver à quelque chose. Voilà, chers voisins, ce que je peux répondre à votre lettre qui nous donne l'espoir de vous voir venir grossir notre communauté. Prévenez-nous quelle que soit votre décision.

C'était signé de la même écriture : *Athanase Ligonnière.* En dessous, cependant, en lettres tremblées, il y avait un vrai paraphe, l'Athanase ayant tenu à authentifier la lettre de sa main.

Louis-Marie s'était tu. Le plat de haricots fumait sur la table. Une poule chantait dans le poulailler. Les fils guettaient les réactions de leurs parents. Le père se servit sans hâte, comme à son habitude, tailla son pain en cubes, et le laissa tomber dans son assiette, l'imprégna soigneusement avec sa fourchette. D'un signe de tête, Antoine permit à son frère Philbert de parler.

— On est allés voir le placier à la foire de juillet. On a écrit aux Ligonnière pour se renseigner.

— Je l'ai compris, fit Toine sèchement.

Le rouge lui était monté au front. Il continua de manger sans un mot, ferma son couteau et partit faire sa sieste dans la grange. Les garçons s'adressèrent à leur mère, accroupie pour la vaisselle devant la pierre de la cheminée.

— Qu'est-ce que vous en pensez, mère ?

— Je pense qu'il est vexé parce que vous avez fait ça dans son dos. Il croit aussi que vous m'avez informée de l'affaire et que je la lui ai cachée.

Elle soupira.

— Il va falloir maintenant que je m'en débrouille.

— Qu'est-ce que vous pensez de notre idée ?

Elle lâcha les assiettes dans la bassine, se redressa en s'essuyant les doigts à son tablier.

— Je pense qu'on n'est plus de la première jeunesse, votre père et moi. Je pense qu'on a beaucoup enduré, et qu'on endure encore. Vous venez nous lancer cela, d'un seul coup, à table. On est trop vieux pour recommencer. Vous savez ce qu'on dit dans le pays de ceux qui partent. Est-ce que vous imaginez ce qui se passera si on s'en va ?

Des larmes jaillirent dans ses yeux. Elle s'était adressée surtout à Antoine et Philbert qu'elle devinait comme les principaux responsables. Elle plongea de nouveau dans sa vaisselle.

Toine parla le lendemain matin en buvant son café.

— Votre mère est de votre avis, dit-il sourdement. Elle serait prête à partir pour la Charente !

Prudence se coiffait. Elle retira les épingles à cheveux de sa bouche et se détourna de la glace. Le feu pétillait sous la marmite de pommes de terre pour les cochons.

— Où es-tu allé chercher cela, Toine ? l'interrogea-t-elle avec douceur.

— Ne m'as-tu pas dit que cela ne te faisait rien de partir ?

— Je ne t'ai pas dit cela. Mais c'est sûr que je ne suis pas attachée comme toi à ce pays. Je n'ai eu personne pour me dire que j'y étais chez moi. D'une certaine manière, j'y ai toujours été une émigrante. Et on s'est souvent chargé de me le rappeler. Mon pays, ma terre, c'est vous. C'est là où vous êtes. J'y suis bien lorsque vous êtes heureux.

— C'est bien ce que je disais : tu n'hésiterais pas à partir en Charente, si on le décidait.

— Si vous le décidiez ? interrogea-t-elle, et elle regarda Toine dans les yeux.

Ils se parlaient devant leurs enfants avec le ton libre de l'intimité. Ils l'avaient toujours fait. Elle se retourna vers le miroir. Les bras levés, les doigts travaillant derrière sa tête, elle fixait ses longues tresses avec les épingles. Toine la regardait en buvant son café.

— Non, ce n'est pas possible, dit-il en secouant la tête. Je ne suis pas capable de partir d'ici. Je suis de là, moi, tu m'entends. Je n'en ai jamais bougé. C'est ma chair. C'est mon sang. Je ne m'habituerais pas ailleurs...

Il appuyait ses mots à coups d'index sur la table. Il paraissait navré, disposé à tous les efforts pour sa famille, mais cela lui semblait au-dessus de ses forces.

Deux jours plus tard, le placier sortait de l'ombre du pin parasol. C'était à l'heure de la sieste. Louis-Marie, qui ne dormait pas, jouait avec Loulou sur le banc dehors, près de la porte. Le ciel chauffé à blanc tournait lentement au gris perle avec des reflets métalliques. Louis-Marie l'avait annoncé en se levant :

— Il va y avoir de l'orage, j'ai mal à mon genou.

Il guettait l'apparition des montagnes noires au bout du ciel. Loulou courut vers l'équipage du placier en aboyant contre sa jument baie aux pattes fines, la crinière moussante d'écume, manifestement fatiguée par la chaleur. Les jappements de Loulou réveillèrent la maison.

— Puisque vous n'êtes pas venu à moi, dit le placier en glissant sa bride dans l'anneau, c'est moi qui viens à vous !

Il était plus volumineux encore, sorti de sa table de la Cloche d'or. Son ventre considérable valait infirmité. Pourtant il agitait ses jambes courtes, ses bras d'apparence minuscule, avec la vivacité d'un insecte.

— Qu'avez-vous décidé ? demanda-t-il, mettant tout de suite les pieds dans le plat. Je redescends en Charente demain. Si cela ne vous intéresse pas, ce n'est pas grave, je proposerai l'affaire à quelqu'un d'autre.

— Décidé..., répéta Antoine, mal réveillé, se frottant la nuque.

Toine sortait à son tour de la grange. Le placier lui tendit sa petite main grasse, et se présenta. Le père hocha la tête et, tout de suite, se montra méfiant. Prudence parut sur le seuil de la maison.

— Eh bien voilà, dit-il en lui adressant un large sourire, je crois que j'aurai vu toute la famille !

Ses petits yeux malins s'attardèrent sur Prudence, et il parut favorablement impressionné. Le père l'invita à entrer. Le placier refusa. Montrant le banc, dehors :

— Nous serons bien, là. J'aime l'ombre des treilles. Ce qui me ferait plaisir, c'est que vous offriez à boire à mon cheval.

Cet homme aimait les bêtes, et Toine, mis en confiance, s'assit près de lui. Prudence vint à son tour auprès de Toine. Louis-Marie s'était accroupi, serrant Loulou entre ses jambes. Antoine, debout, croisait les bras. Le placier avait sorti son mouchoir et essuyait le cuir de son chapeau de paille.

— Je me doute que vous vous êtes renseignés, commença-t-il prudemment. Moi aussi. Je suis au courant de votre malchance, à répétition. J'aurais pu laisser faire et vous attendre à venir, ou pas. Il me semble qu'avec Sarreboute je vous offre la chance de vous en sortir.

Prudence ne parut guère apprécier sa compassion.

— Vous êtes charentais ? l'interrompit-elle.

— Oui, de Segonzac, pourquoi ?

— Viendriez-vous vous installer en Vendée ?

— Je ne sais pas. Peut-être, s'il le fallait. Mon père était auvergnat, il était feuillardier.

— Imaginez-vous comme c'est pénible pour un Vendéen de partir.

— Pour un Gendreau, c'est quasi impossible, ajouta Toine.

— Impossible..., reprit le placier. J'en ai vu partir en pleurant. Ils ne regrettent rien maintenant. Le plus difficile dans les départs, c'est justement les départs.

Toine remua sur le banc. Le placier ne le laissa pas parler.

— Quel avenir avez-vous ici ? Au mieux, vous allez rembourser quelques dettes, vous reconstituerez difficilement votre cheptel. Et après ? Vos fils ne resteront pas avec vous, ou alors un, qui continuera de tirer le diable par la queue avec vous.

Toine baissa la tête, humilié par la justesse de ces paroles, fixant la terre entre ses jambes.

— Ce n'est pas de votre faute, ajouta le placier en haussant la voix. Vous n'avez pas d'avenir ici parce qu'il n'y a pas de terre. Un Gendreau, comme vous dites, n'a pas plus de chance qu'un autre s'il n'est pas l'aîné, sauf s'il accepte de rester toute sa vie vieux garçon au service de son frère.

Le placier était fort. Il avait pris ses informations avant de venir, et savait s'en servir. Il avait remis son chapeau et triturait à présent son mouchoir, les doigts sans cesse en mouvement.

— ... Au lieu qu'en Charente, vous aurez autant de terre que vous désirerez. Le propriétaire de Sarreboute est conscient du travail pour remettre sa propriété en état. Il propose trois années sans loyer. Il offre de payer le matériel dont vous aurez besoin, et les travaux pour la maison. Il accepte de payer les semences.

— Il faut qu'il ait bien besoin, et que la tâche ne soit pas belle pour qu'il soit aussi généreux ! repartit Toine entre ses dents.

— C'est ce que j'allais vous dire. Il a besoin de bras comme les vôtres. Il le sait. Quand je lui ai parlé de vous, il a tout de suite été intéressé.

Toine croisa les bras, et examina le placier avec curiosité.

— Vous lui avez parlé de nous ? Vous ne nous connaissiez pas !

Le placier soupira, passa sa petite main sur son front en sueur.

— Il y a plusieurs façons de connaître les gens. J'avais vu vos fils. Je connais mon métier. Le propriétaire ne voulait pas de va-nu-pieds.

Antoine leva le nez, les mains derrière le dos, comme s'il s'adressait aux grondements de l'orage.

— Moi, je ne supporte plus cette ferme où j'ai conduit Edmée pour son malheur. Je ne suis même pas tranquille pour ma fille. Même si vous décidez de rester, je crois que je partirai.

— Vous vous êtes mis d'accord avec lui, les jeunes ? interrogea Toine, la voix étranglée.

Les jeunes baissèrent la tête. Philbert :

— On n'est pas contre de partir.

Prudence murmura doucement :

— Il y a de bonnes gens partout.

Toine se leva, des larmes dans les yeux. Il pleurait désormais facilement depuis la mort d'Edmée.

— Vous ne me comprenez pas..., dit-il, la voix mouillée.

Il se sauva dans la maison. Prudence le suivit.

— Je ne voudrais plus voir personne..., répéta-t-il encore. Je voudrais rester enfermé, là, dans le noir.

Le placier tira sa montre en or de son gousset. Le ciel d'étain était devenu encore plus lourd. Il pesait maintenant sur la cime du parasol. On ne sentait plus un souffle d'air. Un voile de moucherons flottait dans la cour, montait, descendait, avec des frémissements de linge fin.

— Il est temps que je m'en aille, dit le placier, si je veux être rentré avant l'orage. Je reviendrai demain vous demander votre décision.

Il feignit de se lever et puis, relevant le nez qu'il avait charnu, gonflé à son extrémité comme un abcès, il renifla.

— J'ai senti en arrivant tout à l'heure que vous deviez avoir fait cuire les patates pour les cochons. Est-ce que vous m'en donneriez une ? J'adore ça.

La petite Aline, que les cris de son grand-père avaient réveillée, s'approcha en chemise, pieds nus. Elle courut vers Antoine en criant :

— Papa ! Papa ! A bras ! A bras !

Il s'accroupit. Le père et la fille s'embrassèrent.

— Veux-tu aller demander une patate à mémé, pour le monsieur ?

DEUXIÈME PARTIE

LA MAISON AU BORD DU FLEUVE

5

Les Gendreau partirent donc pour la Charente à la Saint-Michel 1919. L'annonce de leur départ provoqua l'effet attendu. Quand s'en allaient des traîne-misère, on les regardait avec une condescendance apitoyée, mais, cette fois, on avait du mal à comprendre, et on se sentait en quelque sorte menacé. Les plus indulgents dirent :

— Allez, ils n'ont pas eu de chance !

Ils étaient les moins nombreux. Les autres :

— Ceux qui partent en Charente sont des paresseux. Ils n'ont pas réussi chez nous, ils ne réussiront pas mieux ailleurs. Antoine a perdu sa femme, c'est vrai. Ils ont eu la fièvre aphteuse. Et alors ? Le malheur a été bien partagé ces dernières années. Quand on a un peu de fierté, on reste à sa place, surtout si elle est pénible.

— Voyez-vous, je me demande si la Prudence n'y est pas pour quelque chose. Bien sûr, elle va à la messe et aux vêpres, il n'y a rien à lui reprocher. Mais d'où vient-elle ? Elle est arrivée servante à la Grande Roulière, et elle a embobeliné le Toine. Elle était orpheline. Elle arrivait du haut pays. À ce qui paraît, elle faisait la tournée là-bas, avec son bissac, pour mendier son pain…

L'émotion fut si grande que le curé Calleau évoqua leur départ en chaire, déviant à l'occasion d'un sermon sur l'Évangile du *Jeune Homme riche*. Il n'était pas brillant orateur.

Ses sermons entretenaient généralement le sommeil de son troupeau. Parfois cependant, au cours de ses prêches, ce sanguin s'emportait, et il réveillait ses paroissiens. L'affaire était doublement grave puisque les Bouron, une famille très pauvre, déménageaient quant à eux pour la Charente-Inférieure. Le malheureux Bouron, père de sept enfants, se louait l'été pour les grands travaux, mais, l'hiver, il s'occupait comme il pouvait, arrachant du genêt ici, curant les fossés là, travaillant aux carrières. L'œil du curé Calleau tomba sur la grouée des Bouron au fond de l'église, et il s'enflamma.

— Deux familles de Saint-Pierre ont choisi de prendre le chemin de la désertion. (Tout de suite, il sentit son auditoire devenir attentif.) On aurait pu croire que la guerre avait éloigné ce fléau. Au contraire ! Le service militaire, la caserne ont été le noviciat de la capitulation. Arrachés à leur terre, à leurs parents, à leurs curés, les jeunes ont appris le mépris pour leur pays et découvert l'attrait des plaisirs faciles. Quel dommage, mes frères, d'en être arrivé là ! Oh ! je le sais, vous allez me dire : ce n'est pas si facile de résister aux pressions, quand on est dans la peine, quand on a tout juste de quoi vivre, et que certains vous répètent : « là-bas, ce sera plus facile, on gagnera davantage, on vous donnera tout ce que vous voudrez ! » Il n'existe pas de terre où on ne gagne pas son pain à la sueur de son front ! (Il martela ces mots à coups de poing sur la main courante en velours de la chaire.) Et puis, malheureux, ce pays de l'exil, ce pays que n'a jamais arrosé le sang de ses martyrs, la Charente, mes frères, est un désert sans Dieu. De passage là-bas, il m'est arrivé une fois d'y célébrer la messe. J'en ai encore le cœur serré. Je ne me suis pas trouvé en présence de notre belle assemblée vivante et chantante. J'ai célébré le sacrifice dans une église abandonnée, devant une dizaine de femmes et autant d'enfants. Il n'y avait pas un homme ! J'ai pensé à vous, mes frères. J'ai pensé à votre chance, à ma chance. J'ai eu envie de rentrer bien vite ici. Et vous voudriez déserter nos généreuses terres chrétiennes pour ce pays sans âme ? Méfiez-vous. En choisissant le profit et les biens matériels, vous compromettez votre salut, pas seulement le vôtre, celui de vos enfants, qui n'auront pas été élevés dans un environnement religieux. Rappelez-vous la Parole : « Là où est ton trésor, là aussi est ton cœur. »

Il reprit souffle. Il allait poursuivre. Il vit le visage de Prudence levé vers lui. Elle serrait nerveusement le bras de Toine. Le curé connaissait la vertu de cette femme, et il s'arrêta soudain, stoppé dans son élan, mais les Gendreau rentrèrent chez eux avec le sentiment d'être déjà bannis de la communauté. Ils eurent tout de même le courage de revenir à la messe, le dimanche suivant. Le curé courut derrière Prudence, à la sortie de l'église.

— Dites-moi que votre première visite sera pour le prêtre. Si vous le voulez, je vous remettrai une lettre pour lui.

— Merci, monsieur le curé, nous vous en sommes reconnaissants, lui répondit-elle.

Mais elle resta droite et digne.

La veille de leur départ, ils conduisirent leurs bêtes en gare de la Roche. Trois vaches leur restaient, et les deux bœufs, après les partages. Il avait fallu se résoudre à se séparer du mulet, qui n'aurait peut-être pas supporté le voyage. Lorsque le boucher vint, Toine se sauva.

— Arrange-toi avec lui, dit-il à Antoine. Je ne pourrai pas supporter le regard de cette pauvre bête.

Le cœur serré, il toucha ses vaches et ses bœufs vers le wagon à bestiaux. Les bêtes effrayées refusaient de monter sur le plan incliné. Il n'osait pas les pousser, souffrant autant qu'elles.

— Leur lait va tourner, c'est sûr !

Et il commandait à l'employé des chemins de fer qui les tirait par la corde de montrer moins de brusquerie. Il lui apporta le foin, les betteraves qu'il leur avait préparées pour le voyage, insistant pour qu'il n'oublie pas de leur donner à boire. Cet employé, un dénommé Béziau, qui avait bien compris l'inquiétude du père, adressait des clins d'œil à Antoine.

— Ne vous en faites pas ! Vous les retrouverez plus belles que vous les aurez laissées. Le changement d'air leur fera du bien. Elles vont respirer l'air de la mer, à La Rochelle.

— Vous croyez ? demanda Toine.

— Pour sûr !

Et il cligna encore de l'œil. Il montrait en tout cas qu'il savait y faire, à sa manière de brasser la paille de la litière. Toine essaya de l'attacher un peu plus encore à son devoir en le conduisant à la buvette. Quand ils sortirent, Garçon beuglait dans son wagon. Toine faillit retraverser les quais pour aller apaiser son bœuf.

Lorsqu'il rentra à Malidor, il partit seul arpenter les terres. Il avait prévu cette ultime promenade. La lumière de l'après-midi avait la couleur abricot des débuts d'automne. Les mains derrière le dos, il remonta rapidement la vallée de Malidor, légèrement voûté, le béret renvoyé vers l'arrière. Ses sabots s'enfoncèrent dans la terre élastique du bois de Château-Fromage, et il tourna autour des chênes aux troncs noirs dressés au-dessus des taillis de châtaigniers. De son bâton, il écarta les fougères et les hautes herbes aux feuilles longues et craquantes. C'était là qu'il trouvait des cèpes. C'était trop tôt. Le sous-bois n'était pas enfondu. Cette année, les cèpes lèveraient sans lui. Il entendit, au loin, le sifflet d'une locomotive, et il pensa à l'effroi de ses bêtes lorsque le train s'ébranlerait.

Il continua à travers bois, se jucha sur la butte de lisière où l'on avait l'habitude de décrotter les charrues. Devant lui s'étendaient les terres de la Grande Roulière. Ce champ-là s'appelait le champ du Sorcier. Les sillons de choux lui parurent irréguliers. Il se pencha pour ramasser une pierre rousse de schiste feuilleté, qu'il fit tourner entre ses doigts derrière son dos, s'approcha de la ramure du châtaignier, le nez en l'air. Il flatta son écorce de la main.

— C'est le grand-père qui l'a greffé, celui-là ! dit-il tout haut.

L'été avait échaudé les fruits. La terre était jonchée d'un tapis de bogues roussies qu'il piétina machinalement. Il dégagea des châtaignes flétries, à peine formées, de couleur laiteuse. Il descendit jusqu'au ruisseau. Aussi loin que Toine pouvait suivre le cours de son lit tournant à travers la vallée, il était toujours sur le territoire de la Grande Roulière. Il écouta le coassement d'une grenouille. Le soleil se couchait derrière la haie du coteau, sa lumière ruisselait sur la barbe grise des éteules.

— Tu t'es imaginé que tu étais le maître de ces terres, pauvre sot ! fit-il.

Il se remit en marche, nomma chacun des champs et des chemins par lesquels il passait. Et chacun de ces noms de sa géographie personnelle résonnait comme un adieu.

— Il t'aura fallu devenir vieux pour comprendre qu'ici-bas on ne possède rien !

Il rejoignit enfin la cour de la Roulière, derrière la haie du grand noyer. Quand il était enfant, il avait l'habitude de venir se cacher dans ce nid d'aubépines. Un soir, il s'y était endormi. Il avait été réveillé par la truffe du chien sur sa figure et avait entendu les appels inquiets de son père et de sa mère.

Le chien jaune de son frère dressait la tête devant son tonneau. L'animal tira sur sa chaîne et se mit à aboyer. Les portes des étables étaient ouvertes. Un valet sortit, la fourche sur l'épaule, et ordonna au chien de se taire. Le soir tombait. De grandes taches, couleur lilas, glissaient en grand mystère au milieu de la cour. Un rayon d'or filtrait par la porte ouverte de la maison. Les femmes avaient allumé la lumière.

— Déjà ! La Berthe n'économise pas la chandelle !

Il remarqua le fauteuil, sorti sur les marches. Le rai de lumière y scintillait sur des verres de lunettes posées dans un journal. Il sentit son cœur sur le point de faiblir, se recula. Ce fauteuil était celui du grand-père. Durant toute sa petite enfance, Toine avait connu ce fauteuil au coin du feu. On y installait le vieux Pierre dès son lever. On l'y nourrissait. Il y mâchouillait l'os de sa pipe. Le petit Toine l'avait trouvé un soir, la tête rejetée en arrière, bouche ouverte. Le grand-père était mort. Sa pipe avait roulé dans le feu où elle avait commencé de se calciner.

— Qu'est-ce qu'on a fait de cette pipe ? Elle a été longtemps dans le tiroir du buffet.

Il suivit du regard le piqué d'un couple de pigeons blancs qui se posèrent dans un nid de bois accroché sous le débordement du toit de la grange. C'était lui, Toine, qui avait fabriqué ces nichoirs, qui y avait installé le premier couple.

— Une vie, murmura-t-il, qu'est-ce que c'est ? Et dire qu'on s'imagine que ça n'aura pas de fin lorsqu'on est enfant !

Il arriva à Malidor à la nuit noire. La lune était à son dernier quartier. De grosses étoiles lisses brasillaient dans le ciel d'équinoxe. L'échine de Loulou se frotta contre sa jambe dans le chemin, et Prudence le prit par le bras dans le noir du parasol.

— Tu étais inquiète ?

— J'étais en train d'imaginer notre grande maison de maître, là-bas..., lui répondit-elle.

Elle avait tout deviné, bien sûr, de son pèlerinage. Lorsqu'il quitta son pantalon pour se coucher, la pierre de schiste du pré Sorin tomba de sa poche.

— Toi aussi ! lui dit-elle.

Elle ouvrit la boîte de biscuits Lefèvre-Utile où elle rangeait habituellement sa couture. Elle l'avait remplie de terre. Chuchotant comme si elle s'était rendue coupable d'un brigandage :

— Je l'ai ramassée dans le jardin.

Elle s'éclaira d'un sourire espiègle, plongea ses mains de paysanne aux doigts gonflés dans la terre qu'elle laissa s'écouler lentement.

— Elle est légère et douce comme de la cendre, dit-elle.

Toine hocha la tête et y enfonça à son tour ses doigts. Dans la lumière de la lampe, la terre avait des reflets roses.

— J'y planterai un géranium, ajouta-t-elle en refermant le couvercle. J'ai toujours rêvé d'une maison avec des géraniums aux fenêtres.

— Tu y crois ? lui demanda-t-il avec son air misérable.

— Bien sûr que j'y crois ! répondit-elle, dénouant son chignon. Ses longs cheveux se répandirent sur ses épaules.

Elle était belle encore aux approches de la cinquantaine. Ses muscles ne s'étaient ni desséchés ni affaissés. Sa poitrine soulevait fièrement sa chemise. Elle aima le regard de Toine sensible à sa beauté. Ils étaient seuls dans la maison vide de Malidor. Les garçons et Aline étaient allés coucher sur le boulevard chez les beaux-parents d'Antoine, à la Roche, puisque Germain devait les déménager en Charente. Elle monta la première dans le lit, parce qu'elle couchait du côté de la venelle. Il la rejoignit, et elle se pelotonna contre lui.

— Toine, lui murmura-t-elle en lui caressant la poitrine, c'est peut-être une chance pour nous. Si tout avait marché comme nous le souhaitions, nous serions installés comme des vieux qui cherchent à protéger leurs biens. Au lieu de cela, nous avons tout à recommencer. Nous sommes obligés d'être jeunes ! Toi et moi, nous avons encore de la force !

Ils quittèrent Malidor le 29 septembre. La veille, Germain Bulteau avait conduit chez eux sa voiture à quatre roues de transports de muids. C'était un gros garçon solide, aux joues éclatantes, court sur jambes, la lèvre soulignée par une fine moustache brune. Voiturier pendant toute la guerre, il avait convoyé, de nuit et par tous les temps, les munitions aux avant-postes. Les chevaux lui semblaient préférables aux hommes.

— Je n'en ai jamais vu un tuer par méchanceté. Et pourtant, j'en ai connu de vicieux.

Il avait calculé qu'en tout, pendant la guerre, il avait dû en gouverner près d'une centaine. Mais la guerre lui avait fait découvrir aussi le cheval-vapeur. Il avait été requis pour conduire les taxis de la Marne, ces camions Renault qui faisaient la navette de l'arrière aux premières lignes. Et, depuis son retour, il économisait sou à sou, il avait même arrêté de fumer, pour se payer un volant. Il descendait régulièrement à Bordeaux pour livrer des fûts de vin et de rhum aux Caves du Poitou de la Roche.

— Imagine, disait-il à son père, je gagnerais la moitié du temps ! Quand j'arriverais, je n'aurais pas à bouchonner, à donner à manger et à boire.

Il arriva avec les enfants Gendreau avant le lever du jour. Un vent léger poussait les nuages dans le ciel, hâtant l'éclaircie. Aline répétait la comptine que lui avait apprise son oncle :

Une négresse qui buvait du lait,
Ah ! se dit-elle, ah ! si je pouvais
Devenir aussi blanche que les petits Français !

Il recula ses deux chevaux dans les limons de sa voiture. C'étaient deux beaux percherons rouquins, hauts sur pattes, gonflés de muscles, d'apparence paisible.

— Ne vous y fiez pas, remarqua Germain bouclant la sous-ventrière, ils ont du sang et du cœur. Quand ils prennent le trot, ils le tiennent. Bordeaux a le plus de caractère. Vendée le laisse prendre ses airs, mais il tient plus longtemps.

Il avait appelé ses chevaux Bordeaux et Vendée. Il leur commanda d'avancer dans la cour, et Bordeaux, tout frémissant d'impatience, donna le premier coup de reins. Il les arrêta en agitant son chapeau noir à large bord de voiturier. La voiture était déjà chargée de tout le mobilier des Gendreau, l'armoire, la table, les bancs, la pendule, les lits, à l'abri sous une bâche bleue. Les jours précédents, ils avaient livré à la gare le gros matériel de travail : charrue, tombereau, écrémeuse. Ne restait plus qu'à desserrer les tire-fond du lit des parents, et à les glisser à leur place dans le chargement. Une lueur tamisée commençait d'entrer par la porte ouverte. Loulou allait et venait de la cheminée à la voiture avec inquiétude. Il y avait longtemps qu'il avait compris qu'on quittait les lieux. Louis-

Marie et Prudence pliaient les draps, lorsque le chien dressa l'oreille en grondant. C'était l'oncle Pierre, de la Grande Roulière.

— Excuse-nous, on n'a pas de chaise à t'offrir, lui dit Toine, accroupi devant le bois de lit à demi démonté.

Son frère s'assit sur la pierre de la cheminée.

— Tu es bien...

— En avance ?... l'interrompit Pierre. Je ne savais pas à quelle heure vous partiez.

Et il commença de rouler une cigarette.

— Ce n'est pas ce que je voulais dire, reprit Toine à mi-voix. Je pensais au contraire que tu étais bien en retard.

Ses paroles furent suivies d'un lourd silence, ponctué de coups de poing dans le bois de lit pour dégager les chevilles. Pierre lécha son papier à cigarette, colla, se retourna vers les braises près du pot de café pour prendre un tison, lâcha une première bouffée.

— Si tu n'es pas content de ma visite, je m'en vais tout de suite !

Il se leva.

— Ce n'est pas ce que je t'ai dit.

Loulou s'était dressé encore, le poil hérissé. Il faisait maintenant presque clair. Aimé entra, le benjamin de Pierre et Toine, salua sa belle-sœur.

— Ce n'est pas la peine de plier les draps, il faudra les déplier ce soir ! dit-il, rigolard.

Et Toine poursuivit de sa voix paisible, comme s'il avait depuis longtemps ruminé ses paroles :

— Quand les visiteurs tant attendus arrivent trop tard, on peut se demander s'ils ne sont pas venus seulement pour constater le désastre.

Aimé resta planté, une main dans une poche, au milieu de la salle vide. Prudence jetait de temps à autre un regard vers son mari, en tirant sur le drap qu'elle pliait avec Louis-Marie pour lui enlever des faux plis.

— Un Gendreau ne va pas chez les rouges ! bégaya Pierre. La Charente, c'est bon pour des Bouron !

— Un Gendreau doit d'abord nourrir sa famille, reprit Antoine en abandonnant son tire-fond. Quand il n'y a plus de bonnes terres en Vendée, il va les chercher ailleurs. Il n'y a pas de raisons pour que le gâteau soit toujours réservé aux mêmes.

Pierre et Aimé s'étaient rapprochés, comme s'ils serraient les rangs. Le cri de Prudence claqua :

— Ça suffit !

Et plus bas :

— Vous n'avez pas honte !

Elle s'empara de la pile du couvre-pieds et des draps, et la posa sur les bras d'Aimé.

— Tiens. Aide-nous donc plutôt à ranger nos affaires dans la voiture !

Aimé sortit les bras chargés. Pierre hésita et le suivit. Ils tournèrent un moment dans la cour, entrèrent dans les étables vides. Antoine était plus monté contre eux que son père.

— Ils sont venus pour se moquer. On ne les a jamais vus quand on en avait besoin !

— Laisse-les, dit Prudence. Ils vont s'en aller.

Ils revinrent vers la maison.

— Bon, eh bien, bon voyage ! dit Aimé.

— J'espère que vous ne le regretterez pas ! ne put s'empêcher d'ajouter Pierre.

— Compte là-dessus ! répondit Toine.

Germain entra après qu'ils furent partis, leur adressa un clin d'œil malicieux qui détendit l'atmosphère.

— On ne boit pas beaucoup par ici !

Il avait remarqué la bouteille d'eau-de-vie et les verres sur la pierre de la fenêtre. Toine servit la goutte en contemplant la maison vide où Prudence donnait un dernier coup de balai.

— C'était comme cela, il y a sept ans, lorsqu'on est arrivés.

— C'était plus sale ! précisa Antoine.

Le soleil se levait au milieu de nuages d'un blanc pur. Il ne pleuvrait pas. Germain ficela les deux vélos sur les ridelles. Le pédalier du vélo de Louis-Marie avait été bricolé par le forgeron de Saint-Pierre pour lui permettre de pédaler d'une seule jambe. Prudence jeta les dernières saletés dans le foyer. Antoine vida le fond du seau d'eau sur la dernière langue de flamme. Philbert aida à charger à l'arrière le sac d'orge et d'avoine pour les chevaux. Germain lia les dernières cordes sur la bâche.

— Allez, en route !

Prudence s'assit sur le banc près de Toine et de Germain, Aline à côté d'elle, sa poupée dans ses bras. Les gars s'étaient aménagé des places parmi les couvertures et les paillasses. Les croupes des chevaux se gonflèrent, occupant toute la largeur de leurs limonières. Les bandages ferrés roulèrent sur les pierres. Ils passèrent sans un mot sous l'ombre du grand pinier. Toine voulut se retourner. Mais Prudence :

— Ne regarde pas derrière toi, mon Toine. Tu serais changé en statue de sel !

Elle appuya son dos à la planche, secouée par les mouvements de la voiture.

Ils roulèrent longtemps en silence, bercés par les cahotements du charroi. Bordeaux et Vendée étaient des routiers d'expérience. Ils alternaient d'eux-mêmes le trot et le pas, selon les descentes et les montées, évitant de puiser dans leurs réserves. Germain n'avait rien à leur dire, sinon pour les encourager :

— Allez, mes bons, c'est bien ! Allez, Bordeaux ! Allez, Vendée !

Les chevaux tournaient leurs oreilles rousses vers lui et accéléraient l'allure, manifestant leur contentement. Ils gravirent au pas les derniers mètres de la côte de Mareuil, et Germain dit :

— Voilà la plaine. Maintenant c'est facile, on va rouler sur le plat jusqu'à ce soir.

Il était onze heures. Les Gendreau tendirent le cou et

découvrirent, étonnés, une immensité plate et monotone, sans un arbre, répartie en un damier compliqué d'éteules et de labours. Quelques bosquets d'arbres nains signalaient la présence des maisons.

— J'espère que Martignac n'est pas comme ça, fit Prudence, soucieuse.

— Ne vous inquiétez pas, la rassura Antoine. La vigne ne vaut rien sur des terrains plats.

Le soleil scintillait sur l'aiguille blanche d'un clocher à l'horizon.

— La flèche de la cathédrale de Luçon, indiqua Germain.

Ils couchèrent le soir à Marans, dans une auberge que fréquentait Germain au bord du marais. Le garçon d'écurie, assis sur le bouteroue de pierre, lui demanda :

— Tu déménages les restes de la Vendée en déroute ?

— Tu la veux sur la gueule, la Vendée en déroute ? Donne à mes chevaux, et soigne-les bien. Je saurai voir si tu t'en es occupé comme il convient !

Les chevaux dételés attendaient, le mufle tendu vers les odeurs de foin de l'écurie. Le gardien les poussa dans les deux battants du portail. L'aubergiste offrit deux chambres de deux lits, dans une remise au fond de sa cour. Le plancher n'avait pas été balayé. Des mimis de poussière roulèrent dans le courant d'air des portes ouvertes.

— Je pense que vous ne voulez pas mettre trop cher ? fit l'aubergiste, en guise d'excuse.

— Est-ce qu'on marque si mal, demanda Prudence, après qu'il fut parti, qu'on nous traite comme des mendiants ?

— Non, expliqua Germain, c'est qu'il vous voit avec votre ménage. Il sait qu'on n'émigre pas sans avoir des difficultés.

À la demande de Prudence, ils regroupèrent tous les lits dans la même chambre, pour être tous ensemble. Installée sur une paillasse qui sentait le moisi, elle ouvrit son panier, et fit circuler le pain, les œufs durs, le lard. En d'autres circonstances, ils se seraient régalés. Mais l'inquiétude serrait les gorges. Ils avaient du mal à mâcher.

— Qui veut une pomme rouge ?

Elle les surprenait tous. Ils étaient las de cette longue journée de voyage et du ballottement de la voiture, et elle avait l'œil à tout. Elle pela une pomme pour Aline.

Quand tout le monde fut couché, Aline avec son père, Prudence sortit chercher Toine. Un vent léger s'était levé avec le crépuscule. Des nuées transparentes passaient sur la lune. Toine s'était assis au bord du canal dont le bras d'argent immobile et droit s'allongeait derrière leur remise. Parfois il chassait un moustique d'une claque sur son bras.

— Tu es là ? lui demanda-t-elle.

Et sa main chercha son épaule. Ils restèrent ainsi un long moment, en silence. Un rat ou une poule d'eau s'agitait dans les roseaux.

— Peut-être ne serait-on pas partis, finit par dire Toine, s'ils nous avaient aidés !

Et Prudence comprit qu'il poursuivait tout seul la querelle du matin avec ses frères.

— Tu y penses encore !

Il se racla la gorge, et puis :

— Je me demande si tu n'es pas la plus contente de nous tous ! lui reprocha-t-il. Si j'ai accepté de partir, c'est à cause de toi, parce que tu as pris le côté des jeunes. Mais ne t'y trompe pas, pour moi c'est comme si on m'arrachait un membre.

La main de Prudence étreignit vivement l'épaule de Toine.

— C'est vrai, reconnut-elle, lui donnant à lire le secret de son cœur, je ne sais pas si je tiens ça de mon enfance ballottée, mais je ne suis pas mécontente de bouger. C'est plus fort que moi, pardonne-moi !

Il posa la main sur celle de sa femme.

— Allez, viens te coucher, dit-elle, demain on a de la route.

Les percherons reprirent leur course le lendemain avec la même placidité, sûrs de leur puissance et ne se laissant distraire par rien de leur allure, les reins seulement un peu plus creux dans les côtes. Une nouvelle plaine succéda aux marais. La route recommença à monter et à descendre sur le soir, aux approches de Saint-Jean-d'Angély où ils s'arrêtèrent pour leur seconde nuit. Germain connaissait un vieil aubergiste qui les accueillit en chassant les poules de sa porte. Bordeaux hennit contre une oie qui lui sifflait dans les jarrets. Germain offrit la soupe, et les Gendreau fatigués des repas parfois froids l'avalèrent bouillante.

À la pause de midi, le lendemain, ils s'aperçurent qu'on leur avait volé un jambon, pourtant bien dissimulé sous la bâche. Germain supposa que le fourbe gamin d'écurie du premier soir en était capable.

— Ne vous en faites pas. Si c'est lui, il fera bien de cacher ses fesses et ses oreilles !

Au début de l'après-midi, ils trouvèrent les premières vignes. Elles se resserrèrent à mesure qu'ils approchèrent de Cognac.

— Incroyable, dit Toine, comment peut-on boire tout cela ?

Philbert et Louis-Marie contemplaient ces étendues de vignobles avec des yeux éblouis.

— Comment trouvez-vous cela ? leur demanda Antoine.

— C'est beau !

Ils arrivèrent à Sarreboute la troisième nuit. Aline dormait nichée dans une couette au milieu du chargement. Ils entrèrent dans Martignac sans s'en rendre compte. Les murs ventrus des maisons plus noirs que la nuit alternaient avec les brèches des morceaux de vigne. Ils réveillèrent quelques chiens. Heureusement le placier leur avait remis un plan. Germain conduisait tranquille, et les rassurait :

— On y est presque. C'est la fin du voyage.

Les lanternes éclairaient d'une lueur vive les croupes rouges des deux timoniers en sueur. Ils distinguèrent à leur lumière la tour carrée d'un clocher massif, et regrettèrent la flèche de Saint-Pierre. Le martèlement des sabots s'atténua, le roulement de la voiture devint plus doux, et ils surent qu'ils descendaient vers la rivière. Ils franchirent un premier pont très étroit, un second en dos d'âne à la pente très raide. Les chevaux creusèrent l'échine, s'aidèrent du garrot.

— Eh bien, c'est la plus dure de tout le voyage !

Il y avait encore un troisième pont, presque aussitôt. Et puis ce fut un chemin tout blanc, à la lumière de la lanterne. Le chemin montait. Ils arrivèrent devant un porche et son haut mur comme un rempart au milieu de la vallée. Le portail était ouvert. Leur cœur se mit à battre plus vite. Comme si elle avait compris, Aline se dressa sur sa couette.

— C'est là.

Germain hésita à pousser ses chevaux dans la cour. Ils approchèrent à pied. La lanterne leur montra un perron et une grande porte cloutée à deux battants au sommet de trois marches. Toine saisit la main de fer, et frappa le marteau. Ses coups retentirent, comme dans des pièces vides. C'était bien là. Personne ne les attendait plus. Il était trop tard. La nuit était très noire. On n'entendait autour qu'un bruissement de vent dans les feuilles. On respirait une odeur d'eau. Toine manœuvra le bec-de-cane. La lanterne éclaira un couloir et un escalier qui montait droit, comme une échelle de meunier.

— Eh bien voilà ! murmura derrière lui Prudence.

La flamme dansait sur des murs nus badigeonnés d'une vieille couleur ocre. Une porte ouvrait de chaque côté du couloir. Antoine poussa celle de droite. Sa voix résonna sous les poutres :

— Les derniers locataires n'ont pas tout emporté.

Une vieille table et un banc effondré étaient restés au milieu de la pièce. Le tiroir grinça. Germain partit chercher la voiture. Louis-Marie entra, puis Philbert, Aline à mon cou.

— J'ai trouvé quelque chose d'intéressant, dit Antoine qui s'éclairait avec son briquet.

Il descendit du linteau de la cheminée une assiette en fer-blanc sur laquelle avait été collée une bougie à la cire d'abeille. La cire crépita. La mèche rougit. La flamme hésita, s'élargit et se dédoubla. Il sourit en élevant ce chandelier de fortune.

— Bon, dit Germain en rentrant du dehors, où voulez-vous installer votre literie pour cette nuit ?

La maison était bien distribuée, avec deux grandes pièces de chaque côté du couloir. Il y avait une chambre haute en face de l'escalier. Un lit-cage y avait été abandonné. Ils y étendirent Aline qui s'y endormit après avoir demandé, les sourcils froncés :

— Vous restez avec moi ?

Prudence donna un coup de balai rapide avant d'étendre les paillasses autour de la petite, sur le plancher. Les dalles de terre, en bas, transpiraient l'humidité, ils passeraient encore cette nuit tous ensemble, dans la même chambre.

Le volet prenait mal contre le linteau, et battait doucement, mais pas une lueur ne filtrait du dehors. Comme tous les soirs, les garçons entendirent les chuchotis de leur mère récitant le Souvenez-vous. Les ronflements de Germain retentirent très vite, bientôt suivis des respirations régulières des garçons. Prudence dressa la tête en entendant une course feutrée derrière la cloison.

— Des rats, dit Toine.

— Tu crois qu'ils viendront là ? demanda Prudence, qui en avait horreur.

— Je ne sais pas... Non, ils nous ont sentis.

Ils se tournèrent et se retournèrent longtemps sur leur paillasse, malgré la fatigue. Le moindre craquement leur faisait battre le cœur. Prudence finit par prendre la main de Toine.

Première réveillée, le lendemain matin, bien avant l'aube, elle se laissa glisser lentement de la paillasse, et descendit dans le noir sans réveiller personne. Elle ouvrit la porte et contempla la nuit. Des brumes grises cheminaient à travers la cour. On ne voyait rien d'autre que cette circulation dense de grandes draperies silencieuses. Il faisait frais. Prudence frissonna. L'air était toujours plein de cette odeur douceâtre de pays mouillé qu'ils avaient respirée la veille.

— Ce doit être l'odeur d'ici.

Et puis son esprit revint à tout son monde en train de dormir là-haut dans le même nid, à leurs espoirs, à leurs craintes. S'adossant au chambranle, elle chercha son chapelet dans sa poche de blouse.

Elle récita une dizaine. Le froid commençait à la glacer et elle allait remonter chercher sa cape lorsqu'elle reconnut le pas lourd dans l'escalier, le souffle bruyant.

— Où es-tu ? interrogea la voix de Toine.

— Ici.

— Tu vas geler !

Il lui toucha le bras.

— Ferme cette porte !

Il alluma son briquet, trouva la bougie.

— On va faire du feu.

— Avec quoi ?

— Il y a sûrement du bois à traîner par là.

Il alluma la lanterne et ils sortirent ensemble. La nuit avait changé. Le vent grandissait. Les brumes qu'avait contemplées Prudence partaient en charpie. Le jour venait. Ils cherchèrent dans la grande herbe de la cour abandonnée. Toine trouva quelques vieux fagots abandonnés contre un mur. Il répandit de la sciure en les soulevant.

— Ce bois n'a pas été coupé d'hier.

Il repéra une grosse souche près du porche dans les orties.

— C'est du frêne.

Le fagot s'embrasa comme de la paille, mais, après avoir tâtonné dans l'avaloir de la cheminée, la fumée vint errer à travers la pièce.

— Manquerait plus que ça, qu'elle fume ! grogna Toine en ouvrant la fenêtre.

— C'est le conduit qui est froid, hasarda Prudence. Depuis combien de temps cette pauvre cheminée est-elle morte ?

Ils jetèrent un second fagot et la bûche dans le foyer Peu à peu les fumées se mirent à monter. Des yeux rouges s'allumèrent dans les nœuds du frêne. Prudence sourit.

— Tu imagines toujours le pire, mon pauvre Toine. Va donc chercher le pot de mojettes ! lui demanda-t-elle, confiante.

Le jour se levait. Ils ne s'en étaient pas rendu compte. Une lumière encore bien grise glissait par la fenêtre ouverte où la fumée et le brouillard se mélangeaient. Germain et Antoine entrèrent. Le pot de mojettes commença de chauffer et répandit une odeur de maison vivante. Ils se mirent à manger avec appétit, trempant dans le pot des bouchées de pain qu'ils fixaient à la pointe de leurs couteaux.

Ils sortirent dans la cour.

— Eh bien, mon vieux ! murmura Antoine.

— Ce n'est pas possible, ajouta Toine, il y a plus de vingt ans que c'est abandonné, ici !

— Peut-être pas, dit Germain, minimisant le désastre, cela va si vite. La nature a vite fait de reprendre le dessus.

Le préau, sur le côté, était décoiffé d'une partie de ses tuiles. La lumière violette de ce matin d'automne éclairait par les trous béants le squelette de sa charpente toute nue. Une herbe grasse avait pris racine sur la poutre faîtière. Et sa fleur jaune frissonnait comme un ironique bouquet de charpentier. La couverture des étables, en face, n'était guère en meilleur état, même si la chanlatte avait résisté. Un portail dégondé s'était effondré dans l'herbe. Une large brèche était ouverte dans le mur d'entrée, dressant les énormes piliers du porche comme une ruine antique.

— Si Pierre Gendreau nous voyait, reprit Antoine désolé, il serait content !

Alors ils se retournèrent vers la maison. Elle aurait pu être magnifique. C'était une grande maison charentaise en moellons réguliers, à toiture avec croupes et corniches de type génoise. Six grandes fenêtres perçaient sa façade au rez-de-chaussée, six autres plus petites à l'étage. Mais elle n'avait pas bonne mine, avec ses volets mal clos, blancs comme de vieux os grattés par les intempéries. Des boulons flottaient dans certaines ferrures. Une lézarde profonde rayait la moitié de la façade, partant d'une fenêtre en haut et descendant en escalier jusqu'au pignon.

— Athanase Ligonnière nous avait parlé d'une maison de maître, fit encore Antoine la gorge serrée, il avait oublié d'ajouter qu'elle tombait en bottes.

— C'est vrai qu'il y a de quoi faire, réagit Germain. Mais vous ne vous attendiez tout de même pas à entrer dans un château ? Moi je dis qu'une fois remis en état, cela peut vous donner quelque chose de très bien.

Ils examinèrent curieusement le voiturier, comme s'il déraisonnait.

— Mais bon sang, insista-t-il, regardez cette belle cour entre ces hauts murs, regardez ce puits.

Il s'y pencha.

— L'eau affleure presque.

Toine hocha la tête.

— La maison a les pieds dans l'eau !

Et entre ses dents :

— On a quitté la pauvreté pour se jeter dans les bras de la misère !

Il interrogea du regard Prudence qui paraissait, elle aussi, soucieuse. Il soupira, fouilla dans sa poche, en tira sa carotte de tabac à chiquer. Une rafale de vent traversa la cour. Prudence la suivit du regard, et la vit secouer les feuilles d'un solide pied de lierre aux bras allongés jusque sous les tuiles. Ils traversèrent la maison par le corridor du milieu et, tirant les verrous, ouvrirent la porte qui donnait sur le jardin, de l'autre côté. De grands peupliers aux feuillages tigrés murmuraient doucement au fond. C'étaient eux qui parlaient, la veille, lorsqu'ils étaient arrivés. Les eaux lisses de la Charente luisaient entre leurs troncs avec la matité de l'étain.

— C'est bien trop près d'une maison avec des enfants ! protesta Prudence.

Instinctivement, elle leva les yeux vers la chambre haute où dormait Aline. Les hommes descendirent les deux premières marches, puis les deux suivantes du jardin à terrasses conduisant à la Charente. Il y avait eu autrefois une palissade de bois séparant le jardin du chemin de halage. N'en restaient que quelques barreaux dressés au milieu des orties.

— C'est une grande rivière ! murmura Louis-Marie ébloui.

— Ce n'est pas une rivière, le corrigea Toine. C'est un fleuve.

Ils eurent tous pour un moment le visage rasséréné par la splendeur de la Charente.

— On n'a pas ça chez nous ! affirma Germain.

Une marche avait été taillée par un pêcheur dans la berge.

— Ce soir, chuchota Philbert à Louis-Marie, on tendra des cordelles.

Une poule d'eau décolla de leurs pieds en lançant un cri de panique. Elle rasa le miroir de l'eau et se posa lourdement dans les lentilles et les roseaux de l'autre bord.

Ils remontèrent le jardin qui n'était plus un jardin. Des saules y avaient poussé. Une rangée de bambous coupe-vent avait envahi les anciens carrés.

Antoine alla chercher sa faucille dans la voiture, et commença de faucher nerveusement la cour.

— Je ne sais pas ce que c'est que ça, dit-il en frappant de longues hampes hautes comme un homme, le long desquelles pendaient des grelots pleins de graines. C'est dur comme du bois. Et il y en a partout !

Ses veines saillaient sur ses avant-bras. De la pointe de la faucille, il rassemblait les tiges en fagots.

— Je n'ai jamais vu cette espèce de plante, moi non plus, fit Toine.

Il ouvrit un grelot qui remplit sa main de graines plates en forme de disques.

— Tu comprends pourquoi il y en a tant ?

Tous les hommes s'armèrent de faucilles.

Ils repoussèrent des tuiles effondrées dans l'herbe, découvrirent un amas de seaux rouillés et de vieilles ferrailles au milieu des chardons.

— Ceux qui étaient là n'étaient pas très délicats, ils jetaient leurs ordures devant leur seuil !

— Eh bien, mes amis !..., soupira le père en levant de nouveau les yeux vers Prudence sortie au milieu d'eux.

Elle fit semblant de n'avoir pas compris et s'adressa à Philbert qui taillait de bon cœur des branches levées dans les jointures des piliers du préau.

— Qu'est-ce que c'est ?

— Des saules.

Les boucles tressautaient sur son front bosselé. Sa lame tranchait ras et net. Il était peut-être déjà plus fort qu'Antoine. Son second fils était appelé à devenir lourd et épais. Il serait d'une puissance incomparable quand il saurait gouverner ses énergies.

Aline pleurnichait sur le seuil de la porte, en chemise, nu-pieds. Prudence se précipita.

— Ma bichette, je suis là !

Ils déchargèrent le contenu de la voiture dans la grange et partirent aussitôt chercher les bêtes à la gare de Châteauneuf. Toine fut rassuré lorsque ses doigts fourragèrent dans les poils rudes de ses bœufs, et trouvèrent le cuir chaud. Ils étaient bien portants, les vaches aussi. Les garçons chargèrent les cageots de lapins et de poules dans la voiture. Le chef de gare manifesta de la curiosité pour une machine qu'il ne connaissait pas. Elle était faite d'une solide pièce de chêne à gouttières et de deux équerres à vis.

— Qu'est-ce que vous faites de cet instrument de torture ?

— C'est un redresseur de cornes, lui répondit Toine. On s'en sert pour les bœufs à lier. Quand les cornes d'un jeune bœuf sont dangereuses, on lui installe ça sur la tête. On lui presse les cornes entre les équerres, et de temps en temps on leur donne un tour de vis pour les resserrer.

— Ce ne serait peut-être pas mal de poser votre engin sur la tête de certains citoyens ! repartit le chef de gare amusé.

— C'est peut-être un pays pas pire que les autres..., dit Toine sur le chemin du retour.

— Il n'y a pas de bon ni de mauvais pays, répondit Germain, fort de sa science de voyageur. Il n'y a que des pays comme les hommes les font.

Ils suivaient le lit de la Charente. La route basse sinuait au bord de prairies plantées de peupliers. Les jambes du soleil marchaient par les trouées sur le miroir du fleuve, et la vallée était éclaboussée de lumière.

Ils aperçurent une automobile dans la cour au milieu des tas de mauvaise herbe.

— Crénom, une Cadillac ! dit Germain avec admiration.

Il abandonna ses chevaux qui avaient tiré les vaches à la corde, derrière la voiture. Les bœufs arrivaient tranquillement, touchés par Philbert et Antoine. Il s'approcha de la limousine jaune canari, caressa du regard les galbes de la carrosserie, se pencha vers les roues à rayons peints en rouge. Il était penché sur le moteur pour en respirer l'odeur merveilleuse d'huile, d'essence et de métal, lorsqu'un homme apparut en haut du perron, élégant, la moustache discrète, habillé dans un costume de tweed. Il tendit la main à Toine.

— Rougier, dit-il, le propriétaire de Sarreboute.

Il présenta l'homme guêtré qui l'accompagnait :

— Robin, mon régisseur. Mon automobile vous plaît ? demanda-t-il aimablement à Germain. Vous êtes un connaisseur ? Puis-je vous retourner le compliment, et vous faire remarquer que vous avez des chevaux superbes ?

Il leur flatta le chanfrein. Prudence était sortie, le foulard sur la tête, le balai de brande enveloppé dans un morceau de drap pour décrocher les toiles d'araignées du plafond. Antoine et Philbert arrivaient, l'aiguillon sur le joug.

— Vous avez l'habitude de travailler avec les bœufs ? Ici, on connaît davantage les chevaux. C'est normal, pour les vignes. Comment appelez-vous cette race de bœufs vendéens ?

— Parthenaise.

Une fumée légère s'élevait du flanc des animaux, qui avaient bien marché. Le propriétaire examina aussi les vaches, d'un regard d'esthète plutôt que de maquignon, puis s'adressa à Prudence d'abord, puis à Toine, et à toute la famille :

— Je suis venu vous saluer. Vous avez pu constater comme moi le mauvais état de la métairie. Je reconnais qu'il vous faut du courage pour la reprendre. Votre épouse, monsieur Gendreau, m'a fait connaître votre légitime inquiétude. Mais je crois sincèrement qu'avec les conditions que nous vous avons consenties vous pourrez réussir. Combien d'années sommes-nous convenus sans loyer ? demanda-t-il à son factotum.

— Trois, monsieur.

— Trois, ou quatre, si nécessaire. Je veux d'abord que cette propriété redevienne humaine. Pour les travaux des bâtiments, c'est à vous de voir, soit que vous vous en sentez capables, et nous vous les payons, soit que nous demandons des ouvriers. Vous verrez cela avec Robin. Quant aux terres, vous ferez avec lui le tour du propriétaire.

La main dans une poche de son pantalon ajusté, il se tourna vers Prudence, et ses yeux d'un gris-vert tacheté de rouille la scrutèrent un moment comme s'il cherchait d'autres questions. Il hocha la tête, et prenant devant lui dans le tas d'herbe :

— Madame Gendreau m'a demandé si je connaissais ces longues tiges qui ont envahi la cour. Ce sont des roses trémières, communément appelées ici passeroses. Elles poussent le long des murs, et sont très belles pendant l'été. Bien sûr, c'est comme pour tout, l'excès nuit.

Un sourire triste lui effleura le visage. Il indiqua à Robin de monter, prit le volant.

— Si vous avez besoin de quelque chose, n'hésitez pas !

Il agita la main dans un geste d'amical au revoir, et démarra en trombe, slalomant entre les tas d'herbe.

— Voilà un homme original, dit Germain.

— C'est de la graine d'honnête homme, corrigea Prudence, rassurée. Vous l'avez entendu ? Il n'est pas à un an de ferme. Je n'en connais pas beaucoup qui réagiraient comme lui.

Le placier leur avait raconté les bouleversements dans la vie de M. Rougier à la mort de son fils unique à la guerre. Auparavant, il menait la vie dissipée d'un homme gâté. Après les vendanges, il quittait son château de Jarnac, et s'en allait à Londres, Berlin, New York, à sa villa de Biarritz. Il était propriétaire des meilleures vignes de Grande Champagne. La mort de son fils l'avait fait changer de vie. « La cagouille rentre dans sa coquille.. », disait-il, non sans humour. Il s'était intéressé à Sarreboute, cette terre oubliée à la périphérie de ses propriétés. Il était devenu désormais l'un des fidèles les plus assidus des offices de Jarnac.

6

Les Gendreau accompagnèrent l'équipage de Germain jusqu'au porche, quand il partit, le lendemain. Lui présent, le fil qui les reliait à la Vendée ne leur semblait pas encore complètement coupé. Quand il eut tourné au bout du chemin en agitant son grand chapeau noir, ils se regardèrent.

— Eh bien voilà ! dit Prudence.

Le lendemain était dimanche. Prudence voulait faire bonne impression à l'église. Elle brossa le feutre des chapeaux, repassa les pantalons froissés par le déménagement.

— Tu vas te brûler ! lui reprochait toujours Toine lorsqu'elle approchait la plaque de sa joue pour en vérifier la chaleur.

Elle pendit ses anneaux d'or à ses oreilles, le seul héritage de sa mère, coiffa son chignon avec son bonnet blanc. Lorsque les hommes sortirent de la maison, elle les passa encore en revue au soleil. Elle reprit les nœuds du ruban jaune dans les cheveux d'Aline. Sarreboute était à deux kilomètres de Martignac. Le costume noir de Toine lustré par l'usage était celui de son mariage. Prudence en avait repris plusieurs fois les coutures pour lui donner de l'ampleur. Il tendait tout de même dans le dos, à hauteur des épaules.

L'herbe du chemin était encore mouillée de rosée. Le soulier de la mauvaise jambe de Louis-Marie gémissait. Antoine portait sa fille à son cou pour lui éviter de se salir. Il la reposa sur la route des ponts au bout du chemin. La Charente s'étalait à travers la prairie en bras multiples. Sur le lit principal s'élevait l'impressionnant pont en dos d'âne qui avait surpris les chevaux la première nuit. Ses arches hautes permettaient le passage des gabarres sur la Charente. Aline demanda à son père de la soulever pour lui laisser voir la rivière par-dessus le tablier du pont. À chaque extrémité les pierres étaient entaillées par les filins qui tiraient les bateaux à la remontée. Des feuilles de peupliers glissaient sur l'eau. Des canards nasillaient, plus loin, dans la courbe, et on les entendait s'ébrouer.

— Tu es sûre de l'heure de la messe ? demanda Toine à Prudence. On devrait l'entendre sonner.

— Oui, le petit boulanger me l'a assuré hier ! lui répondit Prudence.

La lumière était demeurée blonde depuis leur arrivée. Quelques barbes de nuages glissaient lentement dans le ciel, frisottées par le vent. Du promontoire du pont, on apercevait les toits de Sarreboute. L'immense prairie plate où tournait la Charente était sertie de collines plantées de vignes. Et les peupliers montaient la garde au bord de l'eau en colonnes par deux, ou en solides formations carrées.

— Je n'en avais jamais autant vu, remarqua Philbert.

— Ce sont de beaux arbres, ajouta Louis-Marie, les paupières rapprochées, ne laissant filtrer qu'un trait de regard.

— Bah ! c'est un bois qui ne vaut rien, assura Toine, poussé trop vite, les pieds dans l'eau.

— Les Charentais les appellent des carolins, précisa Prudence, parce que les plants sont venus des Carolines, en Amérique.

— D'où tu tiens ça ? demanda Toine, stupéfait.

— Du placier, tu ne t'en souviens pas ? C'est lui qui nous l'a dit.

Passé le dernier pont, la route s'engageait sous une tonnelle d'ormeaux, de frênes et de saules, bordée de fossés pleins d'eau. À son extrémité, la tonnelle ouvrait sur le chœur de l'église, à la corniche ornée de têtes de pierre naïves. Les vitraux luisaient sourdement comme un feu qui dort. L'unique cloche du clocher tinta d'une voix grêle.

— Tout de même ! remarqua Prudence. Il n'y a donc pas de jours de fête dans ce pays ?

Ils étaient surpris de ne pas avoir rencontré d'autres fidèles. Ils avaient cru effectuer leur première sortie dans le monde, et ils ne voyaient personne. À Saint-Pierre, à cette heure, tout le monde sabotait sur les chemins pour la messe.

Sur la place, il n'y avait qu'une voiture rangée sous un platane. Ils descendirent les trois marches à l'entrée de l'église, et en plongeant les doigts dans le bénitier découvrirent le vieux curé à la tête chenue accroché à la corde de sa cloche. Toine poussa Philbert.

— Vas-y.

— Non, remercia le curé, cela suffit pour aujourd'hui. Dimanche prochain, si tu veux.

Il raccrocha l'anneau de cuivre de la corde. Un enfant de chœur en soutane rouge allumait les candélabres portés par des anges aux ailes déployées de chaque côté de l'autel. Pour l'instant, l'assemblée se réduisait à un vieux couple, installé dans la première rangée. Les Gendreau changèrent de banc, parce que l'agenouilloir devant eux était effondré. Ils prirent place près d'une statue de sainte Anne appuyée au mur vert de mousse. Quelques vieilles femmes entrèrent, autant de petits enfants qui s'installèrent sur les bancs devant la sainte table. Une famille, enfin, se glissa en face des Gendreau, de l'autre côté de l'allée. La modeste église romane de Martignac n'était heureusement pas grande. Le curé monta à l'autel avec des soupirs bruyants d'emphysème. Ses ornements semblaient lui peser. L'enfant de chœur agita sa cloche sans conviction.

Les messes de Saint-Pierre se célébraient toujours dans les nuées d'encens et au son des cantiques. Le curé Calleau avait le goût de la mise en scène. Les enfants de chœur étaient cinq les dimanches ordinaires, beaucoup plus les jours de fête. L'autel rayonnait de lumières d'or. L'organiste, derrière l'autel, plaquait de tonitruants accords, parfois faux. Qu'importe. « J'aime, disait le curé Calleau, qu'on pratique une religion triomphante ! »

La messe de Martignac se déroulait dans la pénombre, éclairée seulement par la flamme chancelante des chandeliers des anges. Le vieux curé tournait les pages de son livre, avec le majeur, le pouce et l'index joints, hésitant à choisir les textes. Rien n'avait été répété. On célébrait le sacrifice entre soi. Il entonnait les chants a capella. Sa voix bien timbrée chevrotait dans les aigus, malheureusement vite couverte par les criaillements d'une femme à lunettes qui manifestait une foi acariâtre. Le curé ne monta pas en chaire pour le sermon. Il posa ses quelques notes sur le portillon de la sainte table, et parut s'adresser plus particulièrement à ses nouveaux paroissiens. Au lieu d'employer la formule rituelle « mes frères », il disait « mes amis ». Malgré l'âge et la gêne respiratoire, il avait gardé l'œil vif, et il scrutait attentivement l'assemblée.

Après la messe, ceux-ci s'avancèrent vers la sacristie, comme le leur avait recommandé le curé Calleau. Le prêtre pliait et rangeait lui-même ses ornements. Des pailles de poussière dansaient dans la lumière de la fenêtre en ogive.

— Alors, mes amis, dit-il en reprenant ce mot qui lui était cher, vous n'avez pas été trop déçus par notre messe des catacombes ? Vous êtes habitués à des offices plus ronflants, je crois.

Ils n'osèrent pas répondre.

— J'ai reçu une lettre de votre ancien curé...

Il retint un geste de mauvaise humeur.

— Ici, c'est vrai, on ne connaît pas la ferveur de vos pays. Les curés ne tiennent pas la place de capitaines de paroisses. On serait plutôt, comme vous le dites, des terres de mission. Je ne crois pas pourtant que les hommes de ce pays occupent une moindre place dans le cœur de Dieu. Jésus-Christ a toujours manifesté une affection particulière pour les Samaritains.

Il sourit, les contempla avec le regard perçant d'un chercheur d'âmes.

— Mais je vous embête avec mes histoires de curé !

Il leva les sourcils, son front se couvrit de plis.

— Vous n'êtes pas trop mal installés ? demanda-t-il, avec une curiosité sincère.

Prudence haussa les épaules.

— On va essayer de rendre Sarreboute vivable, pourvu que le Bon Dieu nous laisse le temps de monter sur le toit de la maison et d'y changer les tuiles cassées.

— C'est vous qui reprenez la couverture ?

— Oui ! dit Philbert.

— C'est bien, mon garçon ! dit le curé réjoui par cette réponse spontanée et fière.

— Il faudra venir nous voir, monsieur le curé ! l'invita Toine.

— Comptez-y. Avec la prière, c'est ma principale occupation. Je me promène, comme disent certains avec un peu de malice. J'arpente le petit territoire dont le Bon Dieu m'a confié la charge.

Il avait fait glisser son aube par-dessus sa tête. Une mèche de cheveux blancs se dressait sur son crâne comme une crête. Il posa la main sur la tête d'Aline et, du pouce, traça la croix sur son front.

— Eh bien, tu as des papillons dans les cheveux !

Les Gendreau sortirent sur la place vide. Un chien jaune tournait entre les troncs des platanes, la truffe à ras du sol.

— Quand même, soupira Antoine désolé, je ne m'imaginais pas que c'était à ce point-là !

— Ce n'est pas pour cela qu'on va changer nos habitudes ! affirma Toine sur le ton de la colère. Venez trinquer avec moi, les gars. D'ailleurs, il me faut du tabac.

Cette matinée d'automne distillait des airs de printemps. Un bouvreuil venait de tomber dans le feuillage d'un platane comme une pierre. La plupart des activités du bourg de Martignac étaient regroupées autour de la place. On y trouvait deux épiceries, deux buvettes, dont l'une assurait la fonction de buraliste, le fournil de la boulangerie ouvert sur la rue par une tabatière embaumait le village de son odeur humaine, la forge-maréchalerie des frères Béraud partageait son mur mitoyen avec l'atelier de menuiserie-scierie-charronnerie d'Auguste Champard, suivi aussitôt par la tonnellerie à l'enseigne de Pierre Boujut et fils. En semaine, Martignac bourdonnait d'une activité de ruche. Ce dimanche matin, le village semblait mort. La porte du tabac-buvette était close. Un gros chien noir, enfermé à l'intérieur, sautait contre le carreau avec des jappements furieux. Une lourde femme en blouse et chaussons de feutre parut sur son seuil, en face.

— C'est fermé, dit-elle d'un ton bourru en versant l'eau d'une casserole de pommes de terre dans le caniveau. Ils sont partis.

— Où ça ?

Elle jeta vers eux un regard oblique, lorgna leurs costumes noirs et leurs chapeaux.

— Vous êtes les Portugais de chez Briau ?

— Non, on est les Vendéens de Sarreboute. On est arrivés cette semaine.

Elle se releva tout d'une pièce comme un rocher. Du doigt, elle remit en ordre ses pommes de terre dans sa casserole.

— Ils mangent chez leur fille, à Châteauneuf, le dimanche.

Antoine secoua la porte de l'autre buvette.

— Elle est fermée aussi. Ils ouvrent le dimanche après-midi.

— Mais si on a besoin de tabac ? Si on veut prendre un verre ?...

Elle rentra dans sa maison et ferma sa porte sans répondre. Ils rejoignirent Prudence chez l'épicière, et lui demandèrent un litre de vin rouge et un verre.

— On n'en a pas pour longtemps. Chez nous, en Vendée, on retrouve les amis après la messe. Puisque c'est ainsi, on va consommer sur la place de l'église !

Toine surtout était contrarié, et il répétait :

— Ça alors ! Ça alors ! Mais comment vivent-ils ?

Ils posèrent leur bouteille sur le muret de la place.

Une maringotte arriva au petit trot, tirée par un alezan à flamme blanche dont les lèvres moussaient.

— Hoo ! cria le conducteur de l'attelage en tirant sur les guides.

Il tourna la manette du frein, dégringola du marchepied, et, rejetant sa casquette en arrière, la figure nettement bleue d'une barbe qui le cernait jusque sous les paupières :

— Mais ce sont mes Vendéens qui ont installé leur bistro sur la place !

Il leur tendait les bras. Toine s'écria :

— Athanase Ligonnière !

Ils se prirent les mains. Prudence sortait de l'épicerie avec Aline.

— Regarde qui est là ! Et beau comme un prince !

Même les plus riches paysans de Saint-Pierre ne portaient pas de costume comme celui-là, et cette chemise à plastron de notaire.

— On peut bien s'embrasser ! dit Athanase à Prudence. On ne l'a jamais fait en Vendée. Mais là, on est de la même famille.

Aline se cachait derrière les pantalons de son père.

— C'est ta fille ? Elle ressemble à sa défunte mère trait pour trait.

La caisse vernie de la maringotte et l'alezan manifestaient la réussite de leur ancien voisin parti de Vendée plus gueux que les gueux, comme un Bouron. Il paraissait même plus jeune qu'à son départ, dix ans plus tôt, comme si la Charente lui avait offert une cure de jouvence. Ils lui servirent à boire.

— Alors, interrogea-t-il avec insouciance, vous avez donc vu Sarreboute ? C'est pas mal abîmé, mais il y a de quoi faire...

Ils se turent, gênés d'avouer leur déception. Il les invita à lui rendre visite l'après-midi. Noémie, sa femme, se réjouirait d'entendre des nouvelles de Saint-Pierre. Toine suggéra un prochain dimanche. Athanase insista, proposant de venir les chercher avec la maringotte, et ils finirent par accepter.

Il entra dans leur cour quand ils sortaient de table. Ils traversèrent Martignac, puis la voie ferrée, et le cheval les conduisit sur la route des coteaux. Un vague sourire de satisfaction éclairait les joues bleues d'Athanase, manifestant sa fierté de promener ses amis arrivants à travers le pays. Eux se taisaient, surpris par la grandeur du paysage. Ils n'avaient suivi jusque-là que la route basse de Sarreboute à Châteauneuf, et ils roulaient maintenant dans un cirque de collines dont les épaulements se croisaient à perte de vue.

— Comme on voit loin ! s'exclama Prudence.

Oui, dans le bocage vendéen, la vue ne portait pas plus loin que l'extrémité d'un sillon, ici les vignes épousaient les collines de craie jusqu'à l'infini. Les hauteurs les plus élevées étaient plantées de bois de petits chênes aux feuillages vert bronze autour desquels l'air s'élevait tout bleu. Athanase montra une coupe dans la colline devant eux, comme une entaille de couteau.

— Le château de Bouteville !

De loin, on aurait dit un château fort, mais, lorsqu'on s'approchait, sa façade blanche, son fronton dentelé montraient un élégant palais à l'italienne. Ils s'enfoncèrent dans l'ombre d'un bois, et découvrirent à la sortie, dans l'aveuglement d'un soleil un peu oblique, les flammes noires de cyprès, les murs d'un blanc tendre et les toits d'ardoise et de tuile du Maine-Brun.

— C'est chez moi ! dit Athanase.

Il expliqua que les chais de cognac étaient reconnaissables à leurs tuiles noircies de moisissures développées par les vapeurs d'eau-de-vie. L'alezan allongea le col dans l'allée de cyprès, sentant l'écurie. Deux énigmatiques lions de pierre gardaient les grilles de l'entrée. Les roues de la maringotte chantèrent sur les graviers jaunes de Charente. Ils s'arrêtèrent devant la coquette maison au toit à la Mansart de l'entrée. Une femme en sortit. Prudence joignit les mains.

— Mon Dieu ! Noémie !

— Tu ne m'aurais pas reconnue, dit Noémie, souriante.

La dernière fois que nous nous sommes vues, j'étais grosse comme ça ! (Elle leva un pouce rouge et potelé.) Tant pis, j'ai trop souffert de la faim quand j'étais plus jeune. Il n'y a qu'à lui, mauvaise bête, que cela ne profite pas. Il est toujours aussi maigre qu'en Vendée !

La peau de son visage était tendue et tachée de carmin, comme sur un brugnon. La paix rayonnait de ses traits fins, son regard franc, sa bouche gourmande. On percevait à son assurance tranquille qu'elle n'occupait pas seulement par le volume une place prépondérante dans le couple.

Elle poussa doucement ses enfants serrés derrière elle comme une grouée de poule.

— Allons, vous autres, avancez dire bonjour !

Les Gendreau entrèrent dans une maison à l'intérieur, comme l'extérieur, net comme un pain de sucre. Les fiches de cuivre du cabinet scintillaient l'or. Un vase de dahlias trônait au centre d'un chemin de table brodé. Aux compliments de Prudence, Noémie répondit à nouveau en référence au passé :

— Ce n'est plus la misère d'autrefois, Dieu merci ! Il faudrait nous payer cher pour nous ramener à Saint-Pierre, pas vrai Thanase ?

Il hocha la tête. Les Ligonnière avaient été engagés comme domestiques au Maine-Brun.

Avant la guerre, Athanase travaillait dans les vignes à relever les bois. Noémie faisait le ménage et aidait aux cuisines dans la grande demeure des maîtres où elle sonnait la cloche du perron pour appeler à table. Sa chance était d'avoir épousé un homme de dix ans plus vieux qu'elle. Il ne partit pas à la guerre. L'un et l'autre devinrent bien vite indispensables à la propriété vidée de ses hommes jeunes. En 1916, au moment de l'horrible tuerie de Verdun, on leur proposa de s'installer dans la conciergerie vacante. Noémie l'aménagea, et y reproduisit à sa manière, attendrissante, l'univers qu'elle avait découvert au château. On vit Athanase travailler à l'entretien du domaine comme s'il lui appartenait. Outre les vignes, il soigna le parc du Maine-Brun. Les pelouses taillées au ciseau, à l'anglaise, c'était lui, les cailloux de Charente dans la cour creusée d'ornières aussi. En quelque sorte, le couple de journaliers Ligonnière crevant la misère en Vendée devenait châtelain. Leurs enfants jouaient dans la cour avec ceux des cognacs Maine-Brun. La guerre finie, on se garda bien de se priver de leurs services.

Athanase, indiquant aux hommes de le suivre, les emmena rentrer l'alezan avec lui. Il s'était auparavant emparé du trousseau de clés pendu au mur derrière sa porte. Il ouvrit la porte de la distillerie puis du sanctuaire des chais avec le respect d'un clerc ouvrant le tabernacle, plongea une jauge de verre dans une cuve. À tour de rôle, ils humèrent, goûtèrent comme lui, découvrant le cérémonial. Ils sortirent ensuite marcher dans les vignes.

— C'est bon pour le raisin, ce soleil d'automne, dit-il avec des airs de connaisseur. C'est du degré qui nous vient du ciel. Dans huit jours, on vendange.

Il avait vite appris. Il ne connaissait rien au vin, en arrivant. Son malheureux père avait toujours rêvé en Vendée devant les carrés de vigne des autres. Athanase trouvait les grappes sous le pampre jaunissant, les soulevait délicatement dans ses mains en coupe. Les Gendreau émus s'interrogeaient du regard, la gorge encore chatouillée par les saveurs d'alcool. Ils avaient bien rejoint un pays de cocagne. Mais le toit de leur ferme était crevé. Leur terre n'était qu'un roncier. Seraient-ils capables d'en faire ce jardin ? Ils revinrent lentement vers les bâtiments, en bras de chemise, suffoquant entre les treilles, dans l'air tiède. Un autre Vendéen les attendait à la maison, un Brémaud de la Châtaigneraie, qu'ils ne connaissaient pas, prévenu de leur visite par Athanase. Ils se mirent à jouer aux palets dans la cour, sur une planche.

Noémie sortit de son buffet un grand saladier de pâte à crêpes, versa des braises sous sa poêle, dans son potager de faïence bleue. Les enfants, rentrant d'une visite guidée pour Aline de leurs territoires de jeux, s'alignèrent autour de la table, balançant leurs jambes sous le banc et salivant à l'odeur de la pâte en train de cuire.

Prudence accepta de prendre la queue de la poêle. Elle ne se montra pas moins adroite et efficace que Noémie. Les hommes criaient dehors avec des élans de gamins dans une cour de récréation Noémie s'approcha de Prudence et, en glissant son chemisier dans sa jupe, avec un sourire complice :

— Les hommes, vous les entendez, Prudence, ils s'amusent, ils font du bruit. Ils ont besoin de nous pour les entreprendre et les orienter. Vous êtes la seule femme avec quatre hommes, vous avez bien du courage ! Remarquez que mon Athanase n'est pas méchant...

Prudence lui rendit son sourire tandis qu'elle versait une crêpe dans l'assiette. Noémie sucra.

— Mes quatre hommes ne sont pas méchants non plus, répondit Prudence. Mais vous avez raison. C'était plus facile, lorsque ma bru était là.

Le pays commença de sentir la vendange. Dans l'air chaud coulèrent des haleines de moût, et les guêpes saoules se jetèrent sans raison à la tête des gens. Toine fut piqué plusieurs fois au bord de son béret et sa tempe enfla jusqu'à l'œil. Les Gendreau regardèrent circuler la fête des cuves et des hottes du haut de leurs toitures en réparation. Ils avaient été livrés de tuiles et de chanlatte, et voulaient mettre les bâtiments hors d'eau avant les grandes pluies. Louis-Marie, plus léger que les autres, se glissait sur les charpentes avec une souplesse que ne laissait pas deviner sa démarche sur terre. Assis à califourchon sur la panne faîtière :

— Envoyez ! réclamait-il, encourageant à s'activer.

De temps à autre il relevait la tête, et contemplait au loin, paupières rapprochées, les taches des vendangeurs à l'ouvrage sur le coteau.

La nuit venue, Philbert s'en alla là-bas, un soir, attiré par l'odeur. Les vendangeurs qui s'affairaient dans le chai autour du pressoir s'amusèrent de sa soif.

— Alors le Vendéen, tu veux goûter le vin nouveau ?

Il n'alla pas plus loin que l'église, sur le chemin du retour. Il roula dans le fossé, et y dormit les pieds au frais une partie de la nuit, jusqu'à ce qu'Antoine le ramasse et le ramène affaissé sur son porte-bagages. Reparti quelques jours plus tard, il connut la même mésaventure. Il ne goûtait pas. Il prenait les verres et se les vidait au fond de la gorge comme pour y éteindre du feu, jusqu'à être ivre mort. Sa résistance était impressionnante. Les vendangeurs se réjouissaient d'autant plus de voir chanceler cette probable force de la nature.

Le travail de couvreur profitait à Antoine. Ses traits se détendaient à mesure que le mille-feuille des tuiles se reconstituait. Il avait pratiqué des travaux semblables dans la lointaine Prusse, et il pouvait diriger ici le chantier. Le soir de la rentrée des classes, il dit à sa mère :

— Reste là, je vais aller chercher Aline

Il siffla Loulou. Il revint à Sarreboute, l'écolière, rieuse et intarissable sur sa première journée d'école, à califourchon sur ses épaules et cramponnée au guidon de sa moustache.

Les grandes pluies d'automne attendirent la Toussaint, quand l'essentiel des bâtiments de Sarreboute fut couvert. La terre lourde collait aux sabots. Louis-Marie descendit à ses trimmers le matin du 11 novembre. Le jardin en friche était figé dans une toile de gelée, et les peupliers dépouillés de leurs feuilles dressaient d'immenses candélabres d'argent dans la pâleur de la lumière lunaire. Les herbes de l'allée craquaient sous ses sabots tandis qu'il boitait vers le bord de la rivière. Ses doigts s'engourdirent au contact de l'eau glacée. Il ramena doucement plusieurs mètres de fil, sans résistance, vit venir à lui son trimmer sur le rouge à travers les fumées de la rivière. Le jour se levait. Il craignit de s'être trompé et d'avoir pris pour un poisson l'accrochage d'une racine au fond. Et puis le fil se dévida à si vive allure qu'il posa le sabot dessus pour le freiner entre les cailloux. Il engagea la lutte à l'instinct. La cordelle de gutte tendue lui entra dans les chairs. Une queue impressionnante sortit de l'eau et frappa la surface au milieu du courant.

— C'est un brochet ! jubila-t-il, fébrilement.

Trois fois, il le ramena, trois fois le poisson sur le point de céder repartit avec une énergie frénétique. À la dernière, il vit son œil dans l'étain du fleuve : un rond de bronze cerclé d'or. Le front en sueur, la chemise mouillée, il repoussait l'instant de sa défaite.

— Il te faudrait une épuisette ! dit quelqu'un derrière lui.

Un homme se tenait sur la berge, au-dessus. Louis-Marie ne répondit pas, ramenant une fois encore le brochet. Et une fois encore le brochet refusa de mourir à ses pieds. L'homme descendit sur la corniche de gravier à ses côtés, avec son épuisette.

— Vas-y, conduis-le par là..., commanda-t-il.

Il souleva le brochet, le perdit, lui enfila la tête et les ouïes dans son filet. Louis-Marie l'aida à le tirer sur le gravier à fleur d'eau. L'homme avait prévu un gourdin. Il frappa. Louis-Marie souffrit de l'agonie de ce seigneur du fleuve, plat et cornu, à la robe d'écailles vertes.

— Tu t'es bien débrouillé, lui dit l'homme. Il mesure un bon mètre. Mais... tu avais tendu tes trimmers pendant la nuit. Tu sais que tu n'as pas le droit ?

Louis-Marie fut aussitôt vidé de sa joie. Il avait déjà rencontré cet homme quelque part. Ce n'était pas, à l'évidence, un paysan. L'homme était grand, sa chevelure blanchissait sous sa casquette à oreilles, il ouvrait de belles mains, larges, que n'avaient pas déformées les travaux manuels. Ce n'était pas un paysan. Louis-Marie se souvenait surtout de son regard noir sous ses sourcils dressés. Il trembla à l'idée d'être confronté à un garde. Le soleil rouge sang, en train de se lever, mettait le feu à la rivière. L'homme sourit.

— Tu ne me connais pas ?

Il appuya la main sur l'épaule de Louis-Marie.

— Je suis Auguste Valladon, le directeur de l'école des garçons de Martignac. Ma femme fait la classe à ta nièce, je crois. J'ai l'habitude d'aller pêcher la carpe, le matin de bonne heure, avant l'école. À cause de toi, aujourd'hui, c'est fichu.

Il remonta sur la berge, glissa son épuisette près de ses gaules dans l'étui.

— Mais tu prends de gros risques à tendre tes engins pendant la nuit. Veux-tu que je t'aide à porter ta prise au moins jusqu'à ton jardin ?

Il alluma une pipe au tuyau recourbé, exhala une bouffée

— Je connais plus d'un malin pêcheur charentais qui donnerait cher pour être à ta place, ce matin. Raison de plus pour être discret.

Il prit le brochet sous la gueule, Louis-Marie par la queue. Au bout du jardin, ils le cachèrent dans un linceul de hautes herbes.

— Mais dis donc, l'interrogea l'instituteur en pointant le tuyau de sa pipe, quel âge as-tu ?

— Seize ans.

— Tu as ton certificat ?

— Oui.

— Je donne des cours du soir, préparatoires au brevet simple. Pourquoi tu n'en profiterais pas ? Viens voir, et puis tu te décideras.

Louis-Marie haussa les épaules.

— J'ai quitté l'école depuis longtemps. Et on a beaucoup de travail à la maison.

M. Valladon tira sur sa pipe.

— La question est de savoir si tu en as envie.

Louis-Marie lorgna ses sabots, et rougit.

— Je suis allé à l'école libre.

Une lueur ironique traversa le regard de Valladon.

— Et alors, on t'a donné les leçons en latin ?

Il ne suivait pas sa femme à l'église, s'avouant viscéralement anticlérical, même s'il s'entendait bien avec l'abbé Guignabert, parce que le curé était vieux, parce que c'était lui.

— Tu feras comme tu voudras, mon garçon. L'école du soir commence à cinq heures et demie.

Il s'éloigna tranquillement sur le chemin du fleuve, la démarche souple, malgré son fardeau de gaules.

Louis-Marie poussa la porte de la salle de classe, le lendemain soir. La prunelle de l'instituteur assis à son pupitre brilla. Il descendit de son estrade et lui indiqua de prendre place auprès de trois compagnons. Il lui remit un cahier, un porte-plume, et leur dicta un morceau choisi de Sully Prudhomme. Il se fâcha tout rouge contre ses élèves habituels et leurs fautes grossières, alors que le nouveau venu n'en avait fait aucune. La dictée fut suivie de problèmes que Louis-Marie réussit.

— Alors, lui demanda l'instituteur en le raccompagnant sur le seuil de la salle de classe après cette première leçon concluante, tu reviendras ?

Louis-Marie releva la mèche tombée sur ses yeux, et hocha la tête.

— Oui, si le travail à la maison le permet.

7

La voiture à cheval de Fernand Perrocheau entra dans la cour de Sarreboute un matin noir du mois de janvier 1920. Les Gendreau l'avaient rencontré à la messe à Châteauneuf où, comme l'avait indiqué Athanase, les migrants avaient l'habitude de se retrouver. Son fils l'accompagnait, un jeune garçon dégingandé au regard sombre, et ils restèrent là, à encombrer le passage derrière les vaches que les Gendreau soignaient. Une seconde voiture arriva, conduite par un dénommé Guilbaud.

— Qu'est-ce qui vous arrive ? demanda Antoine, en remarquant la complicité des deux visiteurs. Vous vous êtes donné rendez-vous chez nous, ce matin ?

— Peut-être bien.

Le large sourire affable de Guilbaud lui découvrait les gencives. Deux Briffaud débouchaient à pied, puis Cougnaud à vélo, sa fourche et sa faux sur l'épaule. Enfin, ce fut un gros peloton constitué des Troussicot, Billaud, Guérineau, Petiot, conduits par Athanase Ligonnière. C'était lui, bien sûr, l'organisateur de l'expédition.

— On ne savait plus quoi faire dans les vignes, dit-il en clignant de l'œil. On a pensé qu'en nous y mettant tous, on pourrait vous aider à nettoyer un bout de terre !

— On attend les ordres du commandant ! fit Cougnaud, sa

feuille de papier cigarette à la commissure des lèvres, la vessie de porc gonflée de tabac entre les doigts.

Le petit jour maussade éclairait dans la cour un désordre de champ de foire. Les chevaux énervés battaient du sabot. Les remorques étaient chargées de faucilles, de faux, de croissants, de pelles, de pioches, de manches de cuir, de scies et de câbles.

— Eh bien, les amis ! soupira Toine en rejetant sa casquette vers l'arrière, je ne sais même pas si on aura de quoi offrir à boire à vous tous !

— Ne vous occupez pas de ça ! bougonna Cougnaud avec une feinte mauvaise humeur, nos chais débordent.

Il achevait sa cigarette, tirant les barbes de tabac, tordant l'extrémité avec une dextérité surprenante pour ses gros doigts rouges.

— Commandez ! demanda-t-il en la portant à sa bouche. Commandez ! On perd du temps !

Toine les conduisit aux Chartres, où il projetait de semer du blé au printemps. La pièce de terre était drainée par des fossés mais, les fossés étaient envasés, des ronciers poussaient au milieu du champ entre des pieds de saules et d'épines noires.

— Ce n'est pas merveilleux, reconnut Toine, désolé, à la barrière, mais c'est la terre la moins perdue.

— Une terre n'est jamais perdue, répondit le vieux Guérineau, un petit homme à la tête comme une olive, il n'y a que des paysans perdus. Tu vas voir, mon gars, si le blé va pousser là-dessus ! La terre ne demande qu'à fleurir. Quand on l'a oubliée si longtemps, elle donne tant qu'elle peut. Elle a envie de se rattraper, tu peux me croire. Quel malheur, d'avoir abandonné les terres les plus riches du monde !

Le vieil homme savait qu'il était trop vieux pour être utile. Il arrivait tout juste à déplacer son bâton. Le fond de ses culottes de coutil rayé envers noir lui pendait entre les jambes. Il voulait être témoin du défrichage.

Assis sur une racine, le dos calé contre le tronc d'un ormeau, le bâton entre les jambes, tantôt dans une main, tantôt dans l'autre, le bonhomme avide se délectait du spectacle qui lui était offert. Ils étaient quinze hommes, pas moins, à nettoyer la terre des Chartres, plus le gros percheron de Troussicot, avec un palonnier et une chaîne pour désoucher. De temps à autre, un rideau de bruine glissait sur le champ. Puis les nuées s'élevaient et la lumière devenait moins triste.

Ils allumèrent un feu avec des ronces mortes, et le nourrirent de branches vives. Les flammes y couvaient, hésitantes, mouillées. Des piliers de fumée dense et noire s'élevaient, soudain embrasés par de longues langues rouges qui s'engouffraient dans ces tuyaux et repoussaient le ciel avec des jappements triomphants. Les hommes se réjouissaient de la voracité de leur feu. Ils s'interpellèrent plus fort, s'amusèrent des remarques de Cougnaud poussant Toine hésitant à diriger les opérations.

— Allez, un bon commandeur vaut deux travailleurs !

Prudence leur porta les paniers à midi, accompagnée de Noémie et de deux autres Vendéennes. Ses pommettes étaient rouges d'avoir parlé avec les femmes en venant. La plus jeune, épouse du fils Briffaud, avait retroussé ses manches malgré le mauvais temps, et chantait le *Tantum ergo* en enlevant les torchons sur les paniers. Ils tirèrent quelques pelletées de braise du feu, y posèrent un gril et des tranches de jambon. Les estomacs s'ouvrirent aux premières fumées de la viande. Athanase avait apporté des bouteilles de pineau Maine-Brun.

À la basse heure, le soir, il ne restait plus une broussaille dans les Chartres. Les fossés étaient curés. Les vases en tas s'égouttaient, elles ne seraient étendues que plus tard à la fin de l'été, quand les eaux seraient basses. Athanase alla trouver Philbert et, à voix basse, l'air mystérieux :

— Viens-tu avec moi, à Sarreboute ? J'ai quelque chose à aller chercher.

Ils réapparurent aux dernières lueurs. Le vent avait nettoyé le ciel. Une large bande argentée sourdait encore à l'horizon. Le percheron de Troussicot était attelé, les pelles et les pioches chargées dans la remorque.

— Attendez, avait insisté Cougnaud, ils ne devraient pas en avoir pour longtemps.

— Mais où sont-ils partis ?

— Ils ont dit de les attendre !

Les bœufs Gentil-Garçon s'avançaient dans les derniers éclats de la lumière, accompagnés de Thanase et Philbert. Le tombereau, chargé de la charrue, cahotait sur le chemin en grinçant des essieux.

— Quand même, indiqua Thanase en clignant de l'œil, la figure terreuse de boue du fossé, on n'allait pas s'en aller sans que le patron de Sarreboute creuse son premier sillon dans la terre des Chartres !

— Vous êtes fous, résista Toine, la terre va coller au fer, attendez qu'elle soit essorée !

Mais sa joie de découvrir sa machine et ses bœufs dans ce champ neuf crevait les yeux.

— Allez, ne perdez pas de temps, insista Cougnaud, vous n'y verrez plus !

— Pas moi, refusa encore le père en se tournant vers ses fils, allez-y, vous autres !

Antoine hocha la tête, participant à la joie commune.

— Je vais toucher, et vous allez charruer.

— Eh bien, si c'est toi qui le dis, mon gars...

Certains assurèrent qu'alors la voix du père avait tremblé. Ils prirent le bout du champ dans sa partie la plus haute. Antoine mit ses bœufs en ligne.

— Attention, s'écria Cougnaud, il s'agit de montrer aux Charentais que les Vendéens savent tirer droit !

Antoine caressa l'encolure des bœufs avec son aiguillon.

— Gentil-Garçon !

Une grosse veine saillit sur le poignet du père agrippé aux mancherons. Le soc pénétra la terre qui gémit. Louis-Marie, tout près, respira une violente odeur poivrée. Les doigts noueux du père Guérineau lui pressèrent vivement le coude. Ils accompagnèrent les pas lents du laboureur. La terre craquait parfois sous l'araire, une pierre tintait contre le coutre. L'odeur continuait de monter, puissante, comme un encens. Lorsqu'ils atteignirent la haie, le père se redressa, les yeux brillants.

— Je n'ai jamais labouré une terre si douce !

Sa main, sur le mancheron, martelait ses mots. Il se retourna. La raie de son sillon dans la pénombre était toute droite.

Jusqu'à la semaine sainte, les Gendreau ne cessèrent plus de reprendre de la terre aux ronces et aux racines. L'aurore les trouvait dans les champs, et ils n'en revenaient qu'à la brune. Louis-Marie seul avait le droit de s'échapper à cinq heures. Il sautait sur le vélo et rejoignait la classe de M. Valladon. Les doigts gourds d'avoir manié la serpe et la faucille, il peinait à tenir le porte-plume. Sa maladresse lui coûtait des taches d'encre. M. Valladon fronçait ses longs sourcils broussailleux.

— Tu travailles trop mon garçon ! C'est même surprenant que tu réussisses avec moi après t'être abruti à cogner dans les champs.

Encore les journées commençaient-elles et s'achevaient-elles à la lampe, dans l'étable. Un soir, posant la main sur l'épaule de son élève, l'instituteur fut surpris de sa maigreur sous sa veste.

— Qu'est-ce que tu as mangé aujourd'hui ? lui demanda-t-il, examinant le visage pâle aux traits douloureux, le front large, la chevelure coupée au bol.

Louis-Marie rougit, blessé déjà par la question.

— J'ai mangé à ma faim, monsieur !

— Quoi donc ? insista l'instituteur en maintenant la pression sur son épaule.

— De la soupe, du pain, des haricots, du lait, du beurre.

— Et hier, dimanche ?

— J'avais pris des anguilles dans la Charente...

Bras croisés, le porte-plume entre l'index et le majeur, Louis-Marie ajouta avec de l'insolence dans ses yeux verts :

— ... Ma mère avait mis de la couenne de lard dans les haricots !

Ils étaient seuls dans la classe. M. Valladon avait déjà expédié les autres. Il secoua la tête en soupirant, sortit sa pipe de sa poche.

— Bon, tu peux t'en aller.

Les Gendreau profitèrent de la semaine sainte pour blanchir la cuisine et les chambres à la chaux. Ils remirent sur ses gonds le grand portail du porche. Le bas des planches avait pourri, Antoine le renforça avec de la tôle que Philbert peignit avec un beau vert d'eau.

Le curé Guignabert vint voir l'avancement des travaux l'après-midi de Pâques, après les vêpres. Il se défit de sa lourde pèlerine noire, de ses gants, de son écharpe de laine, de son chapeau romain.

— Je suis frileux ! confessa-t-il, la figure violette comme une rave, la goutte au nez.

Il sortit son mouchoir, puis enferma entre ses mains les mains de Prudence et de Toine.

— Vous avez fait du beau travail ! dit-il. Vous pouvez être fiers.

Et il considéra la grande salle aux murs éclatants, les lits en cerisier brillants de cire, le buffet, l'armoire, le tableau ovale du Christ au Jardin des oliviers. Les garçons étaient sortis. Aline dessinait sur un coin de table, les jambes en balance sous le banc. Prudence servit le café. Il ne refusa pas un doigt de cognac du Maine-Brun, dans sa tasse chaude. Et il ne bougea pas ensuite, visiblement désireux de prolonger la visite.

— Reprenez donc vos occupations, les amis. Je ne veux pas vous déranger. Je suis venu passer un moment avec vous. Ne vous souciez pas de moi. J'aime qu'on continue comme si je n'étais pas là. Toi aussi, dessine ! fit-il à Aline. Qu'est-ce que tu faisais ? Montre-moi.

Prudence reprit sa place près de la fenêtre et de son matériel de couture. Elle défaisait la ceinture d'un pantalon de Philbert pour lui donner de l'ampleur. Toine raccommodait le fond percé d'un seau. Son fer à souder chauffait dans la cheminée. Ses mains adroites frottèrent soigneusement le fond du seau à l'esprit-de-sel, puis il tira le fer de son lit de braises, le frotta sur la pierre d'ammoniaque et commença de faire couler des larmes argentées de la baguette d'étain.

— Vous êtes un homme habile, monsieur Gendreau, dit le prêtre.

— Par obligation. Si on n'est pas adroit pour tout dans notre métier, on ne peut pas vivre.

Les yeux ronds du prêtre suivirent la coulée de lumière de la fenêtre. Prudence avait gardé son col de dentelle blanche sous sa blouse et sa résille du dimanche en velours. L'ouvrage sur les genoux, les pieds croisés, elle tirait le fil vers le haut, le majeur protégé par le dé à coudre.

— En 1870, murmura-t-il, avant le phylloxéra, les Charentais ont porté des marmites pleines de louis d'or dans les mairies pour souscrire à l'emprunt Gambetta. Mes parents tenaient une boulangerie sur la place de Villebois-Lavalette. Mon père décédé lorsque j'avais deux ans, j'ai vécu une enfance de choyé entre ma mère et ma grand-mère. Les deux saintes femmes me gardaient comme un trésor. J'étais le seul homme de la maison. Elles ont été au paradis le jour de mon ordination. Quand ma grand-mère est morte, ma mère est venue me rejoindre dans ma cure. Elle était toujours derrière moi à cause de mes crises d'asthme. On possédait suffisamment de biens. On avait des terres autour de Villebois. Je n'ai pas eu à me battre comme vous. L'heure des comptes approche, soupira-t-il. Je me suis installé au presbytère de Martignac il y a trente-cinq ans. Je me suis souvent laissé aller à la douceur de ce pays. Je n'ai pas eu tellement la fibre apostolique, comme on le dit chez vous. Saint Pierre m'attend sans doute avec l'addition du nombre d'heures passées à jouer au bridge. Vous l'avez constaté vous-mêmes à l'église, mes résultats plaident pour un échec. C'est pourquoi j'aimerais vous demander une faveur...

Prudence releva la tête. La clarté dorée de la fenêtre lui auréolait le sourire.

— Une faveur, monsieur le curé ? interrogea-t-elle, étonnée.

— J'aimerais prendre Aline à manger avec moi, les jours d'école, au presbytère. Elle ne sera pas toute seule. J'en ai cinq autres qui viennent. J'ai mis cette pratique à l'honneur, il y a quelques années. Ma bonne, Amanda, me prépare toujours trop à manger... Mais c'est surtout, avoua-t-il les paupières baissées, un essai un peu facile de soustraire quelques points à ma lourde addition...

Prudence piqua l'aiguille dans son ouvrage. Son regard grave dans sa longue figure à la peau laiteuse montrait qu'elle n'était pas dupe du marchandage du père Guignabert masquant ainsi sa générosité.

— J'ai déjà entendu parler de votre cantine, monsieur le curé. J'ai mangé toute mon enfance à la table des autres. J'en ai surtout souffert par la façon dont on me donnait... même chez des religieuses. Les choses sont difficiles pour nous en ce moment, c'est vrai. Un peu plus dans l'assiette d'Aline ne serait pas mal. Venant de n'importe quel autre que vous, ce serait tout de même non.

Son regard alla à Toine, en même temps qu'elle parlait au prêtre. Elle voulait son assentiment et s'excusait d'une certaine façon d'avoir parlé la première. Il ajouta :

— Je n'ai jamais eu ce malheur-là, moi. Il n'y a pas pire que l'humiliation infligée aux pauvres, monsieur le curé. Le pain a bien meilleur goût lorsqu'on l'a gagné, même si on en a moins.

— Oui..., reconnut le prêtre, visiblement troublé.

Il se tourna vers Aline.

— Est-ce que ça te plairait de venir déjeuner chez moi, les jours d'école ?

La petite adressa à sa grand-mère un regard craintif.

— Tu ne voudrais pas me tenir compagnie ?

Aline fit entendre un « si » timide.

— Eh bien, c'est entendu ! Dès demain, j'irai prévenir madame Valladon de te laisser sortir à midi.

— Il faudra tout de même l'accord de son père, indiqua Prudence.

— S'il n'est pas d'accord, s'écria le père Guignabert redevenu gai, je l'excommunie !

Il se leva pour partir, refusa de prendre un second café, se matelassa de sa cape, son écharpe, ses gants, son chapeau. Il faisait encore froid. Il avait gelé la nuit de la Résurrection, il gèlerait encore la nuit prochaine. Le soleil descendait à l'horizon, rond et pâle comme un bloc de glace. L'hiver avait été clément. Il donnait maintenant ses derniers assauts. Toine et Prudence accompagnèrent le curé dans le jardin récemment débroussaillé où ils se préparaient à passer la charrue.

— Ces grandes maisons charentaises, reconnut-il, admiratif, sont robustes comme des forteresses. Avant votre venue, on considérait Sarreboute comme quasi condamnée, et vous la ressuscitez.

Antoine écrivit à Germain, son beau-frère, d'acheter pour eux de la graine de choux au Syndicat agricole de la Vendée.

Ils ne cultivent pas les choux, ici. Ils n'en ont pas besoin. Probablement vont-ils être encore étonnés de nos méthodes, comme de nos labours avec nos bœufs. Mais, en hiver, je ne connais rien de mieux pour nourrir les bêtes, malgré le travail pénible.

Le facteur apporta en même temps le paquet de graines commandé, et une lettre à l'en-tête de la Grande Roulière que Louis-Marie lut à tout le monde.

Cher oncle, chère tante, chers cousins, chère nièce,

Ma lettre va sans doute vous surprendre. On ne vous a pas laissés partir de Vendée avec gentillesse. Vous avez entendu des paroles dures. Quant à moi, je ne vois pas de déshonneur à s'expatrier pour aller chercher de la terre. Ici, c'est trop dur quand on n'est pas chez soi. J'ai rencontré Germain à la foire de février. Il a confiance en votre réussite. Si la guerre n'avait pas tué Pierre et Damien, j'aurais sans doute choisi comme vous. Peut-être je vous aurais rejoints. Le malheur a donc fait de moi l'héritier de la Grande Roulière. Et je vous écris pour vous annoncer mon mariage, le samedi de la Quasimodo. Vous connaissez Fridoline, ma future femme. Nous serions très contents si vous pouviez venir à la noce. Le voyage coûte cher. Germain m'a dit qu'il profiterait d'un déplacement à Bordeaux pour passer vous prendre. Vous n'aurez qu'à payer le voyage du retour. Ma mère disait hier soir que votre venue arrêterait des mauvaises langues. Je la fais toujours enrager en lui répétant qu'elle ne prépare pas de millet aussi bon que vous, tante Prudence. Bien sûr, Fridoline compte sur Philbert et Louis-Marie pour la mener danser. Nous leur réservons les plus belles cavalières. Nous serions vraiment déçus, Fridoline et moi, de ne pas vous avoir avec nous pour notre mariage. Nous vous espérons. Je vous embrasse, et toute la famille avec moi.

C'était signé :

Léon Gendreau.

— C'est un bon petit ! murmura Toine après avoir entendu la lettre.

Sa prunelle couleur d'eau était perdue dans les lointains. Ils savaient où. Le colis de Germain était ouvert devant lui, sur la table. Il enfonça les doigts avec délicatesse dans le petit sac en toile renfermant les graines de choux, et palpa longuement comme s'il y cherchait la réponse à ses pensées. La main de Prudence rejoignit celle de Toine dans le sac.

— Où allez-vous les semer ? demanda-t-elle. Dans le fond du jardin la place ne manque pas.

Il hocha la tête. Et puis :

— Vous irez à la noce de Léon, moi je resterai garder les bêtes.

— Si tu restes, alors je reste avec toi.

Antoine intervint :

— C'est moi qui resterai. La noce ne m'intéresse pas.

Et Louis-Marie :

— C'est moi. Je ne peux pas danser.

Toine tira du sac une poignée de graines noires. Il souffla doucement dessus dans le creux de sa main pour en chasser la poussière.

— Non, fit-il d'une voix ferme, je préfère ne pas y aller. Ce n'est pas à cause de la famille, c'est à cause de moi. J'ai eu trop de mal à partir, il y a six mois. Je ne veux pas vivre un autre départ.

Il leva vers Prudence ses paupières lourdes.

— Je ne t'oblige pas à faire comme moi !

Elle haussa les épaules en croisant les bras.

— Tu me vois à la noce, sans toi ? Nous resterons soigner nos choux !

Les choux furent semés, comme prévu, dans un carré de jardin. Ils disaient « faire les cholons ». Ils recouvrirent la terre d'un lit de paille et guettèrent le surgissement des premières pousses au travers.

Germain passa prendre les noceurs au volant de sa camionnette. Son rêve s'était réalisé : il s'était acheté une Ford T camionnette, avec un long plateau débordant à l'arrière. Dès son arrivée à Sarreboute, il fut intarissable à son sujet.

— Les Ford T, dit-il en essuyant la calandre blanchie de poussière, sont assemblées à Bordeaux. Les châssis arrivent d'Amérique par bateau, et elles sont carrossées sur place.

Poliment, les Gendreau écoutaient, et ils vinrent tour à tour prendre place sur la banquette en simili pour recevoir un cours sur l'utilisation des manettes de l'avance et des gaz situées de part et d'autre du volant.

— Vous avez vu l'empattement ? indiquait-il satisfait en montrant les ailes largement déployées sur les roues avant. C'est le même que celui de ma voiture à cheval. Je peux rentrer dans les chemins, ma Ford s'enfile comme un train sur les rails des ornières !

Il remontait trois barriques de saint-émilion pour les Caves du Poitou. Ils arrimèrent un banc au dos de la cabine pour Philbert et Louis-Marie. Antoine et Aline prirent place sur la banquette auprès du chauffeur.

— Vas-y ! Mets le contact ! lui ordonna Germain en désignant la clé sur le tableau de bord.

La Ford T se mit à danser comme une araignée sur ses pattes, malgré son lourd chargement. Elle peina à faire demi-tour dans la cour de Sarreboute et Germain montra toute son habileté à manœuvrer le volumineux volant à quatre branches. Il franchit les trois ponts en première, et n'embraya la seconde qu'après la traversée de Martignac. Le moteur trouva son régime de confort sur la route des coteaux. Germain frappa vigoureusement dans la lunette arrière.

— Alors, ça va derrière ? Les barriques suivent-elles ?

La vitesse frôlait les cinquante kilomètres à l'heure. Toine et Prudence avaient agité la main sous le porche de Sarreboute jusqu'à ce que la voiture oblique vers le pont du canal, au bout du chemin.

Ils arrivèrent à la Grande Roulière la veille de la noce. Les festivités devaient avoir lieu comme de coutume sous l'impressionnante charpente de la grange, comme la coque d'un navire renversé. Les femmes avaient tendu des draps sur les murs, retrouvant les clous des mariages anciens entre les pierres. Antoine reconnut, le cœur serré, l'anneau de roses en papier suspendu au-dessus de la table des mariés. Un semblable lustre avait oscillé au-dessus de sa tête pour son mariage avec Edmée. L'oncle Pierre surprit son regard et, ses abondants sourcils noirs relevés :

— Le dernier mariage qui a eu lieu ici, dit-il, a été celui de Damien. Avant, il y avait eu celui de Pierre. On ne peut pas ne pas organiser la noce pour Léon comme pour ses frères. Mais tu comprends que certains souvenirs remontent...

Il posa la main sur l'épaule d'Antoine. Le rappel douloureux des anciens jours heureux le rendait plus accommodant. Il avait accueilli ses neveux à leur arrivée d'un amical : « Tiens, voilà les Charentais ! » et leur avait tendu ses mains à la peau lisse et rouge. Sans doute aussi avait-il reçu des consignes.

Bléneau, le boucher, avait investi la cuisine. La poitrine barrée de son grand tablier taché de graisse et de sang, il gouvernait un bataillon de femmes. Des têtes de veau bouillottaient doucement sur le feu dans un immense chaudron. Une montagne de coquilles d'œufs qu'on avait cassés pour la crème fouettée s'élevait à un bout de la table. À l'autre, un peloton de femmes achevait un échafaudage de poulets, plumés, vidés, prêts à cuire. Elles ne leur avaient pas coupé la tête, et les poulets contemplaient leur mort l'œil à demi ouvert.

Le marié traversait cette effervescence avec un air ennuyé. Léon n'était pas un timide. De nature nerveuse, il avait la prunelle très noire, le sourire facile. Il était gêné d'être le centre de toutes les préoccupations. Il aurait aimé accompagner les hommes, partis en bande couper les houx pour les planter à l'entrée de la Grande Roulière. On le repoussa.

— Non, non ! Ce n'est pas la place du marié, va t'occuper de ta promise !

Une fille aux bras blancs de farine, manches retroussées, l'interpella de la porte de la boulangerie où elle pétrissait la pâte de la brioche.

— Alors, le temps te dure d'être à demain ?

Bléneau s'amusa à la remontrer.

— Toi, la Marinette, le temps te durait tellement que tu as fêté Pâques avant les Rameaux !

Elle ne démentit pas, sortit sur le seuil, les poings sur les hanches ; dressant sa volumineuse poitrine provocante, elle retentit d'un troublant rire de gorge. Léon appela Louis-Marie.

— Viens-tu marcher un peu avec moi ?

Ils partirent à travers champs. Le vent roulait lentement sur le pays. Les frondaisons des chênes gémissaient comme des mâts sous la voile. Des ocelles de lumières dansaient dans l'ombre des chemins creux.

— Pâques venteux, Saint-Jean farineux ! dit Louis-Marie, citant un proverbe de son père.

Et puis :

— Antoine a raison : la Vendée est le pays du vent, un vent salé, la mer est là.

— Tu t'habitues à la Charente ? lui demanda Léon.

— On s'habitue, répondit Louis-Marie avec la gravité d'un adulte, pourvu qu'on gagne sa vie.

Sa mauvaise jambe, qu'il déplaçait pourtant avec vivacité, martelait la terre. Il n'avoua pas à son cousin quel avait été son trouble à son arrivée à la Grande Roulière. Il n'avait pas trouvé la ferme aussi belle que par le passé. Les bâtiments lui avaient paru exigus, les murs de pierre roux et violet sévères et tristes. Louis-Marie était désormais habitué aux demeures charentaises, à leurs grands murs de pierre blanche, à leurs chais ventrus, à leurs porches sculptés comme des portails de cathédrale. Ils longèrent le lit de la rivière qui n'était qu'un gros ruisseau. Léon marchait à longues enjambées vigoureuses, fouettant les aubépines avec son bâton. Tout à l'excitation des événements du lendemain, il ne s'apercevait pas de la difficulté de son cousin à le suivre.

Le matin de la noce, le vent forcit et chassa les brouillards de l'aube. Il s'alanguit ensuite pendant la messe et le soleil arrosa le cortège sur le chemin du retour. Les bouteilles circulèrent dans les rangs des noceurs. Les Gendreau de Charente avaient presque autant de succès que les mariés. On les regardait comme des revenants. On leur posait des questions : « Ça marche ? Comment êtes-vous installés ? Et les Charentais, ils sont comment ? » Un bouquet à la main, en robe de tulle rose, Aline ressemblait à une fleur devant les mariés, en compagnie de quatre cousins et cousines. Antoine était entouré de Juliette, la veuve de Pierre, une grande femme brune un peu alourdie par deux maternités, et Lise, la veuve de Damien, au petit visage maigre et pointu de souris triste. Lise n'avait épousé Damien que trois mois avant la guerre. Quand il était parti, il lui avait soufflé dans l'oreille avec un sanglot désespéré :

— Je sais que je ne reviendrai pas !

Elle parlait peu, souriait rarement. Elle venait de la commune voisine de La Chaize. Antoine ne la connaissait pas. Ils n'avaient guère échangé que quelques compliments banals, avant la guerre, le jour de son mariage.

Louis-Marie donnait le bras à sa cousine Henriette, la dernière fille de l'oncle Pierre, et s'ennuyait. Son aînée de trois ans, elle montrait un visage ingrat. Philbert marchait devant eux avec la belle Angéline. Même de dos, elle était belle. Elle avait la démarche souple, coiffée d'un large chapeau blanc qui lui auréolait les épaules. Philbert paradait à son bras, mesurant sa chance de promener cette fille fine au beau visage ovale, au nez droit et sensible, dont le rire fusait avec un éclat joyeux. Les deux frères la connaissaient depuis toujours. Ils avaient tout de suite pensé à elle en recevant l'invitation de Léon. Elle avait été leur voisine, puisqu'elle habitait Malidor-d'en-haut. Du même âge qu'eux, elle partait à l'école en leur compagnie.

Angéline gardait d'ailleurs de ses tout premiers jours d'école avec eux un souvenir secret qui continuait de l'émouvoir. C'était un soir, à la sortie de la classe. Elle n'avait pas six ans. Son grand-père était passé, par hasard, dans le bourg, avec la voiture à cheval chargée de la charrue en réparation chez le forgeron. Il en avait profité pour prendre sa petite-fille, et avait proposé une place aux petits voisins.

— Voulez-vous que je vous emmène, les écoliers ? On tiendra bien à quatre sur le banc !

Sa jument Caroline, se flattait-il, avait du sang. Et, à plus de soixante ans, le vieil homme encore un peu enfant voulut en donner la démonstration. Il battit des guides sur les flancs rouges de Caroline. La jument obéit joyeusement : elle montra le bouton noir ourlé sous sa queue et prit le galop. Ce fut la charrue, déséquilibrée à l'arrière, qui causa le désastre. Elle chavira sur le chemin, sans se délier de la voiture, et se mit à labourer toute seule, freinant brutalement l'équipage. La voiture versa.

Angéline se souvenait qu'elle avait été projetée dans le fossé et qu'elle criait. Un voile rouge et humide lui était descendu sur les yeux. Elle n'avait pas mal, mais la panique la faisait crier. Elle appelait son grand-père. Alors une main s'appuya sur sa gorge, une main petite et chaude. Cela ne dura pas longtemps, le temps d'une caresse. Elle éprouva une sensation étrange. Elle sentit tout son corps traversé par une décharge électrique qui se transforma en une rivière merveilleuse. Elle aurait aimé que cela ne s'arrête pas. Et puis elle entendit la voix de son grand-père, incliné sur elle :

— Ma petite fille, qu'est-ce que tu as ? Oh ! mon Dieu !...

Il lui essuya les yeux avec son mouchoir. Elle saignait beaucoup. Elle ne souffrait, en fait, que d'une entaille sans gravité au cuir chevelu. Miraculeusement, le grand-père et les deux garçons avaient roulé comme elle dans l'herbe du fossé et n'avaient rien. La jument non plus d'ailleurs. Elle paissait sagement l'herbe de la banquette, un peu plus loin. Les brancards de la voiture s'étaient cassés net. Malgré son désir, Angéline n'osa pas demander auquel des deux appartenait la main douce qui l'avait tant bouleversée. Elle en était toujours là. De temps en temps encore, elle devenait songeuse, suivant du doigt la cicatrice de ce jour-là à travers son épaisse chevelure noire.

À son arrivée, le matin de la noce, elle n'avait pas dissimulé sa joie.

— On m'avait bien dit que vous seriez là ! s'était-elle écriée bien fort, en serrant leurs mains entre ses gants doux comme de la soie.

Son long cou était paré d'un ruban de velours bleu roi.

— On m'a promis que je serais avec l'un d'entre vous, mais je ne sais pas lequel. Vous le savez, vous ?

Ils secouèrent la tête. Quand elle riait, ses grands yeux noisette, presque blonds, s'étiraient en amande sur ses tempes. Sa langue caressait à petits coups le bord de ses incisives. Ses narines frissonnaient. Philbert fut appelé auprès d'elle par le garçon d'honneur. Elle adressa un geste navré à Louis-Marie et à sa cavalière.

— Vous êtes derrière nous. On restera ensemble !

Elle posa les doigts sur la manche de Philbert, et Louis-Marie fut jaloux de la voir s'incliner à l'oreille de son frère, et lui souffler des confidences.

À table, les deux couples s'assirent face à face. Les yeux d'Angéline prirent très vite un éclat doré comme des grains d'orge. Ses joues s'ornèrent de fleurs pourpres. Elle donna ses assiettes à finir à Philbert. Et ils rappelèrent les vieux souvenirs d'école, quand la chère-sœur récompensait les bons élèves avec du pain d'ange. Toute la classe tirait la langue, les yeux baissés, comme à la communion. Le cœur palpitant, chacun se demandait s'il avait mérité la sublime récompense. Le courant d'air de la robe de la chère-sœur approchait. Soudain, on avait le plaisir de sentir le contact de l'hostie un peu fade. Il était interdit d'ouvrir les yeux avant le signal pour que personne ne sache qui était récompensé.

— Tu te souviens qu'un jour je me suis fait surprendre à sortir le pain d'ange de ma bouche et à t'en donner la moitié, parce que tu n'en avais pas ? demanda Louis-Marie à Angéline. On a été privés de pain d'ange pendant un mois.

Le visage mobile de la jeune fille révélait tous ses mouvements intérieurs. Sa bouche s'étirait, ou s'ourlait sensuellement. Elle dévisagea Louis-Marie avec curiosité. Il éprouva une satisfaction profonde à être percé par ces éclats d'or.

— Tu te rappelles cela ? lui demanda-t-elle, attentive.

Ses lèvres bougèrent et furent soulevées par un sourire tendre. Philbert posa sa main sur son bras.

— Il pouvait partager son pain d'ange, la bonne sœur lui en donnait toujours. Moi, je n'en ai pas eu souvent !

— Tu ne l'avais sans doute pas mérité !

Philbert ne lâcha pas sa cavalière de toute la soirée. Il allait la rechercher sitôt qu'un cavalier la lui avait ravie pour une danse. Il tomba la veste et dansa en chemise comme la plupart des hommes. La sueur lui collait ses boucles blondes sur le front. La petite Aline s'assit sur les genoux de Louis-Marie dans un coin de la grange, et s'endormit. Angéline s'approcha de lui en dansant, et lui fit signe.

— Tu viendras danser avec moi tout à l'heure. Je reviens te chercher.

Elle oublia sa promesse.

Au petit jour, les jeunes portèrent la soupe à l'oignon aux mariés. Ils se tenaient par le bras et chantaient afin de se maintenir éveillés. Antoine était encore accompagné par les deux veuves, la cigarette à la bouche. Ils tambourinèrent à la porte de l'oncle Aimé, chez qui les mariés s'étaient couchés. Détaché des autres, que l'haleine noire de la porte entrouverte avait aspirés, Philbert se trouva seul en face d'Angéline. Les prunelles jaunes de la jeune fille étaient enfiévrées par cette longue nuit de musique et de danse. Ils se donnaient la main. Il se pencha soudain et écrasa sous les siennes les belles lèvres souples et chaudes.

Louis-Marie passa la tête dans la porte, étonné qu'ils ne l'aient pas suivi. Il les découvrit embrassés dans les tulles de ce matin gris et il mesura l'ampleur de son infortune.

8

Les vaches parthenaises des Gendreau se battirent avec les vaches limousines du voisin Charbonnier, un après-midi de mai. Les Charbonnier élevaient six limousines dans leur ouche au milieu de leurs vignes sur la colline. Ils ne les avaient descendues dans la prairie que cet après-midi-là, alors qu'elles ne tenaient plus en place dans l'ouche pelée comme un paillasson et refusaient le foin, le mufle levé, humant les effluves d'herbe fraîche venus de la vallée avec des meuglements désespérés. Les bêtes se ruèrent comme des folles à travers la pâture dès qu'elles furent lâchées, et le père Charbonnier remonta chez lui. Elles découvrirent les vaches vendéennes des Gendreau dans leur clos. Un long face-à-face s'engagea entre les bêtes rouges et les bêtes jaunes par-delà la frontière de la haie. Et puis la plus belle génisse des Charbonnier s'enfonça dans le taillis d'épines noires et de ronces. Louis-Marie la vit en sortir au moment où il arrivait à la barrière. Tout de suite, elle eut en face d'elle Marguerite, la première des Gendreau, une beurrière dans la plénitude de ses huit ans. Les deux bêtes s'encornèrent, front contre front, mufle contre mufle : la rouge et souple limousine contre la jaune et lourde parthenaise. Louis-Marie eut beau jurer, crier, agiter les bras, la situation évolua très vite. La limousine bénéficiait du dynamisme et de la souplesse de la jeunesse, mais Marguerite avait pour elle la force et l'expérience. Il cherchait un bâton, lorsqu'il entendit beugler de douleur. Il vit la corne de Marguerite enfoncée dans l'orbite de la limousine qui recula en tremblant et se sauva à l'autre bout du clos.

— Je n'ai rien pu faire, déclara Louis-Marie à Charbonnier. Votre vache est passée chez nous. Elles se sont mises à se battre !

— Et alors ? demanda Charbonnier, ses sourcils noirs froncés. Qu'est-ce qui s'est passé ?

— Notre vache a crevé un œil de la vôtre ! avoua Toine.

— Bravo ! s'écria Charbonnier. Bravo !

Et sa colère explosa avec violence. Il saisit son bâton contre le mur de son porche comme s'il voulait frapper. La figure congestionnée, il le pointa vers Toine :

— Vous !... bégaya-t-il. Vous, les Juifs !

— Les Juifs ?

— Oui, les Juifs ! Le premier d'entre vous qui est venu chez nous, il aurait fallu lui couper le cou !

Le visage de Toine devint aussi blanc que sa chevelure. Ses larges épaules, un peu tombantes avec l'âge, parurent encore plus basses à Louis-Marie. Le garçon aurait aimé que son père mette son poing dans la figure de Charbonnier, et il était convaincu que, s'ils s'étaient battus, il l'aurait emporté. Mais Toine, silencieux, baissa seulement la tête. Le col de sa chemise bleue relevé s'écrasa sous son menton. Charbonnier le regardait avec mépris ; il baissa son bâton et courut vers son vélo pour descendre voir sa vache qui se sauva en meuglant et se réfugia, cette fois, au milieu du troupeau de vaches vendéennes.

— Va donc ! hurla-t-il, et il lança son gourdin.

— Voulez-vous qu'on vous aide ? demanda Toine qui n'avait pas retrouvé ses couleurs. Il faudrait faire voir cette bête tout de suite au vétérinaire.

Charbonnier se tourna vers Toine en ricanant.

— Vous voulez réparer votre faute, maintenant. C'est trop tard !

Toine haussa les épaules et envoya Louis-Marie chercher une corde.

Le vétérinaire nettoya la plaie. Il n'était plus question pour Charbonnier de vendre sa génisse à la foire de la Saint-Jean. Il était bien sûr responsable, pour n'avoir pas surveillé ses vaches.

— Pourquoi ne lui avez-vous pas répondu ? demanda plus tard Louis-Marie à son père. Il aurait mérité une correction.

La main de Toine frotta son front avec un bruit de râpe.

— Qu'est-ce que cela aurait changé ? On vient prendre leurs terres, vois-tu, même s'ils n'en veulent pas. Le plus difficile à supporter, sans doute, c'est que certains d'entre nous réussissent.

— Tout de même, nous traiter de Juifs !

— J'ai essayé de ne plus penser à lui, et de me soucier de cette pauvre bête qui souffrait.

Louis-Marie ne savait pas s'il devait en vouloir à son père pour sa faiblesse ou l'admirer pour son sang-froid.

En juin, les Gendreau plantèrent en trois jours trois mille pieds de choux. Chacun à son sillon, le panier de plants lié à la taille par une ficelle. La petite Aline, quant à elle, roulait les racines de choux dans la boue pour leur éviter d'avoir soif les premiers jours.

À une époque encore récente, Toine et Prudence étaient les plus rapides. Maintenant Antoine et Philbert menaient le train, au grand dépit de Louis-Marie un peu à la traîne. La matinée du troisième jour parut particulièrement longue à Prudence. Ils s'étaient mis au travail dès cinq heures. Il y avait alors un peu d'air à circuler parmi la brume. Et puis le soleil monta et il ne resta plus un souffle. À onze heures, ses rayons émergèrent par-dessus la crête des peupliers, et Prudence vit rouge, les oreilles lui sonnèrent. Les mains de Toine s'activaient dans un brouillard sur le sillon à côté, ouvraient la terre avec le plantoir, prenaient le chou dans le panier, glissaient le pied dans le trou, refermaient la terre. « Je ne vais pas tomber ! » pensa-t-elle en relevant son chapeau de paille fixé solidement sur sa tête par son foulard. Antoine et Philbert travaillaient, loin devant, Louis-Marie à quelques longueurs. Dans le grondement de son sang qui l'assourdissait, elle entendit la voix de Toine :

— Arrête-toi pour respirer, si tu es fatiguée. Ce n'est pas parce que les jeunes courent depuis trois jours qu'on est obligés de les suivre !

Il se redressa en même temps qu'elle, s'enfonça le poing dans le dos.

— Holà, mes reins !

Elle essaya de se déboucher les oreilles avec le petit doigt.

— Si on faisait une pause ? dit-il avec un sourire de complicité. Viens donc, j'ai soif.

Elle lui fut reconnaissante de sa complicité. Ils dénouèrent la ficelle autour de leur taille, et remontèrent le rang vers Aline et la boisson.

Lorsque M. Valladon retrouva Louis-Marie le dimanche suivant de bonne heure à la pêche, ainsi qu'ils en avaient désormais pris l'habitude, il le salua en ces termes :

— Comment vas-tu, le « ventre à choux » ?

Louis-Marie comprit qu'on parlait de leur plantation à Martignac. On n'y connaissait pas les choux, du moins on n'en avait jamais vu sur de telles surfaces.

— On cultive comme on sait ! lui répondit-il froissé. Vous verrez si, avec nos choux, on n'y arrivera pas !

Les Chartres défrichées avec la tribu vendéenne produisirent seize quintaux à l'hectare. La joyeuse bande accompagna la machine à battre dans la cour de Sarreboute. Athanase pressa le coude d'Antoine avant de monter avec lui sur la machine pour y pousser la paille.

— Tu as une mère courageuse. C'est ce que me disait Noémie, hier. Mais vous allez tuer la pauvre femme. Je comprends que tu n'aies peut-être pas envie de recommencer avec une autre. Mais tes frères sont trop jeunes. Si tu veux préserver l'avenir, tu devrais penser à ramener une nouvelle femme à la maison.

Antoine escalada les degrés de l'échelle sans répondre, mais il savait que son ami avait raison. Sa mère s'était levée à trois heures comme lui. Elle avait allumé le feu. Elle était venue traire les vaches. Elle avait servi ses hommes à table en épluchant ses légumes. Quand la machine était arrivée, à quatre heures et demie, elle tournait la manivelle de l'écrémeuse...

Le dimanche suivant, après la sieste lourde de toutes les fatigues de la semaine, Antoine profita du tour du pailler dans l'aveuglement du soleil pour dire à son père et à sa mère :

— Si on veut y arriver, maintenant, il nous faut une autre paire de bœufs.

Toine marchait auprès de lui, les mains derrière le dos.

— Il y a les jeunes que je suis en train de dresser, dit-il. Ils commenceront à travailler l'année prochaine.

— Attendre un an, ce sera un an de perdu. On a besoin de bons bœufs travaillants de trois ou quatre ans pour les emblavures d'automne.

Toine ramena ses mains devant lui. La sieste avait hérissé ses cheveux blancs autour de sa casquette. Prudence avait ramassé des brins de paille qu'elle taillait en chalumeau pour Aline. Antoine insista :

— Nos deux pauvres bœufs ne font pas l'affaire. La terre est profonde, ils ne sont pas capables d'aller la chercher.

Le père s'emporta comme si on l'offensait en remettant en cause des bœufs qu'il aimait.

— Parce que tu viens de rentrer une récolte convenable, tu es tout de suite prêt à la manger ! On n'est pas partis depuis un an. Attends un peu. Est-ce que notre blé n'est pas beau ?

Il contempla, satisfait, l'énorme motte de paille autour de laquelle ils tournaient. Les poules grattaient dans les balles devant eux.

— Et puis d'ailleurs, avec quoi tu les paierais, tes bœufs de trois ans ? Tu irais peut-être demander un prêt au Crédit agricole ?

— Pourquoi pas ?

Toine rougit. Il avait prononcé à son avis la pire des incongruités, et Antoine en prenait le parti sans broncher.

— Écoute, on est venus ici à cause de toi, n'en demande pas trop, parce qu'on ne te suivra pas jusqu'au bout !

De grosses gouttes de sueur emplissaient les plis de son front. Antoine secoua la tête, conscient d'avoir poussé la provocation.

— Non, dit-il, accommodant. Je vais aller trouver M. Rougier, le propriétaire. Je lui proposerai de lui rembourser ces nouveaux bœufs quand tu vendras tes jeunes.

— Parce que tu as déjà décidé ?

Toine se retourna vers Prudence et interpréta son visage paisible sous son chapeau de paille, ses mains actives sur un chalumeau et ses essais pour produire de la musique, comme un désaveu.

— Toi, bien sûr, tu prends du côté de tes gars, comme d'habitude !

Il fila vers la grange, à longues enjambées coléreuses. Elle se précipita derrière lui.

— Mais non, Toine ! Tu t'emportes moins lorsque tu es confronté à tes voisins, et là je t'approuve...

Le père et le fils partirent acheter leurs bœufs en Vendée, à la foire de septembre. Le propriétaire avait accepté l'arrangement prévu par Antoine. Ils voulaient des bœufs parthenais. La Charente ne les avait pas convertis à la race limousine. Ils prirent le train, Germain n'ayant pas annoncé de prochain voyage. La liaison ferroviaire entre Châteauneuf et La Roche-sur-Yon n'était pas directe. Elle envoyait d'abord sur le réseau régional Jarnac-Cognac-Saintes. Puis on changeait pour le rapide Bordeaux-Nantes, via Rochefort, La Rochelle, Luçon. Toine avait suggéré à Louis-Marie de lui recopier une carte de l'itinéraire sur un atlas de M. Valladon. Son feutre noir auprès de lui, cravaté, lumineux, rasé, il s'installa près de la fenêtre et colla son nez au carreau. Il dit à Antoine, alors que le train longeait une route où pédalait un trio de jeunes filles au soleil — les jeunes filles avaient été très loin, et, tout d'un coup, elles devenaient toutes proches ; l'une d'elles transportait un caniche roux sur son porte-bagages :

— J'ai regretté de ne pas avoir été tiré au sort pour le service militaire. J'aurais voyagé. Quand j'avais huit ans, mon oncle Jean venait souvent à la Grande Roulière. Je l'aimais beaucoup. On l'appelait Tonkin. Les recruteurs l'avaient saoulé pour obtenir son engagement. Il racontait qu'à l'occasion d'une opération, là-bas dans un village, ils avaient surpris des Tonkinois en train de scier le cou d'un de ses copains.

Après Saintes, le relief s'aplanit. Le talus du bord de voie s'abaissa, et la mer apparut soudain, comme si, en se soulevant un peu, elle allait lécher les rails. Les pilotis des pêcheurs aux carrelets étaient plantés au ras de la voie.

— Tu te rends compte, ils pourraient pêcher du train !

À La Rochelle, il leva des yeux éblouis sur la grande verrière.

— Ils ont fait une gare comme une église !

Ils traversèrent lentement le marché aux vaches, avant de rejoindre le marché aux bœufs. Ils y rencontrèrent un Borderon de Saint-Pierre-des-Moutiers qui s'étonna de leur présence.

— Qu'est-ce que vous faites là, les Charentais ? Est-ce que vous êtes de retour chez nous ?

Toine tourna autour des vaches exposées par Borderon, l'air intéressé.

— C'est du beau monde, tout cela !

Borderon hésita à vanter son élevage puis, comme il se décidait :

— Ne te fatigue pas, l'interrompit le père. On est venus

voir si on ne trouverait pas une paire de bons bœufs vendéens capables de nous aider à labourer la terre de Charente...

— Ça marche, alors ?

Borderon n'était pas un homme dangereux. Il y arrivait difficilement dans sa métairie, comme beaucoup. Toine toucha les flancs de la vache grasse

— On fait aller.

Il lâcha enfin :

— La terre est profonde là-bas !

Sa voix avait un accent de fierté qu'Antoine fut heureux d'entendre. Borderon s'approcha encore. Presque aussi âgé que Toine, plus grand que lui, il s'adressa à Antoine, l'examinant de ses gros yeux globuleux.

— Il y en a deux de Saint-Pierre qui partent cette année pour la Saint-Michel. Le fils Michaud du Bois-Clair s'en va en Garonne, les Bretin de la Brétinière partent en Charente-Inférieure, à La Chapelle-des-Pots.

— Je ne connais pas cet endroit, dit Antoine.

— Il paraît que sur la commune de Saint-Philbert-de-Bouaine, douze familles partent d'un seul coup, cent personnes en moins du jour au lendemain !

Les sourcils relevés sur son front bas, la crainte arrondissait ses lèvres molles, évoquant un fléau.

Toine posa familièrement la main sur son épaule.

— Qu'est-ce que tu veux, mon pauvre ami, c'est comme ça. On n'est pas partis de bon cœur, malgré ce qui s'est dit. Mais je crois que les jeunes ont raison : le pays, pour un paysan, c'est partout où la moisson pousse belle et où l'on peut manger facilement son pain.

— Mais la pratique ?

Antoine répondit cette fois

— C'est vrai qu'elle n'est pas comme ici, loin s'en faut. Celui qui veut aller à l'église, personne ne l'en empêche. On a un vieux curé qui est bon comme un Évangile. Ma fille prend pension chez lui, au presbytère, quand elle va à l'école.

Borderon en resta bouche ronde. Ils lui serrèrent la main.

— Tu diras bonjour de ma part à tous ceux que tu connais pour mes amis, le pria Toine.

Ils engagèrent quatre mille francs dans une paire de parthenais de trois ans bien encornés. Le père les avait remarqués tout de suite, pas besoin de leur regarder les dents comme le voulait le vendeur, qui leur martyrisait les lèvres. Il leur fit faire quelques pas avec lui à travers le foirail.

— On en fera ce qu'on voudra, murmura-t-il à Antoine qui examinait encore leurs épaules et reculait vers leurs jarrets. As-tu vu comme ils ont une bonne tête !

L'affaire conclue, il manifesta de nouveau son inquiétude :

— J'espère qu'on ne commet pas une bêtise en dépensant tout cet argent qui n'est pas à nous !

Ils étaient attablés à la Cloche d'or. Antoine vida son verre.

— Père, je vais vous quitter, maintenant. Je vais à la Grande Roulière demander Lise, la veuve de Damien.

Toine remua son verre dans l'auréole de vin sur la table cirée.

— Tu profites de ce que son beau-père est probablement à la foire !

— Peut-être.

— Elle y est peut-être aussi ?

— Je lui ai écrit.

Les yeux de Toine s'ajustèrent sur ceux de son fils.

— Je me doutais qu'il y avait autre chose. Tu en as sans doute parlé à ta mère ?

— Non.

Il adressa un signe au serveur qui passait.

— Remettez-nous cela.

Il joignit l'extrémité de ses gros doigts courts comme il en avait l'habitude lorsqu'il pensait.

— Si elle ne veut pas ?

Antoine rapprocha son tabouret de la table.

— Je l'ai eue comme cavalière à la noce de Léon. Elle ne dira pas non.

— Tu as pensé à Aline ?

— Elle m'a demandé l'autre jour après les battages, où elle avait vu les autres femmes aider à la maison : « Dis, est-ce que je n'aurai pas une maman, un jour ? » Je sais que Lise souffre surtout du manque d'enfant.

— Si vous en avez d'autres, est-ce qu'elle ne sera pas tentée de choisir les siens et d'abandonner Aline ?

Ils trinquèrent par habitude.

— Père, vous savez bien qu'on a besoin d'une autre femme à Sarreboute. Philbert n'a pas fait son service militaire. Il y a un an, j'aurais juré que personne ne viendrait remplacer Edmée.

Toine s'inclina vers son fils. Les mots restaient au bord de ses lèvres. Il téta doucement le bord de son verre. Antoine tordait machinalement la pointe de sa moustache.

— Tu as du sentiment pour cette... Lise ?

Antoine haussa les épaules.

— Je n'ai plus quinze ans. Je crois qu'on fera bon ménage ensemble.

Toine souleva son verre, contemplant les miroitements du vin.

— On peut dire qu'on ne choisit pas les choses faciles, nous autres. Les disputes commençaient à s'arranger avec Pierre. Qu'est-ce qu'il va dire, si tu lui enlèves sa bru !

— Elle n'a pas d'enfant. Cela ne le regarde pas.

— Ce ne sera probablement pas son avis. Tant pis. Si elle et toi vous êtes d'accord...

Antoine fut ému par la voix frémissante et les paupières lourdes mouillées de tendresse de son père qui l'encourageait dans sa démarche.

Il emprunta le vélo de Germain aux Caves du Poitou, prit le petit chemin du bord de la voie ferrée la Roche-Cholet qui passait derrière l'étang de la Grande Roulière. Lise et lui s'étaient donné rendez-vous là-bas. Elle le guettait derrière les branches des baliveaux de châtaigniers du talus. Elle rougit lorsqu'il freina brusquement en arrivant à sa hauteur.

— Je commençais à croire que tu ne viendrais pas. Je me demandais si tu ne t'étais pas moqué de moi !

— C'est vrai que je suis en retard, s'excusa-t-il. On a acheté la paire de bœufs, et puis j'ai eu une longue conversation avec mon père.

Elle rougit encore, devinant qu'ils avaient parlé d'elle. Antoine aima qu'elle manifeste ainsi sa sensibilité. Le visage de Lise était un peu trop allongé, son nez pointu, ses lèvres minces. Mais, somme toute, Antoine ne lui offrait pas mieux. Lui aussi avait la figure longue et serrée comme un poing. Il remarqua une veine bleue courant sur la tempe de la jeune femme. Ils se turent, gênés de se trouver ainsi face à face, s'assirent dans la bruyère du talus, après y avoir cherché les vipères. Le temps était lourd. La chaleur restait immobile sous les branches où ne circulait pas d'air.

— Je n'ai jamais vraiment parlé à une autre femme qu'à la mienne, avoua-t-il en faisant tourner son chapeau sur son genou.

Elle sourit, l'encourageant à continuer. Elle l'interrogea sur Sarreboute, la maison, la terre, les Charentais. Il ne cacha pas les difficultés, les terres encore en friche, les murs en mauvais état autour de la maison, la dette pour acheter les bœufs. Elle murmurait :

— Je m'en doute ! Je m'en doute !

Et puis ils en vinrent à eux. Elle lui demanda avec franchise, mais en rougissant encore :

— Tu regrettes ta femme ? Tu penses encore à elle ?

Il hésita, posa son chapeau dans l'herbe, cueillit une bête à bon Dieu sur son pantalon.

— Comme toi, sans doute, tu penses à Damien. Nous n'avons vécu que quelques mois ensemble. Nous n'avons partagé que le meilleur. Peut-être les choses seraient-elles devenues plus ordinaires entre nous par la suite, comme pour beaucoup. Mais cela, nous ne le savons pas. Edmée m'a envoyé des lettres mieux écrites qu'une institutrice. J'ai fait l'effort de lui répondre aussi bien...

— Tu les as gardées ?

— Oui. Et ne me demande pas de les jeter.

— Je ne te le demande pas, répondit-elle aussitôt.

Antoine eut conscience de sa brutalité. Lise avait les larmes aux yeux. Il découvrait combien elle méritait plus que ce qu'il avait pensé d'elle. Elle n'était pas une servante. Elle débordait de vivacité et de jeunesse. Elle avait cueilli une fleur de bruyère, et la respirait à petits coups. Il la pria donc, levant les yeux vers elle, avec désormais l'angoisse d'un refus :

— Est-ce que tu serais d'accord pour venir vivre avec nous, là-bas ?

Elle le fixa avec un éclat de défi moqueur dans ses prunelles marron.

— Venir vivre avec vous ?

— Avec moi...

— Il y a ta fille. Elle est souvent restée en ma compagnie pendant la noce, quand elle n'était pas avec ton frère.

— Je l'ai remarqué, murmura Antoine. Ta compagnie lui plaisait. C'est justement parce qu'elle t'a choisie que...

— ... Tu veux bien de moi pour remplacer sa mère dans ta maison ! dit-elle en élevant le ton. (Et sa veine bleue s'était gonflée sur sa tempe.) Dans ce cas, je préfère rester bonne à la Grande Roulière.

Antoine s'apercevait une fois encore de sa maladresse. Il écrasa sa moustache dans sa main, les yeux baissés.

— Comment faut-il que je m'y prenne pour te demander si tu veux être ma femme ?

Elle sourit enfin, lui retira le chapeau qu'il avait remis sur son genou, lui prit les mains.

— Pourquoi aurais-je quitté la Grande Roulière et serais-je venue me cacher avec toi dans ce « taillis » comme une voleuse, à ton avis, Antoine Gendreau ?

Les pêches de vigne

La lumière était blanche. Les troncs des châtaigniers craquaient. L'air manquait sous les branches. La poitrine de Lise se soulevait à un rythme rapide sous son caraco. Antoine reconnut l'odeur vanillée de sa poudre de riz.

TROISIÈME PARTIE

LES MARIÉS DE SARREBOUTE

9

Lise quitta la Grande Roulière trois mois plus tard, compromise par les lettres postées en Charente. Elle craignait une violente colère de Pierre Gendreau à l'annonce de la nouvelle. Le facteur fut trop bavard, comme souvent à son habitude en fin de tournée. Trop d'invitations à boire lui avaient délié la langue. Les hommes mangeaient, à table. Il tendit une nouvelle lettre à Lise en disant :

— Je ne sais pas ce qu'ont les Charentais en ce moment, ils écrivent beaucoup en Vendée !

Dès qu'il fut parti, Lise enleva son verre vide sur la table et se décida.

— C'est Antoine Gendreau qui m'écrit. Il m'a demandée en mariage. Je lui ai répondu oui.

Pierre Gendreau écalait une châtaigne avec la pointe de son couteau, les lunettes sur l'os violacé de son nez. Il poursuivit son ouvrage méticuleux de pelage, alignant les châtaignes prêtes en rond dans son assiette. Seule sa femme avait poussé un petit cri de pie effarouchée, comme d'habitude dans de semblables circonstances. Assise dans le fauteuil, au coin de la cheminée, le menton dans la gorge, elle adressait à Lise des regards éloquents de réprimandes. Les autres hommes mangeaient en silence, tête baissée. Léon demanda d'apporter le plat de pommes cuites. Lorsqu'il eut fini de manger, le père Gendreau plia soigneusement ses lunettes, les rangea dans leur boîte, referma son couteau et, se levant, suivi par tous les autres, il dit enfin à Lise, sans se donner la peine de la regarder :

— Tu fais ce que tu veux, ma petite fille. À la Grande Roulière, la porte est toujours ouverte !

Lise n'attendit pas. Elle fit son paquet l'après-midi même. Elle passa Noël chez sa mère, dans sa maisonnette de garde-barrière du Broignard. Sa mère était une grande femme osseuse à la lèvre et au menton noircis par une barbe qu'elle coupait avec le rasoir de son défunt mari. Elle s'aigrissait depuis que sa vue baissait.

— Tu n'imagines pas ce que c'est que de ne plus faire la différence entre la nuit et le jour ! gémissait-elle. Qu'est-ce que je deviendrai lorsque je ne pourrai plus me débrouiller toute seule ? Je ne pourrai pas compter sur toi.

— Vous avez Domnin, et Jeanne, mère, tout près.

Elle haussait les épaules.

— Moi, j'ai été veuve à trente-cinq ans, avec quatre enfants sur les bras. Je me suis débrouillée toute seule. Il y aurait eu un homme pour vous dresser quelquefois, ce n'aurait pas été plus mal. Mais il n'y a jamais eu personne d'autre dans ma vie !

— Ce n'est peut-être pas ce que vous avez fait de mieux !

— Ma petite fille, tu apprendras sans doute un jour à respecter la fidélité. Quand on est dans une bonne maison, on y reste. On ne suit pas le premier coureur de chemin qui passe !

La querelle entre la mère et la fille n'avait pas de cesse. La mère profitait du départ de sa fille pour en rajouter sur sa solitude et son abandon. Lise ne lui passait rien.

— Vous ennuyez tout le monde avec votre misère. Intéressez-vous un peu à ce que vivent les autres, pas seulement pour les critiquer.

Seul son frère, Domnin, l'accompagna en Charente pour son mariage, le 3 janvier 1921. La nouvelle de la future union d'Antoine avec la femme de son cousin germain avait ravivé des plaies à Saint-Pierre.

— Après cela, qu'est-ce que vous voulez, avait dit Pierre Gendreau à la buvette le dimanche, mon frère n'est plus mon frère !

Et prenant la pose, de vraies larmes au fond des yeux :

— C'est pénible d'être trahi par les siens !

Domnin et Lise arrivèrent à Sarreboute la veille du mariage, à la nuit tombée. Le temps brouillé empêchait le froid de prendre. Antoine vint les chercher à la gare de Châteauneuf avec la maringotte d'Athanase.

— Sentez-vous l'odeur de la rivière ? leur demanda-t-il en arrivant. On s'y est tellement habitués qu'on ne la sent plus.

Lise leva son nez pointu.

— Elle est le signe d'une présence.

Ses yeux brillèrent dans la lumière de la lampe sous la capuche de sa cape. Domnin était un bon gros au visage rond et aux yeux rieurs. Il aida Antoine à descendre la lourde malle noire de sa sœur. Ils entrèrent devant elle, portant encore une valise en bois dans leur main libre. Le couvert était mis. Prudence était accroupie sous la cretonne à carreaux rouges du manteau de la cheminée. Louche à la main, elle arrosait le pain tranché dans la soupière avec le bouillon de légumes de la marmite. Toine qui arrivait de l'étable derrière eux se mit à chanter :

— *Trempez la soupe, trempez ! La mariée qu'arrive !*

Prudence rajusta sa pince à cheveux près de sa tempe, tendit les mains à sa nouvelle bru.

— Bienvenue dans ta nouvelle maison, ma fille.

Les deux femmes se sourirent. Lise rougit et murmura timidement :

— Bonjour, madame Gendreau.

— Non ! Non ! Il n'y a plus de madame Gendreau. Je t'ai appelée ma fille, appelle-moi donc comme ma petite-fille, mémé Prudence.

Ils passèrent aussitôt à table. Aline balançait les jambes sous le banc, les cheveux bien peignés, liés en catogan par un large ruban. La vapeur de la soupe nimba la lumière de la suspension.

Le mariage fut célébré sans cérémonie, le lendemain. Le val de Charente était noyé dans un brouillard épais. Les fumées hésitaient à sortir des cheminées, et redescendaient aussitôt vers la terre. Le maire expédia rapidement les formalités. Viticulteur au hameau de Courpetaud, il s'excusa.

— Je distille, en ce moment. Je me suis échappé, mais je ne dois pas traîner, j'ai en route une bonne chauffe !

Le curé Guignabert bénit l'union des deux mariés. « Ce n'est pas moi qui vous unis, vous êtes les ministres de votre propre sacrement. » Il leur lut l'Épître de saint Paul aux Éphésiens : « La femme doit être soumise à son mari comme au Seigneur. Car pour la femme, son mari est la tête, comme le Christ est la tête de l'Église... Maris, aimez votre femme comme le Christ a aimé l'Église : pour elle il a donné sa vie, afin de la rendre sainte... » Athanase servit de témoin à Antoine, et Noémie, sa femme, assista Lise. La mariée avait repris sa robe de voyage de la veille, et un chapeau à calotte ronde qui la grandissait. Elle était un peu pâle, et Antoine légèrement pincé, le nœud de sa cravate trop serré en un petit nœud minuscule sous son énorme pomme d'Adam. Les haleines froides du dehors entraient dans l'église par le trou d'un vitrail du chœur. La phalange d'Antoine portait encore l'étranglement de son ancienne alliance. Pour économiser, il avait demandé au bijoutier de Châteauneuf de lui modeler des anneaux dans des pièces de vingt sous jaunes de 1918.

Prudence avait invité le curé Guignabert à venir partager le coq auquel elle avait enfoncé le couteau dans la gorge. Le cou serré dans sa lourde écharpe de laine, il caressa la joue d'Aline qui tenait sa grand-mère par la main.

— Tu avais déjà rencontré ta nouvelle maman ?

La fillette hocha la tête en souriant.

— Depuis qu'il la connaît, papa est beaucoup mieux !

On se répéta le bon mot de l'enfant. Lise s'accroupit et serra la petite dans ses bras.

— Ma chérie, on va bien s'aimer toutes les deux.

Quelques pleurs mouillèrent ses joues à la fin du repas.

— Je ne regrette rien, s'excusa-t-elle, honteuse. Je pense à tous ceux qui ne sont pas là.

— Il n'y a que les enfants pour croire que personne ne manque aux fêtes, déclara le père Guignabert en roulant une boulette de pain entre ses doigts. Mais vous devez être comme des enfants. Votre vie recommence aujourd'hui. Vous serez heureux si vous ne regardez pas en arrière.

Il goba sa boulette de pain. Prudence demanda, pensive, les bras croisés sur la table :

— Nous aussi, monsieur le curé ?

— Je parlais pour vous tous, bien sûr.

Elle tourna ses yeux noirs vers Toine, l'air de lui dire · « Tu as entendu ? »

Sur le soir, le soleil perça. Antoine sortit montrer à Lise et à Domnin les terres de Sarreboute. Ils s'accoudèrent au tablier du grand pont en dos d'âne, regardant couler l'eau de la Charente sous eux. Domnin ramassa une poignée de terre noire, l'écrasa de l'index dans le creux de sa main.

— C'est beau, cette terre grasse sur ces pierres couleur de craie.

Il lança sa poignée dans le champ, à la volée, comme s'il semait, les joues rougies, rieuses.

— Tu as eu raison, ma sœur. Tu verras qu'un jour les Gendreau de Charente dépasseront les Gendreau de Vendée !

Il enjamba souplement, malgré son volume, la barrière des Charbonnier pour aller toucher l'écorce des peupliers alignés en double rangée. Une jambe de soleil s'y était allongée, dans des éclaboussures de lumière dorée. Antoine et Lise se donnaient le bras comme de vieux époux, s'efforçant de garder leurs distances, de crainte du ridicule. Mais le cou de Lise était régulièrement coloré de larges taches rouges qui lui remontaient jusque sous le menton.

Lorsqu'ils furent enfin seuls, dans la chambre haute aménagée pour eux, ils n'osèrent pas se regarder. Antoine éteignit la lampe. Il y avait si longtemps qu'ils dormaient tout seuls. Ils s'allongèrent entre les draps de lin, respirèrent leur odeur, sans se toucher, en retenant leur souffle. Lentement, ils exécutèrent une série de changements de position, afin de se rapprocher.

Lise se leva à six heures, le lendemain. Ses joues avaient pris de belles couleurs roses. Elle éplucha les légumes pendant que sa belle-mère allumait le feu, dressa la table, écréma le lait, lava la vaisselle, donna à manger aux poules. Prudence la regarda s'activer avec satisfaction. Elle profita du rassemblement du déjeuner pour la complimenter :

— C'est merveilleux, il ne va plus rien me rester à faire !

Les hommes avaient passé la matinée aux champs, Domnin avec eux, qui ne reprenait le train que le lendemain. Ils étaient allés « aux choux ». Ils avaient chargé dans la charrette les liens de branches, appelés « rotes », qui serviraient à fagoter. La pluie tombait lentement, mais sans cesse. Les gouttelettes de brouillard de la veille s'étaient rassemblées pour former cette pluie molle et silencieuse. Des sacs de jute leur encapuchonnaient la tête et les épaules. Ils se lièrent des guêtres de paille avec de la ficelle pour se garder les jambes au sec, et s'enfoncèrent dans les rangs de choux où ils cueillaient des feuilles. Quand le fagot était suffisamment gros, ils empoignaient les deux extrémités de la rote. Ils chargeaient le paquet sur leurs épaules. Les feuilles, pleines d'eau, se vidaient sur leurs cous. Ils portaient jusqu'à la charrette, les reins courbés, des paquets de boue collés aux sabots. Toine essoufflé, les mains violettes, admit que Philbert n'avait pas vraiment tort de défendre les terres hautes.

— Peut-être bien, reconnut Domnin, en s'épongeant les sourcils du pouce et de l'index. (Sa rote lui avait graissé la joue droite de boue noire.) Mais je suis drôlement content d'avoir fait cela avec vous. Ils ne me croiront pas quand je leur dirai que, le lendemain matin de la noce, j'étais « aux choux » avec le marié.

La fumée lui sortait de la bouche. Antoine s'étonnait que cet homme rond à la peau tendue comme un pruneau fût le frère de sa femme. Il sentait encore se soulever sous ses doigts la taille souple et chaude de Lise.

Deux jours plus tard, Philbert partait au 107e régiment d'infanterie d'Angoulême. L'affectation à vingt-cinq kilomètres seulement de Sarreboute lui plaisait. Il se distingua dès sa descente du train en gare d'Angoulême. La pendule indiquait cinq heures de l'après-midi, mais la gare était éclairée comme en pleine nuit à cause de la pluie qui avait avancé l'heure de la tombée du jour. Il s'avançait dans la fumée de la locomotive lorsqu'une main vigoureuse se posa sur son épaule.

— Tu es un jeune appelé ? Prends une capote.

La main appartenait à un grand gaillard au nez en poireau sous un képi, accompagné d'un soldat plus petit chargé de capotes bleu horizon. L'air innocent, Philbert secoua la tête.

— Tu n'es pas un appelé du 107 ?

— Non.

Remontant le col de son paletot il fila sous la pluie. Il monta vers la ville haute, s'abritant sous les auvents de portes. L'incorporation n'était fixée qu'au lendemain matin, et il avait la fantaisie de passer sa première nuit en ville. Il comprit vite son erreur en découvrant les prix des chambres affichés sur le pilier d'entrée de l'Hôtel des voyageurs : trois francs cinquante la nuit, il n'avait pas cette somme dans son porte-monnaie. Le jet puissant d'une gouttière de l'église Saint-Martial lui arrosa l'épaule et la casquette, lui enfondit le dos. Il redescendit penaud vers la gare, les vêtements trempés. Le sous-officier offrait toujours ses capotes à l'arrivée des nouvelles recrues. Philbert se trouva bien de se jeter sur le dos ce lourd manteau de laine à l'odeur de chien mouillé. Mais en arrivant à la caserne, le sergent à la tête longue et au nez en poireau désigna Philbert du doigt à l'adjudant de compagnie qui tourna de méchants petits yeux de pou dans une lourde figure lie-de-vin :

— Jeune homme, je vous ferai remarquer que vous n'êtes pas là pour commander. Que je n'entende plus parler de vous, ou je vous mettrai au pas !

La punition annoncée tomba la semaine suivante. Les « anciens » avaient organisé une descente silencieuse dans le casernement des « bleus », et viré leurs châlits pendant leur sommeil. Pour ne pas être victime d'une seconde expédition, Philbert avait adopté la devise de Mac-Mahon : « J'y suis, j'y reste ! » Et le sergent le réveilla ainsi le matin sous sa paillasse et son châlit renversés. Il écopa de huit jours de corvée de jus.

La pluie tomba presque sans arrêt jusqu'à la mi-février et la Charente sortit de son lit. Elle s'étala dans la prairie de Martignac, noya les fossés et les champs. Ses bras se rejoignirent. Les Gendreau se réveillèrent un matin prisonniers du fleuve. La vallée n'était plus qu'un lac immense où marchaient à la file les peupliers aux branches lourdes de bouquets de gui. Seuls les dos ronds des tabliers des ponts émergeant de l'eau témoignaient du tracé de la route effacée. M. Valladon, l'instituteur, avait déjà rassuré Louis-Marie.

— Même dans les plus grosses dérivées, la Charente n'a jamais franchi le seuil de Sarreboute.

Ils virent pourtant avec angoisse les eaux gravir lentement les terrasses du jardin. La pluie tombait moins fort, mais elle ajoutait de l'eau à l'eau.

— Nous ne manquerons toujours pas de pain, dit Prudence, comptant la réserve de tourtes dans la maie pour se rassurer.

Les hommes s'occupèrent dans la grange et l'étable.

À la demande de sa grand-mère, Aline ânonna le passage de l'arche de Noé affrontant le déluge, à la prière du soir, et demanda aussitôt après :

— Je veux aller voir la Charente !

Ils se couvrirent et sortirent tous à la lampe tempête contempler en frissonnant les eaux noires qui léchaient le carré de poireaux. Avec des bâtons, ils marquèrent la limite de l'eau. Le lendemain matin, les bâtons baignaient.

M. Valladon sortit de la brume, les épaules couvertes d'une longue pèlerine rouille à carreaux, tirant une barque derrière la sienne. Il accosta dans le jardin, souleva sa casquette à oreilles et passa ses doigts en peigne dans son épaisse chevelure, manifestement gêné de l'accueil de ses hôtes accourus au bord de l'eau comme vers un sauveur.

— Eh bien voilà, vous connaissez votre premier baptême de la Charente ! Maintenant vous allez être un peu plus charentais.

Il alluma tranquillement une pipe.

— Ne craignez rien. La Charente n'a jamais été méchante. Elle engraisse vos champs. Profitez-en pour prendre un peu de bon temps. Mais vous avez besoin d'une barque. Celle-là, dit-il en amenant au bord la deuxième barque, appartient à mon beau-frère. Elle ne lui sert que l'été pour aller à la pêche.

Antoine et Louis-Marie s'embarquèrent avec lui pour un premier voyage. Un épais brouillard à plusieurs étages s'étirait sur la vallée inondée : très dense au ras de l'eau et couleur de lait, il n'était plus qu'un voile léger à la tête des peupliers.

— C'est bon signe, affirma Valladon, le temps change. Il ne devrait plus pleuvoir.

Entre les couches de brume, une lumière très claire filtrait parfois, laissant espérer le soleil. Le grand silence de la vallée était impressionnant. On n'entendait que le murmure discret de l'eau glissant autour de branches noires et le choc de la perche contre le flanc du bateau. Debout à l'arrière, Valladon s'en servait comme d'un gouvernail.

— Vous n'avez pas été oubliés ! indiqua-t-il entre ses dents serrées sur son os. Votre ami Ligonnière a rameuté le pays. Il a prévenu le curé, qui est venu me voir.

Le fleuve bougeait nerveusement son dos, et ses muscles

frappaient sèchement le bois du bateau. M. Valladon continuait de pousser tranquillement sa perche. Une bande de sarcelles se laissait ballotter par le courant. Elles nagèrent plus vite et puis s'envolèrent dans une pluie de gouttes. Ils poussèrent jusqu'au chevet de l'église de Martignac où venait mourir l'inondation.

— L'eau ne va jamais plus haut, là non plus, assura-t-il. Elle peut encore gagner quelques centimètres, ce sera tout. C'est le Limousin qui fait les crues. La pluie d'ici n'a guère d'influence.

Des enfants s'amusaient à lancer pour leurs chiens des morceaux de bois dans l'eau. L'arrivée du maître les dispersa. Antoine descendit tirer la barque à terre. M. Valladon cacha sa perche derrière un contrefort de l'église de crainte que quelque gamin n'ait l'envie de s'en servir. Ils montèrent au bourg. La buvette était animée par la fréquentation habituelle d'un milieu de matinée. Le forgeron Béraud s'approcha de leur table, sa figure d'enclume fendue par son rire radieux jusqu'aux oreilles. Malgré le brouillard, il ne portait qu'un petit gilet de cuir sur une chemise déboutonnée. Sa poitrine pleine de chair était couverte d'une broussaille de poils très noirs comme ses sourcils. Il appuya sa main durcie au fer sur l'épaule de Louis-Marie.

— Quel temps fait-il, là-bas, sur votre île ?

Et il repartit de son rire sonore comme son marteau sur son enclume. Des paysans entrèrent et demandèrent comment se comportait la Charente à Sarreboute. Grâce à la dérivée, les Gendreau découvraient que cette population réservée, parfois méfiante, se souciait d'eux. Du vin chauffait dans une casserole sur le poêle.

— De la cannelle, réclama Béraud en se léchant les moustaches, il faut y mettre de la cannelle !

Louis-Marie prit la perche sur le chemin du retour, pour apprendre. Il poussa la barque au-dessus de la route inondée, évitant les ponts. Des vols lourds de corbeaux tournaient au-dessus d'eux, à l'évidence déboussolés par la transformation du paysage.

Sarreboute demeura coupé du monde pendant plus d'une semaine. La Charente ne regagna que lentement son lit.

C'est peu de temps après, en allant chercher son pain à la boulangerie de Martignac, que Prudence entendit le boulanger se plaindre.

— Il n'y a personne pour travailler dans ce pays ! Vous voyez l'écriteau d'offre d'embauche, sur la porte. Je l'ai mis il y a un mois, quand mon porte-pain a reçu sa feuille de route. Personne ne s'est présenté ! Cela n'intéresserait pas quelqu'un chez vous ?

Prudence haussa les épaules.

— Nous avons déjà assez à faire chez nous ! C'est vrai que si Philbert n'était pas parti à l'armée...

Le boulanger attendit la suite, mais, comme Prudence se taisait, il tira son crayon bloqué sur son oreille grise de farine au bord de son calot blanc et lui calcula nerveusement son compte. Quand elle partit, dans le tintement des tubes suspendus au-dessus de la porte, il insista tout de même :

— Si vous avez quelqu'un, je le prends tout de suite. Mon porte-pain s'en va la semaine prochaine !

Prudence évoqua sa conversation avec le boulanger, le soir, à table. Les bœufs de la foire de septembre avaient été d'un précieux secours pour les défrichages d'hiver et les emblavures, mais il fallait maintenant les payer. Antoine avait aussi la main lourde avec le nitrate et les scories potassiques. Quelques jours plus tôt, lorsque Louis-Marie avait demandé de l'argent pour aller chez le coiffeur, Prudence avait gratté au fond de son porte-monnaie.

— Mon pauvre petit, avait-elle soupiré, tu garderas tes cheveux un peu plus longtemps. À moins que je te les coupe.

Elle coupait les cheveux de ses hommes avec ses ciseaux de couturière. Mais, pour la noce de Léon, elle avait offert comme un luxe à Philbert et Louis-Marie d'aller chez le coiffeur de Châteauneuf, et les garçons en avaient pris le goût.

Louis-Marie fut tout de suite tenté par ce travail de porte-pain.

— Pourquoi pas moi ? dit-il.

Prudence avait bien sûr pensé à lui. Mais on était en mai. Le manque de Philbert se faisait déjà sentir. Bientôt allaient commencer les travaux pénibles des foins. Toine dit tout de suite non.

— Mais je ne serai absent que le matin, l'après-midi j'irai aux champs !

Plus Louis-Marie l'envisageait, plus cette perspective lui plaisait.

— Tu ne pourrais pas, avec ta jambe !

— Pourquoi ? Pourquoi ? Je peux bien travailler aux champs !

Il s'emportait avec une violence inhabituelle. Ses yeux verts flamboyaient de colère rentrée. Il chercha du secours du côté d'Antoine qui, manifestement, ne partageait pas son enthousiasme. Lise le sauva.

— Si vous avez besoin, j'irai davantage travailler dehors.

Tête baissée sur son assiette qu'il essuyait avec son pain, Antoine examinait curieusement sa femme derrière ses sourcils.

— Tu es d'accord ? lui demanda-t-elle en souriant.

Il se redressa et, croisant les bras, enferma sa moustache dans son poing en soupirant.

— C'est de la folie, ce que vous demandez là. Après tout, puisque vous le voulez... Mais toi, Louis-Marie, tu ne te rends pas bien compte, tu ne t'engages pas à une partie de plaisir !

Louis-Marie haussa les épaules et s'épanouit, satisfait. Antoine était bien avec Lise. Elle éloignait le passé. Elle s'occupait d'Aline comme si elle avait été sa propre fille. Désormais, la petite ne voulait plus être coiffée que par maman Lise.

— Tu tires moins les cheveux que mémé !

Lise lui lavait la tête avec de l'eau mousseuse toutes les

semaines, lui arrangeait des frisettes avec des tortillons de papier en guise de bigoudis. La mère et la fille complices babillaient sans cesse. Aline, ravie, prenait des mines devant la glace.

Lise, délicate, s'excusa aussitôt de sa proposition d'aller aux champs.

— Je ne voulais pas être désagréable avec vous, mémé Prudence ! J'aime travailler à la maison en votre compagnie !

— Je t'ai comprise. Ne t'inquiète pas.

Toine se taisait, et levait de grands yeux blancs vers la suspension.

— Tu ne vas pas te mettre à bouder ! le réprimanda Prudence.

— Tu ris, puisque tu as gagné ! Tu avais déjà tout prévu !

— J'irai, moi aussi, rentrer les fourrages avec toi, offrit-elle, conciliante.

Le boulanger hésita d'abord à engager Louis-Marie.

— C'est qu'il faut sans cesse monter et descendre de la carriole ! Le marchepied est haut. C'est un travail plus fatigant qu'on croit.

— Je ne suis pas infirme, monsieur. J'ai reçu un coup de pied de vache lorsque j'étais petit !

— Ah bon ! Alors...

Le cheval du boulanger n'était pas une bête facile. Il s'appelait Sergent. Il était rouge, avec un semis de grains noirs autour des lèvres et des yeux. Dans ses moments de méchanceté, on le voyait tourner des yeux un peu fous, engageant à se méfier.

À sept heures et demie, Louis-Marie arrivait, appuyait son vélo dans la cour de la boulangerie. Il avait déjà roulé la brouette de fumier dans l'étable, chez lui, donné aux veaux. Il ouvrait la porte de l'écurie du cheval qui avait proprement nettoyé sa mangeoire remplie plus tôt par le commis de boulangerie. À ce moment-là surtout l'animal était dangereux. « Ce n'est pas possible, pensait Louis-Marie, cette bête a été battue. On dirait qu'elle a peur ! » Il lui parlait, la caressait.

Sergent se calmait. Il le sortait à reculons près du portail de la route.

— Attention, criait-il, quand quelqu'un approchait. Passez au large !

Il l'attelait et entrait dans la bonne odeur du fournil. Les tourtes étaient serrées sur les étagères, dorées, brunes, encore tièdes. Il les déposait sur une toile blanche dans la carriole, et leur parfum lui emplissait la bouche de salive. Le boulanger et son commis maniaient la pelle à défourner, en gilet de flanelle. Ils le saluaient en décollant de leurs bras des croûtes de pâte séchée. Louis-Marie redoutait les approches du commis, un grand gaillard au teint jaune qui racontait en ricanant des histoires de coucheries. Dès le premier matin, le commis l'avait frappé au ventre lorsqu'il lui avait serré la main. Il riait d'autant plus que le coup avait porté, et que Louis-Marie se pliait en grimaçant. Un jour, ouvrant la porte du four, il se retourna :

— Attrape !

Il lui lança un tison de bois. Heureusement Louis-Marie retira ses mains à temps. Le patron, qui pétrissait, se contenta de gronder :

— Écoute !

— Mais quoi, patron, ricana le commis, il ne s'est pas brûlé. Heureusement il a des réflexes, le petit !

— Il y a des jours où tu exagères.

— Bon, bon, grogna-t-il le regard en coin, si on ne peut pas s'amuser maintenant !

Louis-Marie frappait ensuite à la porte de la cuisine. La boulangère, en blouse blanche, buvait lentement son café, les coudes sur la table, les yeux troubles encore des langueurs du sommeil. Elle se frottait les paupières avec les petits doigts. Ses grosses joues étaient colorées de rose. Elle poussait la boîte de monnaie vers Louis-Marie, et invariablement ajoutait :

— Ne vous trompez pas !

Elle poussait ensuite vers lui un petit pain au lait, en guettant le sourire satisfait du garçon et son remerciement.

La boîte sous le bras, mordant déjà dans le pain au lait, il réajustait sa casquette. Il était huit heures. Il desserrait le frein de la carriole. Il partait.

Louis-Marie aima tout de suite ses tournées de porte-pain. Il avait la chance de les commencer aux meilleurs jours. Les matins de mai étaient doux. Le soleil moussait dans un ciel sans nuages. La terre suait des odeurs d'amour exaltantes. Le lundi et le jeudi, il portait à Graves et Saint-Simon ; le mardi et le vendredi, à Vibrac et Saint-Simeux ; le mercredi et le samedi à Bouteville et Saint-Amant. Il apprenait sa Charente. Les chemins blancs étaient plus étroits que les routes de Vendée, sans doute pour laisser le maximum de terre au raisin. Sergent circulait d'un pas maintenant tranquille dans les épaulements de collines que le chemin enlaçait. Les gens attachaient dans les vignes. Des vols de palombes tournaient au-dessus des bois de chênes des crêtes. Louis-Marie découvrait la beauté modeste des vieilles églises romanes cachées derrière les tilleuls. Il s'enfonçait entre les hauts murs des maisons serrées les unes contre les autres. Tous les portails et toutes les portes étaient fermés. Les sabots de Sergent retentissaient sur les pavés. Quelques chats s'enfuyaient, le poil hérissé. Louis-Marie sortait sa trompe.

Il apprenait aussi les gens, les femmes surtout, et les vieux. Il les voyait entrebâiller la porte, avec l'impression agréable de violer quelque intimité dans ces intérieurs de cours entraperçus. Personne ne paraissait bousculé par le temps. Son passage était l'occasion d'une récréation. Le pain sur le bras, les gens se parlaient. Attentif à sa balance, Louis-Marie écoutait les accents traînants des conversations. Le bonheur de la vie charentaise s'exprimait à travers cette indolence, cette paresse du langage. En Vendée, les sonorités étaient plus rugueuses, les mots plus pesants. Il se lia vite d'amitié avec des femmes de tous âges. Des mémés le considérèrent comme un petit-fils. Il les appela grand-mère, et les servit bon poids, s'intéressant à leur présent, et surtout à leur passé. Leurs histoires lui procurèrent un vrai plaisir. Il resta à sa place avec les femmes mûres. Certaines l'interrogèrent sur ses parents, sur son travail, sur la Vendée. Il guetta des portes avec des frissons au cœur. Il attendait les beaux yeux, le front lisse, le sourire doux de quelques jeunes filles. Son beau visage fin, inhabituel chez un homme de la campagne, et son sourire triste attiraient. Les filles avaient l'impression qu'il leur offrait à soigner quelque blessure secrète. Il s'enhardit à demander quelques prénoms. Il évitait autant que possible de se déplacer, pour dissimuler son infirmité.

Le boulanger et la boulangère se déclarèrent très vite satisfaits de leur porte-pain, qui développait leur clientèle. Seuls les Charbonnier du Monti, les propriétaires de la vache limousine encornée, lui avaient manifesté une hostilité irréductible dès le premier jour. La femme était sortie, porte-monnaie à la main, lorsqu'il avait corné devant sa porte. Elle déplaçait un bassin très large, à petits pas, les pieds en dehors. Ses paupières se resserrèrent en fente dès qu'elle le reconnut.

— Ce n'est pas la peine que tu reviennes nous seriner les oreilles. Tu diras à ton patron qu'on se servira désormais chez le boulanger de Châteauneuf.

Comme Louis-Marie, paralysé par tant de méchanceté, ne partait pas, elle le fouetta d'une dernière remarque fielleuse.

— On travaille avec les commerçants qui font vivre les gens du pays, nous autres !

Il rapporta la scène à M. Valladon, qui essuyait sa plume à un chiffon taché d'encre rouge.

— Tu apprendras, lui dit-il, qu'il y a des gens naturellement mauvais. Son mari Charbonnier est devenu sauvage au contact de cette femme. Je l'ai connu avant son mariage, il avait des amis. Il n'a plus personne. Le grand-père Charbonnier souffre, paraît-il, le martyre avec eux. Ils le gardent à cause de son argent. Mais ils lui reprochent la nourriture qu'il mange.

L'instituteur en voulait à Louis-Marie de s'être embauché

chez le boulanger. Ses absences aux cours du soir étaient désormais fréquentes.

— Tu gâches tes chances. Quel avenir te prépares-tu, lui demandait-il, à travailler comme un forçat ? Comment vas-tu pouvoir préparer sérieusement ton brevet ?

Le maître avait pris Louis-Marie en affection, appréciant sa vivacité d'esprit, et surtout sa prodigieuse mémoire.

— Ce gamin retient tout, disait-il à sa femme. Il est au cul des vaches du matin au soir. Il n'a normalement pas le temps d'apprendre tout ce que je lui donne. Il me récite ses sciences et sa géographie au mot près, bien mieux que mes trois paresseux qui ont tout le loisir d'étudier ! Je lui ai demandé quand il trouvait le temps d'apprendre. Il m'a répondu : « Je me récite mes leçons en conduisant mon cheval ! »

Louis-Marie roulait donc six jours sur sept. Marchant avec le soleil, il rentrait à midi, dételait, donnait son manger à Sergent. Le boulanger dormait. La boulangère sortait chercher sa caisse. Elle avait l'habitude désagréable de lui passer la main dans les cheveux comme à un enfant.

— C'est bien, mon petit Louis-Marie, rentrez vite chez vous !

Il sautait sur son vélo. Son assiette l'attendait sur la table, à Sarreboute. Le dernier jour de mai, il rentra plus gai encore qu'à l'habitude. Ses yeux brillaient comme les pièces de son premier salaire qu'il aligna devant son assiette.

10

Philbert fut envoyé en stage de formation de moniteur d'éducation physique, ce même mois de mai, à Nantes. Dès les premiers exercices, le commandant de compagnie avait distingué ses qualités athlétiques et l'avait autoritairement engagé dans l'équipe de rugby du régiment. Philbert ne connaissait rien aux règles du surprenant ballon ovale. Il ne s'attarda pas aux subtilités, et s'engagea dans la mêlée. Sa contribution à la poussée se révéla déterminante. Il joignait à la solidité sur les jarrets une vélocité enviable, et certaines de ses percées irrésistibles à travers les lignes adverses lui valurent des applaudissements.

— Allez, le Vendéen, vas-y !

Le commandant lui offrit le monitorat d'éducation physique. Philbert en avait assez des godillots, de l'odeur du suif et des marches forcées à travers la forêt de la Braconne. Il ne s'était pas pour autant forgé une religion du sport. Son inutilité le consternait, autant que l'enthousiasme de certains copains pour ce considérable gaspillage d'énergie. Mais, en acceptant, il échappait aux contraintes ordinaires de la vie du troupier. Il partit donc pour Nantes.

Il se montra parmi les meilleurs à la course, au lancer du poids et à la lutte, mais souleva les rires à la corde lisse. Accroché à cette damnée ficelle, il parvint à peine à remonter la tête à hauteur de ses mains. L'adjudant moniteur ironisa :

— Le Vendéen a mis sa culotte de plomb !

Le Vendéen s'arc-boutait. Plus il tirait sur la corde, plus son arrière-train pesait lourd. Il dut s'adonner à d'humiliants exercices solitaires pour ne grimper péniblement la corde qu'avec les mains, en une succession de sauts de crapaud.

Mais Nantes le rapprochait surtout d'Angéline. Depuis le mariage de Léon, il avait entretenu une correspondance régulière avec elle. Sa première réponse l'avait déçu, puisqu'elle l'avait adressée aussi à Louis-Marie. Et il y avait eu entre les deux frères une inévitable explication en tête à tête, un soir, dans l'étable, pendant la traite. Philbert n'avait pas caché sa mauvaise humeur lorsqu'il avait vu Louis-Marie mettre le nez d'un air ravi dans la petite écriture pointue d'Angéline. Quand il l'entendit proposer, ce soir-là :

— Il va falloir que nous lui écrivions.

Il lui répondit sèchement :

— Occupe-toi de ce qui te regarde. Tu n'as pas à lui répondre !

Il crut avoir gagné. Il changeait de vache, lorsque Louis-Marie reprit avec un calme irritant :

— Elle nous écrit à tous les deux. Il n'y a pas de raison que je ne lui réponde pas !

Philbert donna un coup de tabouret dans la cuisse de la vache pour l'écarter. Il se demandait si son frère parlait avec une vraie naïveté ou s'il avait une idée derrière la tête, et répondit d'un ton faussement apaisé :

— Elle a été ma cavalière au mariage de Léon.

— Si elle avait voulu ne s'adresser qu'à toi, elle l'aurait fait.

— Tu vas arrêter de m'emmerder, oui !

Pour la première fois de sa vie, il éprouvait contre son frère un sentiment qui ressemblait à de la haine. Ils ne se dirent rien de plus, ce jour-là, mais Philbert laissa Louis-Marie développer une littérature où il était bien meilleur que lui.

Dès son incorporation, il écrivit enfin seul à Angéline, à sa manière, sans effusion de sentiments :

Ma chère Angéline,

Voilà bientôt la journée passée. J'ai épluché les patates et aidé le major Hymmonet à gonfler sa voiture. C'est tout. J'ai passé le reste de ma journée dans ma cage à lapins. C'est pas qu'on y est très bien, mais j'y suis tranquille. On n'a pas trop son large pour écrire, enfin quand on est soldat, il ne faut pas être trop exigeant. J'ai pris la garde, hier soir, je la prendrai sans doute demain. Je ne me plaindrais pas si je ne savais pas qu'ailleurs on a besoin de moi. Je ne vois point de nouveau à te dire. Je ne vois ni n'apprends grand-chose. En ce moment je dors mal. Alors je me tourne et songe... à ma famille, à toi, à la Charente, à la Vendée... souvent seul dans mon coin. Ils me dégoûtent presque tous. Ce soir, il pleut. Je sortirai peut-être sur le pont de la Madeleine, où l'on voit passer les trains. Je leur demanderai de t'apporter mon amitié. Je pense bien fort à toi.

Philbert.

Elle lui répondit. Et il lui adressa un compte rendu quotidien. Il bouillait de lui dire plus. Il lui écrivait des billets pleins de tendresse et de sentiments qu'il déchirait. Elle lui répondait une fois par semaine, avec une affection discrète.

Elle lui signala bien vite que son père se montrait soupçonneux devant un courrier si abondant et qu'elle venait de soudoyer le facteur pour qu'il cache son courrier dans un trou du puits. Il se réjouit de cette nouvelle. Mais la retenue des lettres d'Angéline, semblable à la sienne, le mettait mal à l'aise. Qu'y avait-il vraiment entre eux, sinon ce baiser volé un matin de soupe aux mariés ?

À sa première permission, il demanda à son frère s'il avait reçu des nouvelles d'Angéline.

— Pourquoi ? Elle n'a rien envoyé ici depuis que tu es parti, si tu veux savoir !

Philbert éprouva une joie trouble à voir son frère s'éloigner en portant lourdement le poids de son corps sur sa jambe raide. Il connaissait le puits de Malidor-d'en-haut. On l'apercevait de Malidor-le-Vieux. Il imagina ses lettres entre les pierres rouillées. La main d'Angéline venait secrètement les retirer. Sa première permission nantaise l'envoya en Vendée. Il prétexta une visite à sa tante Émilienne, veuve d'un chef d'équipe de la Compagnie des chemins de fer qui avait eu le temps d'offrir une petite maison à sa femme derrière la gare avant d'être écrasé par les tampons d'un omnibus.

— T'arrangerais-tu en grandissant, lui demanda-t-elle lorsqu'elle lui ouvrit sa porte, tu t'intéresses enfin à ta nénène ?

Elle était sa marraine. Elle mesurait un mètre cinquante-deux. Sa poitrine était aussi plate que son ventre était rond.

— Penche-toi, que je te bise, vilain ! Allez, je sais bien que tu ne viens pas seulement pour moi, fit-elle en l'examinant de son œil pâle perspicace. Cela ne fait rien. La pauvre vieille profitera toujours des restes

Elle sortit de son armoire un costume de son défunt aux relents de naphtaline. Les jambes étaient un peu courtes, la veste ne boutonnait pas. Il permit à Philbert de se débarrasser de son uniforme trop voyant.

— Où t'en vas-tu comme ça ? Tu as rendez-vous avec une fiancée ? Tu crois que je ne le vois pas ? Je n'ai pas eu besoin de te regarder bien longtemps...

Elle ouvrit encore la porte de son armoire.

— Tiens, dit-elle en souriant, l'air complice. Mets-t'en un peu. Tu as beau t'être lavé, tu sens encore la caserne.

Elle lui tendait un flacon d'eau de Cologne qu'il porta à son nez.

— Elle n'est pas forte. C'est de la lavande. Mets-t'en autour du cou.

Il partit. Six mois de biffe et de rugby l'avaient entraîné à parcourir au pas de course le trajet de la Roche à Malidor-d'en-haut. Le ciel était couleur de bonbonnière. Quelques nuages immobiles avaient suspendu au ciel leurs boules cotonneuses. Il était onze heures.

Philbert se dissimula derrière la haie. Il y avait un gros chêne. Même par une chaleur de four, sa ramure gardait de la fraîcheur. Philbert sortit le casse-croûte préparé par sa nénène, but le vin de sa gourde. Un couple de merles se prélassait dans les frondaisons. Sa présence immobile ne les dérangeait pas. Il s'allongea sur la veste du défunt, et fut redressé par un sifflotement qu'il reconnut. C'était lui, le facteur, qui n'avait pas changé depuis leur départ en Charente. Philbert entendit ses brodequins écraser la terre du chemin, découvrit la casquette bleue, l'uniforme, la fine moustache suivant la courbe de la lèvre. Il crut déceler un sourire sur le visage tanné, lorsque le facteur glissa la lettre dans le creux de la maçonnerie du puits. Fit-il du bruit sans s'en rendre compte ? Le facteur fouilla du regard autour de lui, referma plus vivement son sac et repartit comme s'il craignait d'être surpris. Peu à peu son sifflotement reprit là où il l'avait laissé.

Philbert se glissa lentement jusqu'au puits. De vagues picotements de plaisir lui couraient à l'intérieur des cuisses. Il voyait dépasser, entre les pierres, le bord jaune de la lettre qu'il avait remise au vaguemestre deux jours plus tôt. Il tira de sa poche un papier plié en quatre qu'il glissa avec soin auprès du premier, et regagna sa cachette.

L'après-midi s'avança sans qu'il voie personne. La campagne retentissait de beuglements, d'aboiements, de battements de marteau sur du fer, une lointaine voix d'homme touchait des bœufs. De brusques montées de fureur envahissaient Philbert à l'idée de rentrer bredouille. La contemplation des rangs de pommes de terre dans le champ en face le lassait. Quelques frissons froissaient les feuilles du chêne. Pourquoi ne venait-elle pas ? Elle était donc si peu impatiente de prendre de ses nouvelles ?

Les rayons du soleil obliques commencèrent de se glisser sous le chêne. Il entendit, enfin, un tintement de seau. Ce n'était pas elle. C'était la Véronneau, la voisine d'Angéline, accompagnée, car elle parlait. Non, elle parlait toute seule. Elle repartit lestée de ses deux seaux, en gémissant.

Philbert désespérait, jetant rageusement des mottes de terre devant lui, lorsque Angéline lui apparut soudain. Il ne l'avait pas entendue venir. Son bras était tendu vers leur boîte secrète, à l'arrière du puits. Elle s'y adossa et décacheta sa lettre. Il la contempla en train de lire, les jambes croisées devant elle, inclinant la tête, ses lèvres délicieusement ourlées bougeaient. Le soleil de la fin du jour l'empourprait. Assurément elle était belle, plus belle encore d'être regardée sans qu'elle s'en doute. Les picotements se réveillèrent à l'intérieur des cuisses de Philbert. Comme elle bougeait la tête, sa chevelure très brune mettait en mouvement un brin de menthe poussé dans la bordure des tuiles. Elle découvrit alors le billet de Philbert, plié en quatre, l'ouvrit vivement. Une bouffée de sang lui monta au visage. Ses prunelles presque blondes scintillèrent, cherchant autour d'elle. Il attendit un peu pour le plaisir, et se montra. Sur le papier, il avait seulement écrit : *Je suis ici, tout près.*

Ils ne s'étaient pas revus depuis la noce. Elle souriait. Elle lui dit :

— Eh bien, toi, alors !

Et lui :

— Je t'attends depuis le passage du facteur !

Il la prit dans ses bras, les jambes tremblantes. Elle se serra impulsivement contre lui. Ses reins cambrés le bouleversèrent. Elle se recula vivement.

— Et si je n'étais pas venue aujourd'hui ?

— Tu m'as écrit que tu t'arrangeais toujours pour prendre ton courrier.

— Tu aurais attendu la nuit ?

L'envie le prit de serrer encore sa taille entre ses mains.

— Oui.

Elle recula.

— Je n'ai pas pu venir plus tôt, s'excusa-t-elle.

Et souriante :

— Je n'ai jamais autant transporté de seaux, à cause de toi !

Quand elle riait, sa bouche s'étirait, les lèvres s'ouvraient sur ses dents très blanches.

— Laisse-moi t'embrasser, supplia Philbert.

Elle se sauva avec un rire moqueur.

— Il faut que je tire de l'eau. Cache-toi. Les mauvaises langues auraient vite fait de rapporter chez moi que j'ai rendez-vous, le soir, auprès du puits.

— Et alors ? C'est vrai. Qu'est-ce qu'il y a de mal ?

La chaîne se déroula. Le seau heurta la surface de l'eau. La poulie pleura tandis qu'elle remontait vigoureusement le seau plein. Il pensa : « Elle a de la force. » Et il demanda :

— Où seras-tu demain, dimanche ?

Elle fit entendre un rire de gorge.

— Où penses-tu que soit un dimanche une bonne jeune fille vendéenne pratiquante ? Tu l'as peut-être oublié depuis que tu es parti dans ton pays de païens ? Je vais à la messe et aux vêpres, comme tous les dimanches.

— Et après vêpres ?

Elle acheva de tirer le second seau.

— Sais-tu que cela peut me coûter très gros, si mon père l'apprenait ?

La musique d'un cor s'éleva dans le jour finissant, un beuglement sourd, avec d'amples montées et des descentes suaves, un bouleversant salut à la nuit.

— C'est Anselme, le garde des Rochettes, dit-elle en revenant derrière le puits.

Ses mains étaient mouillées. Les flamboiements du crépuscule donnaient à ses yeux d'impressionnants reflets orange.

— Je ne te l'ai pas dit, mais mon père m'a interdit de t'écrire. Il ne voulait plus entendre parler de vous, pas plus de toi que de Louis-Marie.

Philbert avait pris ses doigts mouillés.

— Tu m'as écrit quand même..., murmura-t-il.

— S'il savait que je te vois ce soir, il serait capable de m'enfermer.

— Quand auras-tu exactement vingt et un ans ?

— Dans deux ans, comme Louis-Marie.

D'entendre Angéline nommer son frère pour la seconde fois

l'assombrit. Il tira soudain la tête de la jeune fille vers lui, écrasa ses lèvres sur les siennes. Leurs dents se touchèrent.

— Pourquoi es-tu si brutal ! lui reprocha-t-elle. On était disposé à te donner ce que tu as pris si mal.

Elle courut à ses seaux. Et en partant :

— Demain, j'irai garder les vaches dans le bois de la Grue.

La musique du cor continuait de lancer son brame dans le soir, enveloppant les chênes, grommelant dans les vallons. Le pays écoutait. L'ombre glissait lentement avec elle.

Philbert se montra à la barrière de la Grue, le lendemain, et aussitôt Angéline l'entraîna.

— Viens ici, cache-toi !

Elle lui indiqua un passage parmi les noisetiers du bord du bois. Le pré des vaches dégringolait jusqu'au fond du vallon où coulait le Noiron, un ruisseau presque à sec qu'ils appelaient « la rivière ». Elle s'assit tout près de la lisière, prenant la pause d'une jeune fille absorbée dans le raccommodage d'un sac de grain avec du raphia. Son chien jaune haletait devant elle, le museau entre les pattes. Elle exigea qu'ils se parlent à voix basse et il en éprouva de la mauvaise humeur. Elle l'interrogea sur la caserne, ses parents. Il répondit à demi-mot, boudeur. Il lui en voulait de le dissimuler derrière les branches comme si elle en avait honte. Il s'en voulait en même temps de gâcher un après-midi qu'il avait tant souhaité. Le temps était aussi beau que la veille. Des nuées de moucherons voltigeaient à l'extrémité des branches, traversées par instants par l'or d'une guêpe. Les souffles tièdes étaient pleins de l'odeur piquante des menthes sauvages pilées par les sabots des vaches.

Philbert ne quittait pas des yeux le long cou d'Angéline, son chignon dans une mousse de cheveux. L'osselet de sa nuque tendait l'agrafe du col très échancré de son chemisier. Il aurait aimé qu'elle vienne près de lui. Il se dressa parmi les branches. Il surprit son regard à ses jambes de pantalon trop courtes. Il grogna :

— C'est le costume du mari de ma marraine !

Elle s'épanouit d'un rire moqueur, ses narines bougèrent. Elle se leva et commanda au chien d'aller déloger une vache noir et blanc qui s'attardait dans le lit de la rivière. Elle s'approcha de la cachette de Philbert. Son regard sensible s'attendrit dans la contemplation de la tête large, du front boudeur, des pommettes saillantes semées de taches de rousseur. Elle tendit la main, plongea les doigts dans les boucles mêlées de Philbert.

— Tu étais déjà comme cela à l'école, lui dit-elle la bouche amoureuse, te souviens-tu, un dur caillou ? Mais on t'aimait ainsi. Tu cherchais querelle à tout le monde, même à ton frère.

— Mon frère, on lui a toujours cédé à cause de son infirmité. Il en a profité. Il a eu tous les droits. Il a été le préféré de ma mère. Sa jambe lui a bien servi !

— Tu ne crois pas que tu exagères ? dit-elle en retirant sa main. (Elle mit ses poings sur ses hanches, la poitrine dressée, superbe.) Quelle figure ferais-tu, si tu étais à sa place ?

Il cassa un rameau de noisetier avec mauvaise humeur, et lui arracha toutes ses feuilles en le faisant glisser dans sa main dure.

— Tu m'embêtes avec ton Louis-Marie !

— C'est toi qui...

Ils avaient élevé la voix bien au-delà de ce qu'autorisait la prudence. Angéline rappela son chien, reprit son ouvrage. L'après-midi s'acheva sans beaucoup de paroles. Ils se quittèrent fâchés.

Philbert rentra à Nantes en maudissant son fichu caractère et celui de son amie. L'envie de pleurer lui ferma plusieurs fois les paupières. Il se demandait si tout n'était pas fini entre eux. Comme elle le lui avait rappelé, de semblables prises de bec étaient fréquentes pendant leur enfance, des jalousies aussi, et de longues fâcheries. Il ne pouvait raisonnablement plus lui écrire.

Après deux jours, penaud, il reprit la plume.

Tous ceux de Sarreboute sortirent harassés des moissons et des battages. Prudence remarqua que Toine peinait à se lever le matin, alors qu'il avait toujours tenu à être le premier debout à la maison depuis leur mariage. Il n'avait pas été pris en défaut, même à l'occasion de maladies anodines, angines, rhumes. D'un vif coup de pied, il écartait les draps.

— En bas, feignant ! disait-il pour lui-même. La besogne nous attend !

C'était devenu une formule rituelle. Certains dimanches, Prudence le ceinturait, en l'entendant. Elle se blottissait, chaude, contre lui.

— Laisse donc, un peu. On a bien encore cinq minutes.

Elle n'aurait pas attendu qu'il se décide, par respect pour lui, ces dernières semaines, elle aurait été debout avant lui. Il ne se plaignait pas. Il était comme crucifié dans la tiédeur du lit. Il ne parlait pas. Elle guettait la sonnerie de la pendule dans la cuisine, posait la main sur son épaule.

— Toine, il est peut-être temps de se lever ?

Il soupirait.

— Oui.

Il descendait lourdement du lit, s'habillait en hâte. Elle découvrait avec inquiétude sa pauvre figure grise à la barbe longue s'approchant du feu de la cheminée. Il n'était pourtant pas si vieux. Il venait de passer ses cinquante-neuf ans, mais il avait tant travaillé.

Un matin de la mi-septembre, elle le vit ouvrir et fermer sa lourde main gauche à plusieurs reprises, comme pour la dérouiller.

— Qu'est-ce qui t'arrive ?

Toine continua d'actionner sa main, l'air soucieux, sans

répondre. Le lendemain, il recommença, dans la froide lumière de l'aube, en revenant de l'étable.

— Qu'est-ce que tu as ? Vas-tu me le dire, enfin !

— Je ne sais pas. J'ai des fourmis dans la main, comme si le sang circulait mal.

Prudence avait toujours été fière de la vigueur de Toine. Malgré leurs dix ans de différence, elle l'avait trouvé aussi jeune qu'elle. Certains soirs même, il l'avait surprise à lui demander de veiller encore, alors qu'elle le croyait à bout comme elle... Elle examina ses rides profondes, et songea aux siennes : on ne se voit pas vieillir ! pensa-t-elle. Elle lui prit le bras, et le massa.

— Cela te fait-il du bien ?

— Oui.

La réponse de Toine était évasive.

— Tu ferais peut-être mieux de rester à la maison, si tu n'es pas très bien.

Il secoua la tête.

— Ça va aller. Ça va mieux quand je travaille.

Elle lui redressa sa casquette.

— Assieds-toi. Je vais te servir ton café.

Ils arrachaient maintenant les haricots et les mettaient à sécher en tourettes. Martignac jasait encore devant ce nouveau mode de culture. Les Charentais le considéraient avec curiosité, comme une pratique exotique, à certains égards primitive. Lise avait encouragé la culture en plein champ des lingots, dits de Vendée, qui se vendaient bien sur le marché de Châteauneuf. Le travail consistait donc à déterrer les pieds et à les rassembler en meule autour d'une perche plantée dans un fagot. La matinée se passa bien. Toine et Prudence arrachaient côte à côte. La terre cuite avait pris de la croûte pendant l'été. Toine avait oublié de souffrir. Antoine et Lise travaillaient en couple de leur côté.

L'après-midi, Louis-Marie les rejoignit. Le soleil frappait comme au plus chaud de l'été. La poussière collait à la sueur. Pour être mieux gardés, Toine et Prudence avaient déployé un mouchoir de tête sous leurs chapeaux de paille. Elle éprouva toujours par la suite une morsure au cœur de ne s'être doutée de rien. Ils s'étaient redressés ensemble, chargés d'une brassée de haricots, et marchaient pour les déposer sur leur tourette, lorsque Toine chancela comme un homme ivre. Il trébucha sur le sillon et partit à la renverse en semant autour de lui les fanes de haricot.

— Toine !

Elle se précipita. Son chapeau avait roulé. Il avait perdu un sabot. Il était allongé sur le côté, joue contre terre, dans son tablier de toile bleue.

— Mon Toine !

Elle lui tourna la tête vers elle. Il la regardait avec des yeux immobiles, comme morts. Elle pensa d'abord à une crise cardiaque. Elle était agenouillée devant lui. Elle posa son oreille sur sa poitrine. Ses enfants étaient accourus.

— Son cœur bat, dit-elle en reprenant espoir.

— C'est peut-être une insolation ? hasarda Lise.

— Va chercher de l'eau ! demanda-t-elle à Louis-Marie.

Il courut à la bouteille dans la haie. Antoine ramassa le chapeau dans la poussière et le posa sur le front de son père pour le tenir à l'ombre. Prudence versa de l'eau entre les lèvres, sous la moustache blanche. Mais Toine n'avalait pas.

— Qu'est-ce qu'il a ? interrogea-t-elle avec du désespoir dans le regard.

Ils haussèrent les épaules en silence. Elle agitait son chapeau devant la figure de Toine comme un éventail.

— Je m'en vais chercher le médecin, dit Antoine.

Louis-Marie approcha la charrette à bras où ils couchèrent Toine. Prudence caressait inlassablement l'éteule de barbe blanche, le menton, le cou de Toine. Et elle lui répétait, comme pour le retenir de ce côté-ci de la vie :

— Toine ! Toine ! Est-ce que tu m'entends ?

La charrette cahota à travers le champ. Les pieds nus du père noircis de corne tressautaient. Prudence ne lui avait pas lâché la main et continuait de lui parler. Elle cria soudain, après la barrière :

— Arrêtez ! Arrêtez !

Elle s'inclina de plus près. Elle avait vu juste.

— Toine, dit-elle avec un sourire, comme si le monde lui était redonné, où étais-tu parti ? Te revoilà enfin !

Il la regardait, en effet. Son œil avait retrouvé de l'éclat. Il entrouvrit les lèvres. Sa langue parut. Sa bouche fut tordue par un très laid rictus. Mais sa gorge n'émit qu'un râle inaudible. Prudence redevint tragique. Elle se tourna vers Louis-Marie.

— C'est une attaque, murmura-t-il.

Toine était à peine allongé dans son lit qu'une larme s'enfla au bord de sa paupière, déborda.

— Ne pleure pas, Toine, supplia-t-elle, en lui remontant son oreiller. Tu vas me faire pleurer aussi !

Elle pleurait déjà. Le docteur Lambert diagnostiqua comme prévu une attaque. Ce médecin s'était acquis dans la région la réputation considérable de faiseur de miracles dans les accouchements difficiles. La reconnaissance publique l'avait porté à la mairie de Châteauneuf. Il demanda à Toine de bouger le bras gauche, ce qu'il parvint péniblement à faire, puis la jambe. Tout son côté droit refusait de lui obéir.

— Vous pensez que cela peut revenir ? lui demanda Prudence.

Il haussa les épaules.

— C'est possible. En partie seulement.

— Et la parole ?

Il haussa les épaules. Il tenait dans sa main la main de Toine, une main de paysan calleuse, creusée d'entailles comme autant d'ornières, une main dure et large aux ongles noirs et aux doigts déformés.

— Il a beaucoup travaillé, constata-t-il avec une vraie sympathie.

Son regard se porta vers les mains de Prudence, qui les rentra dans ses poches.

Une semaine durant, il passa tous les jours rendre visite à Toine dont l'état demeurait stationnaire. Prudence nourrissait son malade de bouillies, de bouillons qu'elle lui versait dans la bouche à petites cuillerées. Elle le lavait, le rasait, le changeait de chemise comme un petit enfant. Elle se montrait pleine encore de gestes très doux. Elle lui parlait en le soignant avec une tendresse émouvante.

— Oh ! là, là ! disait-elle en le soulevant, que tu es lourd !

Et s'approchant avec le rasoir :

— Tu vas être beau et propre comme un jeune homme.

Il la regardait sans un mot, puisqu'il ne pouvait pas parler, mais il ne manquait aucun de ses gestes. Quand la voix de Prudence devenait trop tendre, une larme glissait lentement sur sa joue.

Le docteur Lambert encouragea Antoine et Louis-Marie à le lever et à le porter sur la salière au coin du feu.

— Il ne guérira pas, s'il garde le lit, et il risque des escarres.

Chaque jour, ils le transportèrent donc à travers la chambre, le couloir, jusqu'à la cuisine, où ils le sanglèrent au fauteuil avec la grosse ceinture de soldat d'Antoine, de crainte qu'il ne tombe dans le feu. Prudence s'habitua à la présence de ce regard qui suivait chacun de ses mouvements avec une intensité fiévreuse. Elle lui glissait délicatement un morceau de chique dans la bouche, attentive à l'essuyer lorsque le jus lui coulait sur le menton. Elle le garda le dimanche, pendant la messe. Ce fut peut-être son plus méritoire effort que de ne pas prendre le chemin de l'église. Ses enfants et sa bru lui avaient offert de prendre leur tour de garde.

— Chacun à sa place, répondit-elle, intransigeante. Allez à l'église. Vous direz au père Guignabert de m'apporter le Bon Dieu.

Elle s'asseyait à sa table, le visage levé vers le manteau de la cheminée où était fixé le crucifix de bois noir, avec le brin de buis du jour des Rameaux. Du même coup d'œil elle embrassait le Christ et Toine, et puis la statue en porcelaine de la Vierge qui reposait à côté sur le linteau. Les doigts croisés, elle récitait son chapelet.

— Veux-tu que nous récitions une dizaine ensemble ? demandait-elle parfois à Toine.

Elle égrenait alors les *Je vous salue Marie* à voix haute.

Et puis, un malheur ne venant jamais seul, Antoine rentra à Sarreboute plein de frissons un soir de labours. Il s'était découvert dans l'après-midi, abusé par la traîtrise des chaleurs d'automne, transpirant sans se méfier des écharpes de brume montées de la Charente.

— Je crois bien que j'ai attrapé froid, dit-il à Lise en se couchant, je n'arrive pas à me réchauffer.

Sa poitrine et sa gorge en feu l'éveillèrent pendant la nuit. Lise descendit chercher le thermomètre, et le mercure monta au-delà de 39.

— Peut-être que demain ce sera passé, dit-il pour se rassurer.

Au matin, le thermomètre indiquait 40. Le docteur Lambert diagnostiqua une bronchite. Mais les souffrances de la guerre, la maigreur chronique d'Antoine laissaient craindre des complications. Le médecin ordonna de garder impérativement la chambre, au moins deux semaines, peut-être trois, et de prendre le plus grand soin du malade. Sarreboute ne comptait donc plus que deux femmes valides, Louis-Marie, et la petite Aline.

— C'est à se demander, pensa tout haut Prudence en raccompagnant le docteur Lambert, si nous ne sommes pas poursuivis par un mauvais sort.

Le vieux praticien considéra de son regard bleu de porcelaine les deux femmes découragées.

— Le mal n'a pas besoin de mauvais sort. Même si c'est finalement toujours lui qui gagne, je me dis qu'on ne se bat pas pour rien. On obtient des rémissions qui en valent la peine. Vous ne croyez pas ?

Lise voulut prendre les mancherons de la charrue abandonnés par Antoine.

— Tu ne crois pas que nous avons assez de travail comme cela ! lui reprocha Prudence.

À la différence de sa bru, elle conservait encore son étonnante sérénité. Malgré son apparence fragile, son teint pâle presque maladif, elle cachait une force extraordinaire.

— Ce n'est pas la première fois, ajouta-t-elle avec un ton presque insouciant, que ce qui ne sera pas labouré à l'automne le sera au printemps. Soigne Antoine, c'est ce qui compte pour le moment !

Lise s'entêta, la figure fermée.

— Edmée a bien labouré pendant la guerre !

C'était donc cela. Lise avait entendu les éloges d'Edmée portant le tablier de cuir et travaillant comme un homme. Prudence comprit, et ne s'opposa plus que mollement.

— C'était la guerre, ma fille, elle a duré quatre ans. Au printemps, ton Antoine courra dans les champs, et il labourera.

— Pourquoi ne voulez-vous pas me laisser essayer ?

Prudence soupira. Elle s'adressa à Louis-Marie à la veillée :

— Louis-Marie, tu lieras les bœufs pour Lise, demain matin, avant de partir à la boulangerie.

Lise était courageuse, mais elle ne savait pas, pauvrette, qu'Edmée était autrement plus forte qu'elle. La terre du Moine qu'Antoine labourait collait comme un mortier. Quand les bœufs furent en marche, pour son premier sillon, elle suivit vaille que vaille, pesant de tout son poids sur les mancherons. Mais à l'arrivée, au bout du champ, il fallait soulever la charrue et la remettre en ligne. Elle faillit ne jamais la sortir de terre. Elle eut beau se cramponner, gémir, tirer, le soc était fiché comme un clou. Les vieux bœufs, placides, attendaient. Elle leur hurla d'avancer, et cela eut pour effet d'enfoncer le soc un peu plus profond. Elle trouva la solution de s'agenouiller sous les mancherons et de soulever la charrue avec son dos. Les mancherons de fer la martyrisèrent. Elle s'arc-bouta, sa figure rougie, les yeux pleins de larmes de rage. La charrue s'arracha lentement de sa gangue de terre. Elle regarda autour d'elle pour vérifier que personne ne l'avait surprise en train de s'humilier. Elle se remit en ligne avec un entêtement héroïque. Elle traça ainsi deux sillons, trois sillons, reprenant le même calvaire à chaque extrémité. Elle se retourna sur son ouvrage, et le découvrit si lamentable, les sillons si irréguliers, qu'elle abandonna, la rage au cœur. Le ciel charroyait des trains de nuages lourds lisérés de noir. Les rayons de soleil se glissaient entre eux. Elle rentra les bœufs, épuisée, la figure pointue, les yeux noirs luisant de détresse, les jambes trempées, les cotillons maculés de boue. Prudence ne lui dit rien. Mais, lorsque Louis-Marie arriva et s'assit à table, la jeune femme ne se retint plus. Elle lui montra ses mains crevées d'ampoules et, avec du désespoir dans la voix :

— Je ne suis pas capable de lui faire un enfant. Je ne suis pas assez forte pour labourer. Je ne sais pas à quoi je suis bonne !

Elle se sauva dans la cour. Selon elle, son ventre était une terre ingrate. Elle n'avait pas eu d'enfant de Damien. Elle n'en attendait pas d'Antoine. Louis-Marie la trouva pleurant contre un pilier du préau. Il la consola en lui disant qu'Antoine allait mieux et qu'il serait bientôt sur pied. La prenant par le bras, il l'accompagna jusqu'au lit de son frère.

— Elle pleure parce qu'elle n'attend pas d'enfant !

Antoine la serra contre sa joue moite.

— Je m'en fiche. Je t'ai, toi.

Le docteur Lambert insista pour qu'il reste au repos.

— Vous choisissez : ou vous reprenez le travail, et demain vous êtes plus gravement cloué au lit ; ou vous attendez d'être complètement guéri, et cet automne ne sera bientôt plus qu'un mauvais souvenir.

Louis-Marie laboura tous les après-midi d'octobre. Partout ailleurs on vendangeait. Les jours raccourcissaient dans la grisaille. Des averses froides lavaient les raisins. Les feuilles des peupliers tombaient en pluie serrée.

Philbert était maintenant moniteur d'éducation physique à

Angoulême. Il avait la belle vie, autorisé à aller et venir presque à sa guise. Il donnait des leçons en ville aux enfants des écoles. Il informa son capitaine des souffrances de sa famille.

— Je ne peux pas vous donner de permission pour l'instant, Gendreau...

Le capitaine était un miraculé du champ de bataille. Un éclat d'obus lui avait arraché une partie du front. On l'avait considéré comme perdu. Et puis la chair décalottée avec l'os s'était mise à repousser. Son képi cachait sa cicatrice horrible. Quand il le soulevait, on lui voyait ce morceau de peau tendu sur le trou de son crâne comme une bâche. À coups d'eau-de-vie maintenant, il était en train d'accomplir ce que la guerre n'avait pas réussi. Mais il veillait avec une autorité sourcilleuse sur son commando de gymnastes, refusant à quiconque le droit de donner un ordre à ceux qu'il appelait ses « petits » avec une chaleureuse affection éthylique.

— Mon capitaine, le pria Philbert, je vous demande seulement la nuit...

— Ce n'est pas pour aller retrouver une fille ?

— Mon capitaine !

— Attention, Gendreau !... Bon, je veux bien, mais sois de retour pour le rapport, ou je te fiche de garde tous les dimanches !

Quatre soirs de suite, à cinq heures, Philbert emprunta le vélo d'un copain d'Angoulême après son cours de gymnastique. Il pédala à toute allure pendant les vingt-cinq kilomètres de montées et descentes conduisant à Martignac. Le temps de souffler, il avala un bout de pain. Louis-Marie revenu du labour avec les vieux bœufs, lia pour lui les jeunes. La nuit était déjà là. La Charente avait tiré ses tulles de brume. La lune y versait sa lumière laiteuse. Les peupliers italiens dressaient leurs longues flammes noires. Quatre nuits durant, il laboura presque sans arrêt, jusqu'à ce que certains mouvements du ciel lui indiquent le repli de la nuit. Il chanta pour se tenir éveillé, et ses bœufs avec lui. Sa voix de basse tonna dans la vallée, s'amplifia sur le tambour des eaux. Les Charentais intrigués sortirent sur leur porte : « Quelle folie était-ce ? Qu'est-ce qui se permettait de troubler le sommeil de la terre ? » Le lendemain, en marchant vers les vignes, ils découvrirent le champ labouré. La terre ouverte exhalait des fumées.

— C'est le Vendéen, je vous dis, il a travaillé toute la nuit. C'est lui qui chantait.

Ils frappèrent leurs tempes avec leur doigt noirci par la vendange. Ils contemplèrent les sillons dont les flancs scintillaient dans le petit jour.

— Tout de même ! murmurèrent-ils avec admiration.

Ils ne s'attendaient pas à entendre sa voix la nuit suivante, et encore les deux autres.

— De quelle race est-il donc ? s'écrièrent-ils. Il ne dort jamais ?

D'une certaine façon, le silence les déçut la cinquième nuit. La lune était trop petite. Le clair d'étoiles ne suffisait pas. Et puis Philbert était à bout de forces.

— En ce moment, avoua-t-il à sa mère qui lui préparait son café, je vois s'allumer un bouquet de chandelles.

— Pourvu que tu n'en aies pas trop fait ! dit-elle en contemplant les traits tirés par la fatigue, les os saillants de la figure de Philbert.

— Ne vous inquiétez pas, mère, j'ai le temps de me reposer à la caserne !

Elle appuya affectueusement son bras sur son épaule en posant son bol fumant devant lui.

— C'est bien. Tu peux être content de toi.

11

Elle ouvrait la fenêtre de sa chambre, un matin de gelée blanche avant Noël. Lise donnait aux poules dans la cour. Antoine, enfin remis, coupait des betteraves dans la grange. L'agitation de Toine la retourna vers le lit. Elle poussa un cri. Il était assis, les pieds sur le plancher, éclairé de son bon sourire doux d'autrefois.

— J'ai rêvé... cette nuit..., dit-il avec lenteur comme s'il avait une pomme de terre chaude dans la bouche, que je marchais... vers la Grande Roulière.

Elle se précipita.

— Tu as entendu ce que tu viens de dire, Toine ? Tu parles !

Lise accourut à la fenêtre. Toine s'appuya des poings à la couette, et se redressa en chancelant. Prudence le soutint sous les bras. Bien sûr, il n'aventura que quelques pas, mais il ne s'était jamais déplacé sur ses jambes depuis son attaque. Lise appela Antoine, qui contempla son père dressé dans sa longue chemise de coton à fines rayures bleues, ses larges pieds blancs aux orteils écartés. L'effort lui faisait perler la sueur sur le front.

— Il va falloir que je réapprenne à marcher ! dit-il en se laissant retomber sur le lit.

— Tu l'as senti venir ? l'interrogea Prudence, assise auprès de lui, la main posée sur la jambe de son mari dans un geste d'abandon tendre.

— ... Oui...

Le côté droit de son visage était tiré par une sorte de lanière. Les mots venaient difficilement, mais il parlait.

— Depuis trois jours... je ressentais... de nouveau, des fourmillements dans mon côté... Regarde ! dit-il.

Et il ouvrit lentement sa main droite.

— La sève, fit Lise.

Ils ne comprenaient pas.

— Au printemps, les arbres doivent sentir, eux aussi, des picotements sous l'écorce.

Ils éclatèrent d'un rire heureux.

— Rallonge-toi, lui recommanda Prudence. Je vais chercher ton café.

Elle ferma la fenêtre. Les tuiles de la grange étaient recouvertes d'une délicate mousse blanche. La corde à linge, sous le préau, s'était barbelée de givre. La lumière du jour ocre du matin chancelait comme l'éclat d'un feu de braise. Un corbeau traversa la cour en diagonale avec des croassements menaçants.

Toine put se rendre à l'église dans la voiture d'Athanase, le jour de Pâques. Son handicap n'avait pas totalement disparu. Le talon de son pied droit adhérait lourdement au sol, et il ne le décollait qu'au prix d'une débauche d'énergie. N'empêche, sa résurrection tenait déjà du miracle. C'est ce qu'exprima à sa façon le curé Guignabert en l'accueillant sous le porche de l'église :

— Ah ! voici le retour de l'enfant prodigue.

Il serra sa main malade et la garda longtemps, comme s'il voulait y insuffler de ses faibles forces. Il avait revêtu son aube. Prudence tenait fièrement le bras de son mari, la tête couverte de son chapeau à voilette noir. Louis-Marie manœuvrait la cloche. Les platanes de la place étaient pleins d'une buée de feuilles tendres. Prudence et Lise étaient venues, la veille, aider au ménage de l'église avec d'autres femmes. Elles avaient ciré les bancs, fleuri l'autel. Auprès d'Athanase vinrent prendre place le grand Cougnaud, puis les Briffaud, Troussicot, Perrocheau, Petiot. Toute la tribu vendéenne s'était passé le mot. Ils étaient tous là pour la messe de Pâques et le retour de Toine. Le curé Guignabert avait profité de la circonstance pour leur proposer une idée qui lui trottait dans la tête.

— Vous n'allez pas continuer à prendre votre verre à l'épicerie, ou dans la rue, après la messe ! Pourquoi n'aménageriez-vous pas la petite sacristie qui ne sert à rien ? Vous y apporteriez à boire et nous nous y retrouverions tous à la fin de la cérémonie.

— Vous viendriez avec nous, monsieur le curé ?

— Bien sûr. Pourquoi pas ?

Ainsi le père Guignabert s'approcha de la sainte table après l'*Ite missa est* et invita ses fidèles à venir célébrer autrement la joie de la résurrection. La sacristie se révéla trop petite. Comme il faisait beau, on sortit une table dans le jardin de la cure. Les cerisiers et les pruniers étaient en fleurs. L'atmosphère fut à la kermesse. La petite sacristie avait été lavée, dépoussiérée. Athanase avait apporté le vin en barricot du Maine-Brun. Chacun versa son écot dans la caisse commune. La grosse Noémie fut applaudie lorsqu'elle apparut avec, sous chaque bras, une énorme brioche de sa fabrication, dans la tradition de la galette pâcaude vendéenne. Elle réclama des couteaux, et les hommes cherchèrent dans leurs poches. Le curé Guignabert transporta son fauteuil de sacristie sous un cerisier, et y fit asseoir Toine.

— C'est grâce à vous si cela a lieu.

Le menuisier Champard arrivait. Le curé Guignabert le salua en lui reprochant d'être un païen. Champard n'était pas allé à la messe, mais il l'avait tout de même invité à partager le verre de l'amitié : le menuisier avait passé une grande journée à retaper les tables et les bancs de la petite sacristie, pour rien. Le prêtre revint s'asseoir près de Toine, sur la pierre où il s'installait parfois pour réciter son bréviaire, au soleil. Une longue branche de cerisier bougeait au-dessus d'eux. Il posa amicalement la main sur le genou de Toine, et montra l'assemblée des mangeurs et des buveurs.

— On les aime bien, tous ces zozos !

— Oui.

Il pressa un peu plus fort le genou.

— Je suis content que vous soyez là avec nous.

Toine avait la tête couverte de son chapeau à calotte ronde et larges ailes qui lui mettait de l'ombre jusqu'à la moustache. Ses petits yeux très clairs luisaient dessous, entre ses paupières rapprochées. Des taches vermeilles lui coloraient l'os des pommettes. Il tenait dans sa main une tranche de brioche dont il détachait de menues bouchées. Il vida sa bouche.

— Tout ce qui m'est donné maintenant est en supplément.

Il regardait Prudence, là-bas, auprès de la table. Elle s'était préparé une mouillette de brioche qu'elle trempait dans son verre de vin. Elle vit son regard et leva son verre à sa santé avec un sourire tendre. Une pluie de pétales de fleurs de cerisier tomba sur Toine et le père Guignabert.

Philbert monta en Vendée avec Germain à la Pentecôte. L'expédition, coïncidant avec ses permissions de détente, était prévue de longue date. Germain devait l'héberger. Lise avait préparé un paquet pour sa mère. Aline envoyait des dessins pour ses grands-parents Bulteau, accompagnés de dédicaces de sa plus belle écriture. Il y avait même une bouteille de pineau pour la tante Émilienne. Personne n'était dupe du vrai motif du voyage. La correspondance de Philbert et d'Angéline était désormais un secret de polichinelle. Seul Louis-Marie feignait de l'ignorer, avec une évidente mauvaise volonté.

Philbert arriva à la messe de Saint-Pierre-des-Moutiers après l'*Asperges*. L'église était pleine. Il se glissa dans les chaises près des fonts baptismaux. Sa présence, il ne l'ignorait pas, suscitait de nombreuses interrogations. Des têtes se détournèrent, le détaillant de la tête aux pieds. Il était hors de doute qu'elles avaient flairé une affaire d'amour. Philbert chercha Angéline par-dessus le rassemblement des bonnets blancs, des chapeaux noirs et des têtes chenues. Il savait que les Chaigneau avaient leur banc en face de la statue de saint François d'Assise, mais il n'aperçut qu'un chapeau de paille avec un galon de velours bleu.

À la sortie de la messe, les gouttes d'une pluie heureuse se mêlaient aux rayons du soleil. Philbert n'avait pas apporté de parapluie. Il s'abrita sous celui de son cousin Léon, embrassa sa cousine qui accoucherait bientôt. La grossesse tavelait son front, ses joues, ses mains, comme une prune. Elle souriait en montrant des gencives roses. Le garde-champêtre monté sur sa pierre annonçait une estimation des chevaux sur la place de la bascule. Et puis Angéline fut là. Il ne l'avait pas revue depuis son stage de moniteur d'éducation physique, un an plus tôt. Elle n'avait pas changé. Elle manifestait toujours cette liberté d'allure inhabituelle au sein de ce troupeau paroissial rassemblé sur la place. Elle s'avança librement vers Philbert, bien consciente que toutes les commères ne perdaient rien de son sourire et de sa main tendue.

— Tu es arrivé hier soir ?

Elle tenait un parapluie bleu comme le ruban de son chapeau. Le léger duvet clair du bord de ses joues lui nimbait le visage. Philbert s'enivra du pétillement de ses yeux blonds qui lui parlaient d'amour, il en était sûr. Il s'exalta de retrouver sa volubilité et ses explosions de gazouillements rapides. À une réponse qu'il lui faisait concernant ses obligations militaires, son rire fusa. Il eut envie de l'embrasser. C'était cela la vie, le bonheur, ce grand trou qu'il éprouvait en ce moment dans la poitrine, ce fourmillement dans les jambes, ce flot de lumière qui l'éblouissait soudain. Il s'aperçut alors que son cousin et sa femme s'étaient éloignés. Et puis il vit s'approcher le père Chaigneau.

Philbert s'était toujours demandé comment cet homme si

malgracieux avait pu faire une fille si belle. Chaigneau était petit, presque bossu. Sa lèvre inférieure trop épaisse et toujours humide l'enlaidissait. Il posa une main ferme sur le bras de Philbert. Cet homme était un faux maigre. Il avait des poignets épais de travailleur.

— Alors te voilà revenu au pays ?

D'un mouvement de tête, il indiqua à Angéline d'aller rejoindre sa mère et, sans lâcher le bras de Philbert, il montra le mouvement de l'assemblée qui se dessinait depuis que le garde-champêtre s'était tu.

— Viens donc prendre un verre par là, qu'on cause.

Il ne pleuvait quasiment plus. Les parapluies se refermaient. Le soleil ruisselait sur les pierres et la route mouillées. Le père Chaigneau entraîna Philbert à une table, à l'écart, au fond du café, près d'un quatuor de joueurs de cartes. Il s'apitoya sur la santé du père Gendreau, posa des questions sur la Charente, les terres, la vigne.

— Vous en faites, de la vigne ?

— Non, pas encore.

— Ah, pas encore...

Il sourit. Angéline lui avait emprunté seulement la couleur rare de ses yeux, d'un marron très clair, doré comme des grains d'orge. Il posa de nouveau la main sur le bras de Philbert avec, lui sembla-t-il, de l'amitié. Et le jeune homme se sentit prêt à lui trouver un air sympathique. Angéline lui devait aussi cette propension à palper les gens.

— Tu es un beau gars, il n'y a pas à dire. Tu es costaud. Quel âge as-tu maintenant ?

— Vingt et un.

— Oui, un an de plus que notre Angéline. C'est dommage que vous soyez partis, tu aurais pu être un parti pour elle. Mais il ne manque sans doute pas de Charentaises pour toi, là-bas !

Philbert comprit que la discussion tournait mal.

— On peut s'être installé en Charente et prendre femme en Vendée ! répondit-il pourtant courageusement.

— Alors là, pas de blague ! On est parti en Charente, on ne revient pas chasser en Vendée !

Le père Chaigneau avait parlé très vite, la lèvre crachotante, et ses yeux étaient devenus méchants.

— Pourquoi ? demanda Philbert avec l'air de ne pas comprendre.

— Parce que je tiens à ma fille. J'ai travaillé et je travaille encore pour elle. Je ne veux pas qu'elle s'en aille mendier au loin !

Ce mot de mendier lui mit des couleurs aux joues. Et Philbert rougit à son tour. Leurs verres étaient à moitié pleins devant eux.

Il contre-attaqua. La caserne l'avait aguerri. Quelques mois plus tôt il aurait battu en retraite devant cet homme d'âge mûr à l'autorité reconnue.

— Et si Angéline avait décidé de s'en aller « mendier », comme vous dites ?

Le père Chaigneau porta son verre à sa bouche, et en le reposant :

— Angéline fera ce que son père voudra. Tu n'as rien à faire ici. Fous-moi le camp !

Philbert se réjouit de le voir s'emporter. Une grosse veine s'était gonflée sur son cou, mais il continuait de parler à voix basse, avec un débit haché, les lèvres à peine desserrées.

— J'ai deux maisons, ici, à Saint-Pierre. L'une est pour elle, l'autre pour son frère. Je la déshérite si elle continue de te voir. Je suis au courant de toutes vos manigances. Je connais votre cachette dans le mur du puits. J'ai trouvé sympathique votre camaraderie lorsque vous étiez jeunes, même si tes parents tiraient le diable par la queue. C'est pourquoi, par faiblesse, je n'ai rien dit lorsqu'elle a été ta cavalière au mariage de Léon. Mais tu as beau jouer les coqs et prendre des airs, ma fille ne sera pas pour un nomade. Tiens-toi-le pour dit. Et ne t'avise pas de venir tourner autour de Malidor !

Une goutte de sueur perlée sur sa tempe glissait au bord de sa mâchoire. Il vida son verre, se leva et passa payer à la caisse. Philbert resta assis, et finit lentement la bouteille. Les joueurs, à côté, continuaient de taper le carton, mais il savait qu'après son départ les commentaires iraient bon train.

Philbert confia à Germain le rôle de boîte aux lettres. Angéline pourrait prendre chez lui sa correspondance en allant au marché. Il n'était sûr de rien. Elle pouvait capituler devant les redoutables menaces de son père.

Germain lui offrit une jeune chienne jaune, Fauvette, croisement d'une bâtarde et d'un griffon vendéen. Loulou était vieux désormais. Quand, au retour de Philbert, le chien entra dans la cuisine de Sarreboute et aperçut Fauvette couchée en boule auprès du fauteuil de Toine, à la place qui était la sienne, il gronda. Il s'approcha en montrant son museau blanchissant, un croc ébréché. La jeunette feignit de ne pas l'entendre et continua de dormir. Il la renifla, regarda Toine, interrogateur. Puis, lentement, soigneusement, il lécha la nouvelle venue qui se laissa faire avec des mines de coquette.

Les terres labourées de nuit par Philbert ne furent pas ingrates. Le père Guignabert y avait chanté le *Te rogamus audi nos* à la procession des rogations. La toute nouvelle méthode Coïc contre les vers du blé était peut-être la première responsable de cette récolte de quinze quintaux à l'hectare. La paille était belle. Les champs de la vallée n'avaient pas souffert de la chaleur comme ceux des coteaux. La situation des Gendreau était encore difficile. Ils manquaient tragiquement de bras. Les fossés défoncés transformaient une grande partie de leurs terres en marécages. Louis-Marie avait proposé d'arrêter ses livraisons de pain. Prudence avait refusé : l'argent qu'il rapportait leur était trop utile. Et puis Louis-Marie s'y entendait trop bien dans ce nouveau métier pour l'en priver. La proche libération de Philbert redonnait espoir. Sans s'embarrasser de scrupules, le soldat avait trouvé moyen d'arrondir sa solde. Certains lycéens d'Angoulême auxquels il donnait des cours de sport rechignaient à courir le cross ou à sauter en hauteur. Il accepta de fermer les yeux à condition que ces fils de bourgeois paient son silence. Il n'éprouvait aucun scrupule à prélever ce tribut sur la paresse, qu'il reversait à sa famille.

Antoine était tout à fait guéri, même si sa santé demeurait fragile. Lise continuait de manifester de la mauvaise humeur à chaque retour de ses indispositions de femme. Elle consulta le docteur Lambert qui haussa les épaules en soupirant :

— Tu n'as rien d'anormal. Tu es une vraie femme. Certains se plaignent qu'ils ont trop d'enfants. Toi, tu en voudrais. Les richesses ne sont pas toujours équitablement réparties. Peut-être qu'un jour la médecine connaîtra mieux la semence des hommes et sera capable d'y trier les graines. Sois patiente. Mais pourquoi te fais-tu du souci ? Tu as une fille, même si elle t'a été donnée toute faite. Elle t'aime. Elle t'appelle maman. Elle aime l'amour que tu as pour son père. Tu as de la chance. Ce n'est pas toujours le cas même avec ses propres enfants.

Aline grandissait. Elle ne grimpait plus sur les sabots de ses oncles, comme autrefois, pour qu'ils la montent à leur cou. Elle allait sur ses neuf ans. Elle rapportait de la bibliothèque de M. le curé de gros livres à la couverture rouge, intitulés *Sur la grande route*, ou *Le Grillon du foyer*, ou *Contes de mon père le jars*. Elle s'asseyait sur le plancher, le dos contre le mur de la cuisine, le livre sur les genoux. Elle tétait son pouce avec un bruit de succion plus glouton à mesure que l'intérêt de sa lecture croissait.

La Charente déborda à la mi-décembre, et fit l'élastique dans la vallée jusqu'au mois de février. Sarreboute redevint une île et les Gendreau circulèrent en barque. Louis-Marie tendit des varvolettes dans les passées, accompagné de son mentor, M. Valladon. Ils les levèrent pleines d'anguilles, certains matins où le jour peinait à paraître entre les lambeaux de vapeur déchirés sur le fleuve. Toine montra quelque utilité en tricotant ces nasses avec du fil apporté par Valladon. Installé dans la cuisine, il nouait le « gutte » au dossier d'une chaise et, patiemment, maille après maille, développait la longue manche à poisson. Il l'armait ensuite d'anneaux de fil de fer pour la maintenir ouverte.

Les frères profitèrent des dérivées pour redresser le mur près du porche, y travaillant tout l'hiver à leurs moments de liberté. À la fin du printemps, le mur était debout avec un chapeau de tuiles neuves payées par M. Rougier, le propriétaire. Prudence plaça des pots de géranium à ses fenêtres. Quand on venait sur le chemin de Sarreboute, on n'avait plus l'impression de s'approcher d'une ruine.

Angéline arriva, un soir de juin, à la brune. De la terre montait une entêtante odeur poivrée sous la pluie lourde et chaude d'orage. Les Gendreau étaient à bout d'avoir couru toute la semaine. L'orage s'était annoncé huit jours plus tôt, et s'était peu à peu rapproché. Toine mis à part, tous les Gendreau s'étaient armés des râteaux et des fourches. Le foin était coupé. Ils l'avaient retourné, aligné, tandis que le ciel devenait de plâtre. Ils l'avaient chargé, charroyé, aveuglés par la réverbération, les tempes battantes, la bouche pâteuse de poussière et d'air visqueux. En travaillant, ils guettaient les premières pierres noires qui allaient rouler là-haut. Elles s'amoncelaient jusqu'à devenir des montagnes. Ils rentrèrent leur dernière charretée à l'heure du déjeuner, certains qu'avant le soir cela allait craquer. Ils se couchèrent pour la sieste, le corps brûlant de douleurs sourdes, les prunelles déchirées d'éclats fulgurants plus blancs encore que la chaux du ciel. Quand ils s'éveillèrent, ils tournèrent à travers la maison, attendant l'éclatement de l'orage. Ils virent tomber les premières gouttes avec satisfaction. Antoine avait ouvert la porte de derrière et, avec Louis-Marie, ils regardaient la pluie éclater en bulles à la surface de la Charente.

— Si cela tombe assez, cria Antoine par-dessus un grondement du tonnerre, tu verras que ce sera bon pour le regain.

Manière d'exorciser les craintes des dégâts d'un orage trop brutal. La Charente était une frontière, et les orages s'y heurtaient généralement avec violence. Heureusement, les carolins servaient de paratonnerres. On en trouvait souvent, après l'orage, ouverts comme une cosse de haricot, et le bois noirci par le feu du ciel. Prudence, dans ces circonstances, se reconnaissait sans courage. Elle avait onze ans quand la foudre avait dégringolé par la cheminée de sa patronne. La boule de feu avait bondi parmi les braises du foyer, roulé à travers la pièce et était sortie par la porte heureusement ouverte. L'orage la tétanisait toujours, depuis. Elle serrait les poings au fond de ses poches de blouse, égrenant son chapelet avec des soubresauts à chaque éclair.

Angéline arriva quand la pluie tambourinait. Elle frappa vivement à la porte en battant ses souliers sur les marches du perron. Lise ouvrit à cette visiteuse du soir avec Aline à son côté qui s'efforçait d'oublier l'orage dans un livre. Elle ne la reconnut pas d'abord. Il faisait presque nuit. Elle découvrit dans la pénombre son chapeau de paille vernissé d'eau, ses vêtements déformés par la pluie.

— Entrez ! lui dit-elle, en la tirant impulsivement à l'abri.

Un éclair modela le nez droit, le menton volontaire, enflamma le regard blond.

— Angéline Chaigneau ! s'écria-t-elle.

Au seul bruit de ce nom, Philbert se précipita.

— Angéline !

Il la tira par la main, la conduisit auprès du feu. Il jeta sur les braises la brassée de sarments du lendemain. Elle avait une figure de chat mouillé, les cheveux aplatis sur le crâne, des mèches collées sur le front et les joues. Lise lui apporta un linge pour s'essuyer. Enfondue, elle était belle, d'une beauté sauvage, bien qu'elle portât un complet-tailleur bleu de dame de la ville, et des souliers à boucles. La pluie collait son chemisier sur sa gorge, et sa peau mate s'y montrait par transparence. Une mare d'eau se formait sur le plancher autour de sa valise en bois. Antoine lui approcha une chaise, Louis-Marie était appuyé au bord de la table. De son coin d'ombre, d'où elle n'avait pas bougé, Prudence dit :

— Donnez-lui donc un petit verre de cognac !

Philbert se précipita encore, remplit le verre et le tendit à Angéline.

— Veux-tu un sucre ?

Elle ne lui répondit pas. D'un leste mouvement du poignet, elle fit cul sec Elle en resta bouche ouverte, poussant un gémissement plaintif, tandis que l'alcool se répandait en elle. Elle referma la bouche en souriant. C'était son premier sourire.

— Comment es-tu venue ? lui demanda Philbert.

— Un marchand de bêtes m'a déposée au bout du chemin.

Lise la conduisit dans la chambre pour qu'elle se change. Quand elle revint, la taille cambrée par la ceinture de sa blouse en vichy vert, elle dit tout de suite, comme si elle voulait que les choses soient claires :

— Je suis venue me marier.

Elle s'adressait au coin d'ombre où se tenait Prudence. Elle regarda Toine, les autres, enfin Philbert les yeux dans les yeux avec cette nudité dans le regard qu'on ne trouve que chez ceux qui s'aiment. Philbert lui sourit. Et ils éclatèrent tous de rire à cette nouvelle annoncée sur un ton si catégorique. Louis-Marie se força à rire, lui aussi, mais il souffrait du mal d'amour.

Elle raconta qu'elle s'était sauvée de chez elle la nuit précédente, en passant par la fenêtre. Son père voulait la marier à son voisin Fernand Douillard qu'il avait invité, la veille, à Malidor, avec ses parents. Philbert avait convenu avec elle d'aller la demander après les moissons, et de l'obtenir coûte que coûte. Elle n'avait pas pu attendre. Les parents avaient déjà évoqué l'installation de son couple formé avec Fernand Douillard dans leur maison du Bois-au-Bouin. Sa mère avait ouvert la porte de l'armoire pour montrer son trousseau à la belle-mère. Au rappel de ces souvenirs et à la chaleur du feu dans la cheminée, la figure d'Angéline était devenue rouge carmin. Des grimaces de chagrin lui déformaient les traits. Elle avait laissé ces seuls mots sur la table, chez elle : *Je ne veux pas épouser Fernand Douillard.* Elle avait marché avec sa lourde valise jusqu'à la gare.

Les manches de la blouse lui découvraient les poignets. Philbert l'invita à s'asseoir à table. Des gouttes d'eau étaient réapparues sur son front, à la frange de ses cheveux. Elles brillaient dans la lumière de la suspension comme un rang de perles.

— Tu dois avoir faim ? l'interrogea-t-il.

— Je n'ai pas mangé depuis ce matin.

Prudence se leva pour lui remplir son assiette. L'orage n'était pas si féroce. Deux ou trois éclairs avaient été suivis de claquements secs. Maintenant, le tonnerre se contentait de roulements de parade pour manifester sa puissance. Mais la pluie tombait avec une brutalité régulière. Prudence poussa l'assiette fumante devant elle.

— Mange, ma fille. Tu es ici chez toi.

Angéline leva vers elle ses beaux yeux blonds. Des pleurs les mouillaient. Elle renifla, s'excusa, sourit, s'essuya les paupières, avala une cuillerée de soupe.

Elle coucha dans le lit de la cuisine, le seul disponible, celui qu'on appelait le lit de Germain.

Prudence alla trouver le lendemain le père Guignabert, qui récitait son bréviaire dans son jardin. Il lui fit signe de la rejoindre. Ils marchèrent dans l'odeur des buis.

— Si elle est majeure, lui dit-il, son père ne peut rien contre elle, à plus forte raison contre vous. Elle a le droit de choisir où elle veut vivre, et avec qui.

— Son père ne peut pas nous envoyer les gendarmes ?

Le curé tenait son bréviaire fermé dans ses deux mains jointes. La barrette sur la tête, il paraissait plus grand. Il réfléchit un moment en silence, dans l'allée conduisant au puits, auprès duquel poussait un vieux figuier, et soupira.

— Il peut vous envoyer les gendarmes. Vous leur ferez constater que la jeune fille n'est pas séquestrée, et qu'elle ne subit aucun sévice.

— Peut-il venir la chercher ?

— Il peut essayer.

Le curé s'arrêta de marcher.

— Vous croyez qu'il viendra ?

— Je ne sais pas..., répondit Prudence. Non... Il croyait dominer sa fille. Il ne voudra pas s'abaisser encore. Il préférera souffrir en silence.

Le curé hocha la tête, repartit. Sa bonne frottait le placard de la cuisine, montée sur un tabouret.

— Qu'est-ce que vous allez faire, maintenant, Prudence ?

Elle parut surprise.

— Les marier, puisqu'ils le veulent ! Ils aimeraient que ce soit tout de suite. Ils se connaissent depuis l'école. Ils s'écrivent depuis plus de deux ans.

— Oui, acquiesça le curé, pas tout à fait convaincu.

— Qu'est-ce que vous voulez qu'ils fassent d'autre ? insista Prudence. Ils ne peuvent pas rester à Sarreboute comme ça pendant longtemps.

— Ne m'avez-vous pas dit, demanda le père Guignabert avec un petit sourire moqueur, qu'avant votre mariage vous étiez domestique dans la maison de Toine ?

Prudence rougit violemment, comme une jeune fille, malgré ses épaules voûtées, les traînées blanches qui s'élargissaient dans ses cheveux, son sarrau noir.

— Moi, répondit-elle, j'étais, vous l'avez dit, une domestique. Vous savez que cela ne compte pas dans une maison.

Le père la regarda à la dérobée et, en souriant encore :

— Vous vous êtes chargée de prouver le contraire ! Bref, cela m'ennuie de précipiter les choses avant que tous les remous dont nous avons parlé se soient un peu apaisés. Ne serait-il pas mieux d'attendre les moissons à passer ? Le mariage se célébrerait dans des conditions plus sereines.

— En attendant on les enfermera pour les empêcher de se rencontrer ! Avez-vous oublié comment sont les jeunes ? Elle, si vous la voyiez, c'est de l'eau sur le feu. Et je connais mon Philbert. Je vous garantis qu'ils ne resteront pas ensemble sans qu'il se passe rien !

Prudence avait élevé la voix. Le curé se retourna pour vérifier que de sa cuisine la bonne n'entendait pas. Il frappa le bras de Prudence à petits coups, avec son bréviaire.

— Vous voulez le fond de ma pensée ? Je pensais à moi pour une bonne part, dans ce que je vous disais. Savez-vous comment on appelle Martignac, depuis notre institution du verre à la petite sacristie après la messe ?

Prudence secoua la tête.

— La paroisse des Vendéens ! Vos amis ont déserté les autres paroisses, et sont venus vous rejoindre. Je dois supporter les critiques des confrères jaloux. La célébration du mariage de Philbert en suscitera inévitablement d'autres. Ils diront : « Ce vieux fou s'est encore laissé embobeliner... »

Il hésita.

— Qu'importe. Vous avez raison. Envoyez-les-moi, ces enfants. S'ils sont décidés à se marier, nous les aiderons à se marier tout de suite.

— Merci, monsieur le curé.

Prudence s'éclaira à son tour d'un petit sourire ironique.

— Vous vous faites proscrit avec les proscrits, monsieur le curé. N'est-ce pas ce qui est demandé dans les Évangiles ?

Le 25 juin 1924, quinze jours plus tard, Philbert et Angéline se présentaient devant M. le maire et M. le curé. Les papiers avaient pu transiter de Saint-Pierre-des-Moutiers à Martignac. Les bans avaient été publiés. Comme prévu, les gendarmes avaient rendu visite à Sarreboute. Ils avaient interrogé Angéline. Prudence leur avait conseillé de compléter leur information auprès du curé. Jusqu'à la bénédiction, les deux jeunes redoutèrent une intervention de Vendée. Angéline portait tout de même une robe blanche. Prudence lui avait adapté la robe, dite charleston, de la fille d'André Guérineau, mariée l'année précédente. Il avait suffi d'acheter le voile et la couronne de fleurs d'oranger.

La main et le menton d'Angéline ne tremblèrent qu'au

moment de signer les registres. L'envie de pleurer lui creusa une émouvante fossette en mouvement au bord de son menton.

— Angéline..., murmura Philbert, attendri, en lui pressant le coude.

Les paupières mobiles d'Angéline s'ouvraient et se refermaient comme une bouche autour de ses prunelles.

— Je pense à ceux qui sont là-bas, articula-t-elle, et qui devraient être là.

D'un coup de front rageur, elle chassa cette pensée lénifiante, et signa énergiquement.

Elle ne retint cependant pas ses larmes à la sortie de l'église, lorsque le facteur s'approcha avec une lettre dont elle identifia facilement l'écriture. Instinctivement, elle la porta à ses narines sitôt décachetée, comme pour s'imprégner de son parfum. La lettre était de mémé Bénite, mémé Bénédicte, la grand-mère maternelle d'Angéline. La vieille femme méritait ce diminutif affectueux donné par ses petits-enfants, car elle vivait chaque instant comme une prière. Mièvrerie de vieille bigote pour certains. N'empêche, lorsque la famille avait besoin de consolation, elle avait recours à elle.

La lettre de la grand-mère était longue. Elle lui écrivait : *Tu penses bien que ta pauvre vieille mémé ne t'a pas oubliée, personne d'ailleurs ne t'a oubliée ici... Je demande au Bon Dieu de bénir votre sacrement de mariage... Les parents, les grands-parents, croient toujours que leurs enfants ont besoin d'eux pour faire leur bonheur. Vous êtes plus libres que nous l'avons été, vous la jeune génération. Vous n'avez peut-être pas toujours tort. Je suis sûre que dans le secret de son cœur ton père te comprend. Tu l'as froissé dans son orgueil. C'est un homme. Il refuse de capituler... Tous ces boniments, je les rumine depuis ton départ. Je n'en avais jamais autant écrit. Tu les trouveras sans doute un peu ridicules. C'est une manière de te dire qu'on t'aime toujours et qu'on regrette bien de ne pas te voir en mariée...*

Elle n'avait pu s'empêcher de recopier un psaume de son livre de messe, qu'elle récitait, écrivait-elle, en pensant à Angéline.

Ceux qui sèment dans les larmes
Moissonnent en chantant,
On s'en va, on s'en va en pleurant :
On porte la semence ;
On s'en vient, on s'en vient en chantant,
On rapporte les gerbes.

Le psaume qui circula dans les mains de tous les invités mit beaucoup de larmes aux yeux. Mais Angéline était bouleversée aussi par la toute petite, toute timide, pathétique signature, posée dessous celle de sa grand-mère : celle de sa mère. Elle était bien de sa main. Malgré sa crainte, elle avait osé braver l'ordre de silence donné par son mari.

Les mariés se rendirent chez Larmengeat, le photographe de Châteauneuf, et ils oublièrent les circonstances, tout à la satisfaction de garder la trace de ce jour unique. Le chapeau à la main, le regard fier, les boucles savamment arrangées sur le front, Philbert gonfla le torse. Les boutons de sa veste tiraient. Angéline était assise devant lui, le bouquet à la main, le coude appuyé sur une sellette, le voile en vagues sur le tapis devant elle, toute beauté, toute douceur. Le photographe insista :

— Allons, souriez !

Tous deux montraient le même regard grave et déterminé.

Le vieux Guérineau joua du violon avec une maladresse touchante, mélangeant les figures du quadrille. Louis-Marie fit danser la mariée. Il avait un peu bu. Elle lui commanda :

— Ne me regarde pas comme ça !

— Pourquoi ? Ce n'est pas comme ça que tu regardes Philbert ?

Il suivait laborieusement le rythme à cause de sa jambe raide. Il lui comprima la main avec une autorité maladroite.

— Arrête ! Tu me fais mal ! Si tu continues, je ne danse plus avec toi.

Il cessa de rire sottement, s'attendrit.

— Excuse-moi, dit-il, je ne sais pas ce qui m'a pris. C'est le vin.

Elle fit semblant de bouder. Mais elle l'embrassa en riant à la fin de la danse. Il remonta la mèche de cheveux tombée sur son front, dans un geste familier.

— Que complotez-vous tous les deux ? demanda Philbert en rejoignant sa femme.

Elle inventa aussitôt un doux mensonge.

— Je lui disais que j'espérais aller bientôt à son mariage !

Sa langue effleurait doucement ses dents du haut tandis qu'elle riait. Mais sa main caressant la nuque de son mari évoquait à elle seule toutes les sensualités de l'amour. La chambre du bout avait été aménagée pour les jeunes mariés. Louis-Marie occuperait désormais le lit de Germain, dans la cuisine.

12

Au commencement de juillet, quelques jours plus tard, Louis-Marie passa enfin les épreuves du brevet simple, en compagnie de M. Valladon. Le retour de Philbert lui avait laissé un peu plus de temps pour préparer l'examen. L'instituteur était aussi ému que son candidat. Plus tard, son élève comprendrait combien son maître, son ami, était fier de lui. Il apprendrait qu'il avait bataillé pour présenter à l'examen cet émigré instruit par l'école libre. Ses trois autres élèves avaient abandonné en cours de route. Il n'était pas homme à donner dans les grandes effusions sentimentales. Il aimait la pêche, la chasse, les pâtés de gibier qu'il préparait lui-même. Il connaissait les bons cognacs. Chaque année, il prenait chez le maire quelques seaux de merlot en moût pour élaborer un pineau rosé égal des meilleurs.

Le maître et son protégé prirent le train ensemble pour Angoulême, la veille de l'examen. Deux chambres les attendaient chez un de ses collègues du quartier de l'Houmeau. Louis-Marie avait été averti : il découvrit chez ce célibataire bedonnant, corseté dans un petit gilet à six boutons, un capharnaüm extraordinaire de livres. Il y en avait partout, sur la table, les meubles, en piles sur le plancher. Tous étaient protégés par une couverture de papier kraft gris. La poussière elle-même avait une odeur particulière de papier. Louis-Marie en fut ébloui.

— Alors, demanda leur hôte en dévisageant Louis-Marie, le voilà ce jeune prodige ?

Louis-Marie sentit combien il était rustique dans cet univers de culture, parmi ces meubles à colonnettes, ces fauteuils en velours clouté. On leur servit un coq au vin délicieusement réchauffé, et les joues des deux instituteurs prirent rapidement une couleur vermeille. M. Valladon interrompit soudain la conversation après le coq, et s'adressa à son élève :

— Si tu veux être en forme demain, mon vieux, il est l'heure d'aller te coucher.

Louis-Marie se coucha dans un lit d'acajou. De sa chambre il entendait les voix des deux amis dans la salle à manger en dessous. Il ne put résister au plaisir de feuilleter un livre : *Voyage du jeune Anacharsis en Grèce.* Il s'endormit tandis que se mêlaient dans son esprit les hauteurs des plus hauts sommets alpestres, les principales dates de la guerre de Cent Ans, les couleurs lie-de-vin du bois de son lit, l'ovale du miroir d'argent martelé sur le mur et les pendeloques de cristal du lustre.

Il fut réveillé par les sourcils dressés de M. Valladon penchés sur lui.

— Ça va ? Tu as bien dormi ? l'interrogea-t-il.

Son maître vérifia le contenu de son plumier, sortit son canif et affina la pointe de ses crayons de couleur, formant sur la table un minuscule tas de poussière arc-en-ciel.

De ces deux journées d'examen, Louis-Marie rapporta d'abord l'impression renouvelée de son insignifiance lorsqu'il se trouva sur le seuil de l'école normale. Elle avait l'apparence sévère d'un couvent, et il était surpris et admiratif en découvrant des garçons plus jeunes que lui montant les escaliers avec décontraction. Et puis il fut impressionné par l'eau qui courait sans cesse sur les carreaux de faïence des toilettes et leur chimique odeur de Crésyl. Son école de Saint-Pierre n'offrait qu'un trou à la turque au-dessus de la fosse. Les élèves accroupis y respiraient des vapeurs violentes. Il associa toujours par la suite cette aseptique chimie étrangère au brevet.

Il eut l'impression de rendre des copies convenables. La

description et le fonctionnement du pèse-lettres en science lui occasionnèrent quelques difficultés. En travaux manuels, il eut à fabriquer un bloc de six tiroirs à l'aide de carton, ciseaux et colle, suivant un croquis coté. Le sujet de français lui proposa un commentaire de *L'alouette* de Jules Michelet : *L'oiseau des champs par excellence, l'oiseau du laboureur, c'est l'alouette, sa compagne assidue qu'il retrouve partout dans son sillon pénible, pour l'encourager, le soutenir, lui chanter l'espérance. Espoir, c'est la vieille devise de nos Gaulois, et c'est pour cela qu'ils avaient pris comme oiseau national cet humble oiseau si pauvrement vêtu, mais si riche de cœur et de chant.* Louis-Marie évoqua la pauvre maison de Malidor, et Sarreboute délabré. Il oublia l'examen et se laissa emporter par l'émotion. Il décrivit sa mère encourageant la famille à l'espérance. Il raconta l'expédition de leur émigration dans la voiture de Germain, et leur foi naïve de pionniers partant pour un nouveau monde.

Le soir, il était reçu. M. Valladon, enthousiaste, le prit par l'épaule, et le conduisant devant lui :

— Attends !

Il le présenta à un homme en costume noir, au corps décharné de traîneur de sabre.

— Monsieur l'inspecteur, voici Louis-Marie Gendreau, l'élève des cours du soir dont je vous ai parlé. Il est reçu au brevet, bien sûr !

Louis-Marie eut les doigts enfermés dans une poignée de main vigoureuse.

— Compliments, jeune homme, compliments !

— Il est paysan et porte-pain du village.

Le regard gris de l'inspecteur fixa Louis-Marie avec intensité.

— D'après ce qu'on m'a dit, vous n'êtes pas au bout de vos capacités. Vous avez l'avenir pour vous. C'est beau de se trouver au commencement du chemin. Courage !

L'inspecteur fit brusquement demi-tour, appelé à l'autre bout de la cour avec de grands gestes. M. Valladon déboucha une bouteille de son plus vieux pineau, dissimulée dans sa valise, pour célébrer le succès espéré. Il leva son verre dans le jardin du collègue, à l'ombre d'un cerisier noir de fruits.

— Alors, que comptes-tu faire maintenant ? Il te suffit d'une année à l'école normale. L'année prochaine, tu passes le brevet élémentaire, et tu es instituteur. C'est ce qu'a voulu te dire l'inspecteur.

Louis-Marie baissa la tête. Il savait qu'il allait décevoir son maître :

— J'ai décidé de rester travailler avec ma famille.

— Mais pourquoi, nom d'un chien ! Tu ne leur coûteras rien. Je te fiche mon billet que tu bénéficieras d'une bourse. Et l'année prochaine, si tu veux, tu pourras leur donner une partie de ton salaire. Ce sera bien autre chose que tes quelques pièces de porte-pain !

Le verre à la main, la gorge serrée, Louis-Marie grattait du nez de son soulier les pavés du dallage. Il avait conscience d'offenser d'une certaine façon ces deux hommes qui l'avaient si généreusement reçu, en refusant de devenir l'un des leurs. Il ne voulait pas de leur métier alors qu'ils se considéraient comme l'élite de la nation.

— Est-ce que tu te rends compte, insista sourdement M. Valladon, que beaucoup aujourd'hui voudraient être à ta place ?

Louis-Marie hocha la tête. Il savait tout cela. Le métier d'instituteur n'était pas pour lui déplaire, au contraire. Seulement, à chaque fois qu'il évoquait l'idée de son départ, il éprouvait la sensation douloureuse d'un arrachement impossible. Il était attaché à sa famille, bien sûr, et à son ambition de réussir à Sarreboute. Il aimait lui aussi la terre. Mais il était conscient aussi que tous ces arguments auraient été emportés s'il n'y avait pas eu Angéline. Depuis son arrivée, tout lui semblait avoir pris un nouvel éclat. Il avait découvert qu'il l'aimait comme un fou, et qu'il l'aimerait jusqu'au bout de ses jours. Il n'ignorait pas, bien sûr, qu'elle ne serait sans doute jamais à lui. Il profitait de sa présence. Il restait dans sa lumière. Il n'était pas capable pour l'instant de s'en passer.

Les paroles d'Angéline au moment de son départ pour l'examen ne l'avaient pas quitté :

— Tu seras reçu, j'en suis sûre ! avait-elle affirmé, en posant sur lui son regard brillant. On a tous besoin de ta réussite pour devenir des émigrants intelligents !

M. Valladon insista, plus énergiquement encore :

— Tes parents ne seront pas toujours là. Tu as le handicap de ta jambe. Tu te condamnes à demeurer le domestique de tes frères.

Louis-Marie, blessé, releva la tête.

— Ma mère était une domestique. Je ne quitterai pas Sarreboute, monsieur !

— Comme tu veux, répondit sèchement l'instituteur.

Le retour en train s'effectua dans une atmosphère morose. Cette conversation restait entre eux. Leurs figures maussades firent croire à un échec, à leur arrivée à Martignac. Ils prétextèrent la fatigue.

À force de surveillance, Louis-Marie finit par surprendre le commis boulanger en train de battre le cheval Sergent. La pauvre bête recevait de violents coups de manche de fourche dans le ventre. Lorsqu'il découvrit Louis-Marie derrière lui, le commis en rajouta.

— Cette carne, dit-il, a besoin d'apprendre à obéir. On ne peut pas s'en aider !

Louis-Marie s'en aidait très bien. Il éprouvait pour son compagnon de travail une profonde amitié.

— Laisse, lui dit-il, la gorge sèche, je vais finir de lui donner sa pension !

Le commis avait vingt-six ans. Il exhibait fièrement sa force en se chargeant d'un sac de farine sur chacune de ses épaules. Il leva vers Louis-Marie sa figure hargneuse.

— Pourquoi ? Tu n'aimes pas ma manière de dresser ta petite bête, fillette ?

Il assena un méchant coup de manche dans le ventre de

Sergent qui hennit douloureusement, piétinant sa litière, les yeux fous.

— Laisse-le ! commanda Louis-Marie, la voix tremblante.

Le commis continua de s'affairer auprès du cheval. Il surveillait en même temps Louis-Marie, avec un sourire provocant. Son visage ingrat était marqué par la méchanceté. Il avait le regard fuyant au fond d'orbites profondes. Il releva soudain sa fourche avec une maladresse feinte et vint frapper Sergent sur les lèvres. Le cheval rua. Louis-Marie s'élança, et fut cueilli par un coup de poing à la figure. Il roula dans la paille. L'autre tomba sur lui. Il était dur comme du fer. Il saisit Louis-Marie à la gorge, et lui souffla dans la figure :

— Qu'est-ce que tu crois, bancal, que tu vas faire la loi, ici ? Je l'ai tout de suite vu, lorsque tu es arrivé avec tes airs de notaire !

À demi étranglé, Louis-Marie râla :

— Laisse le cheval tranquille !

Le commis resserra sa prise. Des étoiles clignotèrent sur un fond de sang. Louis-Marie sentit qu'il allait perdre connaissance. Le commis le relâcha alors dans un geste rageur, ramassa sa fourche, et s'en alla.

Louis-Marie avait l'impression d'avoir la mâchoire cassée, son nez saignait. Il se nettoya avec l'eau du bassin près de la porte de l'écurie. Mais sa joue était devenue bleue, sa narine avait doublé de volume.

— Oh ! là, mon pauvre petit, que vous est-il arrivé ? s'écria la boulangère lorsqu'il entra chercher la boîte de monnaie.

Et à son mari qui roulait le chariot de pain vers le magasin :

— Marcel, tu as vu dans quel état s'est mis notre Louis-Marie ?

Le boulanger n'avait rien vu dans le fournil, où Louis-Marie avait pris soin de cacher sa figure. Il releva le menton de son porte-pain et l'examina. Louis-Marie murmura en baissant les yeux :

— Je suis tombé de bicyclette tout à l'heure, en descendant le pont du Petit-Royan.

Le boulanger relâcha le menton de Louis-Marie et rangea le pain dans les rayons sans un mot. La boulangère demanda :

— Est-ce que vous avez mal ? Voulez-vous que je vous soigne ?

Elle tendit la main et effleura la joue de Louis-Marie du bout de ses doigts frais. Il secoua la tête.

— Non, ça va.

Il prit sa boîte et son pain au lait et se sauva. À midi, lorsqu'il dételait, la boulangère s'approcha.

— Alors, mon petit Louis-Marie, cette vilaine joue ne vous a pas trop fait souffrir ?

— Non.

En vérité, la moitié de sa figure était en feu. Le commis lui avait assené un coup à assommer un bœuf. Toute la matinée, Louis-Marie avait actionné la mâchoire pour vérifier qu'elle fonctionnait toujours. Il avait l'impression d'avoir la joue énorme.

— Oh ! mon petit, soupira-t-elle en levant au ciel des yeux affligés de *mater dolorosa*, mais c'est beaucoup plus vilain que ce matin !

Elle prit son ton autoritaire.

— Vous n'allez pas rentrer chez vous comme cela. Qu'est-ce qu'ils diraient de nous, vos parents ! J'ai fait bouillir de l'eau pour vous. Vous allez me laisser vous nettoyer cela.

Le mal avait en effet gagné en largeur. La lèvre de Louis-Marie avait enflé. Et sur la pommette, là où le coup avait porté, la peau coupée était comme une craquelure de melon. La boulangère sortit de sa maison avec sa casserole, un linge, du coton. Elle lui adressa un sourire malicieux.

— Mais non, je ne vais pas vous soigner ici, dit-elle alors qu'il l'attendait assis sur le bord du bassin-abreuvoir. Qu'est-ce que les gens diraient, s'ils nous voyaient ?

Elle montra la porte de la grange. Louis-Marie s'assit sur un tabouret à trois pieds.

— Mon mari a examiné votre bicyclette, dit-elle en promenant son coton sur sa joue avec douceur. Il n'a pas vu de trace de chute. Vous n'êtes pas tombé mon garçon ! remarqua-t-elle avec un ton qui se voulait de réprimande. Ce n'est pas bien de mentir.

Elle s'inclina sur la blessure. Louis-Marie respira la douceur de son haleine.

— Vous vous êtes battu ?

Il hocha la tête. Elle poussa un cri effarouché. Le soleil entrait par la porte de la grange entrouverte. Des brins de paille et de foin mélangés traînaient dans la poussière. Un moineau s'avança en sautillant, hasarda deux ou trois coups de bec rapides autour de lui, contempla leur couple affairé d'un œil, puis de l'autre, et s'envola. Il n'y avait pas un bruit dehors. Tout le monde déjeunait. Derrière la cloison de planches seulement, Sergent donnait de la dent dans son avoine. Son sabot heurtait parfois la paroi de sa stalle.

— Avec qui vous êtes-vous battu ? demanda-t-elle en grondant.

Il ne répondit pas.

— Avec notre Robert ?

Louis-Marie hésita, et puis répondit :

— Oui.

Elle poussa de nouveau son petit cri aigu, et il sentit la poitrine de la boulangère se presser contre son dos. Elle baissa la voix.

— Pourquoi ?

— À cause de Sergent, qu'il frappait avec sa fourche.

— Je le savais ! Il est méchant avec les bêtes, cet oiseau-là ! Et de vous, mon pauvre chéri, il n'aura fait qu'une bouchée ! Je le dirai à Marcel.

— Non.

— Voyez comme il est courageux ! Alors tu veux que cela reste un secret entre nous ?

La boulangère s'était approchée encore et sa chaleur le réchauffait.

— Cela te fait-il du bien ? demanda-t-elle.

Il ne sut comment interpréter exactement la question, et répondit dans un souffle :

— Oui.

Les caresses de la boulangère sur sa joue dissipaient les lancinants élancements qui l'avaient torturé toute la matinée. Mais d'autres sensations le distrayaient aussi de la douleur. Depuis plusieurs semaines, sa patronne lui exprimait une tendresse grandissante qu'elle ne manifestait qu'à midi, lorsque son mari dormait. Elle venait surprendre Louis-Marie dans la grange ou l'écurie, sous le prétexte de compter la recette. Elle promenait non seulement la main dans les cheveux de son porte-pain, mais elle lui effleurait le menton, lui touchait les bras, les épaules. Son buste bien nourri, ses joues rondes s'enflammaient alors d'une rougeur subite. Louis-Marie n'était pas dupe. Il goûtait aux petits plaisirs offerts par la boulangère. Elle aiguisait son désir de connaître cet embrasement qui réunit les hommes et les femmes. Il avait imaginé son frère et Angéline dans la chambre. Il leur en voulait d'apparaître le matin ensemble, portant sur eux les désordres de la nuit.

La boulangère posa sa casserole.

— Attends, je vais te mettre du contre-coup.

Elle agitait le flacon, le genou appuyé sur la jambe de Louis-Marie. Elle lui appliqua l'onguent avec les doigts. Ses mains étaient grasses, ses doigts potelés et courts. De la joue, elle glissa au cou. Elle parlait beaucoup, commentant ses gestes, comme un médecin avec son malade. Elle déboutonna le col de la chemise.

— Ne t'a-t-il pas frappé aussi de ce côté ?

Le souffle de la boulangère était devenu plus bruyant. Louis-Marie la trouva belle. Il aima ses lèvres gourmandes, l'éclat de ses prunelles miroitantes. Elle tira la porte.

— On sera plus tranquilles, n'est-ce pas ?

La lumière était rose, filtrant par les jointures des tuiles. La boulangère prit Louis-Marie par la main et l'entraîna vers le fond de la grange et le foin.

— Laisse-moi faire, dit-elle, maternelle.

Elle étendit sur le foin, en femme soigneuse, le linge blanc qu'elle n'avait pas utilisé. Et puis elle déboutonna sa blouse à l'odeur de farine. Les seins jaillirent de son corsage. Des seins ronds et lourds à la blancheur de nacre, étoilés d'une large aréole violette, l'épine presque noire. Elle tira doucement la tête de Louis-Marie et la posa sur cet oreiller duveteux. Elle était toute en rondeurs généreuses, toute en bourrelets rebondis creusés d'encoches profondes et mystérieuses. Elle encouragea Louis-Marie, lui parla à l'oreille.

— Viens mon petit, c'est bien.

Elle l'enferma dans sa chaleur moelleuse comme ses pains au lait.

Elle le soigna le lendemain encore, et le lendemain. L'hématome du coup de poing avait disparu qu'elle le soignait toujours. Cela devint leur langage pour parler d'amour.

— Écoutez, mon petit ami, vous avez bien mauvaise mine, il va falloir vous soigner ! disait-elle, coquine, à la barbe de son mari.

Rendez-vous était pris pour la fin de matinée. À Sarreboute, Louis-Marie prétextait un allongement de certaines tournées.

Le premier fermage que les Gendreau versèrent à leur propriétaire, M. Rougier, à la fin de la quatrième année, s'éleva à un sac de blé ou d'orge au journal (trente-trois ares), soit quatre-vingts kilogrammes de grain. Le kilo de pain valait un franc soixante, le litre de lait zéro franc quatre-vingt-dix. M. Rougier n'était pas gourmand. Mais avec trois couples, plus Louis-Marie, on pouvait craindre d'être bientôt à l'étroit à Sarreboute. Les travaux de défrichage s'achevaient. L'étable était pleine de seize belles charolaises et parthenaises. Les Charentais reconnaissaient que les Gendreau étaient à la page. Prudence était devenue d'une certaine manière chef de famille, depuis l'attaque de Toine. Mais il n'était pas dans sa nature de penser à elle. Elle se voulait toujours la dernière, dernière couchée, dernière à manger. Elle se satisfaisait des restes pourvu que les autres « aient de quoi ».

Son premier hiver à Sarreboute fut pénible pour Angéline. Elle supporta mal la respiration du fleuve dans la maison. L'humidité imprégnait les murs. Les bois se couvraient de moisissures après huit jours sans entretien. Chaque matin la brume noyait la vallée. Sarreboute était englouti, et il fallait attendre tard dans la matinée pour voir se lever ces fumées. Quelquefois, elles restaient collées à la terre. Le soir, au coucher, les draps des lits étaient moites, mous, glacés. On arrivait à réchauffer sa niche, mais le reste du lit continuait de suer comme une éponge. Angéline eut la nostalgie de ses draps de Vendée secs et craquants comme du papier. Prudence avait confectionné des sacs en laine molletonnée où l'on s'enfermait les pieds. Cela ne plaisait guère à Angéline :

— Je n'ai pas envie d'être emmaillotée comme un bébé !

Un jour, à vélo, elle montra les belles maisons de propriétaires sur les coteaux, au milieu des vignes.

— Eux sont bien. Ils ont la tête au-dessus de l'eau. Ils regardent tout ça d'en haut. Ils ont leur façade au soleil.

— Ils ont les pieds dans les vignes. Cela nous arrivera peut-être un jour..., hasarda Philbert.

Ils roulaient côte à côte, sur la route haute de Châteauneuf. Angéline avait emmitouflé sa tête dans une lourde écharpe de laine blanche. On ne lui voyait que le bout du nez et les yeux. Philbert portait sa casquette à oreilles, le col de sa canadienne relevé. Les pieds de vigne étaient noirs. Des vols de corbeaux glissaient d'un bois à l'autre. Philbert prit l'épaule de sa femme dans la descente et accéléra sa vitesse. Ils échangèrent un regard heureux, plein de promesses.

Elle obtint qu'il allume la cheminée de leur chambre. La hotte était fermée par un panneau. On n'y avait fait du feu que deux fois, lorsqu'il avait neigé. Prudence s'inquiéta.

— Pourvu qu'elle ne soit pas dépensière !

Philbert se montra joyeux comme un enfant devant les flammes qui dansaient sur les murs de leur chambre. Angéline avait ouvert leur lit.

— Regarde ! dit-elle.

Leurs draps fumaient.

— Est-ce que je gaspille en voulant du feu ?

Ils restèrent longtemps en chemise devant le feu à se chauffer les jambes. D'ordinaire, à cause du froid, ils ne traînaient pas. Ils s'enfouissaient bien vite sous les couvertures et se pelotonnaient l'un contre l'autre. Cette fois, ils avaient l'impression de se redécouvrir. Ils s'étaient à peine aperçus sous les épaisseurs de vêtements pendant ces dernières semaines. Angéline avait dénoué son chignon. Ses cheveux étaient rassemblés en une longue tresse sur son épaule. Ils se glissèrent dans un lit chaud.

Elle rapporta à grand-peine du marché, le samedi suivant, une de ces fantaisies inconnues en Vendée.

— Cela s'appelle un moine ! dit-elle.

— Un moine ?

— Oui, c'est fait pour chauffer le lit. On y met de la braise dans une terrine, et on enferme le tout sous les couvertures.

— Mais cela va mettre le feu !

— Non !

Le moine était une sorte de balancelle, formée de quatre arceaux de bois réunis en leur milieu par des plaques de fer où poser la cassolette de braises. Angéline mit le moine dans son lit, et Philbert s'en trouva bien. Elle convainquit ses beaux-parents en cachant le moine dans leurs draps sans les avoir prévenus. Le lendemain soir, Toine la pria en souriant :

— Veux-tu nous chauffer notre lit avec ton moine ?

Lise avait commencé à vendre son beurre, ses œufs et ses poulets sous les halles de Châteauneuf. Elle y portait aussi les plus beaux légumes du jardin. Les deux brus s'encouragèrent à développer ce commerce. Les marchés, affirmèrent-elles, allaient procurer les liquidités nécessaires à la vie quotidienne.

Elles se rendirent donc au marché de Saint-Même, et puis poussèrent jusqu'à celui de Jarnac. Elles se trouvèrent des clients chez les plus gros négociants de cognac. Elles travaillèrent aussi dur que leurs maris. Levées comme eux, elles fixaient une petite remorque à l'arrière de leurs vélos, et y entassaient les salades, les radis, les asperges, et les caisses de poulets, de pintades et de lapins. Elles partaient à la pique du jour, quand les Charentais se levaient, peinant à rouler leur chargement. Angéline était la plus forte des deux. Elle encourageait Lise à pédaler.

— Allez, nous aurons des mollets de danseuse !

Les Gendreau votèrent pour la première fois aux élections municipales de mai 1925. Cela contribua à les intégrer davantage à la vie de Martignac. Le maire et son adjoint vinrent leur rendre visite. Ils félicitèrent Toine et ses enfants pour la remise en état de Sarreboute, s'aperçurent soudain du mauvais état du chemin et promirent d'y remédier au plus tôt. Le maire Blanchard sortait de deux mandats successifs à la tête de la liste apolitique de défense des intérêts communaux. Élection sans problème, personne ne s'était présenté contre lui. Cette fois venait de se constituer un comité communal d'Union républicaine, qui se réclamait de l'esprit du Cartel des gauches. On pouvait craindre la montée de cette opposition. Car le maire était habitué à diriger sa commune sans se bousculer, en soignant ses vignes. Certains lui reprochaient de n'avoir rien fait. À quoi il répondait par le monument aux morts sur la place de l'église, le plus beau du canton. Il était persuadé que des Vendéens catholiques ne pouvaient pas voter pour la liste du Cartel. Antoine se lissa la moustache.

— Il y a bien Charbonnier sur votre liste ?

Le maire soupira, se racla la gorge, remua les jambes, ennuyé.

— Oui, je sais ce qui s'est passé entre vous. Les Charbonnier sont une vieille famille de Martignac. Le grand-père du

Charbonnier actuel a été maire. C'est vrai qu'ils ne vont pas bien. Leur fille unique est partie avec un major de l'armée américaine qu'elle a rencontré à Paris en 1919. Elle est installée à Chicago. Ils ont de ses nouvelles une ou deux fois chaque année. C'était une belle fille. Le père Charbonnier l'avait en adoration. « Elle sera la femme d'un notaire ! » répétait-il souvent pour lui enfoncer l'idée dans la tête et décourager nos enfants de penser à elle. Maintenant les Charbonnier sont tout seuls dans leur grande maison avec leur domestique. Si cela se trouve, ils ne reverront jamais leur fille. On ne sait pas ce que deviendront leurs terres. C'est une vieille famille charentaise en train de mourir.

— Ils ont beaucoup de terres ?

— Dix-huit hectares de vignes, et deux ou trois autres dans la prairie où il met ses vaches.

— On peut toujours rayer des noms sur les listes, fit Antoine, ce n'est pas interdit.

Et puis il y eut ce 20 août 1926, inoubliable. Angéline et Lise revenaient de Jarnac, sur les dix heures et demie du matin. La chaleur était lourde. Comme tous les matins depuis le commencement du mois, le soleil avait émergé dans un bain de sang et l'air était devenu aussitôt irrespirable. Même les vieux disaient qu'ils n'avaient jamais vu une chaleur comme celle-là. Les femmes partaient encore plus tôt et revenaient plus tôt afin d'éviter l'aplomb de midi. Ce jour-là elles étaient contentes : elles avaient porté quatre paires de gros poulets à la cuisinière de Mme Courvoisier, trois douzaines d'œufs, deux livres de beurre. Leur chargement était quasiment tout vendu avant d'être exposé. Elles avaient passé la ligne droite du passage à niveau de Jarnac et profité de la fraîcheur des peupliers. Elles étaient entrées dans Gondeville. Le chemin blanc chauffait déjà comme un four entre les murs des maisons. Angéline dit, en passant devant l'église :

— On s'arrêtera boire à la fontaine de Saintonge.

Elle avait très soif. Elle avait à peine achevé sa phrase qu'elle grimaça : une douleur très vive venait de lui déchirer le ventre. Elle la garda pour elle, afin de ne pas inquiéter Lise.

— Mon Dieu, supplia-t-elle, faites que ce ne soit pas cela !

Après Gondeville, la route descend et tourne parmi les sablières. Elle laissa aller la bicyclette. Par la suite, Lise lui dirait :

— Si tu t'étais vue, la figure cramoisie, je me doutais que quelque chose n'allait pas. Je n'étais vraiment pas tranquille.

Après la descente, la route remonte pour passer devant le château de Bois-Charente. Angéline voulut pédaler. La douleur aussitôt s'éveilla. Elle souffla à Lise :

— Celle-là, je la monte à pied.

Lise freina. Elles montèrent lentement. Angéline était serrée dans une robe sac rouge à pois blancs dont elle déboutonna le col jusqu'à la saignée des seins. Elle ressentit une autre colique à mi-côte. Elle s'arrêta pour s'éventer avec son chapeau. Et elle en ressentit une autre en haut de la côte, après l'allée du château.

— Je n'en peux plus ! gémit-elle.

Elle se laissa tomber dans le fossé, à l'ombre d'un noyer. Elle se porta la main sous le ventre.

— Tu as mal ? lui demanda Lise, les sourcils froncés d'inquiétude.

Angéline se souleva, les deux mains au ventre, comme pour remonter son paquet.

— Oui..., soupira-t-elle.

Elle avait passé le huitième mois.

— ... Je crois bien que je vais accoucher !

Lise tourna une tête affolée vers la route déserte, comme si elle attendait un secours.

— Tu vas pouvoir tenir jusqu'à Sarreboute ?

Angéline répondit par un sourire fatigué. Ses yeux la brûlaient. Son chapeau lui donnait chaud. La sueur lui mouillait le bord de la lèvre. Elle se releva péniblement. Lise lui approcha son vélo. Après trois pas :

— Je crois que je ferais mieux de laisser mon vélo. Vous viendrez le chercher.

Elles étaient encore à cinq kilomètres de Sarreboute. Une brume de chaleur traînait sur le chemin et entre les vignes. Personne ne venait. Personne dans les vignes. Lise n'aperçut qu'un lièvre qui se réfugia sous un souchaud. D'inquiétude, elle se rongeait la lèvre. Et puis elle proposa, dans un élan :

— Tu vas t'asseoir dans la remorque, derrière mon vélo, et je vais pédaler !

Elle vérifia le gonflage des pneus de la remorque. Angéline s'accroupit. Elle logeait tout juste dans la caisse. L'inconfort de la position leur donna le fou rire. Mais Angéline se plaignit aussitôt :

— Oh ! là, je ne peux pas rire !

Elle riait quand même.

— Je me fais l'effet d'une grosse mère lapine !

La caisse sentait les lapins transportés à l'aller. Lise se dressa sur les pédales. Elle avait la taille étroite, masculine. Enfin elles prirent de la vitesse. Une auto arrivait en sens inverse. Lise demanda :

— Ça va ?

— Ça va, lui répondit Angéline, l'encourageant à continuer.

Elle ne lui avoua pas que les coliques lui semblaient rapprochées et plus vives. La remorque dansait dans les trous du chemin et lui répercutait les coups dans les reins. Lise passa les porches fermés et s'arrêta devant la ruelle de Saintonge qui donne sur la Charente et le lavoir. Elle emplit la cassotte à la fontaine, la rapporta à Angéline qui téta avidement l'eau fraîche, s'en lava le visage, ses beaux yeux cernés d'une profonde tranchée bistre. Comme Lise revenait, elle eut l'impression étrange que son corps s'ouvrait.

— Dépêche-toi ! supplia-t-elle.

Lorsqu'elles passèrent devant l'école de Martignac, Lise

courut frapper à la porte de la classe des filles, et demanda Aline.

— Cours vite chez Mme Aumont, la sage-femme, et prie-la de venir tout de suite, tout de suite à Sarreboute !

Dans l'urgence, la discrétion n'était pas la première exigence. Tout Martignac fut informé. Angéline eut à peine le temps de se coucher dans son lit. Heureusement, Mme Aumont arrivait, et elle reçut dans ses mains l'enfant qui avait fait tout le chemin sans aide.

— Eh bien, dis donc, fit-elle remarquer à Angéline, on peut dire que tu n'as pas de mal à mettre des petits au monde ! C'est le premier ! Qu'est-ce que ce sera pour le second et le troisième ! Méfie-toi, ne recommence pas le petit jeu de ce matin. Tu accoucherais dans un fossé, c'est sûr !

C'était un garçon de sept livres et demie, qui ressemblait à son grand-père Gendreau. Son front était ridé comme le sien, ses pommettes saillaient, des reflets roux flamboyaient dans ses cheveux comme dans les siens autrefois. Il hurlait avec une voix terrible.

— Tu seras un costaud, comme ton père ! dit Philbert en le berçant.

— Comme ta mère..., rectifia Angéline, une lueur de défi amusé dans les yeux.

La joie lui avait encore éclairci les prunelles. Elles avaient une couleur carrément blonde.

— Oui, comme sa mère..., accorda Philbert en s'asseyant sur le bord du lit, c'est vrai.

Elle glissa l'index dans le petit poing rouge serré.

Ils l'appelèrent Antoine-Marie, joignant les prénoms de son grand-père et de son oncle, et celui de Louis-Marie, son parrain. Après l'avoir baptisé, le curé Guignabert proclama :

— Tu es le premier d'une longue lignée de Gendreau charentais.

QUATRIÈME PARTIE

LA FAMILLE DÉCHIRÉE

13

Comme s'il pouvait partir tranquille, ayant eu la joie de tenir son petit-fils sur ses genoux, Toine rendit son dernier souffle au commencement de l'hiver. Aucun signe particulier n'avait laissé présager son départ prochain. Il avait résisté aux grandes chaleurs. Il mangeait, buvait normalement. Il continuait à prendre soin de sa personne, réclamant un mouchoir propre pour s'essuyer les coins de la bouche. Prudence le trouva froid, près d'elle, un matin. Elle ne s'était aperçue de rien, lui non plus sans doute. Il avait les yeux tranquillement clos, le visage serein. Pourtant, comme souvent dans ces circonstances, on se reprocha de ne pas avoir été assez attentif. Certaines de ses réflexions parurent prémonitoires.

— Hier matin, remarqua Prudence d'un ton coupable, il m'a répété qu'il voulait être enterré en Vendée. Il nous l'avait si souvent dit. Je lui ai répondu que cela n'avait pas d'importance d'être ici ou là, une fois mort. Vous savez que cela le fâchait. Alors je lui ai répondu que si cela se trouvait, il m'enterrerait et vivrait plus longtemps que moi.

La mort de Toine la rendait beaucoup plus bavarde qu'à l'habitude. Son front s'était creusé d'une ride verticale profonde à la racine du nez.

— Elle fait une poussée de tension, dit Antoine à ses frères, remarquant son teint anormalement rouge.

Elle chassa ses enfants de la chambre pour la toilette mortuaire.

— Cela ne vous regarde pas. Je l'ai assez lavé et habillé depuis qu'il est tombé malade !

— Mais ce n'est pas la même chose, laver un vivant et un mort !

Elle les poussa dans la cuisine.

— Récitez donc un chapelet pendant que je fais le nécessaire.

Le soir, elle s'adressa à Lise et à Angéline.

— Venez, vous, avec moi, j'ai une commission à faire.

Les garçons intervinrent.

— Où voulez-vous aller, mère ? La nuit est bientôt là.

— Justement, c'est une commission que m'avait donnée votre père. Restez le garder.

Prudence avait déjà enfilé son manteau. Ils lui allumèrent une lampe tempête, croyant qu'elle voulait emmener ses brus à l'église. Le temps était triste. Le ciel avait été rempli tout le jour d'une lie de nuées grises que la nuit charbonnait. La température était trop douce pour un mois de décembre. Toine avait encore cité le dicton populaire, la veille :

— Noël au balcon, Pâques au tison.

Le vent soufflait du sud, et on entendait distinctement de Sarreboute la chute d'eau de la chaussée du moulin.

Après le pont en dos d'âne, qu'on appelait le petit Royan, Prudence quitta la route du bourg, bifurquant dans les terres · Angéline et Lise, inquiètes, s'interrogèrent du regard. Des vols de corbeaux affluaient de l'horizon à grande allure, se dirigeant vers leur dortoir de peupliers près des îles de Tourtron. Les sabots des femmes enfonçaient. Prudence se mit à parler. Sa voix avait des inflexions étranges. Dans l'excitation, elle sautait des mots. Par un réflexe naturel de retour au passé, elle commença de raconter l'histoire de son mariage avec Toine Elle y trouvait une délectation évidente, comme si elle niait ainsi la mort.

— J'ai dû prendre les choses en main, reconnaissait-elle, sinon nous serions peut-être bien toujours restés vieux garçon et vieille fille. Tout le monde nous avait déjà mariés. Il n'osait pas...

Elle fit brusquement demi-tour.

— Je parlais, et j'ai dépassé la barrière !

Elle les conduisit à un petit pont de pierre sur l'eau immobile et noire d'un fossé. Lise leva la lampe pour permettre à Prudence de décrocher l'anneau de la barrière. Elles avaient rejoint le clos des Chartres planté de choux.

— Toine m'avait recommandé de venir prendre de la terre de Charente ici, et de la mettre dans sa poche. Il y tenait. C'est là qu'il a tiré son premier sillon dans ce pays. Ce fut une belle journée.

Elle sortit de son sarrau une boîte de Pectoïd vide, s'accroupit. Elle pressa la terre couleur de charbon dans la boîte. Leur petite troupe avait dérangé un oiseau dans les branches d'un ormeau têtard, à côté. L'oiseau battit lourdement des ailes en s'en arrachant. Les jeunes femmes surprirent l'éclat d'une gorge d'argent, reconnurent une chouette. L'oiseau s'éloigna avec un gémissement lugubre. Prudence n'avait pas relevé la tête. Elle restait accroupie, prostrée, le manteau traînant sur la terre boueuse. Peut-être priait-elle. Il faisait maintenant complètement nuit. Les ténèbres opaques ne laissaient percer ni lune, ni étoiles. Angéline osa un :

— Venez-vous, mère ?

Prudence releva un visage douloureux, les rides soulignées par la lumière de la lampe. Elle cligna des yeux. Elle avait du mal à revenir à la réalité. Et puis, s'emplissant d'une inspiration profonde :

— Oui, allons-y.

Elle se redressa. Passé la barrière, elle reprit le fil de son histoire. La nuit noire l'avait rendue plus discrète. Ses mots se succédaient comme un murmure ininterrompu d'eau sur les pierres. Les trois femmes étaient blotties les unes contre les autres pour profiter de la lumière.

— Notre nuit de noces, confia-t-elle, nous l'avons passée dans la salle commune de la Grande Roulière. Trois coins étaient occupés par des lits. Le matin, c'était un dimanche, après que le beau-père et la belle-mère se furent levés pour traire les vaches, nous avons cru pouvoir en profiter un peu et prendre nos aises. Nous avons dû faire un peu de bruit. La tête de la grand-mère s'est levée de dessus son oreiller dans son coin : « Avez-vous fini ! Quatre fois pendant la même nuit, c'est tout de même de la gourmandise ! »

Prudence poussa un petit cri au rappel de ce souvenir. Ses brus qui la tenaient par le bras se demandèrent si elle pleurait. Elle riait. Un rire clair de jeune fille la secouait. Elle n'avait pas habitué ses brus à ces sortes de confidences. Les larmes leur vinrent aux yeux d'être les confidentes de ce délire de la douleur.

Au milieu de cette nuit de profondes ténèbres, elle entra dans la chambre mortuaire. Les garçons l'avaient envoyée s'allonger un moment, à trois heures, en même temps que Lise et Angéline. Elle revint après un quart d'heure, le chignon dénoué.

— Vous n'avez pas dormi ! lui reprocha Louis-Marie.

— Je ne peux pas.

La flamme de la bougie tremblait auprès de l'assiette d'eau bénite, du brin de buis et de la croix. Elle avait à la main ses ciseaux de couture. Elle empoigna la longue tresse qui lui descendait jusqu'au bas des reins et, à coups de ciseaux énergiques, elle tailla trente bons centimètres. Elle s'y reprit à plusieurs fois, car ses cheveux tressés étaient durs comme de la corde, se tordant la bouche dans l'effort. Les enfants savaient que ses cheveux n'avaient jamais connu la lame des ciseaux. Elle fourra la longue tresse dans la poche de Toine, sous les regards désapprobateurs de ses fils contemplant sa parure de cheveux mutilés.

— Cela aussi, il me l'avait demandé, expliqua-t-elle en s'asseyant près d'eux.

Son chapelet cliqueta aussitôt. Ils n'étaient pas certains qu'elle disait vrai. Ce fétichisme ne correspondait pas à leur père.

Louis-Marie insista pour sonner le glas. Les Vendéens vinrent, bien sûr, mais les Gendreau furent surpris par le grand nombre de Charentais. La petite église de Martignac ne fut pas assez grande. Et les Charentais ne se contentaient pas comme en Vendée d'entrer à l'église à l'heure de l'offrande pour bénir le corps et se montrer à la famille.

Le corbillard attendait Toine sur le seuil de l'église. Il le conduisit une dernière fois sur le chemin des ponts. Ils rejoignirent la gare de Châteauneuf par la route basse. Prudence avait confié à ses deux aînés la charge d'accompagner la bière de leur père.

— Je ne me sens pas capable de faire ce voyage. Je ne sais pas dans quel état j'en reviendrais.

La tension lui congestionnait la figure. Ses pieds avaient enflé. Elle refusait la visite du docteur Lambert. Elle se soignait avec des sangsues. Il avait donc été convenu que Louis-Marie resterait à Sarreboute avec les femmes.

Les brassards noirs, les traits tirés d'Antoine et Philbert retinrent les rires et les cris de leurs compagnons de voyage dans le wagon. Ils furent interrogés, et avouèrent la présence du cercueil de leur père dans le train.

À La Rochelle, il faisait beau. Le soleil cognait sur les verrières. On aurait dit le printemps. D'ailleurs un lilas blanc, abusé par la tiédeur du vent, s'était couvert de fleurs dans un jardin, près de la gare. L'attente était de deux heures. Le chef de gare appela Antoine et Philbert. Cette chaleur anormale était ennuyeuse pour le mort. Il eut un geste vague. Son état risquait d'indisposer certains passagers. Ils mirent Toine dans un wagon frigorifique rempli d'huîtres de Noël. Il arriva ainsi intact en gare de la Roche.

Le fossoyeur l'attendait au cimetière de Saint-Pierre. Les frères de Toine aussi, et ses neveux et nièces. La famille se reformait autour de la tombe, un moment. La tombe ouverte était celle où Edmée avait été enterrée. Antoine ne distingua pas sans un serrement de cœur la caisse boueuse au fond du trou. La cérémonie ne s'éternisa pas. Un jeune curé, inconnu des Gendreau, remplaçant du vieux Calleau à la retraite, prononça le *Benedictus*. Philbert d'un côté, Antoine de l'autre firent descendre les cordes déposant le corps du père dans sa dernière demeure. La famille défila pour bénir le cercueil. Les deux frères reçurent certains baisers qui ressemblaient fort à des baisers de Judas. Parmi ceux-là, certains les avaient traînés dans la boue au moment de leur départ. Le temps avait passé...

Le vent soufflait par rafales brusques, ployant la tête des cyprès. On aurait dit des coups de vent d'orage en plein mois de décembre. Et puis Philbert vit s'approcher une petite vieille aux jambes arquées, à la figure minuscule et ridée comme une pomme reinette, enveloppée dans une pèlerine de laine noire, malgré la chaleur. Il la reconnut : mémé Bénite. Elle était accompagnée de la mère d'Angéline, et la ressemblance avec sa fille lui sauta aux yeux. Mais elle avait le corps lourd, le teint trop pâle, et surtout le regard privé de cette clarté qui illuminait les traits d'Angéline. Mémé Bénite tendit une main chaude à Philbert, et prononça les meilleures paroles qu'il eut à entendre pour la circonstance.

— Mon gars, quand un père disparaît, c'est comme si une partie du monde s'effondrait. Prenez bien soin de votre mère !

La mère d'Angéline murmura des mots incompréhensibles, un air de désolation dans ses yeux larmoyants. Il les vit se diriger vers leur tombe à l'autre bout du cimetière, et les y rejoignit. Les femmes l'interrogèrent :

— Comment va Angéline ? Elle n'écrit guère. Et le petit Antoine-Marie ? À qui ressemble-t-il ? Est-ce qu'il mange de bon appétit ? Combien pèse-t-il ?

L'avidité avec laquelle ces femmes recueillaient ses réponses, et leurs cris d'étonnement joyeux à l'annonce des nouvelles lui montrèrent combien la rupture leur était pénible. Il demanda :

— Comment va le beau-père ?

Elles s'assombrirent, haussèrent les épaules.

— Toujours pareil. Il ne s'arrange pas avec l'âge.

Mémé Bénite ajouta :

— Retiens cela pour ta gouverne, mon petit gars. Le premier défaut des hommes, c'est l'orgueil. Il leur barde le cœur. Ils croient tout de suite qu'on veut chanter plus fort qu'eux dès qu'on ouvre le bec. Alors qu'on voudrait simplement arranger les choses et les rendre plus heureux.

Elles le pressèrent de commissions pour Angéline, lui recommandèrent d'embrasser Antoine-Marie pour elles. La mère d'Angéline voulut glisser un billet dans la main de Philbert, qu'il refusa brutalement.

— Si vous voulez me fâcher à mon tour, donnez-moi l'aumône, belle-mère !

Le regard de victime de la pauvre femme s'emplit à nouveau de larmes.

— Ce n'est pas à vous que je le donne. C'est à Angéline. Je serais contente qu'avec cet argent elle s'achète quelque chose dont elle n'a pas besoin et qui lui ferait plaisir.

Elle précisa, effleurée par un sourire timide :

— J'ai mis cet argent de côté sans que son père le sache. Ce sera mon cadeau de noces !

— Bon.

Le vieux Loulou en profita pour disparaître. Où alla-t-il se cacher pour mourir ? Le malheureux animal était perclus de rhumatismes. Il ne quittait plus guère le coin de la cheminée. Lorsque paraissait le soleil, il se traînait jusqu'aux marches de la maison. On battit les buissons alentour à sa recherche. On mit Fauvette en chasse. Il resta introuvable. Peut-être tomba-t-il dans la Charente, et fut-il emporté ?

Philbert fut surpris d'être interpellé, un matin de printemps 1929, par la vieille Renaud dissimulée derrière sa porte. Il revenait de sarcler ses pommes de terre, la bêche sur l'épaule. Il aimait le travail à la fraîche. Il avait davantage de vigueur. La terre lui semblait plus molle. Les Charentais embauchaient seulement...

— Je t'ai entendu partir, ce matin, lui dit la bonne femme. Toi, on peut dire que le travail ne te fait pas peur. Mais entre donc, tu dois avoir soif, mon garçon !

Philbert n'était pas sûr d'avoir jamais adressé la parole à la vieille femme. À peine s'ils s'étaient dit bonjour. Elle ferma la porte, poussa un verre devant lui. Et, la voix doucereuse :

— Dis-moi comment tu trouves mon vin !

Philbert hocha la tête avec franchise. Elle avait tellement rempli son verre qu'il en renversa sur la table.

— C'est du vin de ma vigne, insista-t-elle, comme si elle s'adressait à un innocent.

Philbert lâcha alors :

— Il est bon.

Il était beau aussi, noir comme de l'encre avec de fascinantes moires violettes. Elle lui remplit un second verre, et approcha une chaise.

— Assieds-toi donc un moment !

Par la fenêtre ouverte sur le jardin, il voyait près du puits le cerisier en majesté plein de fruits encore verts. Un oiseau s'y posa, le jabot abricot, une aigrette tigrée sur la tête. C'était une huppe, la belle demoiselle du printemps. On l'appelle aussi la pupu, parce qu'elle répète sans se lasser : « Pu-pu-pu... » Philbert la contempla à sa toilette comme une coquette, fouillant sous ses ailes et sa queue de son long bec incurvé.

— Mon garçon, trancha la vieille Renaud, si mon vin t'intéresse, je veux bien te proposer une affaire.

Philbert tendit l'oreille, oubliant la pupu. Des côtes de bettes étaient étalées sur la table et, en parlant, la Renaud séparait les feuilles vertes à lapins des côtes blanches pour la cuisine.

— Jusque-là, précisa-t-elle, mes vignes étaient faites par les Charbonnier, mais ils vieillissent, ils n'ont plus leur fille. Ils n'en ont pas besoin. Ils m'ont fait comprendre que si je trouvais quelqu'un d'autre, ils ne seraient pas fâchés.

Philbert tira une lampée, du bout des lèvres, la poitrine parcourue par un chatouillement agréable.

— Combien y a-t-il ?

— Oh ! pas bien grand, un hectare trente-trois. Mais des plants d'après-guerre, en plein rendement, sauf un petit morceau de quatre rangs qui serait bon, paraît-il, à replanter.

— Vous avez parlé de nous aux Charbonnier ? demanda-t-il en posant les coudes sur la table.

— Je n'ai parlé de rien à personne. Je sais que d'autres seraient intéressés dans la commune. Je vous ai vus travailler. J'ai vu passer vos jeunes femmes avec leurs remorques. Nous, on est arrivés là après le phylloxéra. Mon homme s'est tué à arracher des vignes retournées en chaume.

— Vous veniez d'où ?

— D'Ambert, dans le Massif central.

Un chat miaula derrière la porte, et des griffes raclèrent le bois. La femme se souleva en soupirant. Elle était lourde, et d'une pièce, comme un navet. Sa ceinture de tablier ne lui marquait pas de taille.

— Alors, où étais-tu parti courir ? D'où viens-tu malappris ? demanda-t-elle à son chat, la voix pleine de caresses.

Elle se rassit et, examinant Philbert de ses petits yeux malins derrière des paupières sans cils :

— Enfin voilà, si cela vous intéresse, je vous offre ma vigne à moitié, à partir de la prochaine vendange.

Philbert ne répondit pas. Mais il était sûr que la vieille était assez fine mouche pour savoir qu'elle lui avait planté l'hameçon dans la gorge. Il fut question ensuite des emplacements des vignes. Elle cita la Turquadière, Claveau, la Fauterie. Elle précisa qu'elle disposait d'un pressoir. Il n'avait pas servi depuis la mort de son mari, mais il était en bon état. Elle disposait aussi d'assez de fûts, qu'elle était prête à lui montrer. Philbert ignora cette dernière proposition pour dissimuler son enthousiasme, et se releva.

— Je vais en parler à la maison. Mais… je ne dis pas non.

Elle l'accompagna à la porte, et, de la même voix mielleuse qu'à son chat :

— Vous avez tout le temps de réfléchir. On n'est pas encore arrivé au mois de novembre !

Il récupéra sa bêche. Il ne put retenir sa joie en arrivant à Sarreboute. Sa mère brassait le beurre dans la cuisine. Les femmes travaillaient dans le jardin. Il les appela.

— Vous savez ce qu'on vient de me proposer ? les interrogea-t-il en marchant autour de la table.

Ses boucles de cheveux trop longs lui dansaient sur le front et les oreilles.

— Mais dis-le ! supplia Angéline, alléchée.

— Des vignes.

— Des vignes ! reprirent en chœur les trois femmes.

Il raconta. Toine avait toujours louché vers les vignes. Il avait répété à ses fils :

— Je ne le verrai pas. Mais le jour où vous aurez des vignes, les enfants, vous serez sortis de la misère. Regardez-les, ces Charentais, ils ne travaillent pas la moitié de ce qu'on travaille. Ce n'est pas qu'ils sont plus feignants que les autres. Ils n'ont pas besoin d'en faire davantage. L'argent leur coule dans les mains en même temps que l'eau-de-vie dans leurs fûts. Quand une année elle se vend mal, ils la gardent pour l'année suivante. Leur chai, c'est leur coffre-fort.

Ils partageaient son avis.

— Quel dommage qu'il soit parti si vite ! s'exclama Prudence, les yeux tournés vers le fauteuil vide au coin de la cheminée. Il aurait été si content !

Ce n'était qu'un tout petit début. Peut-être qu'avec ses airs de prendre le parti de l'émigration la vieille Renaud n'était pas très généreuse en proposant le travail à moitié, n'empêche qu'elle leur mettait le pied à l'étrier.

— Cette Fauterie, interrogea Angéline, ce n'est pas cette pièce qui descend du bois, pleine de pêches de vigne ? Au mois d'avril, elle était couverte de fleurs comme un paradis !

— Si, répondit Philbert, au bord, il y a un gros noyer.

Ils avaient tous les yeux pleins de rêves. Angéline attendait leur deuxième enfant. Elle éprouva alors une de ces envies violentes de femme enceinte : elle aurait voulu manger des pêches de vigne. Elle en avait l'eau à la bouche. Elle avait l'impression qu'elle aurait sur la langue toute la saveur de ce pays, sa terre, ses vignes, et même l'eau de la Charente. Tout l'été elle répéta sans cesse, tandis que son ventre s'arrondissait :

— Quand pourrai-je manger des pêches de vigne ?

Louis-Marie lui en rapporta de chez Athanase un dimanche de septembre. Noémie lui avait prêté un panier.

— Cueilles-en, autant que tu voudras, ne te gêne pas. J'en ai mis en compote, j'ai fait des conserves. On ne les mangera jamais toutes !

Louis-Marie commença par les goûter. Elles étaient juteuses, un peu tièdes de la chaleur de l'après-midi. Il rêva au plaisir qu'il allait apporter à Angéline avec ces pêches. Il vit son air d'appétit gourmand, ses dents croquer le fruit et le jus lui couler sur le menton. Il était sûr d'entendre son rire, en fusée, communicatif. Il l'associa aux petits cris d'écorchée vive de la boulangère qui fondait entre ses bras. Il se vengeait sur elle de son amour contrarié, la clouant parfois avec la violence de la jeunesse. Elle ne s'en plaignait pas. Le boulanger dormait toujours d'un sommeil tranquille. Le plus à craindre était le commis. Son regard mauvais poursuivait Louis-Marie et le suspectait. Souvent Louis-Marie faisait le détour par le prie-Dieu du père Guignabert en quittant les bras de la boulangère, et se déchargeait de son péché comme d'un sac de linge. Le curé, habitué, comprenait en le voyant paraître :

— Tu as encore fait des tiennes, mon petit ?

Il revêtait l'étole violette.

— Agenouille-toi.

À chaque fois, le pénitent redoutait que le prêtre ne devine le visage d'Angéline dissimulé derrière les traits lourds de la boulangère. Qui sait ? sa perspicacité l'avait peut-être déjà percé à jour. Mais le vieux prêtre refusait le jeu de ces hommes d'Église qui trouvent des délices dans la torture des âmes. Louis-Marie repartait la conscience tranquille, jusqu'à la fois suivante.

Le panier de pêches resta deux heures à l'ombre de l'acacia sur la table de jardin du Maine-Brun. Athanase avait invité Louis-Marie à une partie de palets. Louis-Marie joua bien, s'abreuvant régulièrement d'une gorgée de vin, pour s'entretenir la main sûre. Il rentra à Sarreboute un peu gris. Sa bicyclette ne choisit pas toujours la trajectoire la plus droite. La responsabilité en fut attribuée au poids du panier sur le porte-bagages.

Philbert donnait à manger aux bêtes. Prudence trayait. Antoine et Lise n'étaient pas rentrés d'une visite chez les sœurs de Châteauneuf avec Aline, pour un engagement d'apprentissage de couturière.

Louis-Marie s'assit dans la cuisine auprès d'Antoine-Marie qui jouait à la table avec des poupées de maïs.

— Comment les appelles-tu ? lui demanda-t-il.

Et il chercha un crayon pour leur dessiner les yeux, la bouche, sous la chevelure de filaments blonds ou bruns. Une langue de feu montait de la bûche et léchait la marmite dans la cheminée. Le couteau à manche de corne de Prudence était ouvert sur la table. Louis-Marie le ferma après avoir taillé son crayon. Il entendit du bruit venant des chambres, tendit l'oreille.

— Attends, dit-il, je reviens.

Il prit le panier de pêches sur la table et, traversant le couloir, s'introduisit dans la chambre de sa mère sur la pointe des pieds. La porte de son frère et de sa belle-sœur était entrebâillée. Il s'en approcha lentement. La lumière rosée du soleil couchant éclairait le plancher de peuplier ciré. L'entrebâillement lui montra la robe noire sur l'édredon grenat, la chemise de peau blanche, le corset rose. Du front, il poussa doucement la porte. Il vit le bras nu, l'épaule. Il vit le dos, les reins cambrés, les jambes fines. Angéline était nue devant la table de toilette fabriquée par Philbert. Elle avait étendu une serviette sous ses pieds, ses orteils crispés formaient un pont. L'or du soir lui dorait la peau, ombrant le sillon bouleversant de sa colonne. L'eau de la bassine dégageait devant elle une fumée légère. Elle y plongea le coin de sa serviette, frotta énergiquement sur le savon de Marseille. Il ne la voyait que de dos. Elle avait gardé ses cheveux attachés en chignon. Il brûlait du désir de s'avancer dans la chambre pour la découvrir toute. Il craignait que ses tremblements ne trahissent sa présence. Cette serviette à nids d'abeille glissant sur le cou, les épaules, sous les bras, le bouleversait. Le vin bu dans l'après-midi l'exaltait sans doute, mais il était autrement ivre. Il surveillait en même temps la fenêtre pour le cas où quelqu'un aurait traversé la cour. Elle se détourna enfin, jetant un regard à ses vêtements sur le lit. Il fut ébloui par tant de puissance et de fragilité à la fois. Elle en était à son sixième mois. Elle portait son enfant très haut. Ses amples seins en poire reposaient sur son ventre. Elle s'inclina pour se frotter le genou. Ses jambes fines contrastaient avec l'opulence de ses rondeurs. Il aima son visage grave et doux penché sur son pied et vit, paralysé par la frayeur, une pêche dégringoler irrésistiblement du dessus du panier et rouler à grand bruit sur le plancher. Angéline releva la tête. Il sentit ses cheveux frissonner sur sa tête, souleva son panier, et balbutia :

— J'ai apporté des pêches de vigne.

Elle avait ramené la serviette sur sa poitrine. Elle le dévisageait avec étonnement. Il montra encore son panier, avec une maladresse touchante. Elle lui dit :

— J'ai compris.

Et puis, fronçant les sourcils :

— Si tu me laissais un peu faire tranquillement ma toilette !

Il ramassa la pêche, et se sauva.

Il craignit le heurt de son regard, le soir, à la soupe. Il n'était pas encore totalement dégrisé. Philbert devina son malaise, et grogna :

— Qu'est-ce que tu as, toi ? Tu as bu un coup chez Athanase ?

Louis-Marie répondit brutalement :

— J'ai moins bu que toi, bien souvent !

— Quand on ne tient pas le coup, on boit de l'eau ! répliqua son frère avec humeur.

Angéline apporta le plat de pêches de vigne, interrogea Louis-Marie :

— C'est toi qui les a cueillies ?

Elle en choisit une, la porta à ses narines.

— Enfin des pêches de vigne !

Louis-Marie souffrit de son grand regard blond, si vide, posé sur lui. Il aurait finalement préféré sa colère. On aurait dit qu'il ne s'était rien passé dans l'après-midi. Elle ne manifesta pas même le plaisir rêvé en mordant dans le fruit. Le jus lui coula au bord de la bouche, et elle ne dit rien.

Bénédicte vit le jour à la fin du mois de décembre, aussi vite que son frère, mais dans des conditions plus confortables. Le petit Antoine-Marie s'installa au bord du berceau, perplexe, devant la figure rouge d'où sortaient de sonores vagissements. Le pouce dans le bec, le mouchoir en boule au creux de la main, il guettait l'apparition d'une larme au coin du pli de la paupière, et hop ! il l'essuyait prestement avec son mouchoir.

Alors Louis-Marie ne mérita plus sa belle réputation d'esprit conciliant. Tous les prétextes lui furent bons pour chercher querelle, en particulier à son frère. Il était devenu une caricature de lui-même, avec tous les mauvais côtés teigneux du caractère Gendreau.

— Je ne sais pas ce qu'il a, remarqua un soir Philbert finalement inquiet, il est invivable.

Angéline soupira.

- Il est malheureux.

— Pourquoi ? De quoi manque-t-il ici ? Il ne va tout de même pas dire qu'on le prive de quelque chose ?

— Tu sais bien de quoi je parle.

— De quoi tu parles ? S'il reste seul à ruminer dans son coin, c'est qu'il le veut bien.

— Tu exagères !

L'index et le majeur ouverts sur sa poitrine, elle donnait le sein à Bénédicte. Il marcha à travers la chambre, en chemise, attendant de remettre la petite dans son berceau.

— Ce n'est tout de même pas notre faute s'il est estropié ! On dirait toujours qu'il porte toute la misère du monde. S'il le voulait, bon sang, il trouverait une femme !

Angéline lui indiqua de baisser le ton. Bénédicte ouvrait de grands yeux inquiets.

— Tu as raison ! admit-elle alors pour clore la discussion.

Mais son ton contredisait ses paroles. Il s'emporta de plus belle.

— Toi, bien sûr, tu marches dans sa comédie, tu le plains, le pauvre chéri, et il le sait !

— Non, répondit-elle, lasse. J'essaie de comprendre. Ce n'est pas parce que je ne suis pas contre lui que je ne suis pas avec toi.

Philbert s'assit au bord du lit. Les deux frères s'étaient querellés avant le dîner pour un frêne abattu au bord du chemin. Louis-Marie aimait les arbres. Il en plantait partout. Il lui suffisait souvent de n'enfoncer qu'une branche en terre, et des feuilles lui poussaient. Philbert, plus pragmatique, faisait du bois. Il avait coupé ce vieux frêne creux, certain qu'avant longtemps il périrait sur pied. L'occasion de se quereller était trop belle. Les paroles échangées avaient été venimeuses.

Louis-Marie avait conscience de son côté que cela ne pouvait pas durer. Il en parla un jour avec M. Valladon, alors qu'ils chassaient la carpe à l'arbalète, ensemble, sur la Charente. Les mots allèrent plus vite que sa pensée et il fut surpris lui-même de les entendre dans sa bouche.

— Je crois que je vais quitter Sarreboute. J'en ai assez.

La question d'un autre métier était demeurée taboue entre eux depuis le brevet, et elle les avait tenus quelque temps séparés. L'instituteur feignit le désintérêt et se contenta de répondre :

— Ah ? Tu connais mon avis. À toi de voir...

— Je ne veux pas être instituteur. Est-ce que je serais capable de tenir un emploi de bureau ?

— Si tu peux être instituteur, tu n'auras pas de mal à être rond-de-cuir ! Je te prie de me croire, Vendéen cabochard, tu peux réussir tout ce que tu veux !

Sa voix tremblait. Louis-Marie ne se retourna pas. À plat ventre à l'avant de la barque, il scrutait le fond de la Charente. Et lorsqu'il apercevait les grosses carpes confondues avec les cailloux, il tirait. Le harpon filait. Valladon conduisait avec une délicatesse extrême. Sa rame s'enfonçait dans l'eau sans y creuser de rides. Le blanc de ses cheveux avait glissé dans ses moustaches, désormais tigrées. Il fumait moins. Sa passion de la rivière était demeurée intacte. Il amenait Louis-Marie au-dessus des fosses poissonneuses dans le bon sens, de manière à ne pas être gêné par le contre-jour.

Louis-Marie attendit plusieurs mois et puis il enfourcha son vélo pour Jarnac un après-midi de mars 1931. Le vent piquait comme au cœur de l'hiver. Le visage congestionné, les mains mal protégées par des gants de laine râpés, le corps frigorifié dans son costume trop léger, il frappa à la porte de M. Rougier. Le propriétaire de Sarreboute le reçut dans son bureau bien chauffé par un grand feu de cheminée. Les flammes miroitaient dans le carreau d'une vitrine qui renfermait une impressionnante maquette de goélette à voile blanche et coque d'acajou.

— Oui, je ne suis pas surpris par votre désir de mener votre propre vie, dit-il en pianotant sur son sous-main. Vous travaillez déjà à la boulangerie de Martignac, je crois ?

Louis-Marie était enfoncé dans un fauteuil de cuir, sa jambe raide allongée devant lui. L'assaut soudain de la chaleur après le froid du dehors lui mettait le feu dans le corps. Il devina qu'il était rouge. Il se vit mal fagoté dans son costume de paysan endimanché. Il eut honte, pressentant qu'il devait susciter la pitié chez cet homme confortablement habillé de velours. Il s'en voulut de son audace et eut envie de fuir, se demandant ce qu'il faisait là entre ces murs garnis d'ancêtres négociants qui le contemplaient avec une hauteur bourgeoise Il entendit M. Rougier dire :

— Je n'ai rien pour vous chez moi, je regrette. La crise n'épargne personne.

Il prenait déjà appui sur les manchettes du fauteuil pour se relever. Mais M. Rougier poursuivit :

— J'ai pourtant la plus grande estime pour le travail accompli par votre famille depuis dix ans. Attendez..., dit-il en lui commandant de rester assis, et il brossa sa moustache avec son crayon, je crois que mon ami Rémond, du château Rémond, recherche un employé pour ses écritures. Cela vous conviendrait-il ? Voulez-vous que je vous mette en contact avec lui ?

Il leva un sourcil par-dessus ses lunettes d'écaille.

— Voulez-vous que ce soit tout de suite ? insista-t-il en ébauchant un sourire engageant.

Louis-Marie sentit revenir sa dignité.

— Je lui téléphone, dit M. Rougier en saisissant le combiné.

Louis-Marie se retrouva dans l'allée cavalière du château Rémond, sur la route d'Angoulême, à la sortie de Jarnac. Les branches des ormes encore nues se rejoignaient au-dessus de sa tête. Et dans la trouée du chemin montant, les murs du château mêlaient la brique et la pierre de Charente en un damier savant. Quelques gouttes de pluie grainées de glaçons crépitèrent sur la veste du visiteur slalomant entre les ornières où dormait une eau noire. Il se rappela, en frissonnant, la réflexion de sa mère habillant Antoine-Marie, le matin :

— Tu vas mettre encore ce gilet, mon bonhomme, le général hiver n'a pas encore dit son dernier mot.

Il obliqua vers les chais alignés derrière un bois de hêtres.

Comme convenu au téléphone, M. Rémond l'attendait. C'était un petit homme rond, à la figure rougeaude, au crâne chauve, à priori bien moins impressionnant que M. Rougier, qui accueillit Louis-Marie comme un aimable grand-père et le rassura.

— Eh bien, dites donc, mon garçon, remarqua-t-il, vous êtes courageux de vous lancer sur les chemins par un temps pareil sans être plus couvert. Vous allez attraper du mal. Approchez-vous du poêle et chauffez-vous. Vous n'avez rien d'autre à vous mettre ?

— Si...

Louis-Marie, en confiance, avoua la vérité.

— Le manteau me gêne pour faire du vélo. Et puis j'ai pensé que je présenterais mieux en costume...

— Eh bien, vous avez mal pensé ! le gronda-t-il en le considérant de ses petits yeux marron chaleureux. Alors vous cherchez un emploi, m'a dit mon ami Rougier. Vous êtes titulaire du brevet ?

— Oui.

— Comment sont vos mains ?

Louis-Marie crut qu'il voulait savoir s'il avait de belles mains lisses de secrétaire, et instinctivement il referma les poings en rougissant.

Ce réflexe d'amour-propre fit sourire M. Rémond.

— Je vous demande, précisa-t-il, si vos doigts se sont réchauffés, car je vais vous donner une dictée.

Louis-Marie fit jouer ses doigts au-dessus du poêle et hocha la tête, consentant.

— Ça va ? Vous pouvez écrire ? Je veux connaître votre écriture.

Il tira Louis-Marie vers une table cirée, armé déjà du livre de sa dictée. Il ouvrit devant lui un cahier, déboucha l'encrier.

— Choisissez la plume que vous souhaitez, indiqua-t-il en lui montrant le plumier.

Louis-Marie hésita, eut envie du porte-plume à manche d'ivoire, se rabattit par modestie sur celui en bois, essaya la plume en écrivant la date : *mardi 14 mars 1931* ; puis : *Dictée.* Il avait encore les doigts gourds et, bien sûr, l'index alourdi par les travaux manuels. Il releva cependant la tête.

— Vous êtes prêt ?

M. Rémond pinçait ses bajoues frissonnantes.

— C'est un texte de Jean Cressot, *Le feu de cheminée.*

C'est tout un art que d'allumer le feu. Il faut savoir creuser la cendre, échafauder les brins de fagot, glisser dessous la paille enflammée, poser dessus la bûche et le rondin. Oui, gouverner le feu est une science...

Au début, la raideur de la main et du poignet gêna encore Louis-Marie. La plume accrocha le papier. Et puis elle se mit à courir, légère, facile.

M. Rémond vint se placer derrière lui pour la relecture. Louis-Marie affermit la barre d'un « t », appuya un accent, un point. Il sentit le souffle de son correcteur contre sa joue, et puis sa main se poser délicatement sur son épaule et la presser.

— Félicitations, mon garçon ! Vous écrivez bien. Vous n'avez pas fait une faute. Vous m'avez tout l'air d'être un crack ! Eh bien, si cela vous intéresse, la place est à vous, pour quatre cents francs par mois. Vous pourrez commencer le 1er avril.

Louis-Marie dit qu'il était très intéressé. M. Rémond l'obligea à choisir une canadienne sur le perroquet du couloir. Elle était un peu ample. Sa doublure était molletonnée. Quatre cents francs par mois était une somme. Louis-Marie n'avait jamais eu d'argent à lui. Ce qu'il gagnait à la boulangerie, il le donnait intégralement à sa mère. Quand il avait besoin, il demandait. Il demandait rarement. Il calcula en pédalant que quatre cents francs multipliés par douze donnaient quatre mille huit cents francs. Avec quatre mille huit cents francs, il pouvait acheter une paire de bœufs. Une certaine euphorie le gagna. Il oublia la glace qui continuait de tomber goutte à goutte. D'un coup de guidon alerte, il évitait les plaques de verglas luisantes sur la route. Il dérapa sur l'une d'elles et fut sauvé de justesse par l'herbe du bas-côté.

Il annonça la nouvelle le soir, au souper. La terre était maintenant recouverte d'une pellicule de glace. Traverser la cour de Sarreboute était une aventure. Philbert avait enfilé des lanières de chambre à air sur ses sabots en guise de protection antidérapante. Bizarrement, Antoine se montra le plus déçu. Louis-Marie comprit alors combien son frère tenait au clan familial.

— Tu as raison, lui dit Antoine en triant, comme à son habitude, sa cuillerée de soupe dans son assiette, puisque tu penses faire mieux ailleurs !

Il était clair qu'il s'exprimait par antiphrase. Il rentra sa cuiller sous sa moustache et, relevant la tête, regarda son frère, les yeux dans les yeux.

— Ce que nous avons commencé ensemble, nous ne le finirons pas...

Louis-Marie cilla. Il ne s'attendait pas à une opposition si vive du frère avec lequel il s'entendait bien. D'une certaine manière, Antoine était encore son « pelin ». Il balbutia :

— Je ne vous sers pas à grand-chose. Je suis déjà parti tous les matins. Je...

Prudence vint à son secours. Elle avait vieilli depuis la mort de Toine. Sa chevelure était désormais toute blanche, et les plis descendants s'étaient accentués à la commissure de ses lèvres.

— Moi, je pense que tu as raison d'aller travailler chez les autres. Quelle place auras-tu ici si tu restes célibataire ? Et si tu te maries, Sarreboute ne sera pas tenable à trois couples.

Elle était assise de travers sur son tabouret, en bout de table, son assiette dans la main, prête à se lever pour servir.

— Il vous arrive déjà de vous accrocher, ajouta-t-elle. Aussi longtemps que je suis là, ça va encore. Qu'est-ce qu'il en sera après ?

Philbert lâcha tout de même, prenant le parti d'Antoine :

— Si on n'y arrive pas, on prendra un journalier pour te remplacer.

Angéline tenait Bénédicte sur ses genoux. Elle appuyait la

cuiller contre sa joue pour en vérifier la chaleur, et l'enfournait dans le bec de la petite. Elle semblait ne pas vouloir se mêler à la conversation. Louis-Marie guettait pourtant sa réaction et l'interrogeait du regard. Un moment, il crut lire dans ses prunelles où brillait la flamme de la suspension un air de reproche. Il faillit dire :

— Bon, eh bien, je ne pars pas !

Mais il avait peut-être mal interprété. Et puis Lise intervint, avec son naturel franc, sans arrière-pensées :

— Oh, et puis tu ne seras pas si loin ! Angéline et moi, on ira te voir lorsqu'on fera le marché de Jarnac. Tous les dimanches tu seras là. Tu pourras prendre ton tour de garde, comme d'habitude !

Angéline rendit à sa belle-sœur son sourire. Louis-Marie accepta spontanément la proposition.

— Bien sûr que je continuerai à prendre mon tour de garde Il n'y a pas de raison, puisque je serai là !

Antoine, que l'optimisme de sa femme n'avait pas convaincu, marmonna en mâchant sa soupe :

— On verra ça !

La boulangère poussa de grands cris lorsqu'il lui apprit son départ. Elle lui reprocha son ingratitude, hurla à la trahison Elle le rejoignit dans la grange les larmes aux yeux.

— Tu ne m'aimes pas. Tu ne m'as jamais aimée ! Après tout ce que j'ai fait pour toi ! Je me suis trompée sur ton compte. Je te croyais différent des autres, mais tu as un caillou dans la poitrine !

Elle versait de lourdes larmes sur son amour trahi. Louis-Marie sortit son mouchoir.

— Blanche, lui dit-il (il aimait ce prénom de farine, chez une boulangère), je ne m'en vais pas loin, je serai là tous les dimanches...

La poitrine de Blanche fut soulevée par un profond hoquet et, la lèvre boudeuse :

— C'est justement le jour où mon boulanger ne dort pas !
Il dut trouver des trésors de tendresse pour la consoler.

M. Rémond lui avait offert une chambre au-dessus de la tonnellerie. La pièce était sobrement meublée d'un lit, d'une armoire, de deux chaises, d'une table de travail, d'une table de toilette en cerisier. La tonnellerie jouxtait les chais à l'extrémité la plus éloignée du château. Un escalier extérieur à rampe de fer forgé conduisait à la chambre. À travers le plancher, Louis-Marie respira la puissante haleine de chêne des futailles en dessous. Il poussa sa table devant la fenêtre. Elle donnait sur le mur d'enceinte et l'allée de pourtour du parc, par-delà on voyait les vignes. M. Rémond lui servit de guide pour un tour de propriétaire, le premier jour.

— Je veux que vous vous sentiez chez vous, comprenez-vous ?

Il avait enfoncé ses mains sous sa veste noire, dans son dos. Louis-Marie découvrait que derrière son apparence ronde et son visage bon enfant, il était un notable de la HSP, la « haute société protestante ». Ses ancêtres étaient venus d'Angleterre au XVIIIe siècle, commerçant principalement avec la Hollande, l'Angleterre, la Belgique.

M. Rémond marqua un temps d'arrêt pour une halte pieuse devant la tombe de l'ancêtre jalousement entretenue au milieu de la pelouse, derrière le château. « Alors, expliqua-t-il, les protestants n'avaient pas le droit d'être enterrés dans les cimetières. » Il conduisit Louis-Marie à travers les principales salles du château : la grande salle à manger aux murs tendus de velours, le salon mauresque, le grand salon, le salon des enfants et des nurses. Ils rejoignirent les quais sur la Charente au fond du parc, où les ouvriers des chais roulaient les brouettes de caisses pour un chargement de gabarres.

Il faisait doux. Il avait plu pendant la nuit et le soleil étincelait sur les feuilles des peupliers toutes neuves. Des chevaux à la robe foncée paissaient dans la prairie en pente.

Un vent léger déplaçait les figures du ciel. Louis-Marie songea à Sarreboute, un peu plus haut sur le cours du fleuve. M. Rémond le tira de sa rêverie.

— Venez-vous ? Ces gabarres descendent jusqu'à Tonnay-Charente où on embarque leur chargement sur des bateaux de haute mer.

Comparé aux Hennessy et Courvoisier, le cognac Château-Rémond était une petite maison d'artisan. On n'y négociait qu'une dizaine de milliers de bouteilles par an. C'était la marque de sa qualité. Le Château-Rémond était inscrit sur les cartes des restaurants les plus prestigieux. Distillé au château, gardé avec amour, pas une goutte n'en sortait avant l'âge déjà respectable de dix ans. On poussait même le souci de la qualité jusqu'à tremper les bouchons dans le cognac avant la mise en bouteille. Et M. Rémond, sourcilleux sur le langage, demandait à son personnel de bannir le mot d'eau-de-vie, lui préférant son synonyme : esprit-de-vin.

— Esprit-de-vin, c'est-à-dire son arôme, son parfum, sa quintessence !

Sa vieille mère, une maîtresse femme de quatre-vingt-sept ans, à la raideur et à l'embonpoint victoriens, consommait encore une bouteille de cognac chaque mois. Elle en versait une cuiller à café le matin dans son lait, dégustait un petit verre à midi, arrosait d'une goutte sa tisane le soir.

Louis-Marie commença par des travaux de copiste. Il expédia des brochures publicitaires aux liquoristes. Il partageait son bureau avec un vieux secrétaire maigre comme un clou rouillé, à manches de lustrine et lunettes cerclées de fer. Le bonhomme avait le teint bistre de ses vieux papiers, le nez en bec d'aigle, les sourcils clairsemés. Il confessa fièrement à Louis-Marie qu'il œuvrait à ce même pupitre depuis trente-neuf années.

— Quand on entre au château Rémond, on est tranquille pour la vie !

Spontanément, ce sourcilleux aima son jeune commis. Il

l'interrogea sur sa jambe raide, voyant en lui un probable frère en infirmité : il était resté célibataire, et vivait encore avec sa très vieille mère qui l'appelait toujours « Ti Jean ». Son nom était Jean Braud. Dans son dos, tout le monde le désignait par ce sobriquet familial. Il avait un don surprenant pour la reproduction des sons. Certains samedis soir, après la fermeture, il se laissa aller à la démonstration de son talent. Louis-Marie vit le visage austère s'animer, l'œil terne luire d'un éclat juvénile derrière les lorgnons.

— Attention, disait-il, voici le train de 12 heures 27 Angoulême-Saintes entrant en gare de Jarnac.

« Crii-ii-ii. Crii-ii. Tchiii...

« Jarnac ! Jarnac ! Deux minutes d'arrêt !

« TCHEH, tcheh. (Temps fort, puis temps faible du « petit cheval ».) TCHEH, tcheh, TCHEH, tcheh.

« Pschsch. (Échappement de la vapeur.) pschsch. TCHEH, tcheh.

« Tchuii-ii ! Fermez les portières ! Tchuii-ii !

« Prouh ! (La machine repart.) Prouh ! Prouh, prouh, prouh, prouh, prouh-prouh-prouh...

« Tougoume-tougoume. Tougoume-tougoume. Tougoume-tougoume...

Sa pomme d'Adam s'activait le long de son cou de poulet sanglé par le même nœud de cravate depuis trente-neuf ans. Son front s'était coloré de taches roses. Louis-Marie lui demandait un nouveau bruitage. Le vieux secrétaire n'attendait que cela.

— Qu'est-ce que tu veux ? La voiture à cheval du docteur Mercadier quittant son cabinet pour s'en aller visiter la veuve Gras souffrant d'un refroidissement ?...

Louis-Marie aimait son nouveau métier. Chaque matin, en s'éveillant avant l'aurore comme à Sarreboute, il exultait à respirer le parfum de bois de sa petite chambre. Il se tournait dans ses draps sans parvenir à se rendormir. Les galoches du concierge marchaient sur les graviers de la cour, gravissaient les marches de son escalier. Il frappait à la porte.

— C'est l'heure !

— Oui !

Louis-Marie bondissait. Sa chemise blanche l'attendait sur le dossier d'une chaise. Il s'habillait tous les jours en dimanche, et il s'était demandé au début s'il ne commettait pas une sorte de sacrilège. M. Rémond lui avait ôté ce scrupule. Le voyant toujours avec le même costume et la même chemise qu'il s'efforçait de garder propre toute la semaine :

— C'est tout ce que vous avez à vous mettre, mon pauvre ami ?

Il ouvrit son portefeuille.

— Allez vous acheter une autre chemise, et passez chez le tailleur vous commander une veste et un pantalon avec des plis.

Sa toilette faite, Louis-Marie descendait à la cuisine du château. La femme du concierge était la cuisinière. Pour les Rémond, elle préparait des plats bizarres commandés par la reine Victoria et sa bru. Elle mijotait pour son mari et Louis-Marie une bonne cuisine à la charentaise. Elle avait la particularité d'arroser quasiment tous les plats de cognac et de pineau. Elle versait généreusement, le pouce sur le goulot de la bouteille.

— Avec du bon cognac, disait-elle, ça ne peut être que meilleur !

C'était vrai que cette cuisine à l'esprit-de-vin était particulièrement savoureuse ! Pour preuve, l'embonpoint du concierge et de sa femme dépassant certains jours le quintal l'un et l'autre. Elle estimait donc Louis-Marie trop maigre. Les premiers temps, elle lui pinça les flancs de ses ongles durs et longs.

— Allez, mange !

Il lui obéit. Le matin, elle lui servait des fèves à la croque-au-sel, de petits artichauts crus bien tendres, ou des œufs frits, ou du grillon, et du café avec des rôties. Il pouvait se plonger ensuite dans les papiers avec un acharnement qui étonnait et provoquait l'admiration. Il n'avait pourtant pas l'impression de dépasser la mesure, se contentant d'exprimer les vertus de sa race besogneuse. Il avait été habitué à des travaux autrement pénibles. Ceux-là lui paraissaient plutôt comme un loisir.

Au bout de six mois, M. Rémond lui confia les déclarations aux indirectes. Sa ténacité lui obtint gain de cause dans un contentieux avec la Société des chemins de fer au sujet de quelques caisses de cognac volées. Il prit du poids. Ses joues se remplirent. Venue le retrouver un dimanche de septembre dans la prairie où il gardait les vaches, la boulangère admira sa silhouette épaissie.

— Mais tu es bel homme !

Elle lui fit subir des assauts de tendresse à l'abri d'un fossé à sec. Le parfum des menthes qu'ils écrasaient sous eux enivrèrent leurs élans.

Pour la foire de Noël, il rejoignit ses deux belles-sœurs sous les halles. On payait maintenant le blé encore moins cher qu'au mois d'août, les bêtes avaient baissé. Le vin et les eaux-de-vie, miraculeusement, n'avaient pas bougé.

— Tu te rends compte, lui dit Angéline, l'hectare de vigne de la Renaud, à moitié, nous rapporte plus que notre blé ! Il nous en faudrait davantage.

— Ça viendra, lui répondit-il, rassurant. Il faut y croire.

Il avait changé. Il avait mûri. Il avait vite appris. Il portait le costume comme les messieurs de la ville.

— Ce qu'il faut, insista-t-il, c'est que vous continuiez avec votre basse-cour et vos lapins. Là, vous êtes sûres de gagner.

— Tu l'expliqueras à Philbert, qui nous reproche d'être trop souvent parties.

Ils parlèrent d'autre chose. Louis-Marie voulait offrir une locomotive à son filleul pour Noël, et une poupée de son à tête de porcelaine à Bénédicte.

— Garde tes sous, ils n'en ont pas besoin. Ils auront une orange.

— Écoute, viens voir la vitrine du marchand, tu me diras si ça ferait plaisir à Antoine-Marie.

Angéline laissa Lise qui pesait un canard sur la balance

romaine, tête en bas, les pattes liées, battant furieusement des ailes. Ils coururent jusqu'au magasin. Il faisait froid. Le temps était clair. Il gelait depuis trois jours. Angéline avait noué son écharpe sur sa tête. La locomotive était dissimulée derrière des fleurs de givre. Louis-Marie se pencha et souffla sur la vitre. Une trouée s'ouvrit peu à peu et ils découvrirent la chaudière et ses tubulures noires, les trois cheminées de la locomotive.

— C'est trop beau ! s'exclama Angéline, l'air de lui reprocher sa trop grande générosité.

Il sourit. Il emmena les deux femmes manger dans un restaurant de la rue du Centre. La température était agréable dans la salle chauffée par un gros Godin au tuyau allongé au-dessus des tables. Lise et Angéline passèrent un long moment devant le portemanteau à se dépouiller de leurs mitaines, écharpes, manteaux, tricots de dessus, riant de s'éplucher comme des oignons en présence des mangeurs déjà attablés. Elles rougissaient en retrouvant leur apparence féminine.

— J'ai le feu aux joues ! reconnut Lise en se touchant le visage, tandis qu'elle s'asseyait sur la banquette.

Louis-Marie commanda une bouteille de bordeaux. Le pourpre du vin se répandit sur leurs visages. Les yeux luisirent. Louis-Marie regardait surtout Angéline qui n'avait plus son visage, peut-être plus fade, de jeune fille. Le temps, ses deux maternités lui avaient affirmé les traits. Son menton était plus fort, ses arcades sourcilières aussi. Elle avait gardé l'habitude de renifler sa tartine avant d'y goûter. Elle faisait déjà cela lorsqu'ils allaient à l'école. Lise parla d'Aline qui ne se contentait pas d'apprendre avec la sœur couturière, mais accompagnait, le soir, la sœur infirmière dans ses visites. La jeune fille n'avait plus à la bouche que ses malades, les piqûres et les pansements. La sœur infirmière pratiquait, affirmait-elle, une forme de traitement originale sur les pulmonaires, leur enveloppant la poitrine de ouate thermogène. La ouate s'emplissait d'eau, aspirant le mal. Elle en avait, soi-disant, guéri plus d'un avec cette méthode.

— Pourvu qu'elle ne nous attrape pas la tuberculose !

Louis-Marie repoussa la crainte d'un geste.

— On a besoin d'infirmières. Si cela lui plaît !...

Ils évoquèrent la mort du père. Plus de deux ans avaient passé. Les femmes commençaient à quitter le deuil. Ils en vinrent à la récente visite de Germain. Angéline et Lise lui avaient remis des paquets pour la Vendée. Angéline recevait désormais des lettres régulières de sa mère, mémé Bénite vieillissante se contentant de quelques mots d'une écriture tremblée. Mais son père refusait encore d'apposer même sa signature.

— Il est capable de rester comme ça, entêté jusqu'au bout ! dit-elle, les yeux soudain mouillés.

Louis-Marie lui toucha la main à travers la table, dans un geste familier de consolation. Il éprouva une curieuse sensation électrique. Elle-même, sans doute, ressentit quelque chose de proche, car ses doigts se rétractèrent sur la nappe. Il songea alors à la réflexion de son frère ironisant sur ses mains de gratte-papier : « Tu vas avoir des mains de fillette ! » Elles lui apprirent que la musique donnait un bal sur le kiosque. Il n'était pas question de s'en approcher : elles étaient des femmes honnêtes et mariées, pratiquantes, connaissant les commandements de l'Église. La simple évocation du bal dans cette salle plus chaude et plus bruyante à mesure qu'on mangeait leur fit éprouver le frisson délicieux du péché.

14

Le 7 mai 1932, M. Rémond annonça la nouvelle stupéfiante répétée à la TSF : le président de la République, Paul Doumer, venait d'être assassiné alors qu'il visitait l'exposition des écrivains anciens combattants. Ti Jean, effrayé, se lança dans des prédictions apocalyptiques, évoquant d'autres meurtres tristement célèbres, celui du prince héritier d'Autriche, celui du tsar Alexandre III. Le sang de cet assassinat appelait la guerre ou les massacres d'une révolution. Dans cette atmosphère tragique, M. Rémond demanda à Louis-Marie de l'accompagner jusqu'à son bureau. Il crut qu'il voulait poursuivre la conversation. Son patron prononça en effet quelques mots sur le meurtrier, un Russe nommé Gorgulov. Il répéta les paroles du président, mortellement blessé, revenant à lui :

« Que m'est-il donc arrivé ?

— Monsieur le Président, vous avez eu un accident de voiture.

— Tiens, je ne m'en étais pas aperçu. »

Et puis, changeant d'un seul coup de sujet :

— Écoutez, Louis-Marie, il y a un an que je vous regarde travailler. Votre place n'est pas dans ce bureau toute votre vie. Vous avez davantage de sang que notre ami Ti Jean. J'ai envie de faire de vous un inspecteur des alcools. Que diriez-vous, si je vous envoyais en tournée des popotes de nos représentants à travers la France ?

Louis-Marie était adossé, bras croisés, à l'un des hauts pupitres cirés du bureau de M. Rémond. Il ne sut que répondre.

— Je vous surprends ? l'interrogea M. Rémond réjoui de l'étonnement de son employé.

Louis-Marie hocha la tête en souriant.

— Bien sûr, votre salaire ne sera plus le même. Je vous propose, pour commencer, sept cents francs par mois, les frais de route illimités et, si vous faites du commerce, 0,5 pour 100 sur le gros et 1 pour 100 sur le détail. Vous n'êtes pas marié, vous n'avez pas de fil à la patte...

Il éleva la voix, pour tirer Louis-Marie de sa stupéfaction.

— Alors, qu'en dites-vous ? C'est oui, ou c'est non ?

— Bien sûr que c'est oui !

Sa première tournée conduisit Louis-Marie en Bretagne. Il acheta à Quimper un rossignol de porcelaine pour son filleul. On remplissait d'eau l'oiseau et on en tirait en soufflant des roulades d'une grande authenticité. Le rossignol plut à Antoine-Marie et ne quitta plus sa bouche.

À Rennes, Louis-Marie se fit monter des lunettes. L'oculiste ne lui trouva pas une myopie très avancée. Il était vrai cependant qu'il avait le défaut de cligner des paupières pour regarder de loin.

— Vous obtiendrez un bien plus grand confort de vision ! convint le commerçant.

Louis-Marie choisit des lunettes d'écaille qui accentuèrent son apparence de rêveur égaré.

À Brest, le coiffeur réduisit la longueur de sa mèche, dégageant son grand front Gendreau. À Brest encore, le représentant l'accompagna du côté du port, après un repas très arrosé. Il lui présenta une grande fille triste aux yeux bleus à reflets violets, aux lèvres épaisses, à la peau blanche grainée de taches de son. Elle relevait sa lourde chevelure rousse très haut, en un chignon comme un pot retourné qu'elle cerclait d'une colerette de dentelle. Silencieuse, elle n'employait que des mots utiles pour manger, boire et se laver. Elle était gourmande des échantillons de cognac que Louis-Marie avait dans sa valise, qu'elle avalait cul sec, pour l'alcool. Elle le serra entre ses grosses mains de paysanne aux articulations épaisses.

— J'ai eu un frère, dit-elle, qui te ressemblait. C'était mon préféré. Il n'était pas brutal comme les autres. La corne d'une vache l'a blessé à l'aine. Il est mort du tétanos.

Ce furent là toutes ses confidences, et ses paroles d'affection les plus tendres, après l'amour.

Il apprit à boire. À Sarreboute et ailleurs, il n'avait pas imité ses frères qui s'enivraient parfois pour le plaisir. C'était une sorte de tradition chez les Vendéens. Cinq ou six fois dans l'année, ils se saoulaient à rouler sous les tables ou dans les fossés. Cela faisait partie de leur hygiène de vie, comme si, après s'être abrutis au travail, ils avaient besoin de s'abrutir d'alcool. Habituées depuis des générations, les femmes se montraient tolérantes. Elles avaient été prévenues :

— Aujourd'hui, on boit notre coup !

Elles attendaient l'orage à passer. Louis-Marie n'avait jamais suivi, malgré les invitations et les remarques moqueuses :

— Tu n'es pas un homme !

Il céda à un alcoolisme de luxe. Il était obligé de boire dans les cafés-restaurants où il venait vendre son cognac. Les liquoristes et les représentants étaient habitués à lever le coude. Certains prirent plaisir à mettre à la coule ce jeune marchand d'eau-de-vie à la figure d'ange, et ne le lâchèrent que bien imprégné.

— Tu as vu comme il boite bas !

Après quelques chaudes alertes, il connut ses limites et évita de les dépasser. Il réussit en affaires. Il atteignit l'objectif pour lequel il était envoyé : monter en gamme auprès des clients, leur vendre des produits plus chers. Réussite d'autant plus remarquable dans un contexte de crise. Il prenait ces marchands de vin généralement forts en gueule, comme les autres, par la séduction. Flattant leur orgueil, il s'adressait à eux en termes savants, comme à des spécialistes. Il leur faisait croire qu'ils étaient intelligents, et ouvrait son cahier de commandes. M. Rémond l'augmenta. Il lui donna huit cent cinquante francs par mois.

Les cours du blé baissèrent d'un tiers après les moissons, les prix des bêtes de moitié. Le cours du vin ne bougea pas, malgré la récolte abondante. En manque de fûts, les Gendreau se dépannèrent au Maine-Brun pour loger la récolte de la Renaud. Philbert tanna son frère avec ses demandes d'un ton de plus en plus amer à mesure que la crise s'accentuait.

— Toi qui travailles dans les bureaux du cognac, tu ne pourrais pas nous avoir des droits de plantation ?

— Je ne travaille pas dans les bureaux du cognac, je vends du cognac, je n'ai rien à voir avec l'administration.

— Tu vois du monde, si tu voulais t'en donner la peine, tu nous obtiendrais des droits.

— Où planteras-tu ? Tu sais que le propriétaire nous a prévenus : nos terres sont trop basses. Elles sont d'abord trop humides, et puis elles gèlent de peur !

Philbert enrageait. Il avait pris goût à la vigne. Il l'avait trouvée en bien plus mauvais état que ce que lui avait dit la Renaud. Certains piquets étaient arrachés. Les fils étaient détendus. Des pieds manquaient. En un hiver, il avait tout remis en ordre. Il avait remplacé les manquants. Il entretenait la terre dans les allées et sous les ceps comme celle d'un carré de petits pois. Il ne supportait pas le moindre brin d'herbe. Il ne lui déplaisait pas de montrer aux fiers viticulteurs charentais qu'il était bon ailleurs qu'au cul des vaches. Antoine aussi s'y entendait, taillant même plutôt mieux. Mais seul Philbert avait la rage. La colère lui mettait le rouge au front. Ses boucles jaunes tressautaient. On aurait dit un taureau prêt à charger.

— On est capables de faire aussi bien qu'eux, disait-il, même mieux. Leur seul mérite, c'est d'être nés !

— Si tu veux d'autres vignes, lui répondait Louis-Marie calmement, tu n'as pas le choix : ou tu en trouves à louer, ou tu achètes !

— Tu parles comme un livre, lui répliquait-il, on voit bien que maintenant tu mènes une vie de fonctionnaire !

— Tu es sûr qu'on ne pourrait pas planter sur les terres hautes, interrogea Angéline à l'occasion de l'une de ces discussions dans la cuisine, sur les Chartres par exemple ?

— Et où ferez-vous du blé ?

— Du blé ? rétorqua Philbert, si j'avais des droits de plantation, je mettrais tout de suite de la vigne dans les Chartres, et je ne sèmerais plus un grain de blé, tu m'entends ! On sème sa misère en même temps que le blé aujourd'hui.

Louis-Marie soupira.

— Les cours du blé vont peut-être remonter. Et s'ils ne remontent pas, ceux du vin descendront, c'est sûr. Une jeune vigne ne commence à donner qu'après trois ans.

— Je le sais, pour qui tu nous prends ? réagit Philbert, froissé.

Il pointa le doigt sur Louis-Marie.

— Toi, tu t'en fous, mais je sais qu'on ne s'en sortira ici que si on a des vignes, et plus grand que maintenant.

Louis-Marie avait blanchi sous l'attaque.

— Non, je ne m'en fous pas.

Il répéta sourdement :

— Non, je ne m'en fous pas !

La Charente déborda au début de l'année 1933. La radio annonçait des inondations catastrophiques dans le Sud. La rivière sauta ses rives, prit ses aises, s'étala tranquillement. Elle devint extraordinaire. Elle occupa toute la vallée. Elle monta la première, la deuxième, puis la troisième marche du jardin. Elle s'insinua dans la cour, serpentant entre les pierres. Les Gendreau eurent très peur, même si Antoine rapporta les propos répétés à Martignac :

— La vallée est très large. La rivière a de la place. Cette maison est là depuis plus de cent ans. De mémoire de Charentais, la rivière n'y est jamais entrée !

N'empêche, il se leva pendant la nuit pour voir où elle en était. Il trouva son frère, Philbert, sur le seuil. Au clair de lune, la rivière semblait immobile. Elle chuchotait doucement, remplissant l'étendue d'un miroir immense où le ciel et la terre se confondaient. Philbert ramassa un caillou et le lança dans l'eau. Le caillou fit entendre un floc ! sonore. Des rides se formèrent sur l'eau, et le paysage nocturne retrouva sa réalité, le bas distingué du haut. Les deux frères allèrent chercher leurs femmes.

— Viens voir ! dit Philbert à Angéline.

— Quoi ? répondit-elle dans son sommeil.

— Viens...

Lise s'assit vivement et, la voix angoissée :

— La Charente a monté ?

— Mais non, viens.

Elles les suivirent, l'une et l'autre en chemise. La nuit était comme une bouche froide. Le corps grainé de chair de poule, elles contemplèrent l'étendue inondée et les nuages fuyant entre des coulées laiteuses. En frissonnant, elles blottirent leurs têtes contre les épaules de leurs maris.

La Charente se contenta de lécher les murs de Sarreboute. Le samedi soir, lorsque Antoine vint chercher Louis-Marie en barque sur la route près de l'église, il trouva Valladon en cuissardes, pataugeant pour se faire plaisir. L'instituteur leur proposa :

— Alors, demain matin, on y va ? J'ai tendu les engins hier. La décrue approche. La pêche devrait être bonne.

Il accosta comme prévu, à la nuit encore noire. Les trois hommes partirent sur l'eau en parlant tout bas : ils craignaient de déranger les derniers instants de sommeil du monde. Ils virent le noir tourner au bleu. Ils distinguèrent mieux leurs silhouettes, tandis que l'eau glissait sous leur barque avec des gargouillis. Ils regardèrent passer auprès d'eux une nappe de brouillard aux formes arrondies en croupes comme un troupeau de bêtes silencieuses. Chaque pression de M. Valladon sur sa perche, debout à l'arrière, inclinait les deux frères assis sur le banc. Ils versèrent des anguilles, des écrevisses, un gros brochet dans leur sac de jute. Ils étaient montés sur un amoncellement de lentilles, le regard perdu sur la plate étendue, grise comme l'étain, lorsqu'un premier rayon de soleil fusa, vif, clair, une jambe d'or. La rivière s'illumina. Les poissons asphyxiés donnaient des coups de queue dans le sac. M. Valladon tendit la bouteille à Antoine.

— C'est bien ce que je disais hier soir. La décrue est commencée.

La veille de l'Assomption, Ludovic Charron monta rendre visite à ses abeilles. Les aboiements anormaux d'un chien à une dizaine de mètres du sentier le mirent en alerte. Il s'avança à travers les buis, et découvrit le pauvre Octave Vrignaud pendu à un chêne, les pieds à quelques centimètres du sol. Le chien ne le laissa pas s'approcher. Il courut chercher de l'aide. Le chien barra le passage à tout le monde jusqu'à ce que la femme de Vrignaud arrive et le calme.

Les Vrignaud étaient des Vendéens installés à Martignac depuis l'avant-dernière Saint-Michel. Ils étaient arrivés avec rien, moins encore que les Gendreau en 21. Ils avaient pris des terres en friche, eux aussi, à l'autre bout de la commune. Mais leur propriétaire n'était pas aussi généreux que M. Rougier, et puis c'était la crise. Vrignaud n'eut jamais les moyens de nourrir convenablement sa famille de huit enfants. La communauté vendéenne s'était pourtant mobilisée, comme pour Toine. Philbert et Antoine étaient allés l'aider à défricher. Le dimanche précédent, après la messe dans la sacristie, leur compatriote leur avait paru bien sombre. Mal rasé, il tournait des yeux noirs apeurés.

— Qu'est-ce que vous voulez faire, disait-il, c'est tout foutu !

Il venait d'apprendre que le cours du blé était descendu à quatre-vingt-cinq francs le quintal.

— Cela finira bien par s'arranger, lui avaient-ils répondu, flairant la dépression.

Il était parti aux aurores, sa fourche sur l'épaule, et sa corde dans sa poche. Sa femme alla prendre sa fourche qu'il avait appuyée à l'arbre et, sans relever la tête, demanda aux hommes :

— Le décrochez-vous ?

Des poussières dorées volaient dans l'ombre du sous-bois. Les buis chauffés par le soleil exhalaient une odeur piquante. Le chien ne bougeait plus. Il s'était couché aux pieds de sa maîtresse, haletant doucement, la langue dehors. Il gronda tout de même quand le fils Charron s'avança avec son couteau pour couper la corde. Alors la pauvre Vrignaud demanda :

— L'emmenez-vous jusqu'à la maison ?

C'était une femme familière de la misère. Elle n'était pourtant pas si vieille. Son dernier petit avait trois ans. La peau de sa figure était aussi creusée que l'écorce du chêne, avec des points noirs au fond des plis. Elle ne souriait jamais. On envoya chercher une carriole pour transporter le mort. Le morceau de corde du pendu resta sur l'arbre.

Le curé Guignabert, contrairement aux commandements de l'Église, autorisa le passage de Vrignaud devant l'autel.

— Il faut qu'il ait souffert, dit-il, pour aller contre les lois naturelles de la vie.

Il lut les Béatitudes. Les huit enfants du pendu se tenaient autour de la bière de leur père, jusqu'au plus petit. La commune accepta d'offrir la concession que la veuve était bien incapable de payer. Ainsi, du moins après sa mort, eut-il un bout de terre où reposer tranquille. C'était au fond du cimetière, près du cyprès. La Vrignaud repartit en Vendée.

— Qu'est-ce que vous voulez que je devienne ici, dit-elle, toute seule avec huit enfants ? Là-bas, j'aurai au moins la maison de ma mère, la saouline...

Jusqu'à la guerre, les Vendéens entretinrent la tombe du

défunt, signalée par aucune plaque, seulement une croix de bois. Et puis la terre se tassa, le tertre disparut.

L'année 1934 ne fut pas meilleure que 1933. Elle rajouta de la misère à la misère. Le cognac fut à son tour touché par la crise. Les Charentais firent comme ils en avaient l'habitude en période de vaches maigres : ils stockèrent, et puisèrent dans les réserves financières de leurs années de vaches grasses. Les Gendreau n'avaient guère de réserves, et leur situation devint pénible. Heureusement, leur commerce de foires et de marchés était encore rentable, même si les prix avaient baissé. Ils ne firent plus seulement des haricots et des pommes de terre en plein champ, mais des salades, des melons, des haricots verts, des oignons. Les femmes pédalèrent plus loin sur la route cahoteuse, jusqu'à la foire de Rouillac. À soixante-neuf ans, Prudence partait aux champs un sac de phosphate sous le bras. Comme son dos ne lui permettait plus de rester pliée sur les sillons, elle s'agenouillait sur le sac de phosphate pour désherber, pour cueillir les salades, arracher les oignons.

— Comme cela, confia-t-elle au père Guignabert, il n'y a pas de différence entre mon travail et ma prière !

Louis-Marie supportait mal de voir sa mère s'user à l'ouvrage, ses frères et belles-sœurs noircir et maigrir à mesure que l'été s'avançait. Il profita d'un dimanche soir où il tirait l'eau du puits, aidant au jardin à arroser les pois, pour dire :

— Le plus urgent, maintenant, pour vous, c'est un cheval.

Philbert était tout proche, Antoine aussi. La surprise les retourna vers lui, même Antoine-Marie qui aidait avec son petit arrosoir.

— Avec un cheval et une carriole, insista-t-il, les femmes n'auront plus à pédaler pour les marchés. Le cheval rendra service dans la vigne.

Il s'échauffait en même temps qu'il parlait, appuyant ses paroles de grands gestes démonstratifs. Il sourit.

— J'ai mis assez d'argent de côté. En période de crise, c'est le moment d'acheter. J'achète un cheval.

Ils ne lui répondirent pas tout de suite. Ils le regardaient, lui semblait-il, comme un insensé. Il pensait leur faire plaisir. En même temps il pressentait confusément ce que ce cheval donné pouvait représenter d'offensant. Le jour baissait. Des têtes orageuses montaient du sud au-dessus des coteaux, aplatissant les couleurs. Angéline murmura :

— Tu n'as pas besoin de cheval...

— Je n'ai pas besoin de cheval pour moi tout seul. Je l'achète et je le laisse ici. Vous vous en servez, et vous lui donnez à manger !

Angéline baissa un peu la tête, l'ombre d'un sourire sur les lèvres. Louis-Marie crut qu'il s'était inquiété pour rien. Philbert lui enleva le seau de la main et glissa l'anse dans le mousqueton.

— Si je comprends, tu deviens notre propriétaire ! grogna-t-il, tandis que la chaîne se déroulait dans le puits.

— Philbert, tu exagères ! s'exclama Angéline.

Elle prit à témoin Antoine et Lise qui s'approchaient. Philbert remplit ses arrosoirs.

— Je n'aime pas, marmotta-t-il en s'en allant, qu'on me fasse l'aumône !

Louis-Marie se raidit, suffoqué. Il en voulait à son frère. Mais, soudain, son numéro de gloriole lui paraissait tout à fait impudique. Il ne sut quoi dire. Il ramassa son seau en grimaçant, s'éloigna en piochant de sa mauvaise jambe. Antoine et Lise restaient muets. Angéline le regardait, désolée.

Philbert accepta finalement de l'accompagner avec Antoine à la foire de Rouillac où ils achetèrent un beau cheval de travail rouge, à deux mille cinq cents francs. L'animal s'appelait Marquis. Il était suffisamment robuste et de bonnes manières pour obéir à la main des femmes. Il avait surtout le regard tendre, pointant les oreilles lorsqu'il entendait parler.

Les trois frères le reculèrent dans un char à bancs presque neuf, garanti par le charron qui le vendait et rentrèrent à Sarreboute triomphants. Philbert fit bien encore sa mauvaise tête en refusant sèchement de prendre les guides :

— Ce cheval n'est pas à moi. C'est toi qui as sorti les billets, tu le conduis !

Antoine ne se fit pas prier. Marquis répondait aux commandements avec une grande bonne volonté. Il tendit le mufle vers Angéline et Lise, et en parut satisfait. Elles prirent les enfants avec elles et accomplirent un tour d'honneur dans la cour et le chemin. La bonne tête de Marquis dodelina devant elles. Un toupet blanc très fourni sur son front rouge était sa seule fantaisie. Antoine-Marie réclama bruyamment les guides et refusa de quitter le banc lorsque sa grand-mère y monta à son tour à côté de Louis-Marie.

— Vas-y, lui dit Louis-Marie, on va faire le tour de la prairie.

Casquette sur la tête, le petit cabrait fièrement la poitrine comme un propriétaire.

— Vous voyez, mère, confia Louis-Marie ému par la promenade, je ne suis pas capable de m'en aller vraiment. J'appartiens toujours à la tribu de Sarreboute.

Elle était satisfaite aussi de l'arrivée de cet animal, signe de progrès et de liberté, dans sa maison. Elle avait jeté sa pèlerine de laine fantaisie sur ses épaules, par crainte de la fraîcheur du soir, et noué son foulard sur sa tête. Elle posa sa main dure, aux jointures noueuses, sur la main fine de son fils.

— Tu dois tenir cet attachement de ton père. J'ai été la seule à pouvoir l'arracher à la Grande Roulière. Une femme peut-être t'enlèvera...

Louis-Marie ne répondit pas. Sa mère regardait le pays du haut de ce nouveau promontoire avec curiosité. Le dos calé, de travers sur le banc comme sur son tabouret de cuisine, elle ne bougeait guère, mais ses yeux ne manquaient rien. Louis-Marie inclina la tête vers les pauvres mains usées, les doigts déformés au service de la terre, et son cœur palpita comme s'il livrait son secret :

— Il faudrait vraiment que je rencontre une femme extraordinaire pour accepter de me marier !

Du dos de la main, Prudence toucha la joue de son fils. Que voulait-elle dire ? Avait-elle compris ? Le chemin blanc réempierré par la commune était en bon état. Antoine-Marie impatient agitait les guides. Louis-Marie les saisit avec les mains de l'enfant et il encouragea Marquis à prendre le petit trot.

Au printemps 1935, il acheta quatre-vingts ares de vigne bien placés sur le coteau de Martignac, à toucher la Renaud. La pièce appartenait à un vieux garçon récemment orphelin que sa mère avait toujours gouverné comme un enfant. Sans elle désormais, le pauvre bougre était prêt à se débarrasser de tout pour paresser dans sa grande maison vide. Louis-Marie lui avait joué son numéro de séduction et avait obtenu ces quatre-vingts ares qu'il convoitait, dans l'attente de s'en approprier d'autres.

— Si un jour on obtient les vignes de la Renaud, cela nous fera un bon morceau !

L'âge et son nouveau métier lui apprenaient à calculer. Ses voyages, ses succès lui donnaient confiance. Il portait des bottines de box noir, comme un gandin. Il s'offrit un pardessus de ville façon perlée. Il n'était pas dépensier, pourtant. Il avait été trop habitué à économiser. Et puis, depuis qu'il avait acheté Marquis, et maintenant ce bout de vigne, il se mettait à aimer ce pays d'un amour véritable. Il pensait à lui pendant ses voyages. Il l'associait à Angéline dans son amour. Il se disait « ma vigne ». Il possédait un rang de rouge, du merlot, et se régalait à l'avance à l'idée qu'en rentrant à Sarreboute il pourrait boire son vin.

— On a quand même fait du chemin, depuis notre arrivée, il y a quinze ans !

Quand il arrivait à la maison, le samedi, il s'arrêtait dans l'écurie du cheval, caressait Marquis, sortait de sa poche un morceau de sucre prélevé sur son petit déjeuner. Le cheval, habitué, attendait la gâterie, la cherchait des lèvres dans la main de Louis-Marie qui lui soufflait dans l'oreille :

— Tu ne diras rien. C'est un secret entre nous...

Son goût de la possession avait grandi aussi depuis qu'il avait remarqué l'intérêt de ses acquisitions : Angéline lui montrait davantage d'amitié. Ses yeux brillaient désormais, lui semblait-il, à chaque fois qu'il arrivait. Elle interrompait son travail, s'essuyait les mains à son tablier. Elle l'interrogeait sur sa semaine.

— Alors, qu'est-ce que tu as fait de beau ? Raconte-nous.

Elle était comme Marquis qui l'accueillait en dansant dans sa stalle. Il avait l'impression qu'il la faisait rire à présent plus que son frère. Ses narines bougeaient, ses lèvres devenaient gourmandes. Il croyait revoir la fillette qu'il aimait quand il ne boitait pas encore. Il l'appelait alors Évangéline, comme tous ses camarades d'école. Quand la petite avait parfois les yeux rouges, montrant qu'elle avait pleuré, il sentait monter en lui une vague de douleur irrésistible, et il avait, lui aussi, les larmes aux yeux. Il se souvenait qu'un jour où ils étaient, tous deux, penchés sur un grillon, ses longues boucles brunes qui brimbalaient sous son chapeau lui avaient chatouillé la joue. Elle s'était approchée encore et l'avait embrassé. Ils avaient joué les mariés à la fête de l'école. Il avait été déconcerté en la voyant coiffée de la couronne de fleurs d'oranger. Un voile de poudre de riz rosissait ses joues. Elle avait posé sa main délicate sur son bras. Quelqu'un avait dit :

— Ceux-là, vous verrez qu'on les mariera !

C'était avant l'accident de son coup de pied de vache.

Aujourd'hui, quand son rire en fusée partait, comme autrefois, il croyait éprouver les bonheurs passés. Il la regardait. Leurs regards se croisaient. Il se mettait à raconter, en rajoutant quelquefois sur ses voyages. Il avait compris que celui qui part suscite bien des rêves. Il disait :

— J'étais à Paris. J'avais mon hôtel rue de l'Université. C'est juste à côté de la tour Eiffel. Je suis allé au café-concert...

Il ne lui disait pas que les splendeurs de la capitale n'empêchaient pas la nostalgie de Sarreboute et son odeur de marécage.

Un matin, Antoine sur son vélo surprit le père Charbonnier faucillant sans vergogne le rang de vigne de la Renaud sur le bord du chemin parce que, prétendit-il, il n'avait pas la place de passer avec sa charrette. Antoine appuya tranquillement son vélo dans le rang du vieux, de l'autre côté du chemin — il était toujours aussi maigre que dans sa jeunesse, mais il bedonnait en vieillissant — et, tirant son outil de son porte-bagages, il se mit à fauciller la vigne de Charbonnier en sifflotant.

— C'est de ce côté que votre charrette ne passe pas ! dit-il.

Le vieux s'approcha, furieux, la faucille levée. les yeux hors de la tête.

— Dis donc, toi, tu ne te fous pas un peu de moi, par hasard ?

Antoine continua de fauciller, et son bras était vif. Il était le plus rapide des Gendreau à tailler et à fauciller. Les pampres tombaient en jonchée devant lui.

— Qu'est-ce que vous allez chercher, père Charbonnier ? Je fais ce que vous voulez, je dégage le chemin !

Le vieux s'approcha encore. Antoine se savait assez souple pour éviter la faucille du vieux et lui mettre le poing sur la figure. Le bonhomme était encore solide, il était taillé dans un seul morceau, il avait tout de même trente ans de plus qu'Antoine. Sans doute en eut-il conscience. Il freina son élan, bégaya :

— Tu... tu... n'as pas le droit. C'est... c'est ma vigne !

Antoine croisa les bras, se retenant de sourire.

— Vous ne croyez pas qu'on ferait mieux de nous occuper chacun de nos affaires ?

Il prit son vélo, traversa le chemin, et rentra chez lui.

Une autre querelle opposa le vieux teigneux à Philbert dans le chemin mitoyen de la prairie, tout près du champ où la parthenaise de Toine avait encorné la limousine. L'état de leurs relations les avait amenés à dresser leurs vaches à ne circuler que sur la moitié qui leur revenait. Les sabots des vaches avaient ainsi tracé un sentier de part et d'autre, où elles circulaient à la queue leu leu. L'herbe poussait au milieu. Le vieux avait grand-peine à se tenir à jour ailleurs. Depuis plusieurs années, les Gendreau fauchaient le milieu du chemin par goût de la propreté. Philbert se donnait donc cette peine, un soir de juin 1935, lorsque Charbonnier arriva dans son dos.

— Dis donc, lui dit-il, les mains dans les poches, tu coupes mon herbe !

— Je nettoie, puisque vous ne le faites pas !

— Oui, mais c'est mon herbe que tu coupes !

Philbert n'avait pas la patience d'Antoine. Pourtant il essaya de poursuivre son ouvrage calmement. Sa lame heurta une pierre. Le vieux restait derrière lui.

— Tu sais que tu n'as pas le droit de couper mon herbe, j'en ai besoin pour mes vaches.

— Écoutez ! lui répondit-il en se retournant, et son gros poing serrait le manche de son outil, je nettoie pour vous et pour moi. Maintenant, si vous le voulez, je m'arrête. Vous allez chercher votre dail, et vous finissez de couper.

— Je te reproche seulement de couper mon herbe en même temps que la tienne !

— Comment voulez-vous que je fasse ? Si je coupe, je ne peux pas en laisser la moitié !

— C'est bien ce que je te disais, tu fauches mon herbe !

Peut-être le manche de sa faux retint-il Philbert de foncer sur le vieux chicaneur.

— Écoutez, reprit-il, je vous la donne toute. Je fauche. Et je vous donne mon herbe aussi.

— Tu me donnerais ton herbe ? Si tu me la donnes, alors...

Il s'en alla. L'herbe sécha. Philbert la rassembla en tas. La pluie la mouilla. Elle pourrit près de la barrière du pré de Charbonnier.

15

Habillé à la mode du jour, costume de golf, casquette plate à bouton, Louis-Marie préparait une tournée à Montpellier secouée par les manifestations de viticulteurs, en juin. Le vieux Ti Jean, toujours fidèle au poste et toujours plus voûté, vint le chercher en tirant timidement les élastiques de ses manchettes de lustrine.

— Il y a un monsieur en bas qui vous demande. Il n'a pas voulu monter.

Par la fenêtre au linteau en arc, Louis-Marie aperçut Antoine dans la cour. Il se précipita dans l'escalier, poussé par un sombre pressentiment. La figure défaite, les joues mal rasées confirmèrent son appréhension.

— Il est arrivé un malheur, souffla Antoine en lui serrant la main.

— Qui ?

— Antoine-Marie..., et il inclina la tête.

— Antoine-Marie ?

Antoine releva les sourcils.

— Il s'est noyé dans la Charente. On l'a retrouvé ce matin.

Marquis attendait avec la voiture près de la grille d'entrée. Louis-Marie s'assit sur le banc qui craqua. Marquis obéit au frissonnement des guides.

— Comment cela s'est-il passé ?

— On ne sait pas. Il gardait les vaches, hier jeudi, dans la prairie, comme d'habitude. Quand l'heure est arrivée de ramener les bêtes, il n'est pas revenu. On est allés le chercher, déjà inquiets. On a trouvé les vaches à la barrière. Lui n'était pas là.

Antoine renifla. Une larme lui coulait au coin de la paupière. Il l'essuya en secouant la tête, et continua à raconter, des filets de salive lui collant les lèvres.

— Philbert et moi, on a tout de suite cherché au bord de la Charente. Les vaches étaient dans le pré de la grande courbe. J'ai remonté le chemin du bord de la rivière jusqu'à la chaussée du moulin. Angéline est allée dans le bourg demander si on ne l'avait pas vu.

— Comment était-elle ?

— Comme nous tous, de plus en plus folle à mesure que le temps passait. Quand la nuit est tombée, on a allumé des lanternes et on est partis en bateau sur la Charente. Ton ami Valladon cherchait de son côté avec le menuisier Champard. On s'est arrêtés quand il s'est mis à pleuvoir. On a attendu toute la nuit dans la cuisine. On n'avait pas encore perdu espoir. On guettait tous les bruits dans la cour. On a repris le bateau, ce matin, avant le jour, Philbert et moi. Devant Angéline, il refusait d'admettre le pire : « Tu connais Antoine-Marie, lui disait-il avec juste raison, quand il a quelque chose en tête, il oublie tout le reste. Il est capable de suivre un papillon qui passe ! » Elle ne répondait rien, elle secouait la tête. « Peut-être qu'il est parti en Vendée ! » a même imaginé Lise. « Qu'est-ce qu'il serait allé y faire ? Il n'y a jamais mis les pieds ! — Justement. Il aimait bien écrire à sa grand-mère et à sa mémé Bénite à qui il envoyait des dessins... — Il sait que tu es partie sans prévenir pour venir chez nous, a ajouté Philbert, se raccrochant à cet espoir. Pourquoi n'aurait-il pas voulu faire pareil ? Je vais aller voir à la gare de Châteauneuf. » On a pris nos vélos, sous la pluie, au milieu de la nuit, et on a réveillé le chef de gare qui nous a renvoyés bredouilles. En détachant le bateau, ce matin, Philbert m'a dit : « Je ne me fais pas d'illusion. Je suis sûr qu'il est là-dedans. C'est là qu'il faut chercher. » Il ne s'était pas trompé. On a trouvé Antoine-Marie presque tout de suite à la surface de « la fosse des chiens ». On venait juste d'éteindre notre lanterne. Il était retenu par une bretelle de sa culotte à une branche de vergne. Philbert l'a aperçu le premier. Je l'ai vu devenir tout d'un coup blanc comme de la craie.

Les larmes borduraient la moustache d'Antoine d'une traînée blanchâtre. Louis-Marie se rappelait la joie du garçon lorsqu'il lui avait offert, quinze jours plus tôt, la boîte bleue d'un Meccano. Ils avaient passé l'après-midi du dimanche à serrer des boulons ensemble. Le genou appuyé contre la cuisse de son oncle, l'enfant lançait parfois la jambe dans l'excitation du jeu, lui décochant un coup de pied sans gravité.

Marquis courait au petit trot. Le cuir du harnachement gémissait. Ses flancs heurtaient parfois le timon. Le ciel caillé convenait au malheur. Les feuilles, dans les vignes, pleuraient la pluie de la nuit.

— Peut-être s'est-il noyé en tendant des cordelles..., articula Louis-Marie, la voix blanche, déjà convaincu de la vérité de sa supposition.

— Il savait tendre des cordelles ? demanda Antoine, alerté par le ton angoissé de son frère.

— Il me tannait tellement avec cette envie. Je lui avais interdit d'essayer sans moi...

Antoine renifla et, la voix de nouveau mouillée de larmes :

— Il était curieux de tout. Il aimait tout, l'école, la lecture, le calcul. Il aurait déjà pu se tuer en dénichant les nids. Il soignait sa lapine dans le clapier comme un grand. Pauvre petit gars ! Ce n'était pas mon fils, mais... C'est trop de malheurs !...

Philbert descendit les marches du perron lorsqu'ils arrivèrent, décoiffé, la chemise déboutonnée, le regard fiévreux.

— Il n'y a rien eu à leur dire. Comme pour le père, elles ont voulu faire elle-même la toilette du petit. Elles m'ont mis dehors.

— Elles y sont ?

Il baissa la tête et gonfla nerveusement les muscles de ses mâchoires. Louis-Marie fut étonné de l'entendre lui proposer, tandis qu'il appuyait lourdement la main sur son épaule :

— Venez-vous prendre un verre ?

Ils l'accompagnèrent à la cave. Philbert vida d'un trait un verre plein à ras bord comme s'il étanchait une soif ardente. Ils regagnèrent enfin la cuisine où les femmes avaient couché le garçon. Et, à partir de là, chaque craquement du plancher retentit dans la tête de Louis-Marie. La flamme de la bougie dansait sur les joues de cierge encore poupines que l'enfant gonflait parfois avec mauvaise humeur, frappant du pied : « Je ne suis plus un bébé ! » Ses doigts étaient crispés sur le chapelet aux grains couleur d'ambre que Louis-Marie lui avait offert pour sa communion. Il serra Angéline dans ses bras, et elle se mit à crier :

— Tu vois ce qu'on a fait de ton filleul !

Elle fut emportée par une crise de larmes, puis indiqua avec des aigus hystériques :

— Il avait des marques bleues sur la figure. Je lui ai mis de ma poudre de riz.

Il y eut du bruit dans l'entrée. C'était le curé Guignabert qui revenait. Il était déjà venu avant de dire sa messe, amené par Athanase, au moment où Philbert et Antoine arrivaient avec Antoine-Marie couché dans leur barque. Il avait été témoin des premiers cris et des premières larmes.

— Je ne vais pas lui donner l'extrême-onction maintenant. De toute façon, il est parti tout droit au paradis.

Il prit cette fois le brin de rameau pour bénir le corps du petit mort, et sembla poursuivre la réflexion du matin.

— Son grand-père l'attendait sur le seuil du paradis. Il l'a conduit dans la maison du père en le tenant par la main.

Ses paroles lui semblèrent-elles mièvres ? Il ajouta d'une voix vibrante :

— Je sais que vous croyez, n'est-ce pas ? Mais je partage votre souffrance. On n'enlève pas comme cela un enfant à sa famille !

La douleur, les larmes coloraient les visages de taches brunes comme des ecchymoses. Prudence s'approcha de Louis-Marie, sa peau de vieille femme d'un blanc lunaire, et lui chuchota à l'oreille :

— La pendule.

Dans la précipitation, on avait oublié de l'arrêter. Il ouvrit la grande porte vitrée du boîtier ventru et, du doigt, arrêta le grand disque jaune orné de grappes et de gerbes de blé. Il se rendit à la souillarde fouiller dans les poches mouillées de la culotte d'Antoine-Marie. Elles étaient vides. Il interrogea Lise :

— Vous avez trouvé quelque chose dans les poches du petit ?

— Oui. Angéline l'a posé sur le buffet du couloir.

Il y avait auprès d'un mouchoir deux billes de verre, un bout d'élastique noir à lance-pierres, une tête de soldat de plomb, trois clous rouillés, une paire de rustines de diamètres différents. Les reliques de désirs et de rêves d'une vie d'enfant. Louis-Marie entraîna Antoine vers le bateau.

— Viens avec moi. Je veux remonter jusqu'au bout du champ.

— Nous y sommes déjà passés, hier. Nous n'avons rien trouvé.

Ils partirent sur l'eau. La couverture de nuages s'était levée. La lumière aveuglante filtrait à travers le ciel désormais blanc de nacre. Cette vallée de la Charente était trop belle. Une poule d'eau se sauva devant eux. Des ablettes lançaient des éclairs d'argent dans le milieu du courant.

Louis-Marie repéra tout de suite le fil attaché à une branche de saule. Il leva la cordelle au fil tordu, enduit de graisse d'anguille.

— Comment faisait-il pour tendre si loin ? demanda Antoine.

— Il se sera fabriqué un crochet avec une branche fourchue. Avec cela il ramenait les branches à lui et lançait loin.

Ils levèrent une belle anguille sur la troisième cordelle, une autre sur la quatrième, qui se débattit dans le fond du bateau.

— Que faisait-il de sa pêche ? Il ne la ramenait pas à la maison.

— À moins qu'il en ait été à sa première...

Ils trouvèrent l'hameçon de la cinquième cordelle accroché dans les branches. Le ver avait séché. Ils supposèrent que le drame avait eu lieu là. La berge ne portait pas de traces. Ils accostèrent et cherchèrent sur le pré le crochet dont avait parlé Louis-Marie. Ils ne le trouvèrent pas. Le crochet était peut-être tombé à l'eau avec lui. Ils revinrent au bateau. Les deux anguilles se serraient l'une contre l'autre sous le banc. Louis-Marie soupira et repartit longer le bord de la rivière. Au mouvement de ses épaules, Antoine comprit qu'il était soulevé par un profond sanglot. Il le rejoignit, et parla dans son dos, doucement.

— S'il ne l'avait pas appris par toi, il l'aurait appris par un autre. Il avait cela dans le sang.

Les visiteurs se pressèrent nombreux à Sarreboute, certains auxquels les Gendreau ne donnèrent pas de nom. L'un d'eux resta longtemps auprès du lit d'Antoine-Marie, les bras croisés sur son gros ventre, les cuisses écartées. Il finit par se présenter d'une voix haut perchée.

— Je ne sais pas si vous me reconnaissez, dit-il en ramenant les jambes sous sa chaise, je suis Phélippeau, du restaurant La Bergerie à Vibrac. Je le connaissais bien votre petit garçon. C'était un fameux dégourdi... Il venait souvent me vendre sa pêche. Il était fort pour les anguilles. Il posait son sac sur la table. Il me réclamait d'abord un verre de limonade. Il avait l'œil sur ma bascule quand je pesais...

Comme ses paroles tombaient dans un silence étonné, il posa la question :

— Vous ne le saviez pas ?

Philbert secoua la tête, interrogea Angéline du regard. Elle secoua la tête à son tour et, à cette nouvelle de la vie secrète de son fils, les larmes noyèrent à nouveau ses yeux.

— Cela durait depuis quand ? demanda Philbert.

— Presque un an. Il venait à vélo. Il était toujours pressé.

— Mais qu'a-t-il fait de cet argent ?

Le restaurateur se pencha, comme s'il cherchait la réponse sur la petite figure cireuse caressée par la lumière dansante de la bougie.

— Il était au courant du prix, vous pouvez me croire. On n'avait pas intérêt à essayer de le voler !

Angéline se leva, examina à son tour le visage de son fils qui se défaisait à mesure que le temps passait. Voilà qu'il lui échappait d'une autre façon. Elle croyait le connaître, et il menait déjà sa vie. Elle éprouva pour lui un plus grand élan d'amour encore.

— On ne les voit pas s'échapper ! souffla-t-elle.

Quand le restaurateur fut parti, Philbert interrogea Bénédicte.

— Oui, dit-elle, il avait une boîte en fer qu'il appelait son trésor. Mais il n'a jamais voulu me montrer où il la cachait.

Fauvette était couchée sous la table, repoussée vers le mur. Immobile, le museau entre les pattes, elle clignait des paupières en contemplant la famille rassemblée autour de ce diable de petit bonhomme. Louis-Marie la regarda : « Toi, sans doute sais-tu. »

La boîte était dissimulée dans la grange, sous une poutre du grenier à foin. Auprès des billets soigneusement pliés, il y avait une collection de fossiles calcaires ramassés derrière les labours, des pointes de flèches en silex, signe d'une vieille implantation humaine à Martignac, et le rossignol de porcelaine offert par Louis-Marie.

Le chagrin avait raidi Prudence dans le fauteuil de la cheminée, celui qu'occupait Toine autrefois. Elle y dévidait son chapelet, dissimulée dans l'âtre qu'on avait bien sûr éteint. Quand un visiteur l'apercevait, elle ne bougeait pas, condescendant à un mouvement de tête.

— Cela m'agace, grognait-elle, ils me distraient.

Le menuisier vint avec son tournevis.

Il repartait avec ses outils lorsqu'un moteur gronda dans la cour. Un petit homme entra, la moustache blanche, presque bossu, se découvrit de son chapeau. Il s'avança vers le cercueil en boitillant sur des jambes grêles, traça le signe de la croix. Angéline murmura dans son dos :

— Vous arrivez après qu'on l'a enfermé dans son cercueil. Vous ne l'aurez pas connu.

Il rentra la tête dans les épaules, se retourna le chapeau à la main. Il expliqua qu'ils étaient venus en train, un taxi les avait amenés de Châteauneuf. C'était le père Chaigneau. Angéline était déjà coiffée de son chapeau de deuil avec le long voile descendant jusqu'à terre. Elle resta droite et cachée derrière. Elle se découvrit devant sa mère qui la prit dans ses bras, et elles pleurèrent l'une contre l'autre.

— Il faut des circonstances comme celle-là pour qu'on se retrouve !

— Il désirait tellement vous connaître. Il lisait et relisait vos lettres. Il demandait : « Pourquoi on ne va pas voir mémé Chaigneau ? »

Quand le cercueil sortit dans la cour, Angéline serra convulsivement la main de Bénédicte. Le visage pâlot de la petite fille était enveloppé dans un tragique foulard noir.

— Je ne vivrai plus désormais ici qu'avec la menace de cette Charente sur le seuil de la maison ! déclara-t-elle.

Elle avait annoncé devant le lit de mort d'Antoine-Marie qu'elle attendait son troisième enfant. On pouvait craindre pour le terme de cette grossesse. Ils conduisirent Antoine-Marie au cimetière de Martignac. Le cimetière était un rectangle au milieu des vignes, enfermé par un mur couleur tourterelle, rempli aux trois quarts par de somptueux caveaux en forme de chapelle.

— Aussi longtemps que l'on n'a pas de morts dans le cimetière, on n'est pas vraiment d'un pays..., avait reconnu Prudence de son coin de cheminée.

Elle poursuivit devant la tombe, avant de laisser Antoine-Marie au fossoyeur :

— Vous m'enterrerez là, avec lui. Je le veux. Je n'ai pas

besoin de retourner en Vendée. Le Bon Dieu s'arrangera pour nous rassembler Toine et moi.

Ils rentrèrent à Sarreboute dans une belle lumière de juin. La chaleur était tout de suite perceptible à travers les vêtements noirs. Les Gendreau offrirent aux Chaigneau de manger avec eux. Philbert but plus que de raison et se sauva ruminer son chagrin dans les champs. Le père Chaigneau sortit marcher dans le jardin.

— C'était une forêt vierge, lorsque nous sommes arrivés, lui expliqua Louis-Marie.

Copiant les jardins de curé, Prudence avait bordé l'allée centrale de petits buis taillés au carré. Les transversales étaient plantées de haies coupe-vent de pommiers et de poiriers en espaliers dans un alignement impeccable, comme des soldats montant la garde sur les salades et les poireaux. Année après année, le jardin avait été aménagé en un paradis de végétation policée, soignée, organisée avec amour. Rien n'y poussait au hasard.

— Les femmes y sont tous les jours, ajouta-t-il.

— Ça se voit ! répondit le père Chaigneau, les mains derrière le dos, le chapeau sur la tête.

Il s'intéressa aux fèves, rares en Vendée, s'extasia sur les artichauts, s'avança entre les buttes d'asperges montées en tiges.

— Chez nous, dit-il, on les cueille encore. Tout est plus en avance que chez nous...

Il toucha l'écorce d'un cerisier, leva le nez vers ses branches, avec la même manie que sa fille de tout renifler. On ne reconnaissait pas en lui l'homme violent et autoritaire des événements passés. Il n'avait presque rien dit à table, sinon :

— Quand un enfant meurt, c'est l'avenir du monde qui s'en va.

Prise d'une déraisonnable et absolue envie de nettoyage, un jour comme celui-là, Angéline avait sorti les chiffons, l'encaustique. Elle frottait l'armoire, le buffet, avec une brusquerie nerveuse, comme si elle voulait chasser les miasmes de la mort avec son chiffon. Son père s'approcha d'elle à l'heure de partir. Il se racla la gorge, hésita, regarda sa femme et, la prunelle larmoyante :

— J'espère que vous viendrez nous voir, un de ces prochains jours.

Angéline s'était enfin assise sur le bout du banc, le visage gris, le regard égaré, le bord des lèvres creusé par une ride d'amertume.

— C'est la première parole aimable que vous nous adressez depuis dix ans, dit-elle tristement.

— Je sais, reconnut-il sourdement, je sais. Ce n'est sans doute pas ce que j'ai fait de mieux dans ma vie.

Il se balançait misérablement d'une jambe sur l'autre. Il lui tendit la main. Elle la prit du bout des doigts, en reboutonnant maladroitement le col de son chemisier noir.

— Embrassez-vous donc ! supplia sa mère en pleurant.

Ils lui obéirent. Marquis était attelé dans la cour. Philbert n'était pas de retour. Ils partirent pourtant. Le train n'attendrait pas.

Angéline accoucha d'un fils en octobre. Malgré une avance de peut-être un mois, il était en bonne santé, même s'il pleurait souvent, réveillé par des coliques sans gravité.

— Mon lait ne doit pas lui convenir, dit Angéline.

Philbert haussa les épaules.

— Je dirais qu'il lui convient trop. Il ne paraît jamais rassasié !

Il se pencha sur la petite tête avide à la peau blanche et aux cheveux très clairs qui tétait, bienheureuse, les yeux fermés. Ses narines bougèrent en respirant l'odeur douceâtre de lait et de talc du bébé. Il écarta la chemise, et suivit du doigt la veine bleue qui sinuait sur le sein.

— Je te dis que tu lui en donnes trop, insista-t-il en souriant, et il retira le mamelon de la bouche du bébé.

La tête du bébé pendait, yeux clos, joues rondes et bouche ouverte.

— Regarde-le, il est gavé !

Ils l'avaient appelé Gabriel. Les vagissements de l'enfant résonnaient comme une musique joyeuse dans la grande maison triste. On étendit des langes sur la corde à linge du jardin. Bénédicte, ravie de son nouveau petit frère, et puis Angéline se mirent à chanter en berçant Gabriel. La vie revenait après un terrible hiver.

À Noël, Louis-Marie fit deux tours pour emmener toute la famille à la messe de minuit dans la Rosalie Citroën bleu nuit que lui avait vendue son patron. L'automobile était comme neuve. Son pare-brise était si étroit qu'on avait l'impression de suivre la route derrière une meurtrière.

— Tu as bien fait le meilleur choix lorsque tu es parti à Jarnac, reconnut Antoine en tâtant le plafond capitonné.

— Je ne sais pas, lui répondit Louis-Marie, je commence à en avoir assez de voyager. Je gagne peut-être plus, mais il faut boire. Je suis tout seul.

— Pourquoi tu ne te maries pas ? Avec ta situation, tu n'aurais pas de mal à trouver une femme.

— Pour se marier, il faut être deux. Je ne veux pas une femme pour l'argent ou pour la pitié.

— La pitié ? Pourquoi ? À cause de ta jambe ?

Louis-Marie haussa les épaules.

— Tu veux le grand amour ? Moi, j'ai cru faire avec Lise un mariage de raison. Et je peux te dire que nous ne sommes pas malheureux ensemble.

— Tu as oublié Edmée ?

— On n'oublie pas. Des détails reviennent comme ça, de plus en plus à mesure qu'on vieillit. Et puis il y a Aline qui a maintenant l'âge de sa mère lorsque je l'ai connue. Son goût pour soigner les malades, elle le tient d'elle. Quelquefois, je l'appellerais Edmée.

— Lise n'est pas jalouse ?

— De quoi ? Elle aussi a des souvenirs. Elle me parle parfois de la Vendée. C'est curieux comme la souffrance devient douce avec le temps ! Il n'y a que la nuit : la guerre me réveille encore. L'odeur, c'est ce qu'il y a de plus terrible, l'odeur du sang. Lise est habituée à mes cauchemars. Je suis sûr que si elle n'était pas là, je serais encore capable d'en devenir fou.

Philbert arracha cinquante ares de vignes en plus à la Renaud. La vieille femme resta ferme sur le partage à moitié, malgré les objections justifiées de Philbert.

— Est-ce que vous voulez tout manger dans la commune ? lui demanda-t-elle.

— Non, lui répondit-il, on veut seulement avoir de quoi manger à notre faim.

— Mais vous avez grand-faim Sauf le dimanche, vous êtes toujours à travailler.

— Quand on a eu faim une fois, on est toujours à craindre de manquer encore.

Philbert rapporta cette conversation avec la vieille femme un dimanche, et ajouta :

— Si j'avais de l'argent aujourd'hui, mais je n'en ai pas, j'installerais une distillerie.

— Une distillerie, s'étonna Angéline, pour les deux malheureux hectares de vigne qui ne sont pas à nous !

— Essaie de comprendre ! s'emporta aussitôt Philbert. Ils mettent de l'or en fût avec leurs alambics. Quand on vendange, on ne fait que la moitié du travail, le moins rentable. Si on avait une distillerie, je distillerais le vin de la Renaud, et j'offrirais de distiller pour les autres !

Les passes d'armes étaient familières entre eux. Depuis le début, ils n'entreprenaient rien sans ces heurts de leurs caractères. Ils sortaient de ces coups de sang essoufflés, meurtris sans doute, mais s'aimant encore. Ils multipliaient ensuite pendant quelques jours les gestes aimables, jusqu'à ce qu'ils oublient, et se laissent emporter par leur tempérament.

Louis-Marie, qui s'était tenu en retrait, approuva les paroles de son frère.

— C'est vrai qu'une distillerie pourrait être une bonne affaire. Les bâtiments ne manquent pas...

Philbert réagit aussitôt avec un grognement de mauvaise humeur. De quel droit se mêlait-il à sa conversation avec sa femme ? Il n'avait pas besoin de son aide. Et puis il fronça les sourcils : n'était-il pas capable de lui voler son idée ?

La présence de Louis-Marie était souvent la cause insidieuse des querelles du couple. Philbert reprochait à sa femme, qui s'en défendait, d'être toujours béate devant son frère. Les choses n'étaient pas si nettes, elle le savait. L'instinct de Philbert ne le trompait pas. Elle était obligée de s'avouer que la présence de Louis-Marie l'émouvait, peut-être plus encore que par le passé. Il avait toujours cette manière bouleversante et douloureuse de la regarder comme le jour des pêches de vigne, qu'elle n'avait pas oublié. Des sentiments profonds bougeaient en elle, qu'elle s'efforçait de contenir. Elle ne pouvait pas ne pas aimer la tendre adoration de son beau-frère

Le 15 Août, la Rosalie conduisit les Gendreau au pèlerinage à Notre-Dame d'Obezine, près de Douzat. Le rassemblement était organisé par le chanoine Chauvet, un prêtre du diocèse de Luçon, pour les Vendéens immigrés en Charente. Depuis la guerre, ce prêtre au visage sanguin, solide et noueux comme un paysan, s'était mis au service des Vendéens de la diaspora, entreprenant de nombreux voyages en Périgord, en Dordogne, en Lot-et-Garonne et dans les Charentes. L'évolution des mentalités l'avait effrayé : ces hommes et ces femmes partis avec des convictions solides avaient peu à peu adopté les habitudes et les mentalités non chrétiennes des populations indigènes. Il avait donc résolu, avec l'appui de son évêque, de mobiliser les nouveaux arrivants pour leur éviter le sort de leurs prédécesseurs et, peut-être même, pour reféconder les anciens. Il avait créé les Associations familiales vendéennes, pour aider les émigrants en difficulté. L'Association avait, par exemple, réuni les fonds nécessaires au rapatriement de la veuve et des enfants du pauvre Vrignaud pendu dans le bois du Piot. Il avait lancé un journal : *Vendée fidèle*, où l'on donnait des nouvelles de la migration, avec des bilans, des informations sur les résultats obtenus dans les diverses régions. Des journalistes vendéens y entretenaient aussi le feu sacré, resserrant les liens avec la « mère patrie ». Ils chantaient la Vendée considérée « un peu comme une personne humaine : un corps et une âme ». *Les émigrants*, écrivaient-ils, *avaient dû se séparer du corps, mais ils en étaient encore l'âme, cette âme faite d'un ensemble de qualités profondes transmises de père en fils depuis des siècles*. Le chanoine Auguste Billaud, l'historien catholique des guerres de Vendée, s'y entendait à exalter ces qualités profondes dans des récits qui mettaient en scène des paysans-soldats héroïques et des prêtres martyrs. L'évêque du diocèse de Luçon écrivait dans *Vendée fidèle* : *Si la Vendée est demeurée la région peuplée et laborieuse que nous admirons, si la ruche est toujours prête à des essaimages nouveaux, c'est que la foi du Christ et l'amour de Dieu ont réussi à lui conserver une race de paysans vaillants et fraternels*.

Noémie, la femme d'Athanase, avait offert aux Gendreau leur premier abonnement à *Vendée fidèle*. Les Gendreau s'étaient naturellement réabonnés. Mais les Vendéens de Martignac n'avaient pas jugé utile de suivre les recommandations du journal qui leur conseillait de s'organiser en amicale.

— On n'a pas besoin de ça. S'il y a quelque chose, on n'a pas de mal à se le dire, le dimanche !

Depuis l'ouverture de la sacristie après la messe, Martignac avait été en quelque sorte consacrée paroisse des Vendéens, dans le secteur. La tribu se reformait autour du curé Guignabert, pourtant peu enclin à la nostalgie.

Le rassemblement vendéen à Notre-Dame d'Obezine se passait à la sortie du bourg, dans la prairie, devant la grotte de Lourdes. Les Gendreau versèrent un symbolique droit d'entrée, et on leur remit un insigne du « cœur vendéen » qu'ils s'épinglèrent sur la poitrine. Leurs amis étaient arrivés, et ils les rejoignirent. Athanase ne manifestait pas le dynamisme habituel. Un insecte lui avait piqué l'œil, un mois plus tôt. La blessure s'était infectée. L'œil avait commencé de sécréter un liquide purulent. Il portait un bandeau. On aurait dit un capitaine à la tête de ses flibustiers. Il en souriait malgré tout, secondé par la considérable et indestructible Noémie au rire retentissant.

Le chanoine Chauvet vint enfermer leurs doigts entre ses mains épaisses. Des broussailles de sourcils très noirs dissimulaient son regard brûlant au fond de ses orbites profondes. Le cœur vendéen était bien sûr épinglé sur sa soutane qui claquait autour de ses jambes comme un drapeau. Il s'intéressa à tous, posant des questions sur les réussites et les difficultés. Athanase, désignant les Gendreau, raconta l'histoire de la sacristie de Martignac. Le chanoine sourit.

— C'est bien. Voilà ce qu'il faut faire, dit-il, levant un index impressionnant, prendre des initiatives !

Et puis il soupira, et se laissa aller à quelques remarques aigres-douces contre « ces bons vieux prêtres de Charente » peu enclins à galvaniser la foi de leurs paroissiens. Il donna l'exemple de sa déconvenue de la veille, quand il avait frappé à la cure d'une paroisse voisine pour parler des Vendéens avec le prêtre. Le curé l'avait fait attendre parce qu'il était retenu par des essaims d'abeilles !

— Ces prêtres sont sans doute de braves hommes, mais ils ont perdu la fibre, dans un univers paganisé. On dirait que l'anticléricalisme du milieu leur a ramolli la foi dans leur mission. C'est à vous, le sel de la terre, de les réveiller.

Prudence osa, avec l'âge elle se permettait plus souvent de parler :

— Le père Guignabert est un bon prêtre.

Le chanoine Chauvet gravit les marches de l'escalier taillé dans la falaise pour prêcher. Il développa un commentaire très libre du Magnificat : « Devant l'enfant, trésor de sa famille confié par Dieu, que de motifs d'être inquiets, et quelle désolation à la fin de votre vie si les jeunes devenus grands sont devenus infidèles. Quelle responsabilité pour les parents ! » Il encouragea à réagir contre le matérialisme profond, la quasi-absence de Dieu dans toutes les vies qui les entouraient. « Ne restez pas seuls pour lutter contre cette pression sociale. Rassemblez-vous. Conservez le souvenir de votre petite patrie ! » Il leur conseilla, en cette fête de l'Assomption, de se tourner vers la Sainte Vierge. « Priez-la. Adressez-vous à la première de toutes les femmes, à la mère du genre humain. Formez le cœur des petits à l'aimer. Apprenez-leur à la prier chaque fois avec confiance. »

Trois cents pèlerins étaient rassemblés. Après la messe, ils pique-niquèrent sous les peupliers. Ceux de Martignac avaient auprès d'eux la délégation la plus nombreuse et la plus bruyante, venue de Ronsenac, près de Villebois-Lavalette. L'ombre et la lumière jouaient à travers le feuillage mouvant sur les nappes et les visages des pèlerins assis. Les hommes avaient enlevé leurs vestes. Philbert offrit à boire à ses voisins.

— Les trois quarts de la commune sont à nous, lui affirmèrent-ils, triomphants. Les Charentais ne le voient pas d'un bon œil. Ils disent qu'on sent la vache. Eux ne savent faire que du blé. Nous on s'est organisés en coopérative laitière. C'est comme ça qu'on a développé notre petite Vendée !

Ils lui présentèrent leur maire qui était, bien sûr, un Vendéen. La commune de Ronsenac était à eux. Sur trente-cinq élèves à l'école, il n'y avait plus que sept Charentais ! Les Vendéens de Ronsenac entouraient avec respect un vieillard aux reins brisés, appuyé sur un bâton. Les lèvres de l'homme bougeaient comme s'il poursuivait un long monologue silencieux, et à la moindre vue ses yeux se mettaient à pleurer. Il était le dernier survivant d'une famille de pionniers émigrés à Ronsenac en 1872, les Douillard. Sa famille était arrivée dans un pays sous le choc du phylloxéra. Les Douillard n'avaient rien que leurs mains pour travailler et demander leur pain. Le vieux se souvenait d'avoir été appelé souvent « sale chouan ! ». Il avait dix ans lorsqu'il avait migré avec ses parents de Chambretaud, en Vendée, à Ronsenac. Ils ne portaient pour tout bagage que leur bissac sur l'épaule et un bâton pour se défendre des chiens.

— Ce devait être dur de trouver à manger tous les jours, n'est-ce pas, grand-père ?

Il hocha la tête, fit entendre un cri éraillé, et se mit à pleurer. À présent, les Douillard cultivaient soixante hectares de bonnes terres bien à eux.

L'après-midi, aux vêpres, ils chantèrent les litanies de la Sainte Vierge. Le père Chauvet s'efforça de réveiller ses pèlerins assoupis par la chaleur, la nourriture et la boisson. C'était l'heure de la sieste. Les feuilles des peupliers cliquetaient dans le vent tiède. Il invita ses compatriotes à un nouveau rassemblement à l'abbaye de Bassac, le 3 octobre : « Nous irons prier sainte Thérèse, patronne des missions. Ne devons-nous pas être aussi des missionnaires dans cette terre de Charente ? Nous sommes venus réveiller les jachères, toutes les jachères, celles de la terre et du ciel. Non seulement nous devons maintenir le christianisme dans nos fermes et nos villages, mais nous avons la belle et noble tâche de convertir. Quelle aventure enthousiasmante que de se lancer dans cette entreprise missionnaire ! »

Cet été 1937, Louis-Marie commença à travailler pour les assurances. Partir en tournée chez ses liquoristes lui devenait chaque fois plus pénible. Il en avait parlé à M. Rémond. Son patron lui avait répondu :

— Soyez patient. Les affaires sont actuellement difficiles. Vous n'êtes pas prêt à voir baisser vos revenus ?

Louis-Marie avait déjeuné à Angoulême avec un Bonnet originaire de Vendée, particulièrement volubile, clignant fréquemment de l'œil comme s'il avait encore une bonne histoire à raconter. La moustache conquérante, il ne rechignait pas à confier ses bonnes fortunes, vraies ou fausses. Stagiaire à la compagnie d'assurances Le Soleil, il assura à Louis-Marie qu'on pouvait gagner de l'argent dans les assurances par capitalisation. Louis-Marie proposa ses services à plusieurs compagnies. Trois lui répondirent : Le Soleil, Utrecht, La Prévoyance. L'inspecteur de La Prévoyance le reçut dans son bureau de Champagnac, près de Cognac. Cet homme aux lourdes poches sous les yeux et au fort accent charentais connaissait fort bien, disait-il, M. Rémond, qu'il appelait familièrement Jimmy. Ils jouaient, assurait-il, au bridge ensemble, ce dont Louis-Marie se permettait de douter. Louis-Marie se montra cependant profil bas, et rit aux bons mots de son interlocuteur, confortablement retranché derrière son bureau. Il craignit un moment de repartir bredouille, et soudain :

— Nous avons un portefeuille disponible à Châteauneuf. S'il vous intéresse, il est à vous, après trois mois d'essai.

Comme l'avait pressenti Louis-Marie, l'inspecteur avait un goût très marqué pour l'hyperbole. En fait de portefeuille, il ne s'agissait que de quelques clients du côté de Gondeville et Mainxe. Louis-Marie avait tout à faire. Il consacra ses samedis soir et ses dimanches après-midi à la prospection. Le curé Guignabert le dispensa de vêpres. Ses anciennes tournées de porte-pain lui servirent : on le reconnut, on lui fit confiance. Sauf par mauvais temps, il choisit d'arriver à bicyclette, le bas de pantalon dans des pinces à vélo. Il ne dédaignait pas d'attirer la pitié. Il proposa ses services à ses anciens patrons boulangers. La liaison était rompue entre la boulangère et lui depuis longtemps. Le temps avait passé. Blanche lui sembla vieillie. Elle oublia de l'appeler « mon petit », mêlant les vous et les tu. Sa belle peau blanche s'était cassée. Louis-Marie ressentit cependant pour elle un confus élan de tendresse, comme pour une nourrice trop vite oubliée. Profitant du départ de son boulanger de mari en quête de papiers, elle soupira :

— Eh oui ! on garde tout de même d'agréables souvenirs de votre passage chez nous !

Dans sa prunelle s'alluma un instant la flamme ardente d'autrefois. Elle tendit la main et toucha celle de Louis-Marie en faisant entendre son petit rire nasillard. Il reconnut ses doigts secs. Le boulanger descendait de la chambre.

— Si on peut faire ensemble, pourquoi pas ? Autant travailler avec quelqu'un qu'on a déjà fait travailler...

Ils firent affaire. Louis-Marie demanda à visiter le fournil et l'écurie. Il n'y avait plus de cheval Sergent. Sa place était occupée par une fourgonnette Peugeot.

Après un an de travail le soir et les dimanches, le portefeuille de Châteauneuf représentait un chiffre d'affaires de six mille cinq cents francs. L'inspecteur téléphona à Louis-Marie chez Rémond.

— Le portefeuille de Jarnac est disponible. Si vous voulez le cumuler avec celui de Châteauneuf, je n'y vois aucun inconvénient.

Louis-Marie fit part de cette proposition alléchante à son patron.

— Qu'est-ce que vous voulez que je vous dise ? lui répondit M. Rémond, en pétrissant machinalement ses bajoues encore plus lourdes. Si vous m'en parlez, c'est que votre décision est déjà prise. Je me doutais qu'un jour vous voudriez faire cavalier seul. J'aurais aimé vous garder un peu plus longtemps, mais je ne peux pas vous retenir avec de vaines promesses. Nous aurons la guerre, affirma-t-il en soulignant ses mots avec de lourds hochements de tête. Elle sera terrible. Les voyages ne seront plus permis. Vous anticipez en quelque sorte la marche de l'histoire.

Louis-Marie prit ses propos avec légèreté.

— Le pire n'est jamais sûr, monsieur.

— Je voudrais me tromper. Nous sommes entourés de fous dangereux qui s'allient, l'Espagnol, l'Italien, le Boche. La France et l'Angleterre sont gouvernées par des incapables. Méfiez-vous, les assurances, elles aussi, risquent d'être balayées par le cataclysme. Mais je ne veux pas m'opposer à votre désir. Je suis un vieux bonhomme. Vous avez trente-quatre ans. C'est maintenant ou jamais. À votre place, je ferais le même choix que vous.

16

Quand la France déclara la guerre à l'Allemagne, le 3 septembre 1939, Louis-Marie visitait un carrier de Gondeville. Les affaires marchaient bien. En même temps que les assurances, il proposait des bidons d'huile Esso Standard à ses clients, avec lesquels il payait ses frais généraux. Il avait loué une petite maison à Jarnac, sur la route de Sigogne, où il avait installé sa chambre et son bureau. Philbert, moqueur, l'appelait sa garçonnière. Cela n'empêchait pas Louis-Marie de rentrer comme avant passer les dimanches à Sarreboute. Prudence avait demandé en lui recousant un bouton de veste .

— Mais qu'est-ce que tu vas faire de tes sous ?

Il lui avait répondu par une boutade.

— Je les donnerai aux pauvres !

Il n'ignorait pas les bruits de bottes aux frontières. M. Valladon, à présent en retraite, lui en avait rebattu les oreilles le dimanche précédent, en surveillant son bouchon dans la rivière. Le vieux radical imaginait des catastrophes partout depuis l'échec de Blum et du Front populaire. Louis-Marie n'avait jamais été aussi bien. Il était son maître. En un an, il avait doublé le portefeuille de Jarnac. Sa séduction naturelle, son air de garçon honnête, son âpreté paysanne jouaient en sa faveur dans les négociations. Il n'hésitait pas à mettre en avant sa mémoire sans défaut, saluant tous ses clients par leur nom, mais encore se remémorant avec une sûreté infaillible chaque numéro de dossier. On lui attribua vite une réputation de compétence. Et les clients venaient maintenant à lui sans qu'il ait besoin d'aller les chercher. Il lorgnait du côté des grosses maisons Hennessy et Courvoisier, espérant bientôt les faire tomber dans son escarcelle. Bientôt il serait obligé d'engager un employé. Comment aurait-il pu craindre la crise ? Quelle crise ? La panique générale devant les gesticulations de Hitler lui semblait outrée. Le dictateur affichait des visées expansion nistes du côté des minorités d'Europe de l'Est. Il ne prendrait pas le risque d'attaquer la France et ses alliés. Daladier et Chamberlain avaient été fermes au sujet de la Pologne. Si la Tchécoslovaquie avait été annexée, on l'avait bien voulu. Cette fois, Hitler allait reculer.

Il frappa à la porte vitrée de la baraque où il avait rendez-vous. Sa veste de costume lui donnait chaud. L'eau qui avait empli le trou de la carrière abandonnée avait au soleil une stupéfiante couleur vert bouteille d'une grande beauté. Personne ne lui disant d'entrer, il poussa doucement la porte. La radio marchait, et le monde chancela. Le Boche vociférait. Un journaliste français traduisait, la voix consternée. À cinq heures quarante-cinq du matin, les troupes allemandes avaient envahi la Pologne. Louis-Marie vit se retourner vers lui l'un des quatre hommes serrés autour du poste. Il ne prit pas le temps de le saluer. Il courut à sa voiture, démarra

— Le con ! Le con ! Il a osé !

Il frappait son volant du poing. Il s'en voulait en même temps de s'être laissé endormir par sa réussite, et de ne pas avoir douté de la paix. « Les hommes aiment ça, pensait-il, ils ont le goût du sang, l'étripage de 14-18 ne leur a pas suffi, la jeune génération ne l'a pas connu ! » Il éprouvait en même temps de la haine : « Mais comment ne l'ont-ils pas encore tué, ce salaud ! » Il entra en trombe dans la cour de Sarreboute. Le silence, Fauvette paisiblement couchée au soleil sur le perron, il comprit qu'il ne s'y était encore rien passé. Son cœur se serra. Il pensa : « C'est encore la paix ! » Il entra dans la cuisine. Sa mère était assise sur son tabouret en bout de table, épluchant des pommes de terre.

— Quelle surprise ! dit-elle, le visage éclairé par son bon sourire.

Elle se moucha avant qu'il l'embrasse.

— Je suis enrhumée.

Elle le rappela à l'ordre.

— Tu ne m'as pas donné le temps de t'embrasser !

Il s'approcha de nouveau et, tendant les lèvres, elle s'offrit une succession de baisers sonores.

— Comment vas-tu, mon grand ?

Gabriel était accouru, et entourait de ses bras la jambe de son oncle. Louis-Marie tira le mouchoir de la poche ventrale du tablier de son neveu, lui essuya la bouche, et le prit à son cou. Il pensait en même temps à la banalité de ses gestes dans ces circonstances.

— Alors grenouillot, lui demanda-t-il, tu n'ennuies pas trop ta mémé ?

Prudence fronça les sourcils et l'interrogea, en alerte soudain :

— Qu'est-ce qui se passe ? Il est arrivé quelque chose ?

— Rien, j'étais dans les parages, c'est tout.

— Tu n'as pas ta couleur ordinaire. Tu es entré dans la cour comme un fou.

Il regarda machinalement la pendule. Il allait être bientôt midi. Sa mère tendit l'oreille.

— Qu'est-ce qui sonne maintenant ? Je ne vois plus très bien, mais j'entends clair. Ce n'est pas l'angélus.

Son regard s'éleva à son tour instinctivement vers la pendule. La cloche de l'église de Martignac semblait prise de folie. Le vent portait bien son battement endiablé, et Louis-Marie imagina le sonneur de cloche affolé comme un Quasimodo au bout de sa corde. Il murmura, les lèvres appuyées sur la tempe de Gabriel où le sang battait :

— Ils ont appelé à la mobilisation générale.

Sa mère s'écria : « Oh non ! » et elle appuya sa bouche sur

ses poings d'où sortait la lame de son couteau. Louis-Marie crut entendre, venant de Vibrac, un autre battement de cloche tout aussi insensé. Il posa la main sur l'épaule noueuse de sa mère et la pressa tendrement. Gabriel bougea les jambes, prisonnier des bras trop serrés de son oncle. Elle redressa la tête, s'essuya les yeux avec un pan de son tablier de devant.

— Cela va donc recommencer. Je viens de revoir comme si c'était hier la déclaration de guerre de 14.

Elle reprit une pomme de terre sur la table, et recommença à peler, comme un automate. La cloche continuait de sonner le tocsin, comme si elle ne pouvait plus s'arrêter. Louis-Marie alla fermer la porte pour ne plus l'entendre. Sa mère lui demanda :

— Tu vas manger avec nous ?

Antoine, le premier, ouvrit la porte, suivi de tous les autres. Il était essoufflé, déjà alarmé, rouge et pâle tout à la fois.

— Qu'est-ce qui est arrivé ?

— Hitler a envahi ce matin la Pologne.

— C'est la guerre ?

— La mobilisation générale.

— Ce n'est pas vrai ! s'écria Lise.

Ce fut le seul cri véritable. Philbert, sergent de réserve, se prépara à partir dans un silence résigné. Il devait rejoindre sa caserne d'Angoulême. Antoine n'était pas mobilisé, pour l'instant, à cause de son âge et de ses années de guerre, mais il paraissait le plus affecté. Le cauchemar qu'il s'était péniblement efforcé d'oublier depuis vingt ans redevenait réalité. Tout d'un coup sa famille lui retrouvait sa tête de désespéré en lame de couteau, son regard effrayé, les cheveux blancs en plus. Il répétait, s'adressant autant à lui-même qu'aux autres :

— Vous allez voir ! Vous allez voir !

Lise, inquiète, essayait de le calmer.

— Ne te rends pas malade avant que ce soit arrivé.

— Ce sera pire que ce qu'on a connu, prophétisait-il tragiquement sans l'écouter. Les armements sont encore plus terribles aujourd'hui. Plus personne ne sera à l'abri. Ils pourront venir nous tuer chez nous pendant notre sommeil...

Bénédicte se mit à pleurer.

— Tais-toi, tu fais peur aux enfants !

Il sortit dans le jardin.

— La guerre, c'est la fin du monde !

Louis-Marie ne resta pas dîner. Le train de Philbert partait le lendemain à midi. Louis-Marie avait offert à son frère de le conduire à la caserne avec la Rosalie. Quittant son costume, il était allé chercher les vaches et proposait d'aider à la traite. Philbert avait ricané :

— Tu veux déjà me remplacer ? Il y en a qui ont la chance de rester à l'arrière !

Ils étaient dans l'étable. Philbert roulait la brouette de fumier. Louis-Marie venait de s'asseoir sur le tabouret à trois pieds. Le béret sur la tête, il s'appuyait contre le flanc chaud de la vache. Les paroles de Philbert étaient à sa mesure, d'une force terrible. Louis-Marie se releva, les jambes tremblantes, laissa son seau dans l'allée.

— Tu... tu es un salaud...

Il s'en alla, boitant bas. Ses belles-sœurs s'étaient arrêtées de traire. Il entendit Philbert leur crier :

— Ben quoi, c'est vrai, merde !

Louis-Marie revint le lendemain matin. Il faisait un temps de fleur au fusil. Le vent sec sentait l'herbe chaude. Le soleil éclaboussait la carrosserie bleu nuit de la Rosalie. « Tout allait trop bien, pensait Louis-Marie aveuglé par la lumière, pour moi et pour Sarreboute. L'étable est pleine. Ce n'est pas possible que tout s'effondre ! » Il aperçut Philbert près de la vigne de la Renaud, sur le coteau. Il hésita, puis se gara sur la berme. Il gravit lentement la côte derrière son frère. Le soleil oblique tirait des lignes sur les fils de vigne. Philbert avançait de son pas de géant tranquille. De temps en temps, il entrait dans un rang, prenait le pampre à plein bras et l'enroulait dans les fils. « Il aime cette vigne. Il a l'idée, lui aussi, qu'un jour on l'achètera. » Philbert avait encore sa tête des mauvais jours, les sourcils froncés, la mâchoire agressive, les boucles de cheveux en désordre sur le front. Ils marchèrent côte à côte sans se parler. Et puis, Philbert soulevant un bois :

— Regarde, dit-il, montrant avec désespoir un chapelet de grappes, rien que sur cette branche tu as de quoi remplir un panier !

Louis-Marie hocha la tête. Philbert souleva les grappes dans sa main à la corne noircie.

— Elles ont véré. Il n'y a pas eu de coulure, cet été.

Les grains avaient en effet perdu de leur opacité, laissant pénétrer la lumière. Pendant un mois, encore, ils allaient se gorger de soleil. Il lâcha le rideau de feuilles qui retomba, et frappa dans ses mains.

— L'avais-tu vu celui-là ? interrogea-t-il, soudain éclairé par une lueur heureuse.

Un lièvre détalait dans le rang devant eux, hésitant entre la droite et la gauche, bondissant sur ses longues pattes à ressorts.

— Il était gîté, là-bas, sous le souchaud. Je l'avais à l'œil en même temps que les raisins.

Ils s'avancèrent jusqu'au gîte du lièvre. La terre était tassée, à l'abri du cep, en forme de lit rond et douillet.

— Oh ! il y reviendra, dit Philbert encore excité.

Et puis, redevenu sombre :

— Dans quinze jours, l'ouverture de la chasse. On m'invite à en faire une autre.

Ils montèrent jusqu'au bois du Piot. D'en haut, on avait la vue sur tout Martignac. Le toit de tuile du clocher carré de l'église émergeait de la frondaison des platanes de la place. Par-derrière s'étalait la platitude de la prairie et ses flèches de peupliers. Sarreboute était caché là-bas au bord de la Charente qu'on ne voyait pas non plus. Quelques brasillements de mica à travers les feuilles la laissaient cependant deviner. On entendait distinctement les coups de marteau de Béraud, le forgeron. Il frappait le fer à coups réguliers, parfaitement rythmés, puis laissait retomber son marteau sur l'enclume en deux petits coups rapprochés. Tout évoquait la paix. C'était la guerre. Louis-Marie proposa à son frère :

— Je te ramène ?

— Si tu veux.

Ils ne se parlèrent pas en descendant vers la voiture. Mais, lorsqu'il s'assit, Philbert gronda, la voix sourde :

— J'espère que tu ne t'aviseras pas de la toucher !

Louis-Marie avait démarré. Du pied, il donnait de légères pressions tranquilles sur la pédale d'accélérateur. Le moulin peinait à s'élancer. Philbert ricana :

— On a tous été au courant de ton histoire avec la boulangère. Il n'y a que ce pauvre cocu de boulanger qui ne l'était pas. Il paraîtrait que ton successeur a pris ta place sur les sièges de la Peugeot. Cette garce ne peut pas faire ça sans s'ébrailler.

Louis-Marie répondit sur le ton de la plaisanterie :

— Elle approche de la limite d'âge. Je souhaite bien du plaisir à mon successeur !

Mais Philbert revint aussitôt à ce qui le préoccupait.

— Je n'aime pas la façon dont vous vous regardez, ni la tienne, ni la sienne. Vous vous connaissez trop bien. Si je suis tué à la guerre, vous ferez ce que vous voudrez. Je lui en ai parlé, hier soir. Mais si je reviens, et qu'il s'est passé quelque chose entre vous, je le saurai.

Ses mains étaient refermées sur ses cuisses qu'il pétrissait nerveusement en parlant.

— Tu te fais une belle idée de moi ! répondit Louis-Marie, les dents serrées.

— Oui, oui, je te connais, avec ton museau de fouine et tes manières pour te faire plaindre. Tu as embobeliné tout le monde.

Louis-Marie démarra. La Rosalie sauta vivement la berme.

Il le conduisit tout de même à la gare avec Angéline, les deux petits et Lise. Tout le monde était silencieux, on parlait à voix basse devant ses bagages comme dans l'attente d'un convoi funèbre. Le chef de gare se lamentait en serrant des mains avec un visage de désolation. Les cris et les pleurs retentirent lorsque le train arriva à quai. Les deux frères se serrèrent la main. Lise embrassa Philbert les larmes aux yeux. Il enferma en même temps dans ses grands bras Angéline, Bénédicte et Gabriel. Et tous les trois se mirent à crier, à lui serrer le cou, à lui manger les joues.

— Papa ! Papa ! pleuraient les petits, s'entraînant l'un l'autre.

Sa casquette tomba. Lise la ramassa. Les fumées de la locomotive isolaient les familles déchirées dans des îlots intimes.

Les bruits les plus fous circulaient. On disait que l'armée française allait partir tout de suite au secours de la Pologne, via la Baltique, tandis que par les airs on lancerait des bataillons de parachutistes. D'autres avaient entendu retentir le même « À Berlin ! » des poilus de 14 : il fallait envahir l'Allemagne pendant que Hitler avait le dos tourné. Certains optimistes, ou partisans du clan des lâches, admettaient cette mobilisation générale comme une démonstration de force. L'avertissement donné à Hitler, tout le monde rejoindrait ses foyers. Après tout, la Pologne était loin !

De la 49e Compagnie auto d'Angoulême, Philbert fut envoyé au 49e dépôt du train à Limoges (Beaublanc). Il écrivit à Angéline :

Ma chérie,

Après un beau voyage, grimpés sur des camions, nous sommes arrivés à Limoges. On est mieux qu'au camp de Rouilloux, surtout qu'il pleut, il n'aurait pas fait bon sous la tente. Ici, on est bien couchés dans les chambres, on peut sortir en ville et se procurer à peu près ce que l'on veut. Aujourd'hui nous allons manger dehors et ce ne sera pas de trop, car toute cette quinzaine nous avons passablement jeûné. Je crois que la correspondance marche régulièrement, pourrais-tu m'envoyer cinquante francs, mandat téléphonique ? Il me semble que cela se peut. Ici aussi on manque de beaucoup de choses et il faut faire la queue devant beaucoup de magasins. À la caserne, c'est maigre aussi. Enfin, le peu que l'on trouve en supplément, cela suffit. On engraissera plus tard. Je ne sais pas ce qu'on va faire de nous. Je me voyais déjà aux vendanges avec vous. J'aurais recommencé mes voyages à vélo comme pendant mon régiment. Maintenant ce n'est plus possible. J'ai eu du mal à l'accepter. Pourvu qu'ils ne nous envoient pas plus loin ! Et vous, comment allez-vous ? Comment vous organisez-vous pour les vendanges ? Si ce vilain temps dure, ce ne sera pas agréable. Je pense souvent à toi, à vous, qui me manquez. Prends bien soin de toi, n'en fais pas trop. Embrasse nos chers petits pour moi, et ma mère, et toute la famille. Je t'embrasse, toi, chère Angéline, bien des fois.

Quelques jours plus tard, il fut transféré à l'état-major de la 62e division. De Limoges, il partit pour la Moselle. Il participa à la percée française en Allemagne comme chauffeur du général Laguyonnière et du colonel Laidet. Leurs troupes progressèrent d'une quinzaine de kilomètres sur un front sans défense. Puis l'ordre vint de se replier sur Sarreguemines. Le général Laguyonnière obéit, la rage au cœur Philbert l'entendit dire dans sa colère :

— La France est foutue. Elle aura raté toutes les occasions qui lui étaient offertes. Elle préfère attendre tranquillement sa raclée !

Les affaires marchaient vaille que vaille pendant cette « Drôle de guerre ». Comme rien ne se passait, le commerce avait repris, après le choc de la mobilisation. Louis-Marie s'organisa comme au temps de ses tournées de porte-pain. Le matin, il s'occupait de ses assurances, l'après-midi il aidait aux champs. Il retrouva Athanase et Cougnaud, et ils formèrent des équipes de vendangeurs avec les enfants et les vieux. La Rosalie servit de véhicule de transport. Le temps était redevenu beau. Les pluies de septembre avaient compensé en quantité ce qu'elles avaient enlevé en qualité. Angéline put écrire à Philbert : *Ne t'inquiète pas. La vendange est maintenant dans le chai. Tout le monde s'y est mis, même Bénédicte et Gabriel avec leurs petits paniers. On s'est encore bien aidés entre Vendéens. On a fini les premiers.*

Elle lui apprit aussi qu'ils avaient vendangé pour les Charbonnier. Les vieux avaient perdu leur domestique de l'Assistance publique, appelé comme les autres à la guerre. Les Charentais qui ramassaient d'habitude avec eux s'occupaient de leurs propres vignes. Le vieux et la vieille commencèrent à vendanger à deux. Ils n'avançaient pas, bien sûr. Quand novembre arriva, et ses premières matinées de gelée blanche qui confirent les raisins, ils n'en étaient qu'à la moitié de leur vendange.

— Ils ne ramasseront bientôt que de la pourriture ! dit le forgeron Bécaud, en les voyant passer avec leur cuve et leur charrette.

Charbonnier menait ferrer son cheval à Châteauneuf, les compétences de Bécaud ne lui paraissant pas à la hauteur. Le curé Guignabert adressa un signe de sa canne à Louis-Marie comme il passait devant l'église. Les os des hanches du vieux prêtre s'en allaient en miettes, mais il en souriait, après une grimace de douleur :

— À la guerre comme à la guerre ! disait-il. Les jeunes ont dû quitter les vignes du Seigneur, les vieux vignerons restent de service !

— Vous voulez que je vous emmène, monsieur le curé ? lui demanda Louis-Marie en baissant sa vitre.

— Non, j'allais à l'église. Et puis tiens, si. Emmène-moi donc faire un tour de la prairie, je te prie. Il y a longtemps que je ne suis pas allé jusque-là.

Louis-Marie l'aida à monter, lui remit sa canne, franchit le premier pont. La Charente étincelait comme un miroir sans défaut sous le ciel cendré de novembre. La barrette sur la tête, les doigts rassemblés sur la poignée de sa canne, le père Guignabert déclara :

— Vous ne pouvez pas laisser les Charbonnier travailler comme cela, maintenant que vous avez fini.

— Ils ne veulent pas d'aide, monsieur le curé, ils ne parlent à personne !

— Ils sont malheureux.

— Qu'est-ce que vous voulez qu'on y fasse ? Ils ont toujours rejeté tout le monde. Et vous voudriez que maintenant qu'ils sont dans la misère nous volions à leur secours ? Quand je portais le pain...

— Tu ne vas pas ramener les vieilles histoires ?

En même temps qu'il parlait, le père Guignabert contemplait l'étendue toute verte de la prairie, les trouées dans la haie du bord de la rivière, les oiseaux posés dans les arbres.

— Des palombes ! fit-il en désignant un peuplier.

Sa petite taille l'obligeait à tendre le menton pour bien voir. Sa respiration pleine de glaires emplissait la voiture. Il tendit encore le doigt.

— Un essaim d'abeilles s'est installé dans ce vieux frêne creux, il y a bien longtemps. J'ai fait venir mon confrère apiculteur de Douzat. Il m'a dit que pour les recueillir, il n'y avait que la solution de couper le frêne.

Louis-Marie ralentit. Le père se pencha.

— Elles y sont encore !

Et puis :

— Vous avez l'habitude de travailler ensemble. Votre esprit d'entraide est un bon exemple. Comme les Charentais ont été plus gâtés, ils sont plus individualistes. Mais vous allez maintenant finir les vendanges de Charbonnier.

Il ne laissa pas à Louis-Marie la possibilité d'une objection. Il éleva la main, lui indiquant de se taire, et proposa autoritairement :

— Je sais que si vous vous présentez à un seulement, ils refuseront. Mais vous allez y aller tous. Vous ne leur demanderez même pas leur avis. Vous arriverez avec vos paniers. Vous n'aurez qu'à leur dire : on vient vous aider à finir.

— Vous avez tout prévu, monsieur le curé, lui répondit Louis-Marie en souriant.

— Écoute, reprit le père Guignabert sûr déjà de l'avoir convaincu, en quelques jours vous aurez sauvé la vendange.

Louis-Marie soupira.

— Ce n'est pas pour eux, monsieur le curé. Ils ont ce qu'ils méritent. Mais c'est ce raisin à pourrir dans les vignes qui fait pitié.

— Ne dis pas de bêtises !

Hitler entra en France en mai 1940, et ce fut aussitôt la débâcle. Une lettre de Philbert, postée à Amiens, arriva miraculeusement à Sarreboute. Il y écrivait : *Nous reculons de trois à quatre kilomètres par heure. Nous abandonnons peu à peu tout le matériel derrière nous. La débandade est lamentable. J'ai vu venir un avion boche droit sur moi. J'ai cru que j'étais mort. Il a lâché trois bombes un peu plus loin sur les restes d'un champ d'aviation. Je suis allé ramasser un éclat. Peut-être me portera-t-il bonheur, et me ramènera-t-il à Sarreboute*

Après, ce fut le silence. Seule la rumeur de la guerre parvenait jusqu'à Martignac. Un soir, l'horizon s'embrasa du côté du levant lorsque la poudrerie d'Angoulême fut bombardée. Louis-Marie, en route pour La Couronne, se heurta au flot accablé des réfugiés sur la nationale 10, Paris-Bordeaux. Leurs matelas étaient ficelés sur les toits des automobiles, protection dérisoire contre les tirs des stukas. Il fit demi-tour vers Jarnac et découvrit quelques-uns de ces malheureux qui campaient sur la place de l'hôtel de ville. Il vida sa petite maison de la route de Sigogne et la déclara libre pour les sans-abri à la mairie. Le secrétaire était un gros homme mou, au ventre contenu derrière les boutons tendus de son gilet, qui montrait généralement mauvaise figure à tous ses clients. Il accueillit la proposition de Louis-Marie avec un regard furibond, et voulut le remettre en place comme s'il commettait un forfait.

— Vous êtes généreux avec le bien des autres, dit-il avec

humeur, il faudrait peut-être d'abord demander l'avis du propriétaire de la maison !

— Et si je m'engage à en acquitter le loyer, jusqu'à ce que ces gens aient les moyens de payer ?

— Vous feriez cela ?

Le secrétaire devint rouge, visiblement irrité par cette générosité, et chercha en vain un formulaire qui n'existait pas pour cette sorte de situation.

— Normalement, dit-il, c'est le maire qui réquisitionne et affecte les réfugiés.

Il leva un œil interrogateur vers Louis-Marie pour vérifier s'il n'avait pas changé d'avis et, de guerre lasse, accepta de prendre ses nom et adresse sur un papier libre.

Un soir, le ciel de Martignac s'assombrit et une nuée d'avions frôla les coteaux et la tête des peupliers. Ils passèrent sans interruption jusqu'à la nuit noire, et il semblait que leur grondement de tonnerre ne devait plus jamais s'arrêter. La terre tremblait et c'était comme la fin du monde. La population effrayée prit conscience que la guerre était générale et la menaçait jusque dans ses maisons. Le lendemain tout le monde creusa des trous dans son jardin et respecta les consignes de défense passive. D'une certaine façon, Antoine triomphait.

— Je vous l'avais dit ! Je vous l'avais dit ! Et vous n'avez pas tout vu !

Son regard enfiévré laissait percer des visions d'apocalypse. À la nouvelle de l'installation du maréchal au pouvoir, il s'écria :

— Maintenant qu'il n'y a plus personne, on fait appel au vieux ! Ils se sont sauvés à Bordeaux, et ils l'envoient baisser sa culotte devant le Führer !

— Tu exagères, déclara Lise offusquée. Tu as oublié ce qu'il a fait pour la France pendant l'autre guerre..

— Non, je ne l'ai pas oublié justement. Il n'a pas hésité à envoyer au peloton des pauvres bougres de soldats français que le bruit des canons avait rendus fous !

L'armistice fut signé. Louis-Marie était partout. Il fauchait avec Antoine qui aurait volontiers laissé l'herbe s'égrener dans les prés. Il accompagnait les femmes aux marchés. Les prix des salades et des poulets montaient. La dernière lettre de Philbert restait sur le buffet comme signe de sa présence et de sa voix. Ils le savaient assez débrouillard et solide pour passer à travers les mailles du filet. Deux fois, le soir, Prudence arrêta le bruit des cuillers dans les assiettes.

— Écoutez ! dit-elle, et elle se leva.

Tout le monde se leva derrière elle. Mais il n'y avait rien. Le portail de la cour était ouvert. Le chemin était vide. La nuit tombait doucement, dans une beauté désespérante. Des haleines de foin coupé, de paille mûre, glissaient entre les pierres chaudes.

— Je me suis trompée ! s'excusa Prudence, et elle retourna à sa place, la ride verticale de son front profondément creuse.

Les premières lettres de voisins prisonniers arrivèrent. Ils écrivaient de Poméranie, Prusse-Orientale. Antoine fut invité à témoigner de son expérience chez les chleuhs.

— Ils sont comme vous et moi, reconnut-il. Il y a des bons et des mauvais chez eux. Ils sont forts, très forts. Ils savent travailler, la preuve : ils nous ont raclés. Le plus difficile à supporter, c'est bizarre à dire, c'est le manque de liberté. Même si on travaille dans les champs, même si on mange à sa faim, on est prisonnier. On a toujours cela en tête. On n'a de plaisir à rien.

Il s'était remis à fumer, alors que le tabac commençait à manquer. Il roulait des cigarettes ventrues et gondolées qui ne quittaient pas le coin de sa bouche. En parlant, il approchait la flamme de son briquet. Les poils de sa moustache grésillaient.

— Si Philbert est là-bas, dit-il, il va le trouver dur. Ce sera plus fort que lui, il ne restera pas.

Les femmes se regardèrent avec inquiétude.

— C'est peut-être pour cela qu'on n'a pas de ses nouvelles.

Les battages se passèrent à Sarreboute dans la morosité. Venant s'ajouter à l'inquiétude du silence de Philbert, de lourdes nuées orageuses emplirent le ciel, ce jour-là. À trois heures, la pluie se mit à tomber, à grosses gouttes, exhalant de la terre son odeur poivrée. Il fallut arrêter la machine.

Louis-Marie revenait de chercher les vaches, le surlendemain, 20 août ; Gabriel trottinant à côté de lui fouettait les herbes avec son petit bâton de vacher. Un homme souleva la visière de sa casquette sur le bord du chemin.

— S'il vous plaît, Sarreboute, c'est bien par là ?

L'homme avait l'accent du Midi. Louis-Marie retint aussi de lui son allure bizarre, son dos cassé à partir de la culotte, comme un vieux. Ils avaient pourtant à peu près le même âge. Louis-Marie eut le pressentiment du motif de la visite de cet homme, et à son regard craintif il comprit que les nouvelles n'étaient pas bonnes. Il appela Gabriel et le prit par la main, laissant les vaches rentrer toutes seules.

— Vous êtes le frère de Philbert Gendreau ? demanda l'homme aux yeux tristes, vous lui ressemblez.

Le cœur de Louis-Marie se mit à battre très fort. Cet homme avait prononcé ces paroles avec une sorte de tendresse effrayante. Son pantalon de toile vert godait aux genoux.

— Je m'appelle Louis Pujol, indiqua-t-il, j'arrive de Dax. J'étais soldat au 42e de Bayonne, comme votre frère.

Louis-Marie hocha la tête. Louis Pujol peinait à parler. Il s'arrêtait entre chaque phrase, semblait-il, pour en former une autre dans sa tête, et s'en soulager d'un seul coup avec ces inflexions du Sud qui obligeaient Louis-Marie à tendre l'oreille.

— On s'est fait prendre ensemble dans la forêt de la lande d'Ouée, près de Saint-Aubin-du-Cormier, en Bretagne. C'est moi qui lui avais dit : on passe par la forêt, on sera plus tranquilles... Les Allemands nous sont tombés dessus. Ils nous ont emmenés à Rennes.

Pujol transpirait. Il passa sa main à plat sur son front étroit et contempla ses doigts mouillés, qu'il essuya à son pantalon.

— On est restés une longue journée sur une place au soleil,

sans boire et sans manger. Au début, on était peut-être cent. Ils en ont ramené d'autres. Le soir, on était serrés les uns sur les autres comme des sardines. Des sentinelles nous gardaient derrière des chevaux de frise. Philbert ne tenait pas en place. On était copains. On était chauffeurs, ensemble, à Sarreguemines...

Louis-Marie grimaça en fronçant les sourcils. Louis Pujol faisait traîner son histoire par crainte. Il se retourna vers le chemin, et piétina dans ses espadrilles poussiéreuses comme s'il voulait se sauver. Gabriel restait bien sage contre la culotte de son oncle, comme s'il était conscient que quelque chose de grave se passait. Pujol reprit :

— Quand tout le monde a été couché par terre pour la nuit, cela ne sentait pas la rose, on avait profité du noir pour se soulager, Philbert m'a chuchoté : « Il y a un passage. » Il m'a montré les barbelés mal déroulés des chevaux de frise. Une sentinelle montait la garde au coin. Je me suis mis à creuser avec lui pour élargir la trouée. La nuit était claire comme une nuit de juin. Les Allemands nous avaient éclairés, au début, avec des phares, puis les avaient éteints. Ils ne nous surveillaient pas de très près, la preuve, ce trou dans les barbelés. Il faut dire qu'on n'avait pas l'air bien dangereux. Nos uniformes étaient en guenilles. On était sales, la barbe longue. On tombait de fatigue. Ils ne devaient pas savoir quoi faire de nous, tellement ils nous ramassaient nombreux. On s'est glissés sous les barbelés vers le matin. On a rasé les murs. La place s'appelait Bonne-Nouvelle. On a couru dans la ruelle de l'église. Il y a eu des cris, une brève rafale de mitrailleuse. J'ai poussé le portail d'une cour. Il s'est ouvert...

Louis Pujol n'avait peut-être jamais parlé si longtemps. Il parut découvrir Gabriel, et posa la main sur sa tête, ce que l'enfant n'apprécia guère.

— Il est à vous, ce petit ?

— Il est à Philbert.

Pujol avala sa salive, ses lèvres resserrées bougèrent.

— Comme je tambourinais à leur porte, les Bretons de la cour m'ont ouvert. Ils avaient un fils comme moi à courir quelque part en France. Philbert ne m'avait pas suivi. Le lendemain, ils sont allés se renseigner place Sainte-Anne...

Pujol s'arrêta encore. Ses petits yeux noirs brillaient.

— Avez-vous déjà eu de ses nouvelles ?

La question ainsi posée, Louis-Marie crut que tout espoir n'était pas perdu.

— Non.

— Les Bretons m'ont dit qu'il avait été tué. La rafale l'avait touché à la poitrine...

Il avait prononcé ces mots à voix basse, comme pour éviter que Gabriel ne les entende. En les recevant, Louis-Marie pensa à leur choc sur Angéline et sur sa mère. Il ne bougea pas. Louis Pujol hésita, comme s'il voulait les reprendre.

— Mais je ne l'ai pas vu mort. Peut-être qu'ils se sont trompés. Des voisins leur ont dit qu'ils l'avaient vu dans le noir à travers les volets.

— Vous avez dit que la nuit était très claire...

Il haussa les épaules :

— Oui, mais... un blessé et un mort...

Louis-Marie montra le chemin.

— On est à cinquante mètres de la maison.

Louis Pujol le suivit. Louis-Marie l'entendit à peine ajouter comme une excuse alors qu'ils se mettaient à marcher :

— Je suis passé en zone libre. J'ai été démobilisé à Périgueux. Je suis rentré chez moi, à Dax, et je suis venu aussitôt chez vous.

Ils entrèrent dans la cour. Angéline portait les seaux pour traire, en sabots, le foulard de traite descendu sur son front brun de bohémienne.

— On se demandait..., dit-elle.

Elle aperçut l'homme derrière et, tout d'un coup, elle se mit à blanchir comme si elle avait compris avant toute explication. C'était effrayant, cette peau tannée soudain saignée à blanc sous le calicot du foulard. Prudence était sortie à son tour. Louis-Marie présenta Louis Pujol. Ils entrèrent dans la maison. Pujol recommença son récit avec les mêmes mots, comme s'il s'agissait d'une histoire apprise par cœur. Il changea cependant ceux du dénouement :

— ... Les Bretons m'ont dit qu'il avait été blessé. La rafale l'avait touché à la poitrine. Des voisins leur ont dit qu'ils l'avaient vu dans le noir, à travers les volets.

— Il était blessé ou mort ? demanda Angéline.

Les petits yeux de Pujol regardèrent Louis-Marie et semblèrent le prier.

— Comment savoir, c'était la nuit...

Angéline se leva et, dans un geste décidé, comme si elle se lançait déjà à sa recherche, défit le lien de son tablier sur son ventre.

— C'est justement ce qu'il faut savoir, s'il est mort ou vivant.

Ils conduisirent Pujol le lendemain à la gare d'Angoulême et se rendirent à la Kommandantur, où on leur donna à remplir des formulaires d'avis de recherche. Ils y revinrent huit jours plus tard, comme prévu. Le soldat du comptoir en bicorne alla chercher son officier en casquette dans son bureau, par-derrière. L'officier s'avança, très raide, la taille prise dans sa veste d'uniforme comme dans un corset.

— Madame Gendreau ? demanda-t-il en feuilletant ses papiers, et il leva vers elle un œil bleu profondément navré. Le soldat Philbert Gendreau, prisonnier de l'armée allemande, a été abattu à l'occasion d'une tentative d'évasion. Son corps a été remis aux autorités françaises.

— Mais pourquoi ne nous a-t-on pas prévenus ? répondit-elle, doutant encore.

Il releva la tête et examina Angéline avec cet air hautain d'un militaire s'adressant à une femme.

— Madame, il faudra poser cette question aux fonctionnaires français.

Angéline se retourna, le dos appuyé au comptoir.

— Aide-moi !

Elle laissa son sac à main à Louis-Marie. Il glissa son bras sous le sien.

— Ça va aller ?

Il craignit pourtant qu'elle ne fût pas capable de parcourir les dix mètres et de descendre les trois marches les séparant de la porte. Leur couple s'éloigna en chancelant, lui parce qu'il boitait, elle parce qu'elle ne tenait pas sur ses jambes. La lumière du dehors les aveugla, et Angéline se mit à pleurer. Elle s'adossa au mur près de la porte.

— Ne pleure pas, la supplia-t-il en sortant son mouchoir.

Il lui essuya les yeux.

— Je ne peux pas, s'excusa-t-elle, et les larmes coulèrent plus abondantes.

Il passa son bras autour de sa taille. Et il eut honte de penser qu'il marchait auprès d'elle pour la première fois comme un amoureux. Il sentait sa taille mince et chaude sous la robe de mousseline bleue. Il constata qu'il était témoin de la souffrance d'Angéline, mais que lui-même ne souffrait pas. « Je ne m'en rends pas vraiment compte. Je crois toujours qu'il est vivant. Il était fait pour ne pas mourir. » Il le dit à voix haute :

— Il était fait pour ne pas mourir.

Angéline gémit. La Rosalie était garée place Marguerite-de-Valois. Les feuilles des tilleuls jaunissaient. Les oriflammes à croix gammée frissonnaient sur les murs de l'hôtel de ville. Une odeur extrêmement suave montait de l'étal d'un paysan qui exposait des cèpes, des trompettes-de-la-mort et des girolles sur le trottoir. Louis-Marie resta un moment les mains crispées sur le volant, avant de démarrer.

— Tu le savais ? lui demanda-t-elle, d'une voix étonnamment douce.

— Oui et non. Pujol lui-même doutait encore.

CINQUIÈME PARTIE

LA GRANDE PATIENCE

17

Imperceptiblement, à partir de cette nouvelle, Prudence prit son apparence de vieille. Elle se décharna un peu plus. Elle faisait du diabète. Sa peau devint si fine sur ses tempes creuses qu'on y voyait toutes les veines. Des croûtes lui apparurent sur le front qu'elle appela fleurs de cimetière. Elle répéta souvent :

— C'est un malheur de vivre vieille. On voit partir tous ceux qui ne le devraient pas. On est là comme un vieil outil inutile. On se demande pourquoi on a été oublié.

Elle n'était pas si inutile. Elle était toujours aussi active et efficace, n'ayant rien perdu de la vivacité de ses gestes et trottant sans cesse de la cuisine au jardin. Elle avait installé une sorte d'autel domestique sur le buffet de la cuisine, avec les photographies réunies de Toine, Antoine-Marie et Philbert, et elle le garnissait de fleurs fraîches. Le diabète agissait sur sa vue et ses yeux avaient perdu de leur éclat. Elle s'asseyait plus souvent sur la salière au coin du feu, tirait son chapelet de sa poche. Gabriel lui demandait en caressant Fauvette au pied de la table :

— Qu'est-ce que tu fais, mémé ?

— Je suis partie me promener un peu au paradis.

Aline annonça alors son départ pour Bordeaux.

— Les sœurs m'offrent une place à la clinique Bergonié.

— Tu ne veux pas être religieuse ? l'interrogea Lise, inquiète.

Aline était souvent en compagnie des bonnes sœurs. Elle savait ce qu'elle voulait : auprès d'elles, elle pratiquait le métier qu'elle aimait. Mais elle était coquette, demandant souvent à sa grand-mère de lui rajouter des cols de dentelle à ses robes, et des rubans à ses chapeaux. Son père lui reprochait de porter une jupe croisée qui découvrait parfois très haut ses jambes.

— Je n'aime pas ça. Tiens-toi bien !

Elle se jetait à son cou en minaudant :

— Je te déplais ? Je ne suis pas belle ?

— Je ne t'ai pas dit ça ! Méfie-toi de ne pas trop plaire...

Avant que quiconque s'y soit opposé, Prudence soutint le projet de sa petite-fille.

— Les gens qui ont besoin d'être soignés ne manquent pas par les temps qui courent.

Antoine répétait la scène de l'amour trahi :

— Tu t'en vas soigner les autres. Tu nous laisses. T'es-tu demandé si on avait besoin de toi ici ?

Aline rougissait, et une grosse boule de sanglots lui serrait la gorge. Prudence persista, à son secours :

— Ne t'occupe pas de nous. Notre avenir est derrière nous. Vis ta vie. J'aurais aimé avoir un idéal comme toi, à ton âge !

— Alors vous, mère ! Cela ne vous fait rien de la laisser partir toute seule dans cette grande ville occupée par les Allemands !

— Elle ne sera pas toute seule, elle sera chez les sœurs.

— Antoine-Marie n'a pas bougé d'ici, intervint à son tour Angéline, et on sait ce qui lui est arrivé !

Le soir, dans son lit, Lise fit cette réflexion, la voix frémissante .

— Si sa vraie mère était là, peut-être ne partirait-elle pas.

Antoine se tourna vers sa femme et, passant le bras autour de sa taille :

— Je crois que si. Elle a ce goût d'être infirmière, et contre cela père et mère ne pèsent pas lourd. Elle est Gendreau, tu sais.

Il soupira.

— C'est vrai que c'est un beau métier.

Il serra le bras autour de Lise, dans une affectueuse pression de tendresse.

Louis-Marie travaillait plus encore qu'il ne l'avait jamais fait, comme s'il avait voulu compenser le manque de son frère. Il avait commencé par avancer l'heure de son lever sans en être autrement affecté. Il arriva à être debout à trois heures et demie tous les jours. Cette heure matinale lui plaisait. Il avait l'impression d'être un soldat montant la garde au chevet du monde. Son lit était encore dans la salle commune. Il n'avait pas un long chemin à parcourir pour rejoindre la lourde table de famille sous la lampe, avec gourmandise. Les lunettes posées sur le bout du nez, il commençait sa première journée, celle des assurances, mettant ses papiers à jour, rédigeant son courrier. Il n'avait pas fait de toilette, pour ne pas réveiller la maison, pas allumé de feu, cette tâche étant encore dévolue à Prudence. La flamme de la lampe filait, crachotait, le pétrole de guerre était de mauvaise qualité.

Après l'Occupation, le chiffre d'assurances avait considérablement chuté. Les clients inquiets résiliaient leurs contrats. Louis-Marie, qui avait gardé des amitiés dans les milieux du cognac depuis son départ du château Rémond, se rendit à une réunion des courtiers au Croissant, à Cognac, le premier samedi d'octobre 1940. Aussi curieux que cela puisse paraître, René Croc, régisseur des cognacs Hennessy, arrivait d'une visite exploratoire en URSS pour des essais de plantation en Ukraine. Il ne s'avouait pas convaincu. Par contre, la puissance allemande l'avait impressionné lors de sa traversée de l'Europe.

— Ils sont partout. Ils ont un matériel énorme. Ils sont

bien organisés. Personne n'est capable, aujourd'hui, de leur tenir tête. Peut-être les Américains, mais l'Amérique est loin...

— Et les Russes ?

— Les Russes n'aiment pas les nazis, même s'ils sont alliés pour l'instant, cela c'est sûr. J'ai été accueilli chez eux comme un frère, victime de l'adversité. Les campagnes sont misérables. Mais le pays est immense.

— Vous croyez que le salut pourrait venir des communistes ?

L'interlocuteur de M. Croc était M. Laffont, régisseur des cognacs Martell. Ils prirent des nouvelles de Louis-Marie qui évoqua la disparition de son frère, se plaignit des assurances, avoua la nécessité de sauver Sarreboute.

— Avez-vous suffisamment de bâtiments dans votre Sarreboute ? demanda M. Laffont, laissant percer une arrière-pensée.

Il tira son mouchoir de sa poche. Du pineau lui avait coulé sur les doigts. Louis-Marie s'entendait bien avec ce M. Laffont qui lui avait offert de passer chez Martell avant son choix des assurances.

— Seriez-vous prêt à nous aider ? demanda-t-il, et il posa la main sur l'avant-bras de M. Croc, qui continuait de palabrer sur la Russie avec quelqu'un d'autre.

— Cela dépend pour quoi..., répondit Louis-Marie.

— Martignac n'est pas si éloigné de Cognac. C'est la pagaille. J'aurais besoin de trois cent cinquante tonnes d'engrais, azote, acide phosphorique, potasse, et je n'ai personne de sérieux pour s'en occuper. Si vous avez un lieu pour les entreposer, nous passons par vous, vous margez, bien sûr.

M. Croc, revenu à la conversation, confirma que lui aussi était disposé à devenir client de Louis-Marie. Louis-Marie ne manqua pas cette nouvelle chance. Il s'engagea, sans rien connaître aux fournisseurs d'engrais, et ne disposant pour l'instant que du seul préau de Sarreboute. Il rentra à Martignac porté par ce nouvel espoir. La vallée de la Charente baignait dans la lumière douce d'avant les vendanges. Il s'arrêta au pied de la côte et monta le chemin qu'il avait parcouru un peu plus d'un an plus tôt avec son frère Encore huit jours de ces jambes au ciel, et les raisins seraient mûrs. Des abeilles, ivres déjà de sucre, bourdonnaient dans les rangs. Il tâta une pêche de vigne à la peau piquetée, assez laide, mais, quand la dent eut pénétré la peau, quel parfum ! Il en mangea une seconde, la tête en avant pour éviter de tacher son costume Il cueillit plus de pêches que ses mains n'en pouvaient emporter Il fit deux tours, les déposa sur la banquette de la Rosalie, entra dans la cuisine de Sarreboute les bras chargés. Et lorsqu'on fut passé à table, il annonça :

— Nous allons devenir marchands d'engrais.

Laffont le mit en contact avec Ugine Kuhlman à Bordeaux, Saint-Gobain, Derôme. Les trois cent cinquante tonnes d'engrais furent livrées dans les délais, et bien d'autres La cour de Sarreboute très vite encombrée, Louis-Marie loua une grange sur la route de Châteauneuf au printemps 1941. Les traitements habituels contre les maladies de la vigne à base de soufre étant introuvables, il obtint aussi l'exclusivité de l'Héliosol, un produit de substitution en bouteilles, et la clientèle des petits propriétaires afflua. Le printemps soufflait le chaud et l'humide, favorisant l'oïdium et le mildiou. L'Héliosol était livré en barils qu'il fallait débiter à la pompe. Les Gendreau se relayèrent à la grange pour servir, même le dimanche, sauf à l'heure de la messe.

Le curé Guignabert s'approcha de la portière de Louis-Marie un dimanche de mai et l'obligea à baisser sa vitre. Il glissa le bras à l'intérieur et appuya sa vieille main sur son épaule.

— Tu sais que c'est un péché de travailler le jour du Seigneur ?

— Monsieur le curé, dit-il d'un ton faussement suppliant, je fais cela pour rendre service. Vous voulez que la maladie se développe dans les vignes ?

Le père Guignabert refusa la complicité, mais ses yeux souriaient.

— Dans ta Vendée dont tu te réclames tant, on te refuserait

ce « service ». Tu ferais de l'argent à vendre ton produit miracle la semaine !

Bras tendus, Louis-Marie serrait les doigts sur le haut du volant comme il en avait l'habitude. Ses phalanges blanchissaient. Le curé Guignabert prit à témoin Angéline qui montait s'asseoir auprès de lui.

— Il trompait son monde. Il est finalement le plus cow-boy de toute la famille. C'est lui le brigand qui veut conquérir la Charente !

— Mon père, admit-il, livrant une part de son secret, quand on a une jambe à la traîne, on souffre toujours de voir les autres marcher librement devant.

Sa lèvre inférieure en lame de faux était gonflée de convoitise

— C'est un Gendreau ! ajouta, émue, Prudence qui s'était avancée et s'agrippait elle aussi à la portière. Je lui dis toujours qu'il en fait trop. Que voulez-vous... il est vivant..., ajouta-t-elle la voix vibrante.

Elle savait qu'avec cette sorte de remarque elle obtiendrait l'absolution pour son benjamin qui, pour bien des raisons, occupait une place particulière dans son cœur. Le curé se recula, et prononça la parole attendue :

— Allez, va !

Louis-Marie démarra.

En 1941, l'entreprise d'engrais et de produits de traitements dégagea un chiffre d'affaires de deux cent cinquante mille francs. Les Gendreau décidèrent d'installer l'électricité à Sarreboute. Les lignes ne traversaient pas la prairie. Ils achetèrent un groupe électrogène et, optant résolument pour le modernisme, rapportèrent une TSF grosse comme une borne kilométrique qu'ils installèrent sur le buffet de la cuisine. Antoine surtout en mourait d'envie pour suivre de plus près les informations sur la guerre. Il trouva Radio-Londres. Et, chaque soir, rien ne compta plus pour lui que d'écouter les mystérieux messages venus de l'autre côté de la mer.

— Si je n'étais pas si vieux, dit-il exalté, j'irais les rejoindre là-bas !

Cela ne plaisait guère à Louis-Marie de voir son frère l'esprit ailleurs. la chaise le plus près possible du poste, l'oreille collée au haut-parleur.

— Laisse la guerre, grognait-il. Vous avez donné votre part, Edmée et toi, avec la première. Philbert, avec la seconde !

Lise, les traits tirés, la figure empourprée par de violentes bouffées de chaleur, fatiguée par les dérèglements du retour d'âge, n'était pas de son avis.

— Laisse-le ! disait-elle. Cela lui fait du bien. Je ne sais pas pourquoi, mais il a moins d'idées noires.

En fait, les informations donnaient du grain à moudre à l'esprit d'Antoine, et il avait cessé de ruminer ses effrayantes pensées d'apocalypse. Radio-Londres, c'était l'espoir. De là-bas allaient venir les forces capables de sauver le monde. Antoine devint très vite un fervent gaulliste.

Angéline, Prudence et Bénédicte firent le voyage à Rennes en mai 1942. Prudence avait d'abord refusé, comme d'habitude, et puis, lorsque la décision fut prise, elle fut saisie d'une agitation débordante. Elle essayait de la cacher, parce qu'il s'agissait d'un pèlerinage sur la tombe de son fils. Mais ce voyage l'emplissait malgré elle d'une sorte de jubilation. C'était son premier voyage depuis leur grande migration de Malidor-le-Vieux à Sarreboute. C'étaient ses premières vacances. Tout d'un coup elle avait devant elle, et pour la première fois de sa vie, un espace de temps inconnu, déchargé des tâches obligées du quotidien pour la ferme et pour les autres : allumer le feu, préparer le déjeuner, donner aux poules et aux lapins, travailler sans cesse, du matin au soir... À soixante-dix ans, elle découvrait la liberté. Et elle se sentait légère, et... coupable. Elle remplit un gros panier de victuailles : pot de rillettes, tranches de jambon, œufs durs, beurre, couvert d'une serviette blanche d'où dépassaient les goulots de deux bouteilles de vin. Elle en remplit un autre de pain. Le pain, c'était le principal, *donnez-nous aujourd'hui notre pain quotidien*, « Qu'est-ce que vous voulez, disait-elle, on ne peut rien manger sans pain ! », le bon pain blanc de Blanche, dont le mari pétrissait encore des fournées secrètes avec de la farine blanche.

— Vous remplissez trop les paniers, lui reprocha Angéline, nous ne pourrons jamais transporter tout cela !

Prudence en eut le souffle coupé. Elle regarda sa bru comme une innocente.

— Je ne veux pas manger de leur pain de guerre. Qu'est-ce que nous deviendrons dans cette ville de Rennes où, paraît-il, il n'y a rien à manger ?

Où avait-elle entendu cela ? La radio d'Antoine évoquait souvent les difficultés d'approvisionnement des villes. Aline, dans ses lettres, racontait les queues devant les boulangeries et les épiceries à Bordeaux. Heureusement, la communauté des sœurs la nourrissait. Elles s'installèrent dans le train avec un chargement de bagages « comme pour un régiment », ainsi que l'avait suggéré Antoine en souriant. Prudence se cala sur la banquette près de la vitre, bien droite, son chapeau noir de deuil sur la tête, le sac à main sur le ventre, dont elle serrait fermement les poignées. Malgré elle, ses yeux pétillaient de plaisir, ses lèvres bougeaient de gourmandise. Sa petite-fille, Bénédicte, avait pris place en face d'elle, Angéline à côté. Lorsqu'elles étaient entrées dans le compartiment, les deux femmes qui l'occupaient déjà près de la porte à glissière s'étaient respectueusement tues en découvrant ces deux femmes en grand deuil, et même la petite à la tête serrée dans un foulard noir. Au bout de quelques kilomètres, Prudence prit un air affligé et, tout en continuant de regarder par la fenêtre :

— Nous allons sur la tombe de notre soldat, mort pour la France, dit-elle, ma bru et moi, et sa pauvre petite fille.

Les femmes hochèrent la tête gravement.

— Ils nous l'ont enterré à Rennes, sans nous prévenir. Son frère a été prisonnier pendant l'autre guerre. Quand il est rentré en 1919, sa femme était morte. Elle en demande, des sacrifices, la patrie !

Elle dressait le buste comme si une médaille avait été

épinglée sur sa robe noire. Elle pointait le nez à la fenêtre. Les femmes contemplèrent leur trio avec respect.

À La Rochelle, alors que leurs deux compagnes de voyage étaient descendues, remplacées par un jeune couple visiblement amoureux, elle osa une grimace dégoûtée après le passage de deux soldats qui hésitaient à prendre les deux places libres et partirent chercher plus loin :

— Des boches ! dit-elle.

Et elle réexpliqua aux nouveaux venus le but de son voyage. Angéline lui recommanda la prudence, et le jeune voyageur fut de son avis.

— Tout de même, fit-elle outrée, en serrant son sac sur son ventre, ils ne manqueraient pas de toupet de vouloir du mal à une mère partie se recueillir sur la tombe du fils qu'ils ont tué !

Elle laissa à peine à Angéline le droit de plonger les mains dans ses paniers de victuailles. Elle prépara la tartine de Bénédicte, y taillant des encoches pour lui permettre de manger sans se meurtrir les gencives. Elle mangea lentement, le pain dans le creux de la paume, l'œuf dur entre le pouce et l'index de la même main, le pot de beurre ouvert dans le panier. Elle mâchait longtemps pour profiter le plus possible des aliments : « Mâche ! Mâche ! que ce que tu manges fasse de l'effet ! » Rengorgée, le sourire au bord des lèvres, elle contemplait sa bru et sa petite-fille, l'air de leur dire : « N'ai-je pas bien fait ? » Le couple d'amoureux profita des agapes et se régala d'une tartine et d'un peu de jambon. À la fin, Prudence déboucha une bouteille, sortit la timbale de caserne d'Antoine en fer-blanc.

À Sarreboute, elle ne buvait jamais de vin. Elle s'en servit une rasade, et en offrit même à Bénédicte.

— Mémé Prudence ! lui reprocha Angéline.

Elle ramena son sac sur son ventre, mais lui joignit son chapelet. Sa prière fut souvent distraite. Ses lèvres cessaient de murmurer. Tout attirait son regard, les maisons, les jardins, les bêtes, les champs, les gens. Pendant qu'Angéline et

Bénédicte somnolaient, elle continuait de garder l'œil aux aguets, pleine d'une grande curiosité si longtemps tenue en jachère. Avant la Roche, elle les réveilla.

— Tu viens de là ! expliqua-t-elle à Bénédicte. N'oublie pas ma petite fille que tu es vendéenne.

Et puis, comme le train était arrêté en gare :

— C'est drôle, j'avais toujours vu la marquise plus grande, et la passerelle. Lorsque mon oncle Edgar s'est marié, ma petite Bénédicte, je devais avoir ton âge et j'étais petite bergère, le cortège est passé par cette passerelle avec le musicien pour aller de l'église Saint-Louis à la grange de la noce. Je n'avais jamais connu pareille cérémonie. Elle m'est restée gravée dans la mémoire comme si c'était hier. Tout était bien, rien ne me semblait devoir changer, et personne mourir...

Louis Pujol leur avait donné l'adresse des Bretons qui l'avaient accueilli. Elles reconnurent, telle qu'il la leur avait décrite, la porte derrière laquelle il s'était abrité, et l'imaginèrent à bout de souffle dans ce couloir sombre aux odeurs de cave, pendant qu'au-dehors Philbert... Les Bretons les reçurent dans leur petite cuisine peinte en jaune avec des casseroles pendues au mur sur une planche. L'homme avait la lèvre chargée d'une lourde moustache encore rousse. Il était puissant, les yeux rouges d'alcoolique. Il travaillait comme typographe dans une imprimerie. Sa femme était du genre craintif, maladroite, menue, mal épanouie. Il les guida jusqu'à la place de l'église Bonne-Nouvelle. Bénédicte portait un bouquet de roses rouges, qu'elle déposa sur le trottoir, là où était tombé son papa. Angéline fut prise de vertige peu après, au bord de la Vilaine. Le Breton aux doigts tachés d'encre la fit asseoir sur un banc et courut lui chercher un verre d'eau dans un café tout proche, sur le mail. Il était aux alentours de midi, le soleil éclatait en morceaux sur les ardoises des toitures comme sur des miroirs. La belle-mère et la petite fille, affolées, pressèrent les mains, tapotèrent les joues pleines de sueurs froides d'Angéline, proche de l'évanouissement. Elle but un peu d'eau, ouvrit des yeux hagards, porta la main au col de son chemisier noir.

— J'étouffe dans cette ville !

Prudence et le Breton se regardèrent : le ciel était clair, l'air vif. Les couleurs revinrent à Angéline, et leur petite équipe se dirigea vers le cimetière. Le Breton les conduisit jusqu'à une succession de tombes, le long d'un mur, plantées de croix de bois anonymes. La tombe de Philbert était fleurie d'un modeste bouquet de tulipes dans une boîte en fer.

— C'est vous ?

— Non.

L'offrande de ces fleurs par une main anonyme contribua à redoubler leurs larmes. Une haie de rhododendrons en fleur passait par-dessus le mur. Prudence ouvrit son sac à main et, vidant la boîte de pastilles Valda dans son mouchoir, l'emplit de terre de la tombe. Angéline promit :

— Dès que la guerre sera finie, nous le ramènerons chez nous !

Le couple de Bretons raccompagna les femmes à la gare après une nuit dans une pension de famille bruyante et une dernière visite douloureuse au cimetière.

Ils se serrèrent la main, et le Breton parvint à glisser à Angéline avec de la ferveur dans ses grands yeux troubles :

— Il avait de la chance votre mari !

Angéline ne se sentait pourtant ni belle ni désirable. Elle avait l'impression d'être une femme éteinte, détruite. Elle avait vécu le choc de la mort d'Antoine-Marie, puis de Philbert. Elle ne savait plus où elle en était. Elle se demandait si elle n'était pas punie pour sa trop grande indépendance. Finalement, rien ne lui avait réussi. Heureusement, Prudence était auprès d'elle qui avait sans cesse supporté son poids de malheur, et continuait à se tenir bien droite, sans être aigrie, une femme exceptionnelle. Et puis il y avait les autres, Louis-Marie... Revenant à Rennes, de nombreuses années plus tard, Angéline devait dire :

— J'avais le souvenir d'une ville de cauchemar. Rennes

m'était apparue très noire et très triste, comme si je l'avais découverte à travers le voile de mon chapeau de deuil. Rennes était sûrement triste et grise en cette période d'Occupation. Il y avait les drapeaux à croix gammée des Allemands, et leurs larges panneaux indicateurs à tous les croisements, en lettres blanches sur fond noir, leurs uniformes partout dans les rues. Je sais pourtant que lorsque j'ai commencé de m'évanouir il faisait un grand et beau soleil. C'était le printemps, un printemps de guerre. Mais j'avais sans cesse à l'esprit le mitraillage de Philbert et sa mort, tout seul, sur ce trottoir, son sang mélangé à cette tache d'huile près de laquelle Bénédicte avait posé son bouquet.

Elles profitèrent de trois heures à la Roche entre deux trains pour prendre un taxi. Prudence se fit conduire au cimetière de Saint-Pierre-des-Moutiers.

— Je vais rendre visite à mon Toine. Prenez votre temps. Nous avons beaucoup de choses à nous dire !

Angéline et Bénédicte se rendirent à Malidor-d'en-haut. La mère Chaigneau poussa des cris.

— Vous auriez dû nous prévenir ! Pourquoi vous ne restez pas coucher ce soir chez nous ?

Elle courut dénicher les poules avec Bénédicte, sa main rugueuse posée sur la nuque de la fillette. Le père Chaigneau tailla une tranche épaisse du jambon pendu dans la cheminée. Les visiteuses durent manger jusqu'à la dernière bouchée ce qu'on avait mis dans leurs assiettes, sous l'œil attentif des parents qui surveillaient leur appétit.

— Tu n'as pas bonne mine ! remarqua la mère d'Angéline.

— Comment voulez-vous ! répondit-elle en haussant les épaules.

Alors le père Chaigneau, d'une voix suave :

— Si tu le veux, tu peux revenir prendre ta place chez nous, avec Bénédicte et Gabriel.

Les yeux d'Angéline retrouvèrent un moment leur violence perdue.

— Non, père, je suis devenue Gendreau, vous le savez, une Gendreau de la Charente. Je ne reviens pas aujourd'hui chez vous comme une mendiante ! Je peux vous assurer que pas une fois, même dans mes malheurs, je n'ai regretté d'être partie !

Elle répondit tout cela d'un trait, sans que sa voix tremble, fouettée dans son orgueil. Elle s'était efforcée de garder la même suavité de ton que son père. La passe d'armes en resta là. Les paupières écailleuses du vieil homme glissèrent lourdement sur ses yeux.

18

Angéline avait été deux ans égarée par la douleur. Elle s'était repliée sur elle, s'occupant de ses enfants, parlant peu, souvent étrangère aux préoccupations quotidiennes de la maison. On avait parlé de neurasthénie.

— Laissez-la, disait Prudence qui connaissait la souffrance, elle a du caractère, il n'y a pas d'autre traitement que le temps.

Elle avait raison. Peu à peu, après le voyage à Rennes, son regard devint plus clair. Les lueurs blondes d'autrefois se réveillèrent dans sa prunelle. Elle se montra moins distante avec Louis-Marie, qu'elle avait fui. Un soir d'octobre 1942, à quelques jours des vendanges, il rapporta sa conversation avec un gros propriétaire de Segonzac qui regrettait qu'il n'eût seulement à lui vendre que des engrais Angibaud de La Rochelle, et non de vrais engrais organiques.

— Il y avait une entreprise qui faisait de la farine de viande, près de l'abattoir de Châteauneuf, avant guerre. Même aujourd'hui on trouve des cornes, des panses, et des mauvaises viandes. Pourquoi ne reprendriez-vous pas cette fabrication ? Ce serait bien meilleur que les engrais de poisson semi-chimiques.

— Si tu nous en parles, remarqua Angéline, c'est que tu en as envie.

Il sourit, énigmatique.

— Nous verrons après les vendanges.

— Je ne sais pas comment tu te débrouilles, réagit-elle, on dirait que les choses viennent toutes seules à toi. C'est la guerre. Tu trouves le moyen de faire des affaires.

Elle se rendit compte soudain de la chaleur de son compliment. Elle rougit, parcourut du regard sa belle-famille silencieuse autour de la table, se tourna vers Gabriel assis près d'elle sur le banc. Elle le prit sur ses genoux et, fouissant du nez ses cheveux frisés :

— Il va être l'heure d'aller te coucher, mon bonhomme !

Gabriel gémit en secouant la tête.

Au printemps 1943, Louis-Marie lança la fabrication de compost organique, à petite échelle d'abord. De belles commandes lui vinrent en cours de saison.

Le curé Guignabert mourut cet été-là. Son asthme l'épuisait. Ses visiteurs avaient l'impression d'étouffer rien qu'à entendre sa poitrine pleurer. Il avait connu deux alertes sérieuses pendant l'hiver, qu'il avait supportées sur le ton de la plaisanterie.

— Bof ! avait-il dit à Aline venue lui rendre visite à l'occasion de l'un de ses retours à Sarreboute, je finirai bien par m'éteindre un de ces jours comme une lampe dont on bouche le verre !

Aussitôt, il avait cessé de parler de lui pour s'intéresser à sa visiteuse.

— Et toi, comment vas-tu ? La vie n'est pas trop pénible à Bordeaux ? Les gens mangent ? Tu n'as pas engraissé...

Il faisait la même réflexion que tous les Gendreau !

— Je crois qu'un stage à ma table comme autrefois ne te ferait pas de mal !

Sur ses mains jaunes pleines de taches brunes, les veines saillaient. Il fut emporté alors qu'on ne s'y attendait pas, lui non plus peut-être. L'air était sec. Les cigales chantaient dans les platanes de l'église.

— Quand elles sont là, avait-il coutume de dire, je respire.

Son cœur lâcha. Tout le village se sentit orphelin et se rassembla autour de la dépouille de son vieux berger pour le conduire en compagnie de tous les défunts de son petit troupeau. Après avoir baisé le Christ et déposé sa pièce dans la corbeille de l'enfant de chœur à l'offrande, Prudence tendit la main et toucha le bois du cercueil. C'était comme une caresse, un dernier geste d'amitié.

Le vicaire général lut le message de l'évêque. Mais l'éloge le plus émouvant vint de M. Valladon qui s'avança au bord de la tombe, alors qu'on n'attendait pas ce vieil anticlérical inébranlable. Il parla d'homme, de droiture, liberté, conviction, respect, bonté, sagesse. Il reformulait à sa manière l'idéal évangélique. Le temps était orageux. Un nuage noir creva pendant sa déclaration. Peu s'étaient munis de parapluies. La voix du vieux maître d'école s'amollit, s'enroua. Il leva les yeux au ciel avec le sourire.

— Vous m'entendrez jusqu'au bout, père Guignabert ! Vous n'arriverez pas à me faire taire !

— Vous n'avez pas compris, intervint Prudence à haute voix, il vous bénit !

Trois ou quatre fois les Gendreau coururent s'abriter dans le trou creusé parmi les bambous du jardin quand les avions écrasèrent la terre sous leur couvercle de fer. Le petit Gabriel effrayé sursautait entre les bras de sa mère et de ses oncles.

Un matin de novembre, alors qu'il s'était levé de bonne heure comme à l'habitude, Louis-Marie crut entendre le bourdonnement d'un avion. Il sortit dans la cour. La nuit sans lune était très claire, et la terre déjà pincée par une forte gelée blanche. Un net claquement retentit dans le ciel comme un drap secoué par le vent sur une corde à linge. Louis-Marie renferma Fauvette qui voulait le suivre, et s'avança sur le chemin. Il distingua parmi les étoiles les champignons de deux parachutes. « S'ils tombent dans la Charente, pensa-t-il, ils congestionnent. » Ce fut moins une pour l'un des deux, qui se posa près du Petit-Royan. Louis-Marie s'était caché derrière le tablier du pont. Il se montra lorsqu'il entendit parler français. Sa gorge fut soudain emprisonnée dans un étau. Mais il eut heureusement le temps d'articuler :

— Laissez-moi !

L'étau se desserra. Il retrouva avec délices les couleurs de la nuit bleue. L'autre parachutiste lui était arrivé dans le dos et avait failli lui briser la nuque. Après un interrogatoire rapide, ils l'autorisèrent à plier avec eux leurs parachutes. Il avait compris, bien sûr, qu'il s'agissait de résistants. Au loin, dans le bourg de Martignac, un chien aboyait. Il leur proposa un café. Les deux hommes l'accompagnèrent à Sarreboute, mais attendirent dans la grange pour ne pas se montrer. Antoine descendit, réveillé par le bruit, et s'exalta de l'arrivée de ces visiteurs.

— D'où venez-vous ? leur demanda-t-il en remplissant leurs bols.

Le café était en fait de l'orge grillée. Ils ne répondirent pas.

— J'écoute Radio-Londres tous les jours. Vous venez de là-bas ?

— Peut-être.

Il leur serra la main, et se sentit revigoré par la compagnie de ces héros. Il s'empressa de leur tirer une bouteille de vin. Il leur tendit un sac.

— Du pain, et du salé de France !

Ils voulurent remercier, mais Antoine :

— C'est nous qui vous devons le merci !

Les hommes se perdirent dans la nuit. Plus tard, beaucoup plus tard, les Gendreau apprirent que Claude Bonnier, alias Hypothénuse, avait sauté en parachute dans la prairie de Martignac. Arrêté par les Allemands à Bordeaux, le 9 février 1944, il s'était suicidé au cyanure pour ne pas parler.

La femme de Charbonnier mourut d'une hémorragie en février 1944. Son mari s'éveilla près d'elle dans un lit plein de sang. Il descendit à Martignac demander de l'aide, mais il était trop tard. Cette disparition brutale lui fit prendre conscience de ce qu'il était : un vieux sans caractère perdu dans une grande maison vide. Jusqu'alors, sa femme l'avait toujours commandé. Elle lui avait injecté sa hargne. Elle l'avait brouillé avec tous ses voisins. Il pleurnichait désormais sans cesse, reprenant le récit sordide de son réveil dans le sang de sa femme. Et c'était tout à fait étonnant de voir cet homme, hier si dur, au crâne nu et bosselé comme un caillou, fondre à présent avec des grimaces d'enfant. Il pleurait sur lui-même, en réalité, se lamentant de ne pouvoir joindre sa fille en Amérique.

— Qu'est-ce que je vais devenir ? demandait-il à tous ses interlocuteurs.

Pour l'heure, il était utile qu'il se lave et nettoie sa moustache empesée par les débordements de ses humeurs. Il avait commencé de distiller avant l'accident de sa femme. Son chai était pourvu d'une distillerie modeste de deux hectos à bois et à charbon, en excellent état. Louis-Marie lui rendit visite le lendemain de l'enterrement, et lui proposa de continuer ce qu'ils avaient commencé avec les vendanges.

— Je veux bien vous aider si vous êtes d'accord.

— Tu viendrais distiller pour moi ? l'interrogea le vieux, les yeux gonflés et rouges, la moustache dans son mouchoir.

— Je n'ai pas de femme. Cela ne me dérange pas de coucher dans votre distillerie aussi longtemps qu'il faudra.

— Tu ferais cela ? Tu viendrais coucher chez moi ?

Ses yeux larmoyaient encore, mais l'intérêt les rendait plus clairs.

— Moi, je ne me sens pas capable de m'y remettre pour le moment. Je n'ai presque rien distillé encore...

Louis-Marie l'interrompit.

— En échange, je vous demande seulement l'autorisation

de distiller ensuite chez vous le vin de ma petite vigne de cinquante ares, et un peu de celui de la Renaud.

Les rides du père Charbonnier se gonflèrent sur son front, et il regarda Louis-Marie d'un regard soupçonneux. L'espace d'un instant, il redevint le bonhomme irritable qu'il était avant.

— Tu veux distiller chez moi le vin de la Renaud ?

Louis-Marie lui répondit sèchement :

— C'est à prendre ou à laisser ! Vous n'avez pas toujours été très aimable avec nous dans le passé..

Le bonhomme pleura.

— Tu ne vas pas ramener maintenant les vieilles histoires ! Oui, distille tout ce que tu voudras. J'ai confiance. Vous nous avez déjà bien aidés ces dernières années. Quand penses-tu commencer ?

Il se tourna vers son buffet, chercha des verres et la bouteille de pineau. Son pineau était bon. Il avait dans son chai des réserves de vieux cognacs d'avant la guerre de 14.

— Dès demain. À mon avis, il n'y a pas de temps à perdre.

— Oui, tu as raison. Il n'y a pas de temps à perdre.

Le regard du vieux redevint clair. Il prononça cette parole de reconnaissance :

— Je ne serai pas tout seul !

Louis-Marie rendit grâces quant à lui au père Guignabert, en redescendant du Monti, puisque le vieux curé l'avait poussé trois ans plus tôt à aider Charbonnier à vendanger. Qui sait, peut-être l'homme de Dieu avait-il déjà imaginé qu'un jour Louis-Marie prendrait la place du vieux dans la distillerie ? Louis-Marie s'arrêta au cimetière et vint se recueillir devant le grand calvaire de pierre dressé sur le tombeau du prêtre par la commune.

— Merci ! Merci ! Merci !

Il installa donc son lit dans la distillerie, derrière un rideau, près de la chaudière. Dès la première nuit, il dormit d'un profond sommeil entrecoupé par les sonneries du réveil qui lui indiquaient de s'occuper de l'alambic. À trois heures, la bonne chauffe était finie. Il renvoyait la queue de la chauffe dans la citerne, sinon le cognac aurait été gâté. Étaient-ce les vapeurs d'alcool ? Il se rendormit à chaque fois d'un sommeil repu. La chaudière maintenait la température à une chaleur constante. Il était plein d'une joie profonde, respirant l'air parfumé d'eau-de-vie. Il avait l'impression de toucher le port, dans l'accomplissement du rêve de son père et de son frère.

Il invita, un soir, Angéline qui tirait des bois dans la vigne à venir lui rendre visite. Ses yeux luisirent aux reflets du cuivre de la cornue et du col de cygne. Elle posa la main sur les briques chaudes. Soulevant le couvercle de la cuve, il lui dit :

— Sens comme c'est parfumé ! On y trouve déjà des odeurs de fleurs que le bois des fûts fera mûrir.

Les narines d'Angéline frissonnèrent. Il plongea un verre dans l'eau-de-vie, activant encore les parfums, et le lui tendit.

— Goûte !

Elle prit le verre du bout des lèvres, fit la grimace, et puis s'épanouit d'un large sourire.

— Hum, souffla-t-elle. C'est brûlant comme du feu.

— C'est encore de la blanche, il faut qu'elle vieillisse.

Elle contempla le filet de liquide qui coulait lentement du tuyau de cuivre, tourna dans la distillerie imprégnée de senteurs vineuses, examina le livre où Louis-Marie notait ses opérations. Elle s'empara de son oreiller et, le serrant sur sa poitrine, y plongea le nez. Il ne voyait d'elle que ses yeux brillants au ras du feston, son front mat et bombé, ses cheveux bruns tirés vers l'arrière. Elle s'approcha de la lucarne ovale comme un hublot.

— La nuit vient, dit-elle.

Il s'approcha. Un lac de brume s'était étalé sur la vallée. N'en émergeaient que le clocher de Martignac et quelques toits aux tuiles presque noires. Le Monti se dressait au-dessus comme un phare, avec les vignes qui grimpaient les flancs de son promontoire. Sarreboute devait être là-bas, noyé dans le brouillard. Elle dit :

— Ce serait bien de vivre dans une maison comme celle-là. On n'aurait plus l'inquiétude de la rivière. J'ai toujours rêvé d'une maison d'où on voit loin.

Il reçut ses paroles comme une promesse. Elle prit son manteau sur le dossier de la chaise, noua son foulard sous sa gorge. Il remarqua avec un grand bonheur qu'elle avait les pommettes rouges. Il l'accompagna jusqu'à son vélo.

Les prix du cognac flambèrent à la fin de la guerre. La victoire se célébrait dans des flots d'alcool, tandis que le marché américain devenait accessible. La Libération fut pour les Gendreau le signal d'un surcroît de travail. Les viticulteurs éprouvaient une frénésie d'engrais. Leurs terres avaient souffert pendant la guerre. Ils leur consacraient leur premier argent, et les stocks de Louis-Marie ne suffisaient jamais. Il recevait pourtant des livraisons par wagons entiers en gare de Châteauneuf. Il engagea un deuxième, puis un troisième commis, tandis qu'il lui fallait établir de nouveaux contrats d'assurances Il s'acheta une Traction et laissa la Rosalie à Antoine, qui la transforma en camionnette avec le forgeron Béraud et le menuisier Champard. La Rosalie commença une nouvelle carrière sur les marchés, dopés à leur tour.

La fille du père Charbonnier, devenue Mme Marshall, arriva à Martignac en septembre 1945. Son mari l'accompagnait, un grand dégingandé façon américaine, au visage pointu, aux yeux bleus et aux cheveux blonds renvoyés sur le côté, la bouche sans cesse remuée par une plaquette de pâte à mâcher qu'il offrait généreusement aux enfants. Pour cette raison, particulièrement, Gabriel le considéra comme un dieu et l'appela par son prénom, Steve.

Steve profitait, bien sûr, de l'aura des libérateurs. Il était entré en France avec l'armée de Patch et de De Lattre, par le sud, avait remonté la vallée du Rhône, libéré Colmar sous la neige. Il parlait très laborieusement français, avec un demi-sourire séducteur, comme pour s'excuser par avance. Il appelait Annie Charbonnier, sa femme, Aïnnie. Elle venait de traverser l'Atlantique dans un paquebot bourré d'uniformes. Son père ne la reconnut pas tout d'abord dans cette jeune femme habillée d'une robe presque scandaleuse pour la campagne, imprimée de fleurs rouge vif, largement décolletée, et ouverte en corolle façon charleston. Elle avait les ongles vernis et les cheveux blonds. Personne à Martignac n'avait connu de Charbonnier blond, et ses cheveux n'avaient pas changé de couleur parce qu'elle avait traversé la mer.

— Je l'ai connue toute petite fille, elle était brune, mais alors vraiment brune !

— Vous croyez que de se décolorer comme ça, c'est bien bon ?

Elle parlait maintenant avec un très perceptible accent anglais.

— C'est plus fort que moi, disait-elle en riant de toutes ses grandes dents blanches. Mais vous, ce que vous pouvez avoir l'accent charentais !

Cette réflexion ne plaisait guère. C'était une fille complètement excentrique, à se demander de qui elle tenait. Il n'y avait pas plus renfermé et charentais que ses parents. On se souvint de l'un de ses grands-oncles parti en Afrique d'où il n'était jamais revenu. N'empêche, elle était bien belle, tout le monde le reconnaissait, même sans le dire, séduit par son charme exotique. Elle respirait la vie, les joues rondes et rouges, la bouche gourmande, le nez charnu. Ses robes courtes découvraient des genoux délicats.

— Telle que tu la vois, cela m'étonnerait qu'elle veuille s'enfermer au Monti pour soigner son père !

— Probable !

Ce fut la question que lui posa le père Charbonnier aussitôt qu'elle l'eut embrassé. Gardant les mains de sa fille dans les siennes, il l'interrogea avec un tremblement pathétique :

— Tu vas rester avec moi ?

Elle répondit par une pirouette :

— Mais papa, pourquoi me parles-tu de départ, nous venons seulement d'arriver !

Le couple Marshall, momentanément établi à Greenville en Caroline du Sud, avait décidé de rester à Martignac au moins jusqu'à la fin des vendanges. Steve démobilisé pouvait s'offrir de grandes vacances. Il montra ses capacités en occupant à peu près tous les postes dans la vigne avec une bonne humeur infatigable. Il porta la hotte, conduisit la charrette, poussa la perche du pressoir.

— C'est beau, Martignac ! disait-il en parcourant la vallée de son regard bleu si tranquille.

Les Charentais hochaient la tête, satisfaits, contemplant leur pays à travers ses yeux. Il s'intéressa à l'entreprise d'engrais de Louis-Marie, à qui Annie demanda d'évaluer avec elle les réserves en cognac de son père. La cave du père Charbonnier recelait un trésor. Sous une tapisserie de toiles d'araignées nourries par les vapeurs d'alcool, elle cachait des vieux cognacs de trente et quarante ans, deux fûts de 1900. Ils trouvèrent même une bonbonne cachetée portant l'étiquette 1877. Ainsi Annie découvrit que son père était multimillionnaire et vivait comme un misérable. Il avait tout juste l'électricité, prenait l'eau à la pompe, et faisait ses vignes avec le secours de ses voisins. Dans son chai était amassé le travail de toute une vie, et même pour une part de celle de son père. La fille et le gendre examinèrent avec curiosité le vieil homme larmoyant au visage anguleux comme certaines pierres éclatées de ses vignes. Annie se souvenait mal du caractère de sa mère. Ils interrogèrent son regard farouche sous des sourcils noirs, sur quelques photographies.

— Vous rendiez-vous compte que vous étiez riches à millions ?

— Peut-être bien, répondit le bonhomme sans en être plus étonné.

— Vous auriez pu en vendre un peu pour vous aider à vivre !

Les prunelles sombres du vieillard s'éclairèrent. Il se caressa frileusement les doigts.

— On a plus de cognac que personne dans la commune. Le maire n'en a pas autant que nous !

Annie haussa les épaules.

— Cela vous fait une belle jambe !

Elle usa d'une méthode très proche de sa mère, à coups de paroles tendres et autoritaires, et amena son vieux père à capitulation : elle vendit tout. Les conditions étaient idéales pour vendre. Les cours étaient au plus haut. La décrue ne tarderait pas. Les Hennessy et les Martell, sollicités par Louis-Marie, se montrèrent plus qu'intéressés. Charbonnier leur lâcha tout de même avant de signer les papiers, alors qu'ils étaient assis autour de la table de sa cuisine :

— Ah ! vous m'arrachez le cœur, les enfants !

De son ongle verni, Annie maintint devant lui la pile de documents.

— Mais papa, nous allons partir. Tu ne peux plus t'occuper de tout ça. Qu'est-ce que ça deviendra ?

— Je sais, je sais..., fit-il.

Et il signa. Elle commanda des travaux de rénovation de la maison familiale des Charbonnier, au milieu du bourg, tout près de l'école. Cette grande maison charentaise était fermée depuis vingt ans. Le père Charbonnier y était né, y avait passé son enfance. Ses parents y étaient morts. Leur oncle Édouard leur avait laissé le Monti en héritage. Elle y commanda l'installation du service d'eau, du chauffage central.

Un soir du début décembre 1945, Louis-Marie aperçut Angéline qui chargeait la brouette pour donner aux lapins.

— Attends ! dit-il.

Il roula la brouette jusqu'aux clapiers. La fin de jour était violette, l'air immobile. Le froid commençait de mordre les mains. Angéline s'était noué autour du cou un gilet à côtes bleues et blanches de Bénédicte. L'air vif lui rougissait le nez.

— Qu'est-ce qu'il y a ? lui demanda-t-elle. Tu ferais mieux de m'aider.

Il se tenait derrière elle, qui distribuait les choux et les betteraves aux lapins. Ils s'étaient retrouvés plusieurs fois ainsi depuis leur premier tête à tête dans la distillerie. Ils restaient côte à côte, sans oser un geste, pas plus l'un que l'autre. Angéline pensait : « À quoi cela sert-il ? On se rend malheureux. » Elle attendait pourtant le retour de ces moments où elle sentait son corps s'ouvrir. Son cœur brûlait, son ventre était traversé par d'étranges coliques. Elle se disait après, en tirant sur ses rides devant la glace : « Tu es folle. Tu es vieille, veuve, tu as des enfants. Il s'amuse de toi. » Il lui tendit une feuille de chou.

— Je viens d'acheter le Monti. Veux-tu m'épouser ?

— Tu...

Il aima de la voir suffoquée. Tout d'un coup, elle n'avait plus seulement le nez rouge. Une mer rouge enveloppait son menton, remontait ses joues, s'étalait sur son front. Ses yeux blonds avaient d'abord été minéralisés par une sorte de frayeur, et puis ils s'illuminaient dans le soir violet. Ils fixaient intensément la bouche presque féminine, la lèvre inférieure en lame de faux de Louis-Marie, qui souriait.

— Attention ! s'écria-t-il, le lapin !

Le mâle gris avait sauté dans l'herbe et se sauvait à bonds vigoureux. Ils se précipitèrent. Le lapin se réfugia entre deux rangs de poireaux du jardin. Angéline n'en attrapa qu'une poignée de poils gris sur l'échine. Louis-Marie le saisit par l'oreille, et le ramena, couinant. Il poussa soigneusement la targette. Ils étaient tout seuls dans ce coin des clapiers. Ils n'étaient vus que par les lapins attentifs derrière le grillage. Ils firent un pas ensemble, et gémirent en se prenant à pleins bras.

— Il y a si longtemps !... soupira Louis-Marie.

Des rivières heureuses leur parcouraient le corps. Ils se pressaient les bras, les épaules, les reins. Ils fermaient les yeux. Lorsqu'ils les rouvrirent, Gabriel était appuyé au bord d'un clapier, le doigt dans la bouche. Il faillit se sauver. Angéline s'accroupit et lui tendit les bras.

— Viens, mon Gabriel.

L'enfant hésita puis se précipita. Louis-Marie serra contre lui la mère et le petit.

— Tu es la première à qui je le confie, murmura-t-il à son oreille. J'ai tout acheté, même les vignes.

— Tu avais l'argent ?

— Ils en voulaient sept cent cinquante mille. Je leur ai proposé la moitié tout de suite, et le reste sur cinq ans.

— Tu avais mis tant que ça de côté ?

Il sourit. Elle s'écria, ravie :

— Tu es propriétaire !

Il lui mit le doigt sur la bouche.

— NOUS... sommes propriétaires...

Les choses s'étaient faites sans difficulté. Dès qu'Annie avait envisagé de vendre ses eaux-de-vie, Louis-Marie lui avait demandé :

— Et le Monti ?

— Parce qu'il vous intéresse ?

— Il pourrait. Si vous voulez vous en séparer, pensez à moi...

Il avait sympathisé avec Steve. La perspicacité de l'Américain et ses idées de progrès l'avaient intéressé. En une journée, ils avaient ouvert ensemble une fenêtre dans le mur du pressoir. Plutôt que de charger la râpe à la fourche dans un tombereau reculé devant le portail, ils allaient désormais la vider directement par un plan incliné. Les Marshall ne proposèrent pas leur propriété à d'autres.

— Peut-être y perd-on un peu. Qu'importe. Vous nous avez aidés. Vous avez aidé surtout nos parents pendant la guerre.

Ils en avaient d'abord demandé un million. Les cours en folie du moment le permettaient. C'était trop pour Louis-Marie. Il avait offert un tiers de moins, et les Marshall avaient accepté sans difficulté. Il accepta de laisser le Monti au père

Charbonnier aussi longtemps que dureraient les travaux de la maison du bourg. Annie engagea une femme du Moulin au service de son père. Elle ferait le ménage et lui préparerait à manger. Au besoin, elle lui laverait les fesses. Le vieillard accepta tout. Il réagit tout de même lorsqu'il apprit que Louis-Marie achetait ses terres. Les larmes aux yeux, il interpella la photographie de sa femme sur le buffet :

— Oh ! ma pauvre, voilà que maintenant on donne tout aux étrangers, tu as bien de la chance de ne pas voir ça !

Annie gronda son père comme un enfant.

— Mais moi, ta fille, je suis infiniment plus étrangère que ces Vendéens qui sont en Charente depuis vingt-cinq ans !

Le père Charbonnier secoua la tête.

— Tu ne comprends pas !

Steve haussa les sourcils, ainsi ses yeux bleus prenaient un air tout à fait étonné.

— Les Français sont curieux...

Le père Charbonnier emménagea dans sa maison du bourg le 14 mars 1946. Louis-Marie et Angéline se marièrent le 14 juin. Quelques nuages semblables à des continents voyageaient lentement dans le ciel charentais. Le soleil s'y cachait, soulignant les caps et les golfes de leurs franges obscures, et puis surgissait, jetant sur les vignes sa lumière pure.

Ils avaient invité la tribu vendéenne, M. Valladon et les amis charentais de Louis-Marie. Le frère d'Angéline, sa femme et leurs quatre enfants vinrent de Vendée. Son père et sa mère aussi. Sa mère se tenait encore. Elle avait toujours cette belle peau ambrée et lisse qu'elle avait donnée à sa fille. Après plusieurs crises de sciatique, son père était carrément bossu. Habillé comme pour un enterrement, tiré à quatre épingles dans son costume noir, la tête couverte d'un chapeau melon, il marchait en s'appuyant sur sa canne des dimanches en acajou verni. Germain les avait emmenés dans sa Simca 5, couleur caramel. Lui était demeuré célibataire.

— Je crois bien que maintenant la cause est entendue..., confessa-t-il. C'est ma faute. Je n'ai pas su me décider. J'ai des regrets, des jours comme celui-ci. Je suis tout seul, comme un vieux croûton.

Il n'était plus transporteur. Au début de la guerre, il était passé de la cabine du camion aux bureaux des Caves du Poitou. Il gagnait bien sa vie.

Le curé Bidot, successeur du père Guignabert, dit la messe et bénit les nouveaux mariés. Ce prêtre, arrivant d'une paroisse d'Angoulême, n'était pas à sa place à Martignac. Il avait l'esprit ailleurs, continuellement distrait.

Le repas eut lieu à l'hôtel du Cheval blanc, à Châteauneuf. Une énorme gerbe mêlant les roses, les lupins, les lys et les épis de blé trônait au centre du U formé par les tables. Elle avait été déposée devant la sainte table de l'église de Martignac par les cognacs Rémond. L'atmosphère s'échauffa. Le vin aidait, et le soleil sur les vitres de la salle. Les conversations et les plaisanteries tournèrent vite autour de la Vendée et de la Charente. Les Vendéens de la Charente lançaient des réflexions moqueuses aux Vendéens de Vendée.

— Alors, on y salue toujours le propriétaire en disant : « Not'maître » ? Vous plantez toujours du noah, le vin qui rend fou ?

C'était un signe de leur assimilation à leur nouvelle patrie charentaise. Pour n'être pas en reste, les Vendéens de Vendée leur reprochèrent leur « trahison ». Le frère d'Angéline rappela que c'était en Charente que la république avait recruté ses soldats bleus pendant les guerres de Vendée. La conversation faillit dégénérer en querelle lorsque Domnin, le frère de Lise, descendu lui aussi pour le mariage, prétendit réalisée la prophétie qu'il avait formulée vingt ans plus tôt : « Un jour, les Gendreau de Charente dépasseront les Gendreau de Vendée ! » Le père Chaigneau se sentit personnellement offensé par le propos.

— Alors, toi aussi, tu trahis ! bégaya-t-il.

La figure écarlate, apoplectique, il dénoua sa serviette sur sa nuque et l'écrasa en boule auprès de son assiette, l'œil furibond.

— Qu'est-ce qui te permet de dire que ceux de Charente ont pris le dessus ? Tu es notaire, inspecteur des impôts ?

— Excusez, votre honneur, je suis petit métayer à Château-Fromage !

La grasse Noémie, sa voisine, éclata de rire. Mais le vieux, perfide :

— Moi je sais une chose, c'est que les Gendreau de Vendée ne doivent rien à personne !

Heureusement, personne ne voulut relever la méchanceté du propos. Et le père Chaigneau, prenant conscience qu'on se détournait, bouda une partie de la soirée.

Louis-Marie et Angéline montèrent seuls au Monti tard dans la nuit. Il gara sa traction dans la cour, sous le préau, et, en coupant le contact, il pensa : « Ça y est. Voilà ! » Il se disait, le cœur ivre, qu'il était en train de réaliser tous ses rêves. Sa grande patience était récompensée. Il avait quarante-trois ans. Angéline aussi restait silencieuse auprès de lui. Ils descendirent. Il murmura, la bouche sèche :

— Nous sommes chez nous.

— Oui.

Ils levèrent les yeux vers le ciel immense et frissonnant. Avec le soir, le dernier léviathan de nuages s'était évanoui. La nuit de juin n'était plus que cet infini vertigineux resplendissant de rivières d'argent. Ils restèrent un moment, le nez en l'air. Les cheveux frisés d'Angéline effleuraient la joue de Louis-Marie. Il avait passé le bras autour de son épaule. Elle était en chemisier, la veste de son tailleur pied-de-poule sur son bras. Lui aussi était en bras de chemise. L'air était très doux. Angéline renifla une odeur suave.

— Le tilleul, dit-il.

— Le tilleul ?

— Le tilleul argenté, de l'autre côté du mur.

Elle respira plus fort, ferma les yeux, serra la main de Louis-Marie sur son épaule, pressa les doigts fins aux articulations délicates. Elle pensa qu'elle avait les doigts plus gros que lui, les mains plus calleuses. Il lui offrit de la prendre dans ses bras pour lui faire franchir le seuil.

— Je suis lourde, prévint-elle, en se penchant à son cou.

— Pas tant que cela, fit-il en la soulevant sans effort.

Ils retrouvèrent dans le couloir central de la maison distribuée comme celle de Sarreboute ce qu'ils appelaient l'odeur de Charbonnier, un mélange sucré de poussière et de fruit confit. Louis-Marie ouvrit la fenêtre du fond qui donnait sur la vallée. Il goûta profondément la jouissance de ce pays de vignes. Les raies s'ouvraient et se fermaient sous lui à perte de vue, épousant toutes les sinuosités de la cuvette. Elles se rejoignaient dans les épaulements des coteaux. Elles formaient un gigantesque éventail avec, au centre, le bourg de Martignac et ses toits noirs. Une seule lumière y brillait. Cela pouvait être celle de Valladon, le vieil instituteur ne semblant pas décidé à se coucher si tôt. Il se rappela le baiser d'Angéline à sa fille et à son fils :

— À demain, mes chéris, nous viendrons vous chercher !

La lumière des étoiles dessinait des silhouettes aux contours très purs. Elle éclairait le tronc de marbre et la flamme du feuillage d'un peuplier italien sur le bord de la route. Le vent coulait dans sa ramure avec un murmure de source. La nuit retentit d'un miaulement hideux, une chevêche. Juste devant, à mi-hauteur, rayonnait le cylindre blanc comme un os du vieux puits en pierre de taille, avec son chapeau conique surmonté d'une pomme de pin.

— Même les puits sont beaux, ici. On dirait des chapelles !

Il était accoudé à l'appui de fenêtre. Angéline vint derrière lui.

— Ici, on respire, dit-elle, l'air est moins mou qu'en bas.

Il trouva cette remarque exacte. Elle s'appuya dans son dos.

— Tu viens ? dit-elle.

Leur chambre sentait le neuf. Ils avaient fait changer la

fenêtre et les volets, avaient acheté une chambre à coucher en noyer chez les meubles Galon à Barbezieux, un nouveau client d'assurances de Louis-Marie. Angéline avait ouvert le lit pendant qu'il rêvait à la fenêtre.

Elle avait la peau sans grain, fine comme de la soie. Ses yeux jaunes frissonnaient comme les blés sous le vent. Elle avait quarante-trois ans, elle aussi. Elle était une femme dans sa plénitude. Les enfants, les travaux pénibles ne l'avaient pas usée. Elle avait un corps de statue. Lise lui avait dit, quelque temps après l'annonce de leur mariage :

— L'amour te réussit. Tu embellis chaque jour.

Elle avait rougi. Elle tira la main de Louis-Marie vers sa gorge, et elle ferma les yeux. Elle sentit venir le plaisir qu'elle attendait, un plaisir qui venait de très loin, comme du fond d'elle-même, un plaisir intense qui la faisait redevenir petite fille. Elle était de nouveau allongée dans le fossé. Le sang l'aveuglait. La main de Louis-Marie était revenue se poser sur sa gorge, une main douce et chaude. Elle retrouvait tout, la décharge électrique d'autrefois. Tout son corps était parcouru de rivières de bonheur. Elle cria. Elle avait quitté la Vendée à cause de cette main. Dès le premier soir, elle avait su qu'avec Philbert elle s'était trompée. Elle s'était efforcée d'oublier. Elle avait cru y arriver.

— Évangéline..., murmura-t-il.

Ils haletaient doucement. Ils se laissaient porter par les ondes qui les soulevaient.

Elle lui parla, après. Elle lui rappela leur accident dans la voiture à cheval de son grand-père. Il n'avait pas oublié, lui non plus. Il n'oubliait rien.

— Tu sais ce qui m'a surpris ce jour-là ? dit-il. C'est ta chaleur. Tu brûlais.

— Je brûlais ?

— Tu me brûlais les doigts. C'était extraordinaire. Et puis ton grand-père est arrivé.

Elle buvait les paroles sur ses lèvres. Sa chemise de nuit

enroulée autour de son cou comme une écharpe, la main posée sur le flanc de son mari.

Ils furent réveillés, le lendemain matin, par un frottement au carreau de leur chambre. Le vent agitait la hampe d'une passerose et en frappait l'extrémité contre la vitre. Angéline se leva et contempla les fleurs épanouies le long du fuseau comme des trompettes de lumière.

19

Louis-Marie a dit souvent à ses enfants :

— La Charente est la terre du bonheur. La Vendée aime le tragique. Elle n'est pas encore sortie de sa guerre. Vous êtes les fruits de ce croisement.

De l'union d'Angéline et de Louis-Marie sont nés deux enfants : Pierre-Antoine en 1947, et Marie-Ange en 1948. Leur mariage a décuplé leurs forces. Ils ont profité à plein de ce qu'on appelle maintenant les « Trente Glorieuses », développant simultanément leurs trois activités, assurances, engrais et vignes. Le cabinet des Gendreau est aujourd'hui l'un des plus importants de la Charente viticole. Leurs camions d'engrais sillonnent le pays. Les wagons de soufre arrivent directement dans la cour de leur entreprise. Quant aux vignes, ils ont continué d'acheter des bouts de terre ici et là, autour de chez eux, trente-trois ares de bois à la Turquadière qu'ils ont défrichés et plantés, dix ares chez Claveau. La propriété du Monti compte maintenant quarante hectares de vigne en plein rendement. Ils ont travaillé dur. Ils n'ont pris leurs premières vacances qu'en 1961, lorsque leur gendre médecin, le jeune mari de Bénédicte, les a invités en août dans sa villa de location à Saint-Raphaël. Ils habitent toujours leur grande maison du Monti. C'est leur forteresse, le bastion de leur famille. Ils l'ont aménagée année après année, reprenant ses toitures, rejointoyant ses murs, et la maison, sa cour, son pigeonnier, a retrouvé sa belle couleur tourterelle. Angéline a semé tout autour, allez savoir pourquoi, une abondance de roses trémières.

— Pourquoi êtes-vous toujours partis ? grogne Louis-Marie à ses enfants atteints par le virus contemporain de la bougeotte. Le bonheur est plus près que vous ne pensez.

Alors il les regarde, et il regarde les yeux toujours blondissants de sa femme. Quand on s'étonne qu'ils aient tant travaillé, ils répondent :

— On s'est bien amusés.

Prudence est morte en 1966, dans la maison de Sarreboute où elle était restée avec Antoine et Lise. Elle avait quatre-vingt-quinze ans. Elle a gardé l'esprit très clair jusqu'au bout. Plus le temps passait, plus elle s'intéressait à l'actualité. Et lorsque ses enfants lui ont offert la télévision pour ses quatre-vingt-dix ans, elle a tiré son fauteuil, fascinée, devant le petit écran. Il ne fallait pas compter lui en apprendre sur de Gaulle, Khrouchtchev ou Kennedy, dont elle a pleuré la mort comme d'un ami de la famille. Elle n'était pas dupe pour autant :

— Ils nous racontent ce qu'ils veulent. Il ne faut pas croire tout ce qu'ils disent !

Elle a senti son heure venir et le diabète prendre le dessus.

— J'ai bien résisté, mais il faut bien mourir de quelque chose !

Et elle a demandé à Lise d'inviter toute la famille à Sarreboute. Aline est venue de Bordeaux, avec son mari professeur au lycée Saint-Geniès, et tous ceux du Monti. Elle a embrassé tout le monde avec ses habituels baisers sonores et goulus. Elle a présidé le repas en bout de table, contemplant tout son monde d'un regard satisfait. Rien n'a vraiment paru de sa lassitude. Elle se tenait toujours bien droite, les cheveux de son chignon si rassemblés par Lise qu'ils lui tiraient le bord des yeux. Elle s'est permis quelques cuillerées de riz au chocolat, sa gourmandise, malgré son diabète, avec du pain, car elle ne pouvait rien manger sans pain. Évoquant le passé à la fin du repas, on a parlé de Philbert, et elle s'est autorisé cette confession émue, en buvant son café, parce qu'elle était heureuse :

— Je l'aimais bien mon grand Philbert, même s'il était un peu ours. Tu étais peut-être mon préféré des deux, Louis-Marie. Tu étais plus fragile. Tu avais été rendu plus sensible par ton infirmité. Vous ne pouviez pas vivre ensemble. Vous vouliez occuper la même place...

Malgré son âge, Angéline a rougi, et Prudence a souri de sa bonne farce. Elle s'est couchée plus tôt, le soir, quand ils étaient à table. Ils sont venus l'embrasser dans sa chambre, toujours la même, avec la photo de Toine sur la table de nuit.

— C'est bien, a-t-elle dit.

Quinze jours plus tard, elle était clouée au lit.

— C'est bien, a-t-elle soufflé encore, sa figure grosse comme un poing déjà travaillée par les doigts de la mort. Je suis née servante. Je m'en vais maîtresse. Je suis contente d'aller retrouver tout notre monde. Il y en a qui doivent commencer à trouver le temps long, là-bas.

Un sourire las éclairait son visage. Ses yeux étaient déjà opaques. Elle n'était plus complètement là. La mort la fit souffrir pendant deux jours, peinant pour l'arracher à la terre. Prudence livrait courageusement le combat contre elle, par habitude, s'asseyant soudain dans son lit, appelant Toine.

Après sa mort, Antoine et Lise se sont retirés dans une petite maison à l'entrée du bourg de Martignac. Ils avaient abandonné, depuis plusieurs années déjà, les terres de Sarreboute aux tracteurs de Louis-Marie, ne se gardant que quatre vaches, le jardin et quelques poules. Antoine s'occupait dans les vignes de son frère, plus fragile depuis la secousse d'une pleurésie. Lise prenait soin de lui avec une attention inquiète, nouant son cache-nez sous sa gorge, lui recommandant d'aller doucement quand il montait dans sa deux-chevaux pour courir les champignons dans les bois de Dordogne. S'il s'en plaignait, elle lui répondait, les larmes aux yeux :

— Je n'ai que toi !

À l'occasion d'une mauvaise grippe pendant l'hiver 1968, il a demandé à Aline de prendre la boîte de carton soigneusement fermée par de gros nœuds de ficelle dans l'armoire.

— Elle contient les lettres que nous nous sommes écrites, ta mère et moi pendant la guerre de 14. Tu en feras ce que tu voudras. Mais je t'en prie, ne les lis pas avant que je ne sois plus là !

Louis-Marie a réalisé alors sa dernière grande opération : il a acheté la propriété de Sarreboute au neveu de M. Rougier installé à Paris. Sarreboute intéressait Pierre-Antoine, à peine âgé de vingt et un ans. Mais Louis-Marie a osé ce que personne avant lui ne s'était permis. Il a laissé Antoine vendre ses vaches, et a planté des vignes dans la prairie. Les vieux Charentais ont poussé des cris : « Décidément, ces Vendéens n'ont rien compris à la Charente ! Les vignes vont être emportées par les premières dérivées ! »

La culture de la vigne a changé. En Charente, on ne plante plus que des vignes hautes. La crue de la rivière s'est contentée d'apporter du limon à la vigne. Louis-Marie a gagné son pari.

20

Le val de Charente n'est jamais aussi beau qu'à la saison des vendanges. La lumière, teintée de rose, n'a plus la crudité de l'été. Les feuilles de peupliers prennent des couleurs citron. Les raisins mûrs affolent les abeilles. Jusque sur la rivière coulent des parfums de sucre.

Angéline descend cet après-midi la côte du Monti. On est dimanche, le premier d'octobre 1993. Elle a tout de même pris son chapeau de paille à large bord : avec l'âge, ses beaux yeux clairs souffrent du moindre scintillement de lumière. Elle s'est mise au pantalon depuis de nombreuses années pour aller dans les vignes. Elle est à peine voûtée. Marie-Pierre l'accompagne, sa petite-fille, une longue et belle jeune fille de dix-neuf ans, la fille de Pierre-Antoine. Angéline a l'habitude de dire :

— Quand on est jeune, on est toujours beau.

Mais, en plus, Marie-Pierre est belle. Chacune porte un panier dans la saignée du bras. Angéline tourne le regard vers le clocher de Martignac qui sonne cinq heures. Le clocher était muet depuis de longues années, Martignac n'ayant plus de curé. Depuis quelques mois, le maire a décidé d'électrifier la cloche. La pendule sonne, et, matin, midi et soir, on entend l'angélus. Demain commencent les vendanges. Angéline s'approche d'un pêcher.

— Tu comprends, dit-elle à sa petite-fille, si on ne cueille pas aujourd'hui, ces voyous nous prendront les plus belles demain !

Elle en décroche une bien rouge, bien veloutée, de l'arbre. Elle la porte à son nez, ferme les yeux.

— Quel parfum ! Ton père a voulu les couper, ces pêchers, pour passer sa machine à vendanger. Je lui ai dit : « Tout ce que tu veux ailleurs, mais pas ceux-là, j'y tiens comme à la prunelle de mes yeux ! » Et ton grand-père m'a soutenu.

Marie-Pierre en mange une. Elle se penche en avant pour ne pas tacher son chemisier.

— Méfie-toi de ne pas attraper la colique avec des pêches chaudes !

Angéline cueille avec soin, choisit les plus beaux fruits qu'elle palpe, les paupières plissées. Sa bouche est cernée d'une succession d'encoches gourmandes comme les plis autour d'une bourse. Ses cheveux blancs sont coupés très court. Marie-Pierre l'interroge :

— Grand-mère, je peux te dire quelque chose ?

— Tout ce que tu veux, ma biquette.

— Je sors avec quelqu'un.

— Ah ? Avec qui ?

— Un garçon.

— Tant mieux.

Elle montre l'autre pêcher, plus loin.

— On va aller à celui-là.

La cueillette donne chaud, Angéline enlève son gilet. Elle se penche, écarte les feuilles de vigne, découvre un amoncellement de grappes.

— Regarde un peu, rien qu'avec ça je remplirais mon panier.

Elle se relève, tend les bras. Marie-Pierre cueille avec elle.

— Que fait-il ?

— Il est étudiant à Poitiers avec moi.

— Qu'apprend-il ?

— Le droit.

— C'est bien, ça. D'où est-il ?

— D'Angoulême. Il joue au foot à l'ASA.
— C'est un sportif, en plus. Comment s'appelle-t-il ?
— Rachid.
— Ah ! Il est... bronzé ?
— Oui.
— Comme moi !

Marie-Pierre sourit, agite la tête, contemple sa grand-mère sous l'auréole du chapeau.

— D'où vient-il ?
— Ses parents sont tunisiens. Son père travaille chez Leroy.
— Tu en as parlé à tes parents ?
— Pas encore.

La grand-mère pose son panier. Il est plein. Une moto descend la côte du Monti. Le soleil pousse des rayons à travers une nuée grise.

— On va le laisser là, dit-elle. Emporte le tien jusqu'à cet autre pêcher.

Elles marchent l'une derrière l'autre dans le rang. Le coteau labouré n'est pas très praticable. Les pieds tournent sur les pierres. Angéline regarde où elle pose les pieds. Lorsqu'elles sont sous l'arbre :

— Es-tu sûre de l'aimer ?

Marie-Pierre examine curieusement sa grand-mère.

— Oui, je crois...

Elle cueille, ne dit rien de plus. Lorsque les pêches forment le dôme, le panier plein à ras bord, Angéline en rajoute une dernière, bien rouge, bien belle. Elle sourit, ses yeux étincellent.

— Bon !

Et en revenant sur ses pas :

— Tu comprends, lorsque les Vendéens partaient de Vendée, ils étaient les derniers des derniers. On est arrivés ici, on était les émigrés. On nous appelait les Juifs. Et avant guerre, c'était quelque chose de se faire traiter de Juif. Je ne me suis pas occupée de tout ça. Je suis venue.

Elle regarde les deux paniers.

— On en a trop cueilli. On ne va jamais pouvoir tout emporter.

Elle hésite.

— Attends, grand-mère ! lui propose Marie-Pierre. On va en mettre sur ton gilet, et je reviendrai les chercher.

Elle embrasse sa grand-mère. Elles remontent par le petit chemin à travers les vignes, qui serait, dit-on, une ancienne voie romaine. Angéline soulève son panier. Elle le montre joyeusement en direction des hauts murs de la maison du Monti.

— Tu peux être sûre qu'il nous voit ! dit-elle. Il ne peut plus me suivre, avec sa mauvaise jambe. Mais il se tient derrière le carreau et, avec ses jumelles, il m'a toujours à l'œil !

L'Épinay, juin 92—novembre 93.

LES GENDREAU

- PIERRE (l'aïeul)
  - PIERRE
    - PIERRE - ROSE
      - PIERRE
        - PIERRE (✝ 1916) épouse JULIETTE
        - DAMIEN (✝ 1917) épouse LISE
        - LÉON épouse en 1920 FRIDOLINE
        - HENRIETTE
      - ANTOINE (dit TOINE) (1862 - 1926) épouse en 1891 PRUDENCE (1872 - 1966)
        - ANTOINE (1892) épouse en 1912 EDMÉE BULTEAU (1893 - 1918), en 1921 LISE
          - ALINE (1913)
        - PHILBERT (1902 - 1940) épouse en 1924 ANGELINE CHAIGNEAU (1903)
          - ANTOINE - MARIE (1926 - 1935)
          - BÉNÉDICTE (1929)
          - GABRIEL (1935)
        - LOUIS - MARIE (1903) épouse en 1946 ANGELINE
          - PIERRE - ANTOINE (1947)
            - MARIE - PIERRE (1974)
          - MARIE - ANGE (1948)
      - AIMÉ

Remerciements aux Viollier de l'émigration :
Albert Viollier de Jarnac,
Auguste et Lili Viollier de La Chapelle-des-Pots.

TABLE DES MATIÈRES

Achevé d'imprimer en mai 1996
sur presse CAMERON
par Bussière Camedan Imprimeries
à Saint-Amand-Montrond (Cher)
pour le compte des éditions Robert Laffont
24, avenue Marceau, 75008 Paris

N° d'édit. : 37074/10. N° d'imp. : 4/461.
Dépôt légal : mars 1994.
Imprimé en France